# 目次

## 主な登場人物

巽《たつみ》丑寅《うしとら》 …………………………… 元刑事のアウトロー。ひとり息子を失っている。

丈太《じょうた》 ……………………………… 巽に助けられた少年。動物に異常なまでの共感能力を持つ。

鴻池《こうのいけ》みどり …………………… 巽の元上司。品川署生活安全課の警部。

佐智《さち》 ………………………………… みどりの娘。

兼岡《かねおか》衛《まもる》 ……………………………… みどりの部下。

ダーウェイ、チーチェン …… 震災孤児の兄弟。丈太と行動をともにする。

セイジ ……………………………… 宇多組構成員。巽の運転手。

能見《のみ》千景《ちかげ》 …………………………… 警視庁公安部の警視。

和達《わだち》徹郎《てつろう》 …………………………… 帝都工科大学地震研究所の教授。自称“ロマン派”の研究者。

岩佐《いわき》紘一郎《こういちろう》 ………………………… 東京都知事。

河野《こうの》準治《じゅんじ》 ………………………… 品川署捜査課のベテラン刑事。

久野《ひきの》隆文《たかふみ》 …………………………… コンテナ・コロニーに住む青年。巽の古くからの友人。

ファン ……………………………… コンテナ・コロニーのボスのひとり。

ネムリ ……………………………… ファンの息子。

メイ ………………………………… 丈太の母親。

椚木《くぬぎ》瑛太《えいた》 …………………………… 岩佐都知事の秘書官。

カルロス・オオスギ ………… 謎のアナーキスト。

# プロローグ

眩《まぶ》しい――。

長い暗闇を抜けてきたので、外の明るさに目が慣れない。

だが、「島」に一歩踏み入れた瞬間から、靴底を通じて奇妙な感覚が伝わってくる。足もとが、様々な波長をもって波うっているからだ。

地面は至るところでひび割れて、下から土砂があふれ出している。

横たわった木々は朽ちかけているのに、草花はむしろたくましく繁り、辺り一面を覆っている。

目を細めて視線を先にやれば、数百メートル向こうに見えるのは廃墟《はいきょ》の群れだ。倒壊し、崩れ、歪《ゆが》んだコンクリートの構造体が幾重にも重なり、また無秩序に配されて、鉛直も水平も失った巨大な遺跡を形づくっている。

当然ながら、島は静まり返っている。

後ろに付き従う大勢の子供たちもみな、ただ息を呑《の》み、ある者は瞳《ひとみ》を輝かせて、またある者は恐る恐る、周囲を見回しながら歩いている。

そう――。

我々は、愚かな文明が息絶えた、無様な遺跡の発見者だ。

ここではもう、世界は終わったのだ。

だが、心配は要らない。

世界が滅びゆく間、我々は、闇に潜んでじっと息を止めていた。

打ち棄てられたこの無人の島は、我々に与えられた「約束の地」として、これからもう一度甦《よみがえ》ることになる――。

荒れ果てた砂地を進んでゆくと、ちょうど市街地跡に入るところで、ゴツゴツと角張った灰色の丘に行く手を阻まれた。

鉄筋をむき出しにした無数の太いコンクリート柱が、折り重なるように倒れ、あるいは互いにもたれ合うようにして、高さ十メートルほどまで積み上がっているのだ。

その遥《はる》か向こうに、巨大な観覧車が見えて、ひとりの少女が歓声を上げた。さっきまでべそをかいていた、クマのぬいぐるみを抱いた女の子だ。

しかし、観覧車はこちら側に大きく傾いて、錆《さび》で赤茶けて見える。今やそれは、目眩《めまい》を誘う危なげなオブジェに過ぎない。

脳裏に、ふとそんな言葉が浮かぶ。
そうだ——。
この名は、この子にこそ、ふさわしい——。

【お台場（おだいば）】

東京都港区の地名、あるいは東京湾埋立地十三号地北部の地域名。品川区東八潮《ひがしやしお》、および江東《こうとう》区青海《あおうみ》を含めた十三号埋立地全体を総称してお台場と呼ぶこともある。

お台場の歴史

嘉永《かえい》六年、ペリー艦隊の来航に脅威を感じた江戸幕府は、江戸防衛を目的とした洋式砲台を東京湾北部に建設する。設計者は伊豆《いず》代官の江川《えがわ》太郎左衛門《たろうざえもん》。海上には第一台場から第七台場まで七つの砲台がつくられ（第四、第七台場は未完成）、品川台場と総称された。周囲に石垣を積み上げた正方形または五角形のオランダ式砲台である。しかし、翌嘉永七年、再びペリー提督が浦賀《うらが》に来航し、幕府がその開国要求を受け入れたことで、品川台場の砲台は一度も火を噴くことなくその役目を終えることとなった。
明治、大正期には、各台場ごとに民間や自治体に払い下げられ、昭和十四年から四十年にかけて、第一、第二、第四、第五、第七台場が撤去、あるいは新しい埋立地に埋没する形で消滅した。現在は、第三、第六台場だけが史跡として残されている。

## 臨海副都心として

昭和五十四年、東京湾埋立地十三号地が完成する。その北半分は品川台場にちなんでお台場と呼ばれるようになった。

平成に入ると、臨海副都心として本格的な開発が進む。平成五年にレインボーブリッジが竣工《しゅんこう》、平成八年には港区台場が成立し、複合商業施設、オフィスビル、シティホテル、高層マンションなどが次々とオープンした。お台場を舞台にしたテレビドラマのヒットなどとも相まって全国的に知名度も上がり、一躍東京の人気観光スポットとなる。

しかし、平成二十年代に入ると、本土の大規模複合商業施設の人気に押される形で注目度が下がり、来訪者数も下降の一途をたどってゆく。都との借地契約が満期を迎えた施設や、経営不振に陥った施設の閉鎖が相次いだが、第二次世界恐慌以降の慢性的な不況によって再整備事業の大半が頓挫《とんざ》し、土地利用率が激減した。

近年では、岩佐《いわさ》紘一郎《こういちろう》東京都知事（当時）が旗振り役となって事業計画を進めた「お台場カジノリゾート」がオープンし、再び人々の耳目を集めた。これは、日本初の公営カジノを中心に、高級リゾートホテル、ショッピングセンター、アミューズメントパークなどが一堂に集められた巨大アーバンリゾート施設であった。

〈後略〉

インターネット事典「Encycloweb」より

# Ⅰ　マングースの章

## 1

眠い――。

巽丑寅《たつみうしとら》は、往来の人目も気にせずに、だらしなく大口を開けてあくびをした。

真っ昼間にこんだけ眠いっちゅうことは、世間はもう春か――ぼんやりとした頭には、それぐらいのことしか浮かばない。

もともと四季の移ろいを愛《め》でるような性分でもなかったが、もう何年も、どの時間帯に体のだるさがひどくなるかということでしか季節を感じられなくなっている。

ましてや、春の訪れに浮き立つ気分など、とうの昔に忘れ去った。行き交う女たちの装いが明るい色調に変わりつつあることにまで、気づくはずもない。

巽は、背中を丸めてトレンチコートのポケットに両手を突っ込み、横断歩道の信号が青に変わるのを待っている。

もう三月も下旬を迎えたというのに、このところ真冬に逆戻りしたかのような冷え込みが続いたので、そんな姿勢がクセになっていた。今日の空も相変わらずすっきりしないが、寒さはずい分緩んだ。

眠気にかすむ巽の視界が、その片隅に、どこか違和感のある動きをふと捉《とら》えた。もぞもぞと蠢《うごめ》くその小さな体に、じんわりと焦点が結ばれていく。

それは、大通りの向こう側にいる、ひとりの少年だった。

あいつ、あそこで何しとんや――。

巽は、さっきから止まらないあくびを嚙《か》み殺し、声に出さずにつぶやいた。

片側二車線の道路を隔てた正面にあるのは、都内に数店舗を構える高級食材専門のスーパーだ。

少年は、スーパーの自動ドアから五メートルほど離れたところで、店内を映す大きなガラス窓の下にしゃがみ込んでいる。こちらに背を向けているので何をしているのかは分からないが、時おり顔を上げてキョロキョロと辺りを窺《うかが》い、またうつむいてゴソゴソと手を動かす。スーパーに出入りする買い物客たちも少年に一瞥《いちべつ》を投げてゆくが、声をかけるものはいない。

ようやく信号が青に変わった。

悪さしとるわけやないみたいやな――そう思いながら横断歩道に歩を進める。動き始めると、もやが晴れるように意識が覚醒《かくせい》してゆく。

通りをほぼ渡り終え、少年の横顔がはっきり見えるほどに近づくと、巽はハッとした。

黒人か――？

最初はそう思った。うなじから頬にかけて、肌の色が黒い。オレンジ色のキャップを目深にかぶっているが、はみ出た黒髪は強く縮れている。

スーパーの自動ドアのそばにあるタバコの自動販売機の前に立ち、コイン投入口に百円玉を一枚ずつゆっくりと入れながら、さりげなく少年の様子を盗み見た。

しゃがみこんだ少年の足もとには三匹の犬がいた。すべてポメラニアンで、キツネ色が二匹に白っぽいのが一匹。お揃いの高そうな革の首輪をはめて、ロープでアルミ製の柵《さく》に繋《つな》がれている。

少年は愛《いと》おしそうに一匹の頭を撫《な》でながら、小声でしきりに何か話しかけている。犬たちは怯《おび》えることも吠《ほ》えたてることもなく、むしろ盛んにしっぽを振りながらつぶらな瞳《ひとみ》で少年を見つめ返している。二匹は裸だったが、少年が撫でている一匹だけは洋服を着せられていた。赤い毛糸で編まれた、胴体だけを覆うベストのような服だ。

少年がポメラニアンたちの飼い主だとは思わなかった。少年はひどく黒ずんだ水色のナイロンジャケットを着ているが、裾《すそ》や袖口《そでぐち》は所どころ破れて白い綿がはみ出ている。履いているスニーカーもボロボロだ。片方などはソールが外れかけているらしく、ガムテープで補強してある。彼が経済的に恵まれた境遇にないのは明らかだった。

一際目を引くのは少年が肩から掛けているバッグだ。真紅の薄い布でできたいかにも手作りの品で、バッグというより巾着《きんちゃく》袋に近い。口を縛っている白い紐《ひも》を長く伸ばして、たすき掛けにしている。

東洋系とのハーフかもしれん——少年の顔立ちを見て、そう考え直した。クリッとした円い瞳はなるほど黒人少年のもののようだが、鼻筋はむしろ繊細で、唇も薄い。

自販機からタバコを取り出しながらそんな風に観察をしていると、少年がおもむろに顔を上げた。巽は慌てて目を逸《そ》らし、数秒待ってゆっくりと視線を戻す。少年は首を伸ばして自動ドアの様子を窺っている。そして、スーパーから客が出てくる気配がないことを確認すると、犬の腹に手を回してベストのボタンをはずし始めた。

おいおい、まさか——その様子を横目で見ながら、心の中でつぶやく。

その間に、少年は慣れた手つきで犬の四本の足を順にベストから引き抜いて、すっかり脱がせてしまった。

さっきまで犬がまとっていた毛糸の布は、ポイッと無造作に放り投げられた。見れば、赤いベストが描いた放物線の先に、同じような青と黄色のベストが打ち捨てられている。なんや、三匹とも脱がしてしまいよったんか。まさかパクるつもりやないやろな——。

いよいよ巽が、おい、と声を掛けようとした瞬間、きゃあ！、とも、ひゃあ！、とも、いやあ！、ともつかない金切り声が辺りに響き渡った。

「ちょ、ちょっと！　アナタ！　な、何してるの！」

自動ドアの前で、背の低い太った中年女性が唇をわなわなと震わせながら立ちすくんでいる。ポメラニアンの飼い主がちょうどスーパーから出てきたらしい。

またエラい派手なオバハンが出てきよったな――巽は思わず渋い顔をした。

女は、どう見てもモスラにしか見えないカラフルな昆虫が大きく全面に刺繍《ししゅう》された真っ赤なセーターを着ている。額には巨大なサングラスを引っかけているが、そのテンプルにもダイヤのような石で蝶《ちょう》をかたどった飾りがこれ見よがしにあしらわれている。

「ちょっと、まあ！　どうして？　何してらっしゃるの？　うちの子たちに」

飼い主の女は驚きと怒りで混乱しながらも、恐る恐る少年の方へにじり寄る。居合わせた数人の買い物客が、一体何ごとかと硬直して、ことの成り行きを見守っている。

少年がスッと立ち上がったので、飼い主はビクッと立ち止まった。

少年は女を一瞬睨《にら》みつけたかと思うと、身を翻して鮮やかに歩道の柵を跳び越え、車の往来も確かめずに車道に飛び出す。

「あっ！　ちょっ！　待ちなさい！」モスラセーターを着た女が叫ぶ。それと同時に一台の車がブレーキを軋《きし》ませながらクラクションを盛大にならしたが、そのときには少年はもうとっくに道路を渡りきっていた。

少年はそのまま振り向きもせず、背中で真っ赤な巾着袋を大きく揺らしながら見事なフォームで通りを走り去っていく。

カール・ルイスみたいなやっちゃな――巽は少年の俊敏さに感心しながら、みるみる小さくなるその後ろ姿を見送った。

モスラおばさんは犬の方へ駆け寄って、「あなたたち、大丈夫？　痛いことされなかった？　怖かったでしょう、かわいそうに」などと言いながら、愛犬たちの体に異状がないか確かめている。そして、三匹をひとしきり撫でまわすと、「まったく、なんて恐ろしい子でしょう」とつぶやきながら三色のベストを拾い上げた。

「さ、メリーちゃん、あんよ上げて。ね？　こうよ、ほら。あらイヤなの？　まあ、どうしちゃったのかしら」

飼い主の思いを知ってか知らでか、白っぽい奴は何としてもベストに足を通すまいと健気《けなげ》に踏ん張っているようだ。あとの二匹はしっぽを丸めて少年の走り去った方角を名残惜しそうに見つめている。

モスラおばさんはしつこく騒いでいたが、巽は知らんぷりを決め込んでタバコの封を切り、抜きとった一本に火をつけて何時間ぶりかの煙を深く吸い込んだ。

買い物客の誰かが知らせたのか、店内から年配の男性店員が出てきた。憤懣《ふんまん》やる方ないといった口調でことの次第をまくしたてた飼い主は、「警察に通報した方がよろしいんじゃなくて？」と店員に詰め寄る。

店員はその迫力に圧倒されながらも、「ただのイタズラでしょうから……実害はなかったわけですから……」と、なだめるのに必死だ。

「なんたる呑気《のんき》！　なんたる怠慢でしょう！　う、うちの子が、服を脱がされたのよっ！」

我が子同然の愛犬たちの尊厳をないがしろにするとは何ごとかとばかりに、モスラおばさんは俄然《がぜん》ヒートアップする。

そのあまりに高慢な口ぶりに、巽の口から小さなため息が漏れた。

犬たちの気持ちがなんとなく分かる気がした。


その三日後、巽はいつものようにスーパーに向かって歩いていた。

自宅マンションから歩いて五分もかかるのに、近所ではそこにしかタバコの自販機がないのだ。不覚にも昨夜でタバコを切らしてしまい、朝から一本も吸っていない。イライラは頂点に達しようとしていた。

男性の喫煙率がとうとう一割を切ったらしい。一昨日のニュースでそう言っていた。しかも、国内メーカーのタバコの値段は今年からついに一箱九百円台に突入した。もう立派な贅沢品《ぜいたくひん》だ。巽も数年前から、三日で一箱にペースを減らしている。

例のごとくスーパーの正面へと続く横断歩道の前で信号待ちをしていると、左手から女のヒステリックな怒鳴り声が聞こえてきた。

「あなた！　一体どういうつもり？」

「いいから警察を呼んでちょうだい！」

二十メートルほど向こうにあるパン屋の前で、この間の黒い肌の少年が、白い調理着を着た若い男に腕をつかまれている。喚《わめ》いているのは少年を挟むようにして立っている二人の中年女性だ。そのうちの一人に巽は見覚えがあった。あのときのモスラおばさんだ。

　巽は通りの向こうのタバコ自販機を恨めしそうに見て舌打ちし、「ホンマにもう」とつぶやきながらパン屋に向かって歩き出す。

　彼らの足もとには四匹の犬がいた。モスラおばさんのメリーちゃん他三匹のポメラニアンと、焦げ茶色のプードルだ。かなり小柄なのでトイ・プードルというやつかも知れない。哀れプードルは裸に剝《む》かれていて、そばに白い洋服が落ちている。

　今度は飼い主がパン屋で買い物中の犯行か。あの気取った店構えのパン屋、確かクロワッサン一個で四百円もするはずや。このご時世や言うのに、金持っとる奴は持っとる――ニコチンが切れたイライラとも相まって、巽はだんだん腹が立ってきた。

「この子、常習犯なのよ。うちの子もやられたの！」モスラおばさんが興奮した口調で言う。今日は全身パープルの衣装でキメている。

「お兄さん、お店の電話で一一〇番してちょうだい！　誘拐事件かも知れないって、そう言ってちょうだいっ！」今度はプードルの飼い主らしき女が喚く。ひどく化粧が濃い上に、大量のフリルが付いたピンクのドレスを着ている。インパクトの強さではこちらも負けていない。

「誘拐事件って、そんな……」パン屋の従業員と思《おぼ》しき青年は、困惑したように自分以外の三人の顔を見比べた。

　うつむいたまま肩を落としている少年とは対照的に、プードルはしっぽをちぎれんばかりに振りながら、少年のひざに前足をかけてじゃれついている。

モスラおばさんはひどく意地悪な目つきをして、少年の全身を値踏みするようにジロジロと見ながら言った。

「だいたい、あなた外国人よね？　どうしてこんなところにいるのかしら？」

「ほんとよ。おかしいわ。うちはどこ？　親は何してるの？」プードルの飼い主も同調して、詰《なじ》るように訊《き》く。

少年は何も答えずに地面を見つめている。

巽は四人のそばまで来て立ち止まると、コートのポケットに両手を突っ込んだまま、大きな声で言った。

「警察でしたら、ここにおりまっせ」

三人の大人たちが同時に巽を見上げた。百九十センチ近い大男の突然の登場に驚いたのか、言葉の意味がよく飲み込めていないのか、皆一様に口をポカンと開けている。少年だけは顔を上げることとすらしない。

巽は仕方なくポケットから右手だけを出し、自分の顔をチョンチョンと指差して、

「おまわりさん」とニヤけて言った。よれよれのトレンチコートを着たこの体格のいい男は、確かにドラマに出てくる刑事のように見えなくもない。

「このボウズが何やらかしたかは、よう分かってます」真面目な顔を作って続けた。

女たちが、どういうこと？　とでも言いたげな表情で見返してくる。

「いや、実は三日ほど前にも見てたんで。そこのスーパーの前で。しかしねえ、犬の洋服脱がせただけで誘拐事件ちゅうのは、無茶ですわ」

プードルの飼い主が「でも――」と口を開こうとするのを右手で制し、今度はモスラおばさんに視線を向ける。

「あのときはおたくのワンちゃんやったでしょ？　おたく、モスラの柄のセーター着てはったから、よう覚えてます」

「モ、モスラ？　あ、あれは蝶です！　蝶！　チョウチョ！　モ、モスラってあなた、蛾の化け物じゃないのっ！」モスラおばさんが引きつけでも起こしそうな勢いでまくし立てる。

すると、それまで黙ってうつむいていた少年がスッと顔を上げた。

「あれ、蛾だよ」少年は素直な口調で言った。ごく自然な日本語だった。

「え？」モスラおばさんが驚いて少年に目をやる。

「おばさんのセーターに描いてあったの、蛾だよ。たぶんサツマニシキっていう蛾」少年が言う。

「せやろ？　あれはどう見ても蛾や」我が意を得たりとばかりに、巽が大きく頷《うなず》く。

「うん。蛾」

「蛾やな」

「蛾だよ」

口ぐちに繰り返す少年と巽の顔を交互に見ながら、おばさんは半開きの唇をプルプル震わせている。

「蛾や」

巽は自分のこめかみの辺りを指差して、言った。「ちなみに、おたくのそのごっついサングラスの横っちょについてる飾り、それも蛾でっせ」

モスラおばさんは、ヒッ、と短く悲鳴を上げて、額のサングラスを自分ではたき落とした。サングラスはアスファルトの上でコマのようにくるくる回り、ダイヤの飾りがキラキラ光った。

今度はプードルの飼い主に向かって言う。

「とにかく、このボウズは俺が預かります。こってりしぼってやりまっさかい、あとは任せてください。それでよろしい？」

少年の腕をつかむと、パン屋の青年は安心したように少年から手を放した。

巽はもう片方の手でコートのポケットから携帯を取り出して、大声で話し始める。

「もしもーし。お疲れさん、巽です。鴻池《こうのいけ》係長いてる？　うん、少年係。あ、そう。今、男の子一人補導したさかい、これから連れて行くわ。係長にもそない言うといてくれる？　はーい、ほなよろしく」

巽は少年の腕を引っ張って、やって来た方にずんずん歩き出す。

二人の女はその場に突っ立ったまま不服そうな顔をしていたが、ぶつぶつ小さく口ごもっているだけで、はっきり聞こえるようなことはついに何も言わなかった。逆に巽はわざとらしいほど大きな声を出した。

「さあ来い！　あっちの交番でパトカーに乗せたる。滅多に乗られへんど。楽しみにしとれ」

そこまで言って急に立ち止まる。

「あ、その前にタバコ買《こ》うてもええ？　そこの自販機で」


小さな児童公園のベンチに、少年と並んで座った。

足をブラブラさせ、つま先で地面を蹴《け》る少年の仕草が、息子の俊《しゅん》に重なる。無意識のうちに少年に体を寄せすぎてしまっていることに気づき、尻《しり》を浮かせて少し離れた。

巽はタバコの煙を深く吸い込むと、なるべく気楽そうな声音を作って、煙とともに吐き出した。

「で？　なんであんなことしたんや？」

少年は例の真っ赤な巾着袋《きんちゃく》を膝《ひざ》の上で大事そうに抱え、うつむいたまま何も答えない。

歳も、ちょうど十歳ぐらいか——少年を横目で見て、アタリをつけた。

日本語も流暢《りゅうちょう》だし、日本人と黒人の混血かも知れない。澄んだ、賢そうな眼をしている。口元はキッと結ばれて、意志の強さを感じさせる。かなり痩《や》せているが、ひょっとしたら栄養状態が良くないのかも知れない。

「犬の洋服パクるつもりやったわけでもなさそうやしなあ。それにしても、言うにこと欠いて犬の誘拐やて。あの下品なオバハンら、頭おかしなってもうとるんちゃうか。なあ？」

「ねえ――」まだ当分声変わりしそうにない声で少年が訊いた。「おじさんは僕を逮捕するんじゃないの？」

「せえへんよ」

「どうして？」

「なんでて、おっちゃん、おまわりさんちゃうもん」

少年は声に出さずに、はあ、と言って巽の横顔を見上げた。

「ウソついたの？」

「まあな」

「でも電話してたじゃん。警察の人に」

「ああ、あれは、一人で適当にしゃべっとっただけや」

「どうしてウソついたの？」

「なんでて、お前、警察に捕まるような悪さしとったんか？」

「してない」

「せやろ？　せやったら、あのババアらにあそこまで責められるいわれはないやないか。

それより、どうしてどうして言うんやったら、お前も俺の最初の質問に答えぇよ」

少年はまた正面を向いて、ちょっと唇をとがらせた。

「――暑がってたんだよ。あの犬たち」

「はあ？　暑がってた？　なんでそんなことお前に分かるんや」

「分かるよ」

「ええ加減なこと――」と言いかけて、犬たちが少年に見せていたあの尋常でない喜びようを思い出した。このガキにちょっと不思議なとこがあるのは確かや――そう思った。

「犬が言うたんか？　暑いから脱がしてくれ、て」

「言うっていうのとはちょっと違うけど。でも、脱がせて欲しがってた」

少年の口調に諦《あきら》めたような暗さが漂っているのは、これまで何度も同じような弁明をして、結局誰にも受け入れてもらえなかったからに違いない。

巽はしばらく少年の横顔を見つめ、正面に向き直ってポツリと言った。

「――ほうか。ま、もうじき、四月やし――な」

自信なげに語尾を濁したのは、今の巽にはカレンダーを見る習慣などないからだ。

少年は黙って曇天を見上げた。ここのところずっと曇りがちの日が続いているが、どこからか運ばれてくる空気は春らしい匂いをはらんでいる。

「お前、犬好きなんか？」声を明るくして訊いてみた。

「うん。犬っていうか、生き物は全部好き」少年の声もいくらか元気になる。

「蛾のこともえらい詳しかったな。びっくりしたわ。あの蛾、なんて言うた？　なんか、焼酎《しょうちゅう》の名前みたいな」

「サツマニシキ。とってもきれいな蛾だよ。図鑑でしか見たことないけど」

少年は急に何かを思い出したように、あ、と言った。

「そう言えば、あっちは蛾じゃないよ？　あのおばさんのサングラスの飾り。あれはたぶんアゲハの仲間」

「せやろな」巽は何食わぬ顔で言う。

少年はまた、はあ、と言って巽の横顔を見上げた。

「せやけど、あれ、ケッサクやったな。あのオバハンの慌てよう」

巽はそう言って、クックックッ、と笑った。

閑静な住宅街を抜けて、高台のへりに出る。所どころでぐらつくほど傷んだコンクリートの階段を使って、ちょっとした崖《がけ》を下ると、街の雰囲気が一変した。

古い家屋や集合住宅が傷んだまま放置されている一角では、人々の息づかいすら感じられない。トタンがめくれた町工場や小さなテナントビルには、灯《あか》りひとつ見えない。そこここに残る傾いた電柱も、重く淀《よど》んだ空気にどうにか支えられているように見える。

こうした低地では、先の大地震の爪痕《つめあと》がことさら深く、そしてまた、その傷が癒《い》えるのも遅れている。

桜田《さくらだ》通りまで出ると、ようやく都会らしい喧騒《けんそう》が戻ってきた。

もうかれこれ二十分は歩き続けているが、少年に立ち止まる様子はない。五反田《ごたんだ》駅の方に向かって、桜田通りをどんどん歩いていく。

こいつの暮らしぶりを確かめたところで、それがどないやっちゅうねん——送っていく、とつい申し出てしまったことへの戸惑いを塗りつぶしたくて、巽は心の中で無理に自嘲《じちょう》した。

「おい少年、どこまで行くねん」数メートル先を行く少年に向かって、努めて不機嫌な言葉を投げつける。

「だから言ったじゃん。来なくていいって」少年は振り向きもせずに言う。「それと、僕は『少年』って名前じゃない」

「あん？」

「丈太《じょうた》だよ」

「ジョータ？　何語や」

「日本語に決まってんじゃん。おじさんは？」

「巽や。巽丑寅」巽は面倒くささそうに答える。

少年は突然立ち止まって後ろを振り返った。キラキラと瞳《ひとみ》を輝かせている。

「ウシトラ？　すごい！　全部動物の名前だ！　タツもミもそうだよね？」

「すごい、か。珍しい反応やな。普通はみんなクスッと笑いよる」

「カッコいいよ。それに、全部、干支《えと》だね」

賢い子やな――そう思いながら、「ふざけた名前やでホンマ」と、顔だけ忌々《いまいま》しそうにしかめて見せた。

通りに面した一ブロックほどの大きさの空き地の角で右に折れ、空き地の脇の細い道に入る。ここは確か、地上げが途中で頓挫《とんざ》した一角だ。

金網のフェンスで囲まれた空き地の一番奥に、一軒だけ取り壊されずに残された家が見える。やけに細長い平屋の家だ。空き地に面した側の壁はもう半分崩れてしまっていて、人が住める状態ではない。

その廃屋のそばまで来ると、丈太は一枚のフェンスの左下を押した。ぱっと見には分からなかったが、そこだけ金網がフェンスの枠からはずれていて、強く押せば数十センチの隙間ができるのだ。

丈太は地面を這《は》うようにして器用にその隙間をすり抜けると、空き地の中を崩れた壁の方に忍び足で近づいていく。

金網の隙間はとても巽にくぐれる大きさではない。巽は道に突っ立ったまま、フェンス越しに訊《き》いた。

「おい、まさかそこに住んでる言うんやないやろな」

丈太は振り向いて唇に人差し指を当て、シーッ、とやった。そして、赤い巾着《きんちゃく》袋の中に手を突っ込んで、何か白っぽいかけらを取り出す。パンの耳のように見える。それを片手に握りしめ、壁の下の方に大きく開いた差し渡し一メートルほどの穴から、そっと空き家の中をのぞく。

丈太はしばらくそうしていたが、やがて残念そうな表情で戻ってきた。

「なんや？　どないしたんや？　あのボロ家に何かおるんか？」

「マングース。今は、いなかったけど」

「マングース？　マングースて、あのハブと戦うやつか？」

「イタチかフェレットじゃないかって言う人もいるけど、あれは違うよ、絶対。ジャワマングースだよ」

「沖縄にはおるんかしらんけど、東京では聞いたことないぞ。最近、タヌキやらアライグマは出るらしいけどな」

「二〇〇九年には鹿児島で見つかってるよ。本州にいてもおかしくない」

丈太がこの廃屋の前でその灰褐色の動物を初めて見たのはひと月ほど前のことで、以来毎日ここを訪れては、餌づけをしているそうだ。

「エサって、パンの耳か？」

「ほんとはソーセージとかの方が好きみたい。なんでも食べるけどね」

「人を怖がらへんのかいな？」

「最初は僕がそばにいるうちは絶対何も食べようとしなかったけど、今は僕の手からだって食べるよ。この前なんか、この袋に顔を突っ込んで、もっとエサがないか探し始めたんだ」丈太は赤い巾着を叩《たた》いて言う。「そしたら、とうとう体ごとここにすっぽり入っちゃったんだよ」

「ほう。連れて歩けるな」

「できるかもね」丈太は楽しそうにそう言ってから、急に真顔にもどり、しんみりした声を出した。「でも、かわいそうだよ。東京が住みやすいはずないし。もともとは東南アジアとか暖かいところの生き物なんだ。冬になったら死んじゃうかも知れない」

そんな話をしながら再び桜田通りに戻ってくると、五反田駅が見えてきた辺りで左に折れて、小さな通りを東五反田の歓楽街の方に入っていく。

一方通行の道路に沿って、低層の建物が立ち並ぶ。その多くは飲食店や風俗店だ。辺りには雑多な食べ物の匂いが混ざったような、繁華街特有の油じみた空気が漂っている。まだ日は落ちていないが、多くの店がもうネオンを灯《とも》らせている。あと一時間もすれば通りも賑《にぎ》わいを見せ始めるだろう。

「ここ」丈太は小さな四つ角にあるコンビニの前で言った。

その古びた建物は二階建てで、一階がコンビニ、二階は居住スペースになっているようだ。

「ここの二階か？」巽の問いに丈太は頷《うなず》く。

「誰と住んでんねん？　父ちゃんと母ちゃんか？」

「ううん。うーんと、まあ、親戚《しんせき》みたいな人」

丈太は巽の顔を見ずにそう言うと、「じゃあね。助けてくれてありがと」と笑顔で小さく手を振って、店内に入っていった。

コンビニの自動ドアの脇に立って、中をのぞいてみる。丈太はレジにいた若い店員とふた言ほど言葉を交わしてカウンターの中に入り、アルミ製のドアを開けて店の奥へと消えた。ドアの向こうのバックヤードは居住スペースへと通じているのだろう。

レジの店員と目が合った。赤と青の派手な制服を着た、痩《や》せた男だ。男は鋭い目つきで巽の全身を素早くスキャンし、すぐに目を逸《そ》らす。

次の瞬間、自動ドアが開いたと思うと、中学生ぐらいの少年が巽のコートの裾《すそ》をかすめて店内に滑り込んでいった。

このガキ――少年の右手首で金色の物体がギラリと輝いたのを巽は見逃さなかった。黒っぽいミリタリージャケットの袖口《そでぐち》から、子供には似つかわしくない腕時計――見立てが正しければ、おそらくロレックス――がのぞいている。よく見ると、左腕にもそれらしきものをはめている。

ミリタリージャケットの少年がレジの前で店員と親しげに話し始めたのを見て、巽はコートから携帯を取り出した。そして、大声でしゃべりながら店に入ってゆく。

「もしもし。ああ、まいど。えらいすんません、連絡おそなってしもて――」

携帯に向かって一人で演技を続けながら、店員と少年が交わす言葉に聴覚を集中させる。中国語か――そう確信した。独特のイントネーションだが、北京語に近い。

ひとしきりしゃべった少年は、得意げな顔で右手首のロレックスをチラッと店員に見せた。

「ええ、ええ、大阪の本社に戻り次第、すぐ手配させてもらいますわ。それより――」

電話中で手が離せない風を装って店員に目くばせし、カウンターの奥のタバコの陳列棚を指差す。

「どれですか？」

無愛想に尋ねてきた店員に、コートのポケットから自分のタバコを取り出して銘柄を示す。店員の日本語に外国人の訛《なまり》はない。

「納期が問題なんですわ。正直ちと厳しい――」巽は携帯に向かって話し続ける。

ロレックスの少年は巽のすぐそばで、レジ横の棚に並んでいるガムを選んでいる。

店員が背を向けて棚からタバコを抜き出しているわずかな隙に、携帯のボタンを一つ、少し長めに押した。

巽が支払いをしている間に、少年はガムをつまみ取り、カウンターの向こう側にするりと回り込んで、丈太と同じように店の奥に姿を消した。

## 2

電車は大崎《おおさき》駅を出て、品川に向かう。

山手線に乗ってこの辺りのオフィス街を通ると、それがよく分かる。

東京という街は、もうすっかり色を失ってしまった。

街全体が暗灰色にくすんだ廃墟《はいきょ》のように見えるのは、今日の空も鬱陶《うっとう》しい花曇りだからというだけではない。

巽は車両のドアに両手をついて、熱心に外の景色を眺めている。桜の木を探していた。ビルの隙間に点描されたようなピンク色が見えた。そこは小さな公園で、隅に桜の木が植えられている。まだ三分咲きほどか。

憩う人の姿はなく、直方体のコンクリート塊がところ狭しと並べられている。公園はもうその役目を変え、建築資材置き場になっているのだ。

明るい自然の色彩を探していたはずなのに、それが墓地に咲く桜のように見えて、かえって気が滅入《めい》った。

この街が廃墟だというのは単なる比喩《ひゆ》ではない。ビルはずい分間引かれて密度そのものが減ったし、錆《さ》びついたフェンスで囲われたまま放置されている未使用地がいたるところにある。更地になっているならまだましな方で、解体途中の建造物が無惨な姿をさらしている一角も珍しくない。

ドアに背を向けてもたれかけ、反対の方角に目をやる。

東京湾に面したこちら側は、もっとひどい。夕暮れ間近の霞《かす》んだ空が大きく開けているのは、建物自体がまばらなせいだ。巽には以前の風景が思い出せない。湾岸沿いを走っていた高速道路もモノレールも、もう消えてしまった。

輪郭のぼやけた街並みを見ながら、一九九五年に神戸で見た光景を思い出していた。阪神・淡路《あわじ》大震災――。あの地震では、阪神高速道路が倒壊し、あちこちで火の手が上がった。まだ少年だった巽も、友人をひとり失った。

いよいよこれが世紀末かと、あのときは思たもんやけどなあ――しみじみと思う。

あの年は、一月に大震災が発生し、その二ヵ月後に東京でカルト教団が神経ガスを使った大規模なテロを起こしたのだ。

自分が生きているうちに、しかも自分が暮らすこの東京に、もっと悲惨な災厄が降りかかるなんて、想像もしていなかった。

この首都がかつての繁栄を取り戻す兆しはない。日本はもはや経済大国ではないのだ。世界からはとっくにそう見なされていたのだが、大多数の日本人がそれを本当に自覚したのは、ここ数年のことだろう。昨夜テレビで見た報道番組では、国家デフォルトをなんとか回避するための方策を、経済学者や政治家が唾《つば》を飛ばして議論していた。

ユーロの急激な信任低下と中国バブルの崩壊に端を発した第二次世界恐慌の波は、当然のように日本も飲み込んだ。連鎖倒産や金融危機が起きたのはどこの国でも似たり寄ったりだったが、輸出偏重の産業構造、膨らみきった国の借金、技術力の急激な劣化という日本特有の事情が経済の立ち直りを阻んだ。

やがて、国家の生命線とも言える優良なメーカーが日本に見切りをつけ、徐々に海外に流出していった。国内には、市場も、高い技術力も、質のいい労働力も期待できない。私企業として当然の選択だった。この大きな流れが止まらなくなってからは、円安とインフレが経済を蹂躙《じゅうりん》し、国民生活をいとも簡単に破壊した。

わずか数年で失業率は十五パーセントを超え、自殺者は年間三十万人を突破した。大恐慌前の実に十倍というレベルだ。老若男女を問わず、ホームレスと化した人々が街にあふれ返った。労働運動や市民運動が活発になり、左翼勢力が凄《すさ》まじい巻き返しを見せるという意外な現象も起こった。

犯罪件数は増加の一途をたどり、都市部の治安は急速に悪化した。中途半端に地上げがおこなわれたまま開発が頓挫《とんざ》した一角では、幽霊ビルと空き地がゴーストタウンにも似た様相を呈した。そうした地区はホームレスや犯罪グループや活動家の巣窟《そうくつ》となり、警察との小競り合いが頻発した。やがて、一般市民が生活を営むエリアと、彼らが決して立ち入らない危険なエリアの線引きが、徐々に明確になっていった。

報道機関は、エネルギー危機と食糧危機がもうそこまできていると連日のように国民を不安で煽《あお》り、日本中に暗澹《あんたん》とした空気が充満した。

そして、人々の不安が、絶望というレベルにまで崩落する、決定的な出来事が起こる。

東京湾北部大震災――。

マグニチュード七・五の東京湾北部地震による大震災だ。

東京湾の北縁、お台場を含む臨海副都心直下を震源域とするこの地震は、東京湾沿岸部で震度七、東京都心部から千葉県西部にかけての広範な地域で震度六強を記録した。

発生時刻が平日の夕方であったことが被害を甚大なものにした。死者、行方不明者は、合わせて二万二千六百十九名。負傷者は十六万人以上。死者の六割近くは火災による犠牲者だった。

都民の約半分、六百万人もの人々が一時避難し、さらにその半分、約三百十万人にのぼる人々が地震後ひと月以上にわたって避難所での生活を余儀なくされた。

建物全壊棟数、火災焼失棟数は合わせて約百二十万棟。そのうち、火災で焼失したのはおよそ九十万棟で、木造家屋が密集していた環状六号線および七号線沿いに被害が集中していた。

揺れによって全壊した建物は二十五万棟を数え、とくに荒川《あらかわ》沿いから江東区、中央区、港区の湾岸エリアの被災が著しかった。なかでも、臨海副都心を中心とする比較的新しい埋立地は、液状化現象によって壊滅的な打撃を受けた。首都高速羽田線、台場線、湾岸線、東京モノレール、ゆりかもめ、その他湾岸エリアを通る鉄道の高架橋は、ほとんどすべてが倒壊した。

経済的な被害額はおよそ二百兆円とも三百兆円とも言われ、すでに瀕死《ひんし》の状態にあった日本経済はこれによって完全に破綻《はたん》したと世界は判断した。

あの大震災から丸四年——。

当時は歪《ゆが》んで見えた街も、どうにか平衡感覚だけは取り戻したように見える。しかしそれは、膨大な後片付けが終わったというだけのことだ。倒れた建造物が消え、焼け跡が更地になり、ガレキの山がどこかへ運ばれていっただけに過ぎない。

復興は遅々として進まず、街はまだスカスカだ。とくに、湾岸エリアはまるで空襲でも受けたかのような有様で、うすら寒くなるほど見晴らしがいい。

そもそも国内の建設業界はすでに死屍《しし》累々という有様で、円の暴落のせいで資金力に乏しい中小企業は資材の輸入すら困難になっている。ゼネコンでも盛んに統廃合がおこなわれ、淘汰《とうた》が進んだ。

ドアにもたれた巽の目に、見知った顔がコマ送りのように続けて映る。

軌道敷の端に立ち並ぶ錆びついた看板に、男の顔が大写しになった同じポスターが何枚も貼られているのだ。

ポスターの中で、口元をきりりと引き締め、斜め上を見上げているのは、東京都知事の岩佐紘一郎だ。柔和な印象を与える下がり気味の目尻《めじり》には、さすがにずい分皺《しわ》が増えた。だが、長めに伸ばした豊かな黒髪は、十二年前から変わらない。今年四期目の再選を果たし、ついに五十の坂を越えたこの政治家は、さわやかな青年知事ともてはやされた就任当時の面影をまだ十分残している。

知事の顔の上では、真紅の文字が〈もう一度灯《ひ》をともそう！　私たちの東京に！〉としつこく呼びかけているが、すっかりお馴染《なじ》みのこの復興スローガンも、湿ったコンクリート色の街並みの前ではただ空々しい。

震災直後の会見で都知事が見せた涙は、今も人々の語り草だ。ひげも剃《そ》らず、疲労に充血した目を落ち窪《くぼ》ませて、「どんなことをしてでも、都民の皆様の安全を守り抜き、すべての家族の平和と、子供たちの笑顔を取り戻して見せます」と、声をつまらせながら訴えたのだ。

確かに岩佐知事は、強力なリーダーシップを発揮して、精力的に震災後の混乱の収拾にあたった。内閣の一員として「首都庁」の長官も兼務する岩佐に与えられた権限は強大だ。「非常事態」の名のもとに、次々と新たな制度や法律を作り、また改めた。そこに危うさを訴える声は常に上がっていたが、岩佐はときに情熱的と評される得意のスピーチで世論を巧みに誘導し、そうした声をかき消した。

巽は、ふん、と鼻息を漏らし、ポスターから目を逸《そ》らす。岩佐のケレン味たっぷりの言動が、巽は昔からどうしても好きになれない。

都知事の指示による戒厳令下のような取り締まりのおかげで、混乱を極めた治安も小康状態を保ってはいる。それは確かに岩佐の功績かもしれない。

しかし、大きな避難所はそのまま反社会的な勢力の温床となって存続しているし、ゴーストタウン化が一気に加速したことで治安の悪いエリアが大きく拡大した。警視庁が指定している二十三区内の「立ち入りに危険を伴う区域」――略して「危険区域」と呼んでいる――は、面積比率ですでに十五パーセントを超えている。

住居や職を失った人々や、治安の悪化を嫌う市民が大挙して東京を離れた。都民の流出はとどまるところを知らず、東京の人口は昨年とうとう七百万人を割り込んだ。

俺も、もう大阪に帰ろか——ぼんやりとそんなことを考える。

孤独な巽にしてみれば、東京暮らしに未練などない。

かつては巽にも、ここに家庭があった。だが、ひとり息子の俊が死んで、家族も職も、すべてを失った。

その責めを負って、ひとりこの街に身を置き、自らに罰を与えている——そこまではっきりと自覚したことはない。だが、いつまでも東京から離れられずにいるのは、その過去に自分がきつく縛られているからだとは思う——。

品川駅で電車を降りて、ホームの時計に目をやった。待ち合わせの時間までまだ三十分近くある。

先に店に入って一杯やりながら待つことに決めた巽は、改札を通ろうとして見慣れない光景に目を留めた。

自動改札機の脇で、濃紺の制服を着た五人の若者が、壁に沿って横一列に並んで立っている。あの軍服と作業着のあいの子のようなつなぎは、「国土復興協力隊」の制服だ。

とうとう駅の警備まで仰せつかったか——半ば呆《あき》れるような思いがする。

この制度は、震災後、「国土復興協力プログラム」として、岩佐知事の主導のもと、首都庁が企画して始まった。被災地の後始末のための労働力を格安で確保する妙案だと、都民の多くがこれを支持した。

プログラムの対象となるのは十八歳以上二十四歳までの男子で、寮生活をしながら首都復興の労働に二年間従事すると、大学や専門学校で学費免除や奨学金付与といった金銭面の援助が受けられるというものだ。経済的な理由で大学進学をあきらめたり、入学はしたものの授業料が払えなくなって卒業を断念する若者が毎年何万人も出ていたため、このプログラムには応募者が殺到した。

初年度の成功に気をよくした岩佐知事は、プログラムの中身をどんどん拡大した。当初は避難所の設営や被災した建物の解体、インフラの修繕などに従事していたものが、いつの間にか「危険区域」周辺にも常駐するようになり、治安維持の真似事のようなことをするようになった。

プログラム開始から二年後には、制度の名称が「国土復興協力隊」と改められ、ほとんど軍隊のそれに近い入隊後半年間の訓練期間も義務づけられた。

そしてついに昨年からは、一部の上級隊員に拳銃《けんじゅう》の携帯が認められている。パトロール中のトラブルで命を落とす隊員が続出したからだ。

巽は当時の印象的な場面を思い出す――殉職した隊員の葬儀に参列し、こぼれる涙も拭《ぬぐ》わず遺影に敬礼する岩佐の姿が、テレビで繰り返し放送されたのだ。

時おり唇をかみ締めながら、「隊員に拳銃を携帯させることを、検討いたします」と岩佐が発表したのは、その翌日のことだった――。

巽は、改札を通る人々に目を光らせている右端の隊員が、腰にホルスターを下げていることに気づいた。彼がこの分隊の隊長に違いない。

店の引き戸が三十センチほど開き、鴻池みどりが顔だけのぞかせた。

酔客の大声とともに外へ流れ出た煙がしみたのか、地味な黒縁メガネの奥で両目をきつく閉じ、渋面をつくっている。

メガネをはずし、目頭を押さえながら店内に入ってきたみどりは、案の定、そばにあった丸椅子を蹴飛《けと》ばした。誰も座っていない椅子に向かってペコペコ頭を下げながら、慌ててメガネをかけ直す。

ようやく視覚を取り戻したみどりは、気まずそうに辺りを見回しているが、会話に夢中な客の中で彼女の失態に気づいた者は、巽の他にはいなかった。

「おう、こっちや」巽は笑いを嚙《か》み殺し、右手を挙げて大声で呼ぶ。

みどりは忌々《いまいま》しそうに煙を手で掃《はら》いながら、ふくれっ面で巽のテーブルまでやってきた。他人が見れば、堅物の女教師が慣れない店に足を踏み入れてしまったのか、などと想像するかもしれない。

焦げ茶色の大きな革のカバンを空いている椅子に置き、ベージュのスプリングコートをその上に掛けて、黙って向かいの席に座る。

「久しぶりやな」巽の前にはほとんど空になったビールジョッキと七輪がある。

「半年ぶりぐらいかしら。それにしても、ひどい煙ね。初めて来たわ。ホルモン焼きなんて」みどりの口ぶりは、わざとらしいほど素っ気ない。

「旨《うま》いで。なんか焼くか？」

「でもまあ、こんな店なら目立たなくっていいわ。あなたみたいな不良中年と一緒にいるとこ、署の人間に見られたくない」みどりは店内を見回して言う。

客はほとんどが会社帰りのサラリーマンのグループだ。

「さすが警部殿ともなると、冷たいもんやな。俺らみたいな半端モンには」そう言ってニヤニヤ笑う。

「すすんでその半端モンになったのは誰？　私は引き止めたはずよ。いくら本庁から左遷されてきたからって、少年係の警官が二年も我慢できずにグレて辞めるなんて、笑い話にもならない。そんな部下をもった上司の身にもなりなさい」

「ちょ、ちょい、声が大きい」巽はバツが悪そうに辺りを見回した。「元部下やろ？　相変わらず、容赦ないな。たとえ問題児やったとしても、卒業した教え子とは、仲良う酒を酌み交わすもんでっせ」

みどりはクスリともせずにグレーのスーツの袖口《そでぐち》に鼻を寄せ、匂いがつかないかどうかをしきりに気にしている。

鴻池みどりは、品川署の生活安全課に勤務している。少年係が長く、五年前に署で初めての女性係長になった。去年、警部に昇進したので、そろそろ課長か、あるいは本庁に呼ばれてもおかしくない。

「で、何？　いきなり。私忙しいのよ。服がホルモン臭くなる前に帰りたい」

「また勉強かいな。ホルモン臭い女より、辛気臭い女の方が嫌われるで」

巽はそう言ってひとりで笑うと、元上司に気遣うような視線を向けた。

「昇進試験も大事やろうけど、点取り虫もほどほどにせんと——」

点取り虫。品川署の官僚。笑わない女——。

すべて、みどりにつけられたあだ名だ。そう呼ばれていることを知ってはいたが、性分は変えられなかった。そういう評価を突っぱね、さらに意固地になるようにして、みどりは仕事と出世に精力を傾けてきた。

一方、本庁のマル暴から所轄に、しかも、みどりの率いる少年係にとばされてきたときの巽は、仕事への情熱を完全に失っていた。やる気もなく粗暴なマル暴あがりの大男と、黒縁メガネの融通の利かない女——当初、上司と部下はことあるごとに衝突した。

しかし、ある出来事をきっかけに、この二人は奇妙な絆《きずな》で結ばれることになる。その後の巽は、警察を去るまで二年足らずの間、仕事熱心とは言わないまでも、要所要所で上司のみどりをサポートした——。

みどりが腕時計を見て言う。

「佐智《さち》、来年受験なのよ。九時半には塾に迎えに行かないと」

「塾て、さっちゃん、今度六年生やろ？　中学受験するんか？」

みどりには娘がひとりいる。だが、自ら腹を痛めた子ではない。別れた夫の連れ子だ。

巽は品川署時代にこの母娘《ははこ》とよく食事に出かけたので、佐智も巽になついている。

巽には、みどりと佐智はどこにでもいる普通の母娘に見える。血がつながっていないことをどう思っているのか、本人たちの口から聞いたことはない。ただ、みどりが警察での出世にあまで拘《こだわ》ることには、佐智の存在が少なからず関係しているんだろうという気はしている。

二人はホルモンをつまみにビールを一杯ずつ飲んだ。話が弾むわけではない。巽が時どき思い出したようにみどりの近況を尋ね、みどりがポツリポツリとそれに答える。二人はいつもこんな感じだ。

一つ大きなゲップをして、本題に入った。

「このガキ、知らんか？」

携帯を開き、液晶画面に映る東洋系の少年の横顔をみどりに見せる。丈太が入っていったコンビニで、ロレックスをはめた少年を隠し撮りしたものだ。巽は警官時代から、シャッター音が鳴らないように改造させたカメラ付き携帯を使っている。

みどりは携帯を手にとって首をかしげる。「どこ？　ここ」

「東五反田のコンビニ」答えながらテーブルに身を乗り出す。「このガキ、両腕にロレックスはめとった。金ピカで文字盤にダイヤが入った、趣味の悪いやつや。盗品かバッタモンか分からんが、とにかくあれは真っ当な品と違うぞ。なんか聞いてないか？」

首を横に振って無言で画像を見つめていたみどりが、わずかに目を見開いた。

「これ、刺青《いれずみ》かしら？　首のところ」

「たぶん、そうやな」巽もそれには気づいていた。少年のミリタリージャケットの襟元から、直径五センチほどの青黒い幾何学模様がのぞいているのだ。

「なんの柄かはよう分からん。星かなんかの形に見えるけど」

「星……」みどりはハッと息を呑《の》んで、そうよ、と言った。

「チーチェンかも知れない」

「チーチェン？　中国か？」

「ええ。はっきりとは言えないけど、面影があるわ。確かに、もう中学生ぐらいになってるはずね。手裏剣のタトゥーをしてたのよ。首に」

「補導歴あるんか？」

「ううん、そうじゃなくて――」みどりはそこで言葉を区切り、巽の目を見据えて言った。

「この子、ストリートチルドレンだったの」

巽がまだピンとこないといった表情で眉《まゆ》をつり上げたのを見て、みどりは言葉を継ぐ。

「例の、『消えた震災ストリートチルドレン』のひとりよ」

巽は、おう、と意外そうに喉《のど》をうならせた。何年ぶりに聞く言葉だろう。

「今頃出て来よったか、亡霊が」

「この子だけじゃないの。私の耳に入っているだけで、これで七人目。ここ数ヵ月の間に、突然あちこちで目撃されるようになってる」

「何か話は聞けたんかい？　その連中のうちの誰かに」

「ううん。どのケースも、コロニーや危険区域なんかで偶然見かけたってだけで、居場所も特定できてないし、しっかりした本人確認もまだ」

カバンから手帳を取り出したみどりに、コンビニの場所を説明する。

「そのコンビニにな、中国語しゃべる店員がおる。若い、ひょろっとしたあんちゃんや。チーチェンとかいうガキ、その店員にチラッとロレックス見せて、店の奥に消えた」

みどりは几帳面《きちょうめん》にメモを取りながら言う。「当時、チーチェンのグループには、リーダー格の年長の少年がいたわ。そっちは名前も何もつかめなかったけど、チーチェンとは兄弟じゃないかって言われてた」

「兄貴か。気安うしゃべっとったから、そうかも知れん。俺の見たところ、その店員も噛んどるぞ」

みどりは顔も上げずにボールペンを走らせている。

巽は、タイミングをはかって、続けた。

「それからな――」何気なさを装ったつもりが、かえって不自然なほど早口になる。

「この辺で黒人の男の子、見たことあるか？　丈太いう名前や」

「見ないわね。黒人の子は。その子がどうかしたの？」

「その子もそのコンビニに出入りしとる。なんちゅうか――ちょっと変わった子でな。

親と暮らしてるわけやなさそうやし、訳ありみたいやぞ」

丈太と出会った経緯を手みじかに説明すると、みどりは黙ってそれを聞きながら、要点を書き留めた。うつむき加減のみどりの表情からは、どんな感情も読み取れなかった。

九時を少し回った頃に店を出た。

駅まで並んで歩いていると、みどりが唐突に言った。

「――あなた、さっき言ってた丈太って子のこと、気になってるの？」

「いや――別に。なんでや？」

巽は真顔を保ちつつ、心の中で苦笑する。係長には、お見通しか――。

「だって、チーチェンはともかく、丈太って子は非行も何もないじゃない。たまたま知り合った訳ありの男の子に肩入れしてる、なんて聞いたら、少しは気になる」

「なんやなんや、柄にもなくしおらしいこと言わんといてくれ。調子狂てまうわ」巽は気恥ずかしさを隠すように、カカカと声を立てて笑った。「あれか？　俺がその子に死んだ息子の面影を……ってか？」

「歳も、近いみたいだし」

「ちゃうちゃう、そんなおセンチなこと。肩入れ言うたかて、丈太とは偶然二回出会《でお》うただけや。それに、丈太と俊は似ても似つかん」

「そう」みどりは正面を向いたまま言う。「――ならいいけど」

改札口で、別れ際にみどりが言った。

「――近いうちに行ってみるわ。そのコンビニ」

「頼りにしてるで、係長」

巽のおどけた調子に、みどりは小さなため息で反応する。

頼りにしてるで、係長――このセリフは、腰掛け少年係員だった巽が、稀《まれ》にみどりとともに真剣に何かに取り組もうとするときの、照れ隠しにも似た合図だった。

そして、巽がこの合図を送ってきたときの事案は、実際に重大な事件へとつながることが多かった。刑事としての巽の勘を、当時のみどりは信頼していた――。

「何か分かったら、また知らせる」

みどりはバッグからパスケースを取り出しながら、素っ気なく巽に礼を言った。

「情報提供は、善良な市民の務めやからな」巽は「善良な」のところをわざとらしく強調して、下卑た笑顔を見せた。

それを見たみどりが、険のある目つきで訊《き》く。

「あなた、まだヤクザの用心棒みたいなことしてるの?」

「用心棒て、人聞きの悪いこと言わんといてくれ。アドバイザーや。テクニカル・アドバイザー」

電車に揺られながら、巽は最後にみどりが言ったことを思い返していた。

ヤクザの用心棒――。

確かにその通りや。ヤクザに飼われてるやなんて、ヤクザそのものよりタチが悪い――ガラス窓に映る自分の顔を見て、口の端を歪《ゆが》める。

一年前、警察を辞めた巽に残された居場所は、皮肉なことにヤクザの世界だけだった。巽はその警官人生の大半を本庁組織犯罪対策部の刑事として過ごした。悪徳警官だったわけでもないし、暴力団との癒着もない。むしろ覚醒剤《かくせいざい》がからんだ犯罪への憤りは他の刑事よりも峻烈《しゅんれつ》で、巽の容赦ない取り締りは暴力団関係者の間でもよく知られていた。

だが、マル暴の刑事を十年近くも続ける人間の根底には、ヤクザという生き方に対する共感のようなものが深く根を張っている場合も多い。巽もそんな刑事のひとりであり、ヤクザ社会の中にそれなりの人間関係を築いてきた。

路頭に迷いかけた巽を拾ったのは、古くからの知り合いの村崎《むらさき》という暴力団幹部だった。宇多《うだ》組というところで若頭をしている男だ。暴力団にとって巽の刑事としての知識と経験は貴重なものだったし、筋モノのあしらい方や、命知らずとも思える押し出しの強さも、若いヤクザたちには魅力的に映った。

巽はこの一年間、そのヤクザのシノギに協力することで報酬を得ている。少々なら荒っぽいことも厭《いと》わずにするし、警官時代のツテをたよって得た情報を流したりもする。ヤクザの方でも巽の性格をよく分かっていて、薬物がらみの仕事には巽を近づけない。顧問料として貰《もら》っている報酬は決して大きな額ではないが、独り身には十分なものだった。

大崎駅で乗ってきた小学生ぐらいの男の子が、向かいの席にちょこんと腰かけた。ランドセルから分厚い参考書を取り出して、細い膝《ひざ》の上に開く。塾からの帰りだろうか。

脳裏にふと丈太の顔が浮かぶ。

係長が、いらんこと言うからや――。

あいつも、丈太も「震災ストリートチルドレン」やったんやろか――。

向かいの少年は、ずり落ちそうになるメガネをときどき上げながら、指で丹念に文章を追うようにして参考書を読んでいる。

夜遅うまで塾通いもご苦労なこっちゃけど、さっちゃんにしてもこの子にしても、幸せなんやろな――とりとめもなく、そんなことを思った。

3

鴻池みどりは、第一京浜が北品川に差しかかる辺りで、アクセルペダルから右足を浮かせ、助手席側の窓に目をやった。

こんもりと茂る木々の奥に広がっているのは、品川神社の境内だ。震災時には、ここも北品川一帯の古い住宅から焼け出された人々の避難所となった。

通りに面した鳥居の先に、境内へと続く石段が見える。

みどりが初めて「震災ストリートチルドレン」と遭遇したのは、ちょうどこの鳥居の下だった。

あれは、震災から二ヵ月ほど経った頃のことだ。

街には、ライフラインの復旧にあたる作業員や、散乱したガレキや焼け跡と格闘する人々の姿が増えていた。住むところを失った人々も、東京の外に疎開したり、避難所での生活にそれなりに馴染《なじ》んだりして、ようやく落ち着きを取り戻しつつあった。

ある日、この近くにあった支援物資の配給所で起きた住民どうしの暴力沙汰《ざた》に出動したみどりは、神社の石段に座ってすすり泣く幼い女の子を発見した。

その女の子は、クマのぬいぐるみを胸に抱き、転んで擦りむいたらしい膝小僧を小さな手で押さえていた。

「——転んじゃった？」

みどりはその子の前にしゃがんで話しかけたが、彼女はただ手の甲で涙を拭《ぬぐ》うばかりだった。

「お母さんはどこ？　この上の避難所？」

みどりがいくら問いかけても、女の子はきつく口を閉じたまま、顔を上げようともしなかった。

すると、浅黒い肌をした十二、三歳の少女が石段を駆け下りてきた。その少女はみどりに目もくれず、泣いている女の子の腕を無言でつかんで強引に立たせた。その拍子に女児の腕からクマのぬいぐるみが転げ落ち、みどりがそれを拾い上げた。

ぬいぐるみを女の子に手渡したとき、初めて彼女と目が合った。涙に濡《ぬ》れた瞳《ひとみ》は澄んでいたが、丸い頬はひどくかさついていた。

佐智よりもまだ幼い——みどりは思わず彼女の頬に手を伸ばした。しかし、手のひらが肌に触れる寸前、女児の体は勢いよく上方に引き離された。

年長の少女は、そのまま女の子の手を強く引いて、逃げるように石段を上がっていった。

「待ちなさい——」

みどりは少女たちの背中に声をかけたが、二人は振り向きもせず境内へと消えた。

日本人ではない——みどりはそう直感したものの、避難所に家族で暮らす姉妹だろうと思い込み、さして気にも留めずに住民トラブルの現場に急いだ——。

ちょうどその頃から、外国人と見られる子供たちが通りにたむろする姿が、都内のあちこちで目撃され始めた。

それはおもに、四、五歳から十代前半までの少年少女たちで、薄汚れた衣服を身にまとい、常に子供ばかり数人でかたまって行動していることから、身寄りのないストリートチルドレンであると推測された。

警察に寄せられた情報は、「一日中通りをブラブラしている」「段ボール箱で作った寝床に寝泊まりしているようだ」「避難所に忍び込んで食べ物を盗んでゆく」「声を掛けても何も答えないので、どうしてやればいいのか分からない」といったものだった。

被害届まで出されたケースは稀だったが、そのうち彼らが何かしでかすのではないかと脅《おび》えた住民からの声は、日に日に増えていった。

品川署の管内でも、そうしたストリートチルドレンのグループが複数確認された。その中にクマのぬいぐるみを抱いた幼い女の子が含まれているという報告を聞いたとき、みどりは思わず歯がみして自らの不明を呪った。

他にも十人余りの少年少女については、その容貌《ようぼう》や通名が認識され、個人として特定された。だが、グループはいずれも神出鬼没で、住民からの通報や署員による巡回だけでは、彼らの行動パターンまで把握できなかった。

みどりの率いる少年係では、当初、彼らが在日外国人の震災孤児である可能性も視野に入れ、機会をとらえて実態をつかもうということになっていた。

しかし、それは実現しなかった。

震災によって緊急の対応を迫られた膨大な仕事の山の前で、少年係としての本来の任務はすべて後回しにされていた。ストリートチルドレンの情報収集に人員を割いてみてはどうかというみどりの進言にも、生活安全課の課長は耳を貸さなかった。

しかし――みどりはあらためてあのときの自分を省みる。

震災直後の混乱を言い訳にして、心のどこかでそれも仕方がないと思ってはいなかったか――？

確かに、当時の忙しさは異常だった。街でたまたまそれらしい少年少女に遭遇することがあっても、まともに彼らと向き合う時間などとれなかった。こちらから声を掛けても、日本語が理解できないのか、ただ一目散に逃げ出してしまう子供がほとんどだった。日本人を拒絶している——それがみどりの抱いた印象だ。都内のあちこちにある避難所を訪れさえすれば、ボランティアなり、彼らと言葉が通じる同胞の大人なりが、最低限の保護を与えてくれるはずだ。しかし、そういう話は聞いたことがない。

一部のマスコミは彼らの存在を取り上げて、「震災ストリートチルドレン」と呼び名をつけた。しかし、ほとんどの記事やニュースは、彼らを「身元の分からない外国人の震災孤児と見られる」と一くくりに報道しただけで、通りをうろつく薄汚れた子供たちが人々の関心を呼ぶことはついになかった。

そんな風にしてさらに数ヵ月捨て置かれたこの事態は、何とも後味の悪い幕切れを迎えることになる。

解決したという意味ではない。都内のストリートチルドレンが、忽然《こつぜん》と——極めて短期間のうちに忽然と——街角から姿を消してしまったのだ。その経緯を正しく把握しているものは、警察にはひとりもいなかった。

初めは、各署の少年担当の捜査員たちも、この現象を「消えた震災ストリートチルドレン」と呼んで不思議がった。しかし、次から次へと鼻先に突きつけられる事件に追われているうちに、消えた子供たちの謎は懸案事項リストの下へ下へと追いやられ、やがてリストから外されてしまった。それは、品川署のみどりたちとて同じだった。

それから三年以上もの間、彼らを街で見かけることはなかった。そう、ここ数ヵ月の間にチーチェンはじめ数人が突然舞い戻ってくるまでは――。

　東五反田に到着したみどりは、大通りの路肩に車を停め、手帳を取り出してコンビニの場所を確認した。巽から情報提供のあった店だ。

　そのコンビニをアジトに、チーチェンらが何らかの犯罪に手を染めているとすれば、その責任の一端は自分にもある――みどりはある種の覚悟をもってここまで車を走らせてきた。

　ストリートに子供たちを放置すれば、いずれ彼らが重大な反社会的行為にコミットするようになることぐらい、四年前も容易に想像できたのだ。少年係の責任者として、あのときのツケを払うべきなのは、やはり自分だ。

　クマのぬいぐるみを抱きしめた女の子の泣き顔が、ふと目に浮かぶ。

　あの子は、今頃どこでどうしているだろうか――。

　車を降りると、部下の兼岡《かねおか》の携帯を鳴らした。兼岡は一足先にこちらに到着しているはずなのだが、なぜか呼び出しに応じない。

　東五反田の歓楽街へ一歩足を踏み入れた瞬間、みどりは異変を察知した。

　五十メートルほど先のコンビニの前に人だかりができている。十人近くいるだろうか。店内をのぞき込んだり、周囲をキョロキョロ見回したりしながら、皆心配そうな顔で声高に何か言い合っている。

　あのコンビニだ――全身の毛穴が開くような感覚に襲われて、無意識のうちに駆け出していた。

「ねえ！　一一〇番は？　誰か警察に連絡した？」緊迫した男の声が聞こえてくる。

「駅前に交番あるから！　今ひとり走った！」別の男が声を張り上げて答える。

走りながら目だけで兼岡を捜したが、通りにその姿はない。

歓楽街の入り口で落ち合って、一緒にコンビニに向かう——署を出る前に携帯でそう確認したのは、たった三十分ほど前のことだ。

兼岡はもうあのコンビニにいるのか？　何があった？　不安が押し寄せてくる。

店の前までたどり着き、息を切らしながら「どうしました？」と、人だかりの一番外側にいた若い女に声をかけた。

「よく分かんないけど、営業中のはずなのに店の自動ドアが開かないらしくて。中に誰もいないっぽいし。それで、あれ——」女が怯《おび》えた様子でガラス扉の下の方を指差す。

背伸びして人垣の間から中をのぞくと、店内の白い床の上に一筋の赤い線が見えた。その粘度の高い赤い筋は、両開きの自動ドアの継ぎ目へと続いていて——みるみるうちにガラスと床との隙間から外に滲《にじ》み出てきた。

「やっぱり血だよ！　血！」誰かが声を震わせて大声を上げ、周囲がざわめく。

目の前の人間を押しのけながら鋭く言った。

「どいてください！　警察です！」

人々が一斉にみどりの方に振り向いて、左右によける。

みどりは自動ドアに取り付いて隙間に爪をかけ、力を込めた。だが、ドアはビクともしない。

右手に金属製の傘立てが置いてあるのが目に入った。カバンから捜査用の白い手袋を取り出すと、それを両手にはめながら厳しい声を出す。

「皆さん、下がってください！　もっと！　もっと下がって！」

周囲の安全を確かめると、傘立てを両手で摑《つか》んで頭の上まで振りかぶり、ガラス扉に向かって勢いよく振り下ろす。

ガラスが砕ける音が辺りに響き渡り、遠巻きにしていた人々も思わず後ろにのけぞる。誰かが「ワーオ」と声を漏らしたのが聞こえた。

さらに数回傘立てをガラスに打ちつけて、やっと人が通れるほどの大きさの穴を開けると、身をかがめて店内に潜り込む。頭を守ろうとして思わず上に伸ばした左手の甲に鋭い痛みを感じたが、そんなことに構っていられない。

床を這《は》う血液の筋はだんだん太くなって、レジカウンターの内側へと続いている。みどりの鼓動はこれ以上ないほど速くなっている。

カウンターから身を乗り出すようにして中をのぞき込んだ瞬間、目の前の光景がグニャリと歪《ゆが》み、脳内の血液が一気に落下するような感覚を味わった。

そこに横たわっていたのは、兼岡だった。

白かったはずのワイシャツは真っ赤に染まり、グレーのネクタイの先が大きな血だまりに浸《つ》かってどす黒く変色している。刺されたのか、撃たれたか――。

みどりは兼岡のそばに駆け寄ってひざまずくと、血まみれの頸《くび》に指を当てながら、生気を失った兼岡の青白い顔に頬を寄せる。呼吸はしていないが、ほんのかすかに脈がある。

「救急車！　早く！　誰でもいいから早くっ！」外に向かって叫んだ。

ちょうど現場に到着して店内をのぞきこんでいた制服姿の警官が、慌てて肩の無線に手をかけた。

兼岡は救急車の中で心肺停止状態となり、搬送先の病院で死亡が確認された。臨終を告げた救急医によれば、頸の右側を鋭い刃物で切られたことによる失血死とみられるらしい。死因と凶器を詳しく特定するために、遺体はそのまま検死にかけられることになった。

付き添ったみどりも、同じ病院で左手の甲の傷の手当てを受けた。尖《とが》ったガラスにえぐられた傷は思ったよりも深く、二針縫った。何も知らない若い外科医は、縫いながら、「腱《けん》が傷ついていなくてよかったですね」と微笑んだ。

署が迎えに寄越《よこ》してくれたパトカーの中で、三上《みかみ》という巡査が緊張した面持ちで言った。

「真っすぐ課長のところにお連れするように言われてます。事情聞きたいそうです。現場には機捜が入りました。兼岡さんの家族には課長の方から——」

みどりは何も答えなかった。包帯を巻いた左手を強くさすりながら、こみあげてくる怒りと涙と後悔を必死に抑えようとしていた。

兼岡衛《まもる》は、まだ交番勤務から上がったばかりの、課で一番の若手だった。この一年間、みどりが自ら少年担当の刑事としてのイロハを叩《たた》き込んできた。

今日の午前中、あのコンビニを兼岡と二人で訪れることにしていた。みどりは朝一番に会議があったので、兼岡が先にひとりで東五反田に向かった。今朝、署で顔を合わせたときには、「周辺で聞き込みしてみますよ」と言っていた。

なぜ私を待たずにひとりで店内に入ったのか。きっと危険を認識していなかったに違いない。一年経って、悪い慣れが出たか。いや、私自身ここまでのリスクは想定していなかった。せいぜい少年の盗犯だとたかをくくっていた。甘かったのは私の方だ。

すべての責任は私にある。単独行動をきつく戒めておかなかった私に——。

兼岡の顔が頭に浮かんでくる。少年係には本人の強い希望で配属されてきた。まだどこかあどけなさが残る、年上に甘えるのが上手な若者だった。

「——係長って、学級委員やってたタイプでしょ？　容赦ないとこありますもんね、悪ガキどもに。俺、結構な悪ガキでしたから、係長が奴らに説教たれてると、逆に俺の方がビクッとすることあります。でもね、だからね、あいつらの気持ち、よく分かるんすよ。きっと係長より、分かります」

ちょっと生意気な顔つきで、よくそんなことを言っていた。

兼岡を刺したのがチーチェンなのか、その兄と見られるコンビニ店員なのかは分からない。兼岡は少年たちに高圧的な態度をとる刑事ではない。まずは向き合って話を聴こうとしたはずだ。事情を聴きに来ただけの警官を殺害するというのは、ただごとではない。

チーチェンたちは、一体何を――？

この四年間の彼らの来し方を想像しようとしたみどりは、ふと湧き上がってきた思いに慄然《りつぜん》とした。

違う――。

私の罪は、もっと重い。震災直後、あの子供たちに手を差し伸べなかった警察の無作為が、私自身の怠慢が、チーチェンらを闇の世界へと追いやり、結果として兼岡を死に至らしめたのだ。

私のせいで、彼は死んだのだ――。

みどりは包帯の上から傷口の辺りを強く握った。鋭い痛みとともに、包帯に血が滲んだ。

## 4

その頃、宇多組の事務所で用を済ませた巽は、桜田通りを北上する車中にいた。

「花見するなら、今週末あたりすかね」ハンドルを握るセイジが話題を変えた。巽を自宅マンションまで送り届けるのは、話し好きなこの若い組員の役目と決まっている。

「――ああ、せやな」窓の外をぼんやりと眺めながら、生返事をした。

セイジはこの界隈《かいわい》のお花見スポットについてしゃべり続けている。

今日も空はどんよりと曇っているが、湿気を含んだ妙に生ぬるい風が吹いている。巽は今日のような天気が嫌いではない。

セイジが思い出したように訊《たず》ねてきた。

「そう言えば、巽さん、知ってます？」

「ああん？」このもったいぶった言い方は、どうせまたヤクザがらみのゴシップや――その予感は的中した。

「神戸の山際《やまぎわ》組、台湾系の黄幇《ファンバン》と組んで、大阪の大陸マフィアと戦争寸前ですって。わざわざこっちの方まで人を遣《や》って、チャカやら手榴弾《しゅりゅうだん》やら、やたらめったら買い漁《あさ》ってるって話ですよ」

「またあのしょーもない雑誌で仕入れたネタか？」

「しょーもなくないですよ！『実話ダイナマイト』は俺のバイブルなんすから。巽さんも読んだ方がいいです。男のたしなみですよ。ほら、最新号そこにあります」セイジはそう言って、後部座席を指差した。

シートの上に、週刊誌の半分ほどの厚みしかない安っぽい紙質の雑誌が転がっていた。

センスの悪い真っ赤なフォントで「実話ダイナマイト」とでかでかと書かれていて、その下ではお世辞にも美人とは言えない水着姿の若い女が微笑んでいる。

セイジは訳知り顔で続ける。「山際組、最近五代目が就任して綱領変えたでしょ？武闘派路線が強くなったんすよね」

「おいセイジ――」巽は「実話ダイナマイト四月一日号」をペラペラとめくりながら、呆《あき》れ顔で訊《き》いた。「どうでもええけど、こんな雑誌、いつもどこで買《こ》うてんねん？　本屋でも駅の売店でも、売ってるとこ見たことないぞ？」

「だから、俺の場合は、定期購読です。家に届きます」セイジはどこか自慢げだ。

記事の半分は広域暴力団に関するもので、残り半分はエロ、ギャンブル、スキャンダルといったところか。この手の雑誌にもメジャーなものが数誌ある。裏表紙を見て確かめてみたが、「実話ダイナマイト」の出版元は聞いたことがない怪しげな会社だ。どこがそんなにいいのか分からないが、セイジのようなコアなファン頼みの超マイナー誌なのだろう。

セイジはまだ山際組の人事についてしゃべり続けている。巽は通りの景色を眺めながら、適当に相づちを打っていた。

五反田駅のガードをくぐると、左手にあの空き地が見えてきた。丈太がマングースを見たと言っていた廃屋がある一角だ。

巽は「実話ダイナマイト」をくるっと丸めると、それでセイジの頭をポコポコと軽く叩いて言った。

「ここでええわ。どっかその辺で降ろしてくれる？」

今日はなぜだかセイジの話につき合うのが億劫《おっくう》で、散歩がてらブラブラ歩いて帰ろうと思った。

空き地の正面で巽を降ろすと、セイジは短くクラクションを鳴らしてすぐに走り去った。

車を見送ると、空き地の奥に続く脇道の入り口へと足を向けた。敷地の周囲に張り巡らされた金網のフェンスに沿って、ゆっくりとした足どりでその細い道を進んでいく。

せっかくやから、マングースとやらの顔でも拝んでみたろ——そう独り言《ご》ちてはみたが、丈太の顔が頭にちらついた。あの子は日に三回はここに来ると言っていた。

空き地の一番奥までやってきた。周囲には誰の姿もなく、フェンス越しに見える廃屋はひっそりとして物音ひとつしない。

最後まで地上げに抵抗した家やろか——そんな想像とともにこの最後の砦《とりで》の残骸《ざんがい》を眺めながら、タバコを一本抜き出して火をつけた。

大きく煙を吐いた瞬間、紫煙がからむ金網の向こうで何かが動いた。ほんの一瞬だったが、空き家の壁に開いた大きな穴のところだ。

息をひそめ、まばたきも我慢して、壁の穴をジッと見つめる。

数秒後、小さな動物が穴からヒョイと頭をのぞかせた。灰色と茶色の中間ぐらいの色の毛皮をまとい、顔立ちはイタチのように見える。もちろん巽にはそれをマングースだと同定できる知識などない。

あれか——もっとよく観察しようと目の前の金網に静かに両手をついて前かがみになった瞬間、右の方から音もなく急接近してきた何者かにいきなり尻《しり》を突き飛ばされた。

「おわっ！」と短く叫んでバランスを崩し、額を金網にめり込ませた巽は、その場にうずくまって、ぐう、と呻《うめ》いた。突き飛ばした人物はそのままスピードを落とすことなく桜田通りに向かって走り抜けていく。

「なんや！　誰や！　ツウ……」

額をさすりながら立ち上がり、犯人が走り去った方に目をやった。全力疾走する細い背中で真っ赤な巾着袋《きんちゃくぶくろ》が揺れている。丈太だ。

「おいコラ！　おおイテ……」

一目散に駆けていく丈太の後ろ姿に「待たんかい！」と叫ぼうとしたとき、巽の横を男がバタバタと走り抜けた。丈太はこの男に追われているのだ。

さらに後方からもうひとり、「このチビクロがあ！」と怒声を上げながらやってくる。振り返って見ると、この二人目の方には見覚えがあった。確か荒神会《こうじんかい》系の小さな組で使い走りをしている若い衆のひとりだ。

何食わぬ顔で男を待ち受けた巽は、すれ違いざまにいきなり右腕を広げ、体重の乗った強烈なラリアットを喰《く》らわせた。首を支点にして一瞬宙に浮いた男は、グブ、と奇妙な声を発して仰向《あおむ》けに倒れた。

先を走っていた一人目が仲間の異変に気づき、「なんだ、てめえ！」と喚《わめ》きながら戻ってきた。男は「コラァ！」と凄《すご》みながら両手で巽のコートの襟を摑《つか》んだが、後ろに体を引いた巽に吸い寄せられるようにぐらりと前によろけたと思うと、次の瞬間には巽の渾身《こんしん》の頭突きを喰らって膝《ひざ》から崩れ落ちた。

「ババアの次はヤクザかいな。ホンマにもう、派手なやっちゃで」

呆れたようにそうつぶやいて、道の真ん中に転がった男たちをあらためて眺めてみる。二人とも理解しがたい色合いのジャケットに趣味の悪い柄のシャツを合わせたチンピラだ。

五十メートルほど先で、丈太が大きく目を見開いてこっちを見ている。巽は、そのまま待て、と右手で合図を送り、小走りになって丈太のもとに向かった。

「どうしたの？　どうしてここにいるの？」と不思議そうに訊いてくる丈太の腕を無言でつかみ、桜田通りに出る。

どちらに向かおうかと左右を見回すと、大通りの反対側にくわえタバコで立っているダークスーツの男と目が合った。男の顔に驚きが浮かび、短く何か叫ぶのが聞こえた。そばには黒いベンツが停まっていて、助手席に座っていた口ヒゲの男も慌ててこっちに視線を向ける。

巽は「まだおったんかい」と唸《うな》るように言いながら、丈太の手を引いて通りを左方向に駆け出した。ベンツにとっては逆方向になる。スーツの男が慌てて運転席に乗り込むのが視界の隅に入る。

幸い、通りは車の往来が激しい。ベンツがUターンに手間どっていると見るや否や、車道に身を乗り出して右手を挙げた。

すぐに一台のタクシーが停まり、後部座席のドアが開く。丈太を奥に押し込むと、コートの前をかき合わせて乗り込みながら、「とりあえず左車線をこのまま真っすぐ。悪いけどちょっと急いだってくれる?」と気安い調子ながらも早口で運転手に告げる。発進したタクシーは滑らかに車の流れに乗った。

黒いベンツがようやくフロントグリルをこちらに向けたのが、リアウィンドウ越しに小さく見える。

タクシーの前方では、路線バスがハザードをたきながら停留所のある路肩へ大きな車体を寄せてゆく。そのバスを追い越したところで、目の前の信号がちょうど赤に変わり、タクシーは急ブレーキ気味に停止線を少し越えて止まった。

通りは緩やかな左カーブになっている。真後ろにピタリとはりついた路線バスの陰になって、右車線を走ってくるベンツからはタクシーの中の様子がよく分からないはずだ。

「よっしゃ！ここで降ろして」そう言いながら運転手の手に千円札を二枚握らせると、丈太の手を引いて車を飛び出した。そして、すぐ後ろで客を降ろしているバスに駆け寄って、身をかがめるようにして前方のドアから乗り込んだ。

信号が青になり、タクシーとバスが発進する。空になったタクシーはスピードを上げてぐんぐんバスを引き離してゆく。

数秒後、乗客でいっぱいのバスの中から、黒いベンツがバスを追い越してタクシーのあとを追って行くのが見えた。

「――やれやれ、どうやら逃げ切れたみたいやな」

両手で金属の手すりを握りしめている丈太の頭から、オレンジ色のキャップを取ってやった。褐色の額に汗が光っている。

丈太は黒目がちな瞳《ひとみ》で巽の顔をマジマジと見つめた。そして、視線をわずかに上にやると、少し驚いたように言った。

「どうしたの？　そのおでこ。網目みたいな痕《あと》がついてるよ？」

「……さて、どないしたんでしょう」

巽はため息まじりに答えて、額をさすった。

品川駅前のハンバーガー屋でシェイクを飲みながら一息つくと、巽が尋ねた。

「――で、今度はなんや？　俺の経験上、カタギの人間がヤクザもんに追いかけ回される理由は、次の三つのうちのどれかや。一つ、ヤクザの金に手をつけた。二つ、ヤクザの女に手を出した。三つ、ヤクザの犬の服剝《は》いだ。さあ、どれや？」

丈太は巽の顔を白い目でチラッと見ただけで、黙ったまま頬をへこませてストローを吸っている。

「あんな目に遭《お》うたわりには、クールやないか」

そう言ってニヤけると、丈太は、仕方ないな、という顔で口を開いた。

「今回は犬と関係ないよ。理由なんて分かんない。マングースの家に向かって歩いてたら、あの人たちが現れて、いきなり腕をつかまれた。無理やり車に乗せられそうになったから、逃げただけ」

「そいつは穏やかやないな。あいつら、初めて見る顔か？」

巽の問いに、丈太は首をかしげながら答える。

「前にも、追いかけられたことはあった。一週間ぐらい前」

「さっきのと同じヤクザにか？」

「そんなの分かんないよ！　でも……そのときも、『このチビクロ！』って言われたから、ひとりは同じ人かもね」

「無事に逃げ切れたんか？」

「うん」丈太はこともなげに言う。

確かに、不摂生を続けているヤクザでは、丈太と競走しても勝てないだろう。

丈太はストローでシェイクをかき混ぜながら、続けた。

「そのときは、あの大きな道を歩いてたんだ。車から降りてきた人たちに声をかけられて、僕が逃げ出したら、走って追いかけてきた。だから、あそこに逃げ込んだんだよ。あのマングースの家」

「お前になんか言うとったか？　なんぞ尋ねられたとか」

「ううん」今度は首を横に振る。

視線をカップに落として熱心にシェイクを吸う丈太の顔を見つめた。何かを隠しているとも思えない。

チーチェンたちが何らかの犯罪に手を染めているとすれば、それと関係があるのだろうか。ヤクザがからんでいるところを見ると、故買がらみのトラブルという線はあり得る。しかし、まだ幼い丈太がそれにどう関わっているというのか――。

「さて、どないしたらええやろ。あのコンビニに帰るか？　でもまだあいつらウロウロしとるかもしれんしなあ」わざと呑気《のんき》な口調で言った。勢い込んであれこれ問い質《ただ》すのはよくないと思った。

「ダメ。もうあそこには帰れない」

「なんでや？」

「知らない」丈太はストローをくわえたまま続ける。「でも、もう出ていかなくちゃいけないんだって。今日、一緒に住んでる友だちがそう言った」

丈太は膝の上の赤い巾着袋をポンポンと叩《たた》いた。「だから全部持ってきたんだ。僕の荷物」確かに袋はパンパンに膨らんでいる。

「ほな、今日からどないするんや？」

「泊まるところはあるから大丈夫。もともと、さっきみたいな危ないこととか、なんか変なことがあったら、そこに避難することになってたし――」丈太は生意気な調子で「ちゃんと打ち合わせ済み」とつけ加えた。

「その友だちいうのは、あの、黒い上着着た中学生ぐらいの子か？　首に星みたいなマークつけた」

「んんっ！」丈太は驚いて口からストローを離す。「どうして知ってるの？」

「こないだお前をあのコンビニに送っていったときに、ちらっと見ただけや」

「ふーん。そう、チーチェンって言うんだ」

「誰か大人も一緒に暮らしてるはずやろ？　その、チーチェンの親か？」

「ううん。チーチェンのお兄ちゃん」

「チーチェン、コンビニの店員と中国語みたいな言葉でしゃべっとったけど、あれがその兄貴か？」

「うん。ダーウェイ。店員じゃなくて、店長。店長だから店の二階に住めるんだよ」

丈太は一瞬何かを思い出したような顔をして、巽に訊《き》いてきた。

「おじさんこそ、どうしてあんなところにいたの？」

「おじさん……。丑寅でええ」

「じゃあ、丑寅」丈太は嬉《うれ》しそうに笑う。「丑寅はあそこで何してたの？」

「マングース見てみたろと思てな。なんか知らんけど、おることはおったぞ。イタチみたいなんが、ひょこっと顔出しよった」

「鼻の周り、黒っぽくなかったでしょ？」

「さあ、どうやったかな」

「イタチだったら、黒いはずだもん」

　丈太がマングースとイタチの違いについて説明するのを聞きながら、品川駅の構内を抜けて東口側に出た。

「今日から泊まるとこて、どこや？」巽は訊いた。

「あっち」丈太は東の方角を指差す。「ずっと向こうのコロニー。海のそばの」

「コンテナ・コロニーのことか？」思わず眉《まゆ》をひそめる。

　チーチェン、ダーウェイという不審な兄弟と一つ屋根の下に暮らしていた以上、丈太の素性も普通だとは思えない。そういう意味では、「コンテナ・コロニー」に彼らの仲間がいても不思議ではない。だが、あそこは子供をひとりで向かわせるには危険過ぎるエリアだ。

　みどりがチーチェンのロレックスの件に手をつけたかどうかは知らないが、巽自身が今さら刑事風を吹かせて出しゃばるつもりは毛頭ない。ダーウェイに面が割れている自分が下手に動いて捜査に差し障りでもしたら、みどりにどれだけどやされるか分からない。かといって、このまま丈太をここに放置するわけにもいかない。

係長が知ったら、「やっぱり肩入れしてるじゃない」とでも言うやろか――？　でも――巽は思い出す。「子供は地域で守ってゆくものよ」ちゅうのが、そっちの口癖やったやないか。自分はもう刑事やないが、「近所のおっちゃん」ではある――みどりと自分自身にそんな言い訳をして、巽はひとり苦笑した。

「しゃあない。コロニーまでついていったる」

巽の言葉に、さすがに今度ばかりは丈太も口答えしなかった。


海に近づくにつれて、だんだん建物がまばらになり、更地が増えてゆく。東京湾のぐるりではどこでも、この傾向が顕著だ。

湾岸エリアの埋立地や軟弱地盤の建造物は、地震によって壊滅的な打撃を受けた。全半壊を免れた建物でも、周辺のインフラが大きなダメージを受けるなどして事実上使用不能になり、移転や放棄を余儀なくされたケースが少なくない。

以前、この辺りには多くの高層オフィスビルやホテルがあったが、その数は三分の一ほどに減った気がする。

建造物の数に比例して、交通量も減ってゆく。さっき、荷台に土砂を積んだトラックが二台連なって南に走り去ったが、それ以降は一台もすれ違わない。もちろん、歩行者の姿もほとんどない。

東京湾とつながった運河を渡る橋のたもとまでやってきた。四車線ある幅広の車道は、隙間なく並べられた赤と黄色のコの字形の金属の柵《さく》で完全に封鎖されている。柵の足はコンクリートで固められており、車で橋に進入するのは不可能だ。

柵の中央に、〈これより先、警視庁指定の危険区域です〉と大きく書かれた看板が取り付けられている。

震災後、都内のあちこちに同じような柵や看板が見られるようになった。赤と黄色の縞々《しましま》が「危険区域」を示す模様なのだ。

橋の両サイドの歩道は一本の鎖でおざなりにふさがれているだけなので、歩いて橋を渡ることはできる。危険区域への立ち入りは違法ではない。いわゆる「自己責任」というやつだ。

巽は鎖をまたいで、丈太はくぐって、区域内に侵入した。危険区域の意味ぐらいは丈太にも分かっているはずだが、怯《おび》えている様子はない。

橋を渡りながら、巽が訊いた。

「お前、父ちゃん母ちゃんは？」

「父さんは、死んじゃった。母さんは、病院」丈太は前を向いたまま、わずかに目を伏せた。「――入院してる」

巽は丈太の横顔に目をやって、「そうか」と静かに言った。「それで、あの兄弟に預けられてるわけか」

丈太は小さくうなずいた。巽は続けて訊く。

「学校へ通ってるようにも見えへんけど、毎日何してるんや？」

「病院を探してる」

「は？　何の病院や？」

「母さんが入院してる病院」

「どういうことや？　入院先、知らんのかいな」状況が呑《の》み込めない。

「知ってたよ！」丈太がそこで初めて苛立《いらだ》った表情を見せた。「知ってたけど……」

丈太が口惜《くや》しそうな顔で途切れ途切れに説明した事情はこうだ。

丈太の母親は半年前に突然倒れ、ある病院に入院した。理由は分からないが、丈太は見舞いにも行かせてもらえなかったようだ。

母親の容態がよくないらしいことを聞きつけた丈太は、居ても立ってもいられなくなり、ひと月ほど前、無断で病院を訪ねていった。

ところが、その病院に母親はおらず、すでによそに転院していた。信じられないことに、病院サイドでは転院先を把握していなかったらしい。

以来、丈太は幼馴染《おさななじ》みのチーチェン、ダーウェイ兄弟のところで世話になりながら、母親の転院先をひとりで探し歩いているのだという。

探すいうたかて、十歳かそこらの子供に何ができるんや——呆《あき》れるような、気の毒なような、複雑な思いでその話を聞いた。

「で、まだ見つからんわけか。母ちゃんの病院」

つぶやくようにそう言うと、丈太は黙ったまま、長いまつ毛をかすかに震わせた。

橋を渡った先のだだっ広い埋立地には、縦長の構造物がコンクリートの肌をむき出しにしたまま点々と線上に突き出している。首都高速の橋脚の残骸《ざんがい》だ。

もう見慣れてしまったが、これも考えてみれば妙な光景だ。かつて上に載っていた道路の部分はすべて撤去されたにもかかわらず、橋脚だけがそのまま放置されているのだ。

橋脚の間を通り抜けるようにして進んでいくと、再び運河と橋が現れた。

橋の上からは、茶色や水色の錆《さ》びついたコンテナと薄汚れた白いテントが無数に広がる異様な一帯が見渡せた。

あれが、「コンテナ・コロニー」だ。

昔は品川埠頭《ふとう》と呼ばれていた場所だが、今は港としては使われていない。

危険区域の中心にはこうした「コロニー」が存在している。

コロニーの発祥には二つのパターンがある。一つは、震災前からゴーストタウン化していたエリアだ。震災後、これらの犯罪多発地域に、若年層を中心とした多くの被災者が流れ込んだ。

そしてもう一つが、大規模な避難所だったところが次第にコロニー化したというケースで、コンテナ・コロニーもこれにあたる。

もちろん、通常の避難所には現在もプレハブの仮設住宅などが並んでいて、政府の援助のもと、平穏な生活エリアとして機能している。

しかし、避難所でマジョリティを獲得した人々の性格によっては、避難所がそれぞれ個性をもったある種の共同体へ変質していく現象が見られた。そのコロニーの性格にそぐわない人々はもっと居心地のよい場所を求めて別のコロニーへと移動し、それぞれのコロニーの特徴がよりはっきりとしたものになっていった。

特定のイデオロギーや民族、宗教などが支配するコロニーもあるが、「アキバ系」コロニーに見られるように、趣味や嗜好《しこう》を同じくする者が集まったところも多い。

彼らには住居も職もなかったが、やがてコロニー単位で歪《ゆが》んだ形での経済的自立を果たすようになる。

例えば、アキバ系コロニーでは、住人たちがその知識と技術を駆使して巷《ちまた》のあらゆる隙からインターネットにアクセスし、違法なソフトの売買やネット詐欺を始めとする脱法行為に手を染めた。

また、ごく普通の若者たちですらその一部は徐々にギャング化し、「ギャング系」と呼ばれるコロニーを形成した。彼らはドラッグの密売や組織的詐欺などの犯罪に走ったが、インターネットを活用する場面ではアキバ系と共犯関係にあることも多かった。

また、自らはそう名乗らないが、「ハイエナ系」という蔑称《べっしょう》でくくられたグループもある。彼らはあからさまな犯罪にはコミットしない代わりに、市民運動やボランティア活動をおこなう複数の団体に潜り込み、道義的にどうかと思われるようなやり方で言葉巧みに義援金や支援物資を懐に入れた。

この大都市のあちこちで、組織と呼べるほどの構造をもたない小さなコミュニティが緩やかに連携しながら反社会的な行為を繰り返すという、これまでにない状況が生まれているのだ。

コンテナ・コロニーは、都内最大級の規模をもつコロニーで、アジア系の外国人が住人の八割以上を占めると言われている。

名前が示すとおり、ここの住人の多くは、倒産した海運会社が放置していった大量の金属製コンテナを家代わりにして住みついている。埠頭中にコンテナを敷き詰めて住居とし、足りない分はその隙間にテントを張った。

空はだいぶ薄暗くなっていた。夕食の準備を始めているのだろう。あちこちで炊事の煙が立ち上っている。

橋を渡ってコロニーのそばまでやってきたとき、巽は無意識のうちにその大きな手のひらで丈太の左手をとっていた。

巽は仕事で――刑事時代もその後も――何度かここを訪れたことがあるが、来る度に、まるで異国のダウンタウンに紛れ込んだかのような錯覚を覚える。

「いつ来ても異国情緒あふれとるなあ。上海とかタイの市場みたいや」

「丑寅、中国に行ったことあるの？」

「ない。イメージや、イメージ」

閑散としていた手前の埋立地とはうって変わって、たくさんの人々が行き交い、日本語に混じって様々な言語が飛び交っている。

「這是真貨嗎？　不能相信！」

「チャ　セット　ギーモーング？」

そろそろ照明が必要な時間帯だからか、途切れることのないガソリン式発電機の振動音が、喧騒《けんそう》の通奏低音のように辺りに響いている。

怪しげな雑貨を売っているテントもあれば、簡単な食事を出す露店も見える。

東京湾に面しているという地の利を生かし、ここはアジア中に広がるネットワークを通じた様々な密輸行為の一大中心地になっているという噂で、治安の悪さも極めつけだ。

丈太は今晩ここでチーチェンと待ち合わせているのだと言った。

「どこや？　待ち合わせ場所は」

「ずっと向こう。海側の端っこの青いコンテナ。ダーウェイの知り合いが、そこを使っていいって言ってくれてるんだって」丈太がコロニーの奥を指差して言う。

丈太の手を引いて、コロニーの中を進む。コンテナの前やテントの下で無為にたむろしている人々は、巽の存在にはほとんど注意を払わないが、丈太には一瞬視線を留める。さすがにこのコロニーでも黒い肌の少年は見かけることがないようだ。

ところどころ、コンクリートやアスファルトで舗装された地面が差し渡し十メートルほども陥没していたり、亀裂《きれつ》が入って一メートル近い段差ができていたりして、何度か小さく迂回《うかい》させられた。すべて、地震時の液状化現象によるものだ。ここが港として修復される計画を巽は聞いたことがない。

目的の青いコンテナは品川埠頭の北東の角にあった。幅と高さは二、三メートル、奥行きは五メートル以上あるだろうか。観音開きの扉には南京錠がかかっていて開かない。

することがなくなった二人は、埠頭の岸壁に並んで腰かけた。

辺りには、湿った空気に混じって、潮の匂いが漂っている。ちょうど夕凪《ゆうなぎ》なのか、ほとんど風はなく、足もとではコンクリートの壁を撫《な》でる海水がチャプチャプと音を立てている。

巽はタバコに火をつけて、以前から気になっていたことを訊《き》いた。

「なあ、丈太。お前の父ちゃんか母ちゃん、黒人やろ？　アメリカ人？　アフリカ？」

「お父さん。ケニア人」丈太は足をブラブラさせながら答えた。

「ほう、ケニアか。それはごっついな。母ちゃんは？」

「よく分かんない。ずっと日本人だと思ってたけど、チーチェンは、違うって。中国人だって。お父さんもお母さんも日本語しか話さなかったから」

ケニア人と中国人のハーフか。珍しいのかどうか分からんが、日本では苦労も多かったやろうな――。

「で、お前はどこで生まれたん？」

巽が尋ねると、丈太はすっくと立ち上がって右手を伸ばし、東京湾の外側に顔を向けたまま、黙って南東の方角を指差した。

「ん？　海の向こうっちゅうことか？」

「違うよ」丈太は口元を緩めた。「すぐそこ。お台場」

なるほど――今は無人となったその人工島をあらためて眺めた。直線距離だと海を隔ててここから一キロほど先だ。

東京湾北部地震の震源の直上に位置していたお台場は、とくに建築物とインフラにおいて首都圏で最も深刻な被害を受けた。

全壊を免れた高層建物は皆無であったため、すべての住民と企業は即刻退去を命じられた。被災者の捜索が打ち切られると、あらゆるアクセスルートに厳重な警備がしかれ、埋立地内への立ち入りは厳しく制限された――。

島の北側に、低層の商業施設や小ぶりのビルがまだいくつも残っているのが見える。明らかに斜めに傾いている建物も一つや二つではない。

解体途中で放置されているものはあるが、高層ビルはとっくに姿を消している。倒壊の危険性が高い高層建造物だけが、選択的に解体されたからだ。

低層ビル群の奥に横たわっているのは、「お台場カジノリゾート」の残骸だ。震災まては、カジノに併設された高級ホテルが、あの上にひと際高くそびえ立っていたのだ。

少し視線を左にやると、人工島のへりのところで、立てた直方体を斜めに切ったような巨大なブロック状のかたまりが海面から突き出ている。さらに左手を見れば、同じ形状のものが本土側の芝浦《しばうら》埠頭にもある。あれは、以前お台場にかかっていた「レインボーブリッジ」という吊《つ》り橋の橋台の名残だ。

レインボーブリッジだけでなく、お台場と本土をつなぐ橋という橋、海底トンネル、鉄道は、ほぼ完全に壊滅した。わずかでも形を残しているものは、すでに通常の通行が不可能な状態であっても、地震後間もなくすべて撤去、あるいは破壊された——。以来お台場は、無人の孤島となっている。

「——お前、地震のときも、お台場におったんか?」

巽は丈太の横顔を見上げて訊いた。

「うん」表情までは読み取れない。「——父さん、地震で死んだんだ」

うすうすそんな気がしていた。当時お台場には、劣悪な環境の中、住み込みで働かされている外国人が多数いて、震災時の火災やアパートの崩壊でたくさんの人が亡くなった。

「——それは、気の毒なことやったな」

丈太は何も答えずに、またちょこんと巽の隣に腰をおろした。

息子を亡くした男である巽は、父を亡くしたこの少年に、それ以上何も言うつもりはなかった。

しばらく黙ってお台場を眺めたあとで、巽は再び訥々《とつとつ》と口を開いた。

「うん、お前の場合は、お母ちゃんがいてるから、まあ、違うやろとは思うけど——お前、『震災ストリートチルドレン』やったちゅうことはないか?」

丈太は、それ何のこと?、という表情で見上げてくる。

「――いや、分からんかったら、もうええ」

独りごとのようにつぶやいた口に、苦いものが広がった。

阪神・淡路大震災のとき、神戸の人々は実に立派に振る舞った――そんな話を父親に聞かされたことがある。もちろん混乱に乗じた犯罪行為はあった。しかし街には略奪も暴動も起こらなかった。この一点についてだけでも賞賛に値すると、世界中が評したという。

結局、「衣食足りて礼節を知る」っちゅうこっちゃ。あの頃の日本はまだまだ健全やったんやろう――あらためてそう思う。

東京湾北部大震災の直後、東京は大パニックに陥った。

略奪、強盗、窃盗、強姦《ごうかん》、暴行――都市機能を失った都心部ではありとあらゆる犯罪が横行した。地震後の一年間に発生した殺人や強盗などの重要犯罪件数は、警視庁が把握しているものだけで約四万二千件。第二次世界恐慌前の約十八倍にのぼった。そのうち殺人はおよそ五千五百件で、強盗は二万九千件。都内で毎日少なくとも十五人の人間が殺され、八十人が金品を強奪された計算になる。窃盗の類《たぐい》ともなるととても数え切れたものではなく、統計データすら残されていない。

都内では女性のみならず、若い男ですら夜間の一人歩きができなくなった。あまりの治安の悪化に、諸外国の在日公館職員や外国企業の駐在員はのきなみ本国に引き揚げたほどだ。震災後の一年間は、日本中の警官が東京に集まっていると言われた。

治安当局が最も頭を悩ませたものの一つが、デマの流行だった。

とくに、震災に乗じて貧困層や反社会的勢力が暴動を起こすかも知れないという恐怖はいとも簡単に人々の心を支配した。そもそも、震災以前から都民の間にはそんな疑心暗鬼が広がっていた。持つ者と持たざる者との二極化はひどくなる一方だったので、それも仕方のないことだ。

最も広く流布したデマは、不法滞在の外国人が徒党を組んであちこちで略奪をおこなっているというものだった。

これは巷間《こうかん》の噂にとどまった話ではない。外国人〝らしい〟者たちが起こした凶悪犯罪のニュースが、事実認定もなされないまま連日のようにヘッドラインを飾った。メディアとネット上のステレオタイプなレッテル貼りが、人々の心の中で目に見えない恐怖をいたずらに増幅させたのだ。こうなってしまえば、例によって、少しでも異物感を覚えるものについては、とことん叩《たた》かないと気が済まない国民性が発揮されてしまうのは避けようがない。

ヒステリックに不安を訴える人々の声に、岩佐都知事は素早く反応した。警視庁と入国管理局に強く働きかけて、不法滞在者の一掃を命じたのだ。

この一斉検挙は、かつてないほどの規模とスピードで実施された。あの時期に限って言えば、不法滞在かどうかをきちんと吟味しなかったケースも多くあった。欧米系を除くすべての外国人を片っ端から引っ張って、ほんのわずかでも不審な点があれば強制的に国外退去にしたといった方が事実に近い。

震災直後に大規模災害対策特別措置法が拡張されたことで、治安当局の権限は従来よりもかなり拡大していた。騒乱罪や破防法が、軽々しいと思えるほど容易に適用された。巽の所属していた警視庁組織犯罪対策部は、暴力団の他に不法滞在外国人も取り締り対象にしていたため、巽自身もその陣頭指揮に立った。

オーバーステイの滞在者はもちろんのこと、ビザの在留資格や外国人登録の内容と実情との間に少しでも齟齬《そご》があれば容赦なく検挙しろ、と指示されていた。もちろん、個々の事情をゆっくり聞いている余裕などあるはずがない。捜査員の独断と偏見で多くの外国人が摘発された。

不良外国人による犯罪が当時頻発していたことは確かだが、実際には日本人による犯罪件数の方が遥《はる》かに多かったことが現在では確かめられている。震災直後はとにかくすべてが混乱していた、現状を正しく認識して冷静な判断を下せるものなどどこにもいなかったのだ——政府もマスコミもそんな言い訳を繰り返すだけで、まともな総括は未《いま》だになされていない。

震災から一年足らずのうちに、東京中の夜の街から、工場から、商店から、アンダーグラウンドの世界からも、外国人の姿が消えてしまったように見えた。強制退去を免れるため、コロニーに身を隠した者も多かった。

その狂騒が収まった今も、多くのアジア系住民がこのコロニーに身を寄せている。不良外国人は排斥されるべきというムードが定着した東京では、ここだけがいろんな意味で彼らにとって安全なのだ。後に在留資格を失った人々や、最近イリーガルに入国してきた外国人の多くも、このコロニーに紛れ込んでいると言われている——。

海に向かって生ぬるい風が吹き始めた。

風に乗って、ニンニクを炒《いた》める香ばしい匂いがしてくる。

巽は「腹減ったな」と言って、丈太の横顔を見た。「ここに来ると、メシ食うのが楽しみや。本格中華が食える」

丈太は黙ったまま海の向こうをじっと見ている。あらゆる感情がフリーズしてしまったかのような、無機質な表情だ。

あの子供たち——「震災ストリートチルドレン」も、今の丈太のような表情で、路上に立っていた。まだマル暴の刑事だった巽も、街で何度か彼らの姿を見かけたことがある。

みどりに言われるまで何年もその存在を忘れていたが、異国にルーツをもつあの身元不明の子供たちは、外国人排斥の嵐が去った後に残された、小さなミステリーだった。

## 5

みどりは、課長に伴われて四階の署長室に向かっていた。

階段の踊り場で、上から降りてきたパンツスーツの女と行き合った。

その顔を見た途端、強い拍動に胸がつまる。

能見千景《のみちかげ》だ――。

整った細面をつっと上げたまま、端正な身のこなしでみどりたちをよけてゆく。すれ違いざま、ほんの一瞬目と目が合った。みどりは軽く会釈した。向こうもみどりを認めたはずだが、表情を変えずにすぐ目を逸《そ》らした。

品川署内で顔を見るのは初めてのことだ。能見警視は本庁の公安部に籍を置いている。なぜ能見さんがここに――。署長室にいたのだろうか？

課長がノックをしてドアを開くと、署長は革張りの椅子に浅く座り、木製の机の上で軽く手を組んでいた。兼岡が刺された経緯はすでに課長から伝わっているはずだ。

直立したままのみどりに向かって、制服姿の署長が口を開いた。

「鴻池君。兼岡君の件だが――」この細面の男は、幹部警察官としての胆力のようなものを普段からまったく感じさせない男だが、今日はいつにもまして声に力がない。

「ここに帳場は立たない」みどりを上目づかいに見ながら、署長が続ける。

「仰《おつしや》る意味が、分かりかねますが――？」叱責《しつせき》を受けるのだろうと思っていたみどりにとって、予想もしていなかった言葉だった。

「捜査は本庁に一任する」

「なぜですか？」みどりの言葉が硬さを増す。

「部下を失って、自分たちでどうにかしたいという気持ちは分かる。だが、この件については本庁公安部が捜査に当たることになった。我々は、一切関与しない」

　公安——？　一瞬耳を疑った。

「どういうことですか？　なぜ公安が——」これは公安事犯などではないはずだ。

「質問は、受け付けない」署長が疲れた声を出す。

　公安が処理するということは、事の真相が伏せられるということと同義だ。混乱と焦燥感に襲われたみどりは、早口で抗議した。

「今回の責任は私にあります。私自身は捜査から外されても文句は言いません。ですが、うちの署の人間も、捜一の人間も排除して、すべて公安が仕切るというのは納得できません。理由を教えてください。責めを負う覚悟はできていますが、事情を知る権利もあるはずです」

「何度も言わせるな。質問は受け付けない」

「能見さん、ですか？」挑むような口調だった。

「おい、鴻池——」課長がたしなめるように言う。みどりが感情をあらわにして上に歯向かう様子を見せるのは、初めてのことだった。

　みどりは署長に挨拶《あいさつ》もせず、部屋を飛び出した。事なかれ主義の署長とこれ以上話しても無駄だということは分かりきっている。

　平常心を失っているという自覚はあった。部下を失ってこんなにも動揺している自分を情けなくも感じた。だからと言って、部屋でおとなしくしているわけにはいかない。

そのまま品川署を出て、車を桜田門の警視庁に向かわせた。

ハンドルを握りながら、四年前に能見と初めて出会ったときのことを思い出していた。

あれもやはり「震災ストリートチルドレン」に関する会議でのことだった。

一部のマスコミが、街角に出没する子供たちの存在を報道し始めると、まるでそれに追従するかのように、本庁があからさまなポーズを見せた。彼らへの対応を協議する担当者会議が、たった一度だけ警視庁で開かれたのだ。

都内の主だった警察署から少年担当の責任者を集め、各署が把握している現状を報告させるというのが会議の主旨で、みどりもそれに出席した。

その場で集計された都内全域のストリートチルドレンの数は百十七人。ただしこれは、捜査員がひとりひとりの顔や特徴を識別して、リストアップすることができた数に過ぎない。捕捉《ほそく》しきれていない子供たちがまだ相当数いることを考えれば、実際には二百人は下らないだろうとされた。

子供たちの平均年齢は九歳前後と推定され、男女比は六対四となった。人種的な比率としては、アジア系が七割以上を占め、南米系がそれに次いだ。

地域的なばらつきも顕著で、品川区、江東区、新宿区、板橋区、足立《あだち》区、葛飾《かつしか》区の六区で、とくに多くのストリートチルドレンが目撃されていた。

日本語を解さない者も多く、どのコミュニティにも属していないことから考えて、その正体は不法滞在者の子供たちだろうというのが担当者たちの一致した見解だった。本人の事情聴取に成功した例は一件も報告されず、子供たちだけがストリートに取り残された理由に関しては、いくつかの推測が披露されただけだった。

この件に庁を挙げて取り組むべきかどうかについては、ただひとり積極的な意見を述べたみどりの発言は黙殺され、否定的な見解が圧倒的多数を占めた。

池上署の後藤《ごとう》という係長などは、野太い声で本庁の管理官に嚙《か》みついた。

「もっと現場の実情を見てくださいよ。とてもじゃないが、今はそんなことやってる余裕はありゃしません。そんなのにかまけてたら、警察は困ってる日本人より不良外国人の面倒を見るのか、と叩《たた》かれかねませんわ」

同じような意見がいくつか出たぐらいで、建設的な議論は最後までなされなかった。管理官は、本庁にタスクチームを作るかどうか検討する、と言って話し合いをまとめた。

後藤係長は、「そんなのはボランティアか市民団体に任せておけばいいんですよ。奴らがやってる悪さなんて、避難所でにぎり飯かっぱらうぐらいのことでしょうが。放っておいても死にはしませんわ。あたしらはね、本当はこんな会議に出てる暇もないんですよ。だいたい本庁は――」などと、いつまでもしつこく不平をたれて、皆を辟易《へきえき》させた。

ようやく会議がお開きになって大部屋を出ようとしたとき、目の前を歩いていた後藤が、ドアのそばに立っていた身奇麗な女に、からむような調子で声をかけた。

「おっ、珍しいですな。こんなところで庁内随一の美人警視さんにお会いするとは」後藤はわざとらしく下卑た大声を上げた。「我々みたいな下々の会議に顔出すなんて、ハムはよっぽどヒマなんですなあ。ええ？」

見慣れない女だとはみどりも思っていたが、それを聞いて初めて、この女が公安部の警官なのだと知った。この涼しげな目をした女が、能見千景だった。

能見は平然と言い放った。

「幸い、うちには、終わりかけの会議をわざわざ混ぜ返すようなおバカさんがいないので。仕事がはかどるんです」

「なんだと？」後藤の顔にパッと赤みがさし、能見に一歩詰め寄った。そして、「スパイ風情が調子づいてるんじゃねえぞ。この犬が」と、低い声ですごんだ。

後ろで見ていたみどりは、今にも能見につかみかかろうとしていた後藤の肩に手をかけて、静かに言った。

「やめときなさいよ。この人たちが媚《こ》びて芸を覚えた犬なら、私たちは放し飼いのバカ犬。どのみちどっちも犬でしょうが。ケンカはみっともない」

後藤が舌打ちして立ち去ると、能見は長いまつ毛をパチクリさせて、興味深げにみどりの顔を見つめた――。

結局、二回目の会議が開かれることも、タスクチームができることもなかった。人が割けない、現場の協力が得られそうにない、などと、上層部が腰を上げずに済む言い訳を考えているうちに、肝心の対象者がいなくなったからだ。

本庁は「消えた震災ストリートチルドレン」の謎になど興味もないようだった。むしろ、彼らが忽然《こつぜん》と消えたことをこれ幸いと喜んでいたに違いない。

その会議以来、能見は本庁を訪ねてきたみどりを見かけると必ず声をかけ、二人は言葉を交わすようになった。

最初は、警視庁でも珍しい女性管理職どうしということで、みどりに親近感を抱いているだけかと思った。だが、おそらく能見には別の思惑がある。

求めもしないのに能見が説明してくれたところによれば、在日外国人がらみの公安事犯に少しでも関係がありそうな会議にはできるだけ顔を出しているのだという。部外者と接触しないのが常識の警備畑の刑事にしては、かなり珍しい行動だ。

剛よりも柔。陰よりも陽――能見はそうやって情報収集を狙う新しいタイプの公安警察官なのかもしれない。いずれにせよ、能見という女はただ者ではない――みどりはそう思っている。

庁舎の駐車場で、ひたすら能見を待った。能見の車を見つけるのはた易い。彼女はこれもまた公安刑事にして珍しく、少しクラシックな感じのヨーロッパ車に乗っているのだ。

二時間近く待って、時計の針が夜九時をまわった頃、能見が靴音を響かせて駐車場に現れた。

近づいてゆくみどりに気がつくと、能見は立ち止まって頬を緩めた。

能見は甲斐《かい》がいしく助手席のドアを開け、みどりを恭しく招き入れるような仕草をする。

「どうぞ。ここ、底冷えしますから」

みどりが助手席に座ってドアを閉めると、運転席の能見がエンジンをかけた。「いらっしゃるんじゃないかと、思ってました」と言いながら、暖房の温度を調節する。ライトをつける様子はない。ここで話すつもりのようだ。

体をひねってバッグを後部座席にポンと放った能見から、香水がフッと香った。能見のすべらかなうなじが目に入り、みどりの心がざわめく。

仕立てのよさそうなパンツスーツに隙のないメイク。本庁の公安部にいるような刑事たちは皆エリートだ。能見もいわゆるキャリア警察官で、三十歳を待たずに警視に昇進した。

ヤニと脂にまみれた所轄の刑事たちに揉《も》まれているみどりには、能見が憎らしいほどまぶしく映る。

警備畑が警察のエリートコースであり、その出身者が警察中枢を独占しているという事実は昔から変わらないが、ここ数年で警視庁警備部や公安部の力はさらに強化された。ここまで都内の治安が悪化し、反社会的勢力が組織化してしまった以上、それも自然の成りゆきだろうとは思う。

だからと言って、自分たちの領分にまで説明なしにズカズカ踏み込んでくるような真似は、とても我慢ならない。

「一体、どういうつもりですか？」みどりは乾いた声で訊《き》いた。

能見は短くため息をつく。「よりによって、鴻池さんみたいな手強《てごわ》い人のお膝元《ひざもと》で事が起こるなんて、運が悪いとしか言いようがない」

「兼岡は、私の部下です。指をくわえて見てるわけにはいかない」

厳しい表情のみどりを意に介しないで、能見はバックミラーの位置を直しながら言う。

「部下を失ったのは、うちも同じです」

え――？　みどりは息をのんだ。

「どういうことです？」

思わず能見の横顔に目を向けたみどりに、能見が語りかける。

「一週間ほど前から、行方が分からなくなっていた若い捜査員がいましてね。今週の火曜になって、東京湾に浮いたんです。頸《くび》をね、頸の右側をこう、スパッと切られてました。手口はそちらのケースと同じでしょう？　彼が最後に内偵していたのが、例の東五反田のコンビニだったらしい。お恥ずかしい話ですが、彼が使っていた情報屋のひとりからそれを聞き出せたのがようやく今朝になってからのことですから、タイミング的にはギリギリ間に合ったってとこです。うちとしてはね」

「だからって――」と口をはさもうとするみどりを制するように、能見がピシャリと言う。

「うちのヤマです」能見の表情から笑みが消えている。「殺されたのは、うちの人間が先です」

二人はしばらく無言で見つめ合った。

初めて見る能見の真剣な眼差《まなざ》しは、妖《あや》しいくらいに美しい光を宿している。

みどりは、それに気圧《けお》された自分に小さくため息をついて、訊いた。

「公安は、能見さんたちは、何の内偵を進めてたんです?」

「私には分かりません。分かっててもお教えできませんけど」能見は高い声でフフッと小さく笑った。「でも本当に、まだ分かってません。うちのような部署には、スタンドプレーが好きな捜査員が多くって。身内を出し抜くという文化では、捜一なんかよりずっと陰湿ですよ」

確かに、公安では個々の捜査員が独自の情報網を持っていて、命令系統上の任務以外にも独断で内偵を進めることがあるらしい。だからといって、何も知らないという能見の言をそのまま信じるわけにはいかない。

みどりは追い込まれたようなあせりを感じて、手の内を明かした。

「兼岡と私は、あのコンビニに住んでいるチーチェンという少年を調べるところでした。窃盗か偽造品売買に関わってる疑いがあったんです。チーチェンはね、能見さんもよくご存じの、震災ストリートチルドレンだった子よ」

「懐かしい言葉ですね」能見の表情は変わらない。

「兼岡を刺したのは、おそらくそのコンビニの店員。中国語をしゃべる若い男で、チーチェンの兄である可能性が高い。公安が何を狙って出張ってきたのか知りませんが、犯人はこっちで挙げます。挙げてから、そっちの知りたい事情を聴けばいい」

「そういうわけにもいかないんです。殺されたうちの若い捜査員、手帳も拳銃《けんじゅう》も盗《と》られてましてね。大失態です」能見はそこまで言って、思い出したようにつけ加えた。「――ああ、そうそう。手錠だけはありました。彼の両手首に」

みどりは能見を睨《にら》みつけた。

「人の命をなんだと思ってるんですか」思わず語尾が荒くなる。

「彼らは、殉職したんです」能見は声を硬くした。「私たちがすべきことは、彼らが殉じた事件のカタを、彼らに代わってつけてやることです。仇討《あだう》ちじゃない」

能見はひと息にそう言って、真顔でみどりを見つめ返してくる。

そんなことは分かっている――みどりは唇を噛《か》んだ。だが、自分が背負っている思いが、うまく言葉にならない。

能見は急に表情を崩すと、困ったような笑顔を作って続けた。

「とにかく、うちとしてもこれ以上の減点は避けないと。なりふり構っていられないんです」

階級は能見が上でも、みどりには長年現場を踏んできたという自負がある。みどりはその自負を、激しい言葉に乗せた。

「偉そうなこと言うのは、地べた這《は》うような捜査をしてからにしたらどうです。なりふり構わないなんて言ったって、糊《のり》のきいてないブラウス着る気はないんでしょうが」

交渉して何かが変わるような話でないことは分かっていた。みどりはやり場のない口惜《くや》しさをどうにかコントロールしようと、深呼吸をした。

能見は車を降りて助手席の方に回り、ドアを静かに開けて、どうぞ、と言った。そして、車を降りて無言で立ち去ろうとするみどりの背中に、柔らかな口調で忠告をした。

「鴻池さん。ひとりで調べるおつもりなら、くれぐれも気をつけて。結構危ないヤマかも知れませんよ」

## 6

三十分ほど前、巽は寝返りをうった丈太に股間《こかん》を蹴《け》られて目が覚めて、それから眠っていなかった。

夜遅くまで人々のざわめきが絶えなかったコロニーも、さすがに静まり返っている。ところどころで非常用ライトが灯《とも》されているせいで、辺りは真っ暗ではない。

丈太は隣でかすかな寝息を立てている。その長くて細い右足を寝袋から放り出していたので、中に押し込んでファスナーを胸の位置まで上げてやった。

結局、深夜零時をまわってもチーチェンは現れなかった。どうしてもここで待つと丈太が言い張るので、仕方なく野宿することにした。

近くのテントで雑貨店を開いていたカンボジア人夫婦に、毛布は売っていないかと訊《たず》ねると、ボロボロの寝袋を二つ奥から引っ張り出してきてくれた。売り物ではないようだったが、口ひげの主人は「明日返すなら、フリーでＯＫよ。その後は、一日千円ネ」と、屈託のない笑顔で言った——。

丈太の寝顔を見ていると、かすかな既視感が巽の記憶を呼び起こした。

記憶の舞台は、以前、家族三人で暮らしていたマンションのリビングだ。

「——このポールが、ここを通るんやろ？」

「違うよ。ほら、先にこうやってテントを広げなきゃ」

あの夜、巽は、息子の俊と一緒に、取り扱い説明書と首っ引きでリビングの真ん中に小さなテントを組み立てていた。

妻の理代子《りよこ》は、「もう、そんなの明日公園でやりなさいよ」と呆《あき》れたように言ったが、顔はほころんでいた。

その日、俊は所属する子供会の行事で、丹沢《たんざわ》にキャンプに出かけることになっていた。しかし、運悪くその前日に喘息《ぜんそく》の発作が起こり、理代子は大事をとって俊の参加を取りやめさせた。

よほどキャンプを楽しみにしていたのか、持病のことでは聞き分けのいい俊が、珍しく泣いてごねた。

自宅のリビングでキャンプをするというその計画は、そんな俊をなだめようと、巽が考えたものだった。

テントの中に寝袋を二つ持ち込み、息子と並んでそこに潜り込んだ。

「――今日は、予行演習だね」

「ああ。また今度、行こうな」

部屋の照明を落とし、テントの中でランタンを焚《た》いた。俊は、ランタンの灯《あか》りを見つめながら興奮気味にしゃべり続け、なかなか寝つかなかった――。

巽は、その場面を暗転させようと、再び目を閉じた。だが、俊の顔がまぶたの裏に張り付いて、とても眠れる気がしない。

結局、何もしてやれんかった――。

父親らしいことどころか、守ってやることさえ――。

巽の頭の中で、後悔と自責と諦念《ていねん》が絡み合う、いつもの堂々めぐりが始まる。

頭の後ろで組んだ腕を枕に、十分ほどそうしていただろうか――。

すぐそばで、誰かの靴底がコンクリートを擦るかすかな音が鳴り、ピタリと止んだ。人の気配を感じる。枕元に誰か立ったのだ。

荒神会――脳裏にダークスーツの男たちがフラッシュバックする。

顔を上げようとしたその時――耳もとで、カッシャン、と聞き慣れた音がした。金属が擦れるような乾いた音――オートマチック拳銃のコッキング音だ。

巽の動きは素早かった。腹筋に力をこめて一気に上体を起こすと、右手を伸ばして銃をつかみ、そのまま相手の腕ごと自分の頭の上に思い切り引っ張り上げる。

「うっ」不意を突かれたかのように、賊の口からややかん高い声が漏れる。巽が目を覚ましているとは思っていなかったのだろう。

「引き金、引いてみ？」巽は不敵に笑う。

目の前に立っていたのは、チーチェンだった。グリップを握った右手の上から、巽の分厚い手のひらでがっしり押さえ込まれて、苦痛に顔を歪《ゆが》めている。引き金にかかったままの人差し指がおかしな方向に曲がっているのだ。

「初弾の装塡《そうてん》が遅い。スライド引く音が聞こえたぞ」巽は得意げだ。「それにな、このタイプの拳銃は、つかまれたらアウトや。引き金の真ん中に安全装置がついてるやろ。それを正しい角度で押し込んでやらんと、解除でけへん。変な角度で指がかかってると、引き金は絶対に引かれへんで。覚えとき」

急にチーチェンの表情が変わった。ご託は終わりか、とばかりにニヤッと微笑むと、黒い上着のポケットに突っ込んでいた左手を素早く引き抜く。その手には、別の拳銃が握られていた。薄暗くて形まではよく分からないが、そっちもオートマチック拳銃だ。

「チェックメイト」その銃口を巽の額に押し当てて、チーチェンが精一杯低い声を出す。

「ナイトひとつで詰めるとは思ってないぜ。ビショップぐらいは持ってないとな」

巽はピクリとも動かずに、口を半開きにしたままチーチェンの顔を見つめる。ビショップってなんや？、と尋ねようかと思ったが、止めておいた。

「うーん、なに……？」隣の丈太が目を覚まして、寝ぼけた声を出した。目をこすりながら起き上がって、目の前の光景を見た瞬間、パッと表情を明るくした。

「チーチェン！」丈太は嬉《うれ》しそうに叫ぶ。

「誰だ？　こいつ」チーチェンが丈太に訊《き》く。ただし、巽からはいっときも目を離さない。

「巽さん。まあ、助けてもらったりだとか、いろいろあったんだよ」チーチェンが巽に銃を突きつけていることなど、丈太は気にもかけていないようだ。

「おい、丈太。まずはこの物騒なもの下ろせって、このガキに言わんかい」最初に突きつけられた方の銃を右手でつかんだまま、イラついて言った。

「大丈夫だよ。それ、エアガン」丈太は寝袋から出ようともがいている。

巽は「はあ？」と空気が抜けたような声を上げると、チッと舌打ちして、右手を左右に振り回した。「おら、手え離せ！　なにが『チェックメイト』や。タチの悪いイタズラしやがってホンマ」

「痛えよ！」チーチェンは引き金にかかった人差し指を強引に引き抜いて、銃を巽の手に預けた。そして、左手で巽に向けていたもう一方の銃は、自分の上着のポケットにしまった。

「おそかったじゃん。何してたの？」安堵《あんど》したようにはしゃぐ丈太の隣で、巽は取り上げたエアガンを興味深げにいじくりまわす。

「これ、グロックいうやつやろ。ようできたある。最近の銃は本物もボディがプラッチックやさかい、ますますオモチャと見分けがつかんなあ」

そう言って格好をつけて銃を構えると、海に向かって引き金を引いた。

バシュッ——小気味よい音を立てて、ほんの一瞬、白い小さな弾丸が描く軌跡が見えた。樹脂製の弾は音も立てずに暗い海に消えた。


チーチェンが青いコンテナの鍵《かぎ》を開けた。

扉を開いてみると、中は思ったよりも快適そうだった。布団が何組かに小さなちゃぶ台、安っぽいカラーボックスの中には食器や炊事用具、年代物のラジカセと古い液晶テレビまである。

どこからどうやって電気をとってきているのか分からないが、薄汚れた電気スタンドはスイッチを入れるとちゃんと点《つ》いた。

三人はコンテナの中で車座になった。

「ねえ、ダーウェイは？」丈太が無邪気な声で訊く。

「分かんね。ずっと捜してるんだけど、どこにもいない。それより丈太、こいつが誰なのか、ちゃんと説明しろ」チーチェンは巽の方にあごをしゃくった。

「こいつ？」巽は眉《まゆ》をひそめる。「お前、目上の人間に対する口のきき方を知らんようやな。巽や。巽丑寅さんや」

「丑寅——？　巽——丑寅——」チーチェンはいかにも思わせぶりにそう繰り返すと、芝居気たっぷりにつぶやいた。「哀しくも、美しい名前だな——」

「ああん？　なんやお前、なめとんのか」巽はチーチェンの胸ぐらをつかんだ。「どこがや？『丑寅』のどこが〝哀しくも美しい〟名前や？」

丈太はクスクス笑っている。

「〝悲しい〟名前やろ。漢字が違うわ」切ない顔で小さくつぶやく。

丈太は、巽と出会ってからのことを、チーチェンに話して聞かせた。話しながら、丈太自身も巽の正体について何も知らないことに気づいたのだろう。最後に巽に質問した。

「でもさ、丑寅って何者なの？　ピストルについても、すっごくよく知ってたよね？　おまわりさんじゃないって言ってたけど——」

「おたく、ひょっとしてヤクザか？」チーチェンが訳知り顔で言う。

「今は、おまわりさんというよりは、ヤクザに近いかな。残念ながら」

「丑寅、ピストル撃ったことあるの？」と丈太が訊いた。

「昔な。大昔」

「どんな銃さ？」チーチェンが食いついてきた。

「ニューナンブ」

チーチェンの表情が一瞬で強張《こわば》る。「おい丈太。こいつホントにサツじゃねえのか？」

巽の顔を見据えたまま、鋭く言う。

「違うよね？　丑寅？」

「ちゃうちゃう。とっくにクビになった」

「え！　じゃあ、昔は警察官だったんだ！　だからかあ！」丈太が声を上げた。

チーチェンは顔を引きつらせたまま、巽の全身をジロジロと眺めている。信じていいのかどうか、はかりかねているようだ。

「なんや。信用してへんのかいな。こんなオマワリ、おると思うか？　なんやったらボディチェックしてもええぞ。手帳も何も持ってへん」そう言いながら両腕を上げる。

「ねえ、丑寅は刑事だったの？　ニューナンブっていうのは刑事のピストルなの？　人を撃ったことあるの？」丈太が興奮して矢継ぎばやに訊いてくる。

「ふん。ニューナンブね。笑わせる」ようやくチーチェンが言った。小馬鹿にしたような口ぶりだ。「――出来そこないのコピーだよ。あの銃は」

手が再びチーチェンの胸ぐらに伸びかけたが、そこをグッとこらえて丈太の方に向き直る。そして、チーチェンを指差しながら、弱りきった顔で訊《たず》ねた。

「ねえ、丈太さん？　このニイちゃん、一体なんですのん？　さっきから、キザっちいことばっかり言うんですけど。その度に、イラッとくるんですけど」

「ハードボイルドだよ」丈太は可笑《おか》しそうに言った。「チーチェンは最近、ハードボイルドに凝ってるんだ」

チーチェンは、黒いミリタリージャケットのポケットからタバコを取り出して火をつけた。そして、精一杯のシブい表情を作って煙を細く吐き出した。

「ハードボイルドですか。さいですか」巽は言いながらチーチェンの口からタバコを取り上げた。それを自分でくわえて一口吸うと、チーチェンの首に輝いているゴールドのチェーンに指を引っかけて持ち上げる。

「ええもんしとるやないか。重い。本物の金や」

「んだよ！」チーチェンが巽の手を払いのける。

チーチェンの左の首もとに、青黒いタトゥーが見える。確かに十字形の手裏剣のようだ。

「どこでパクってきたんか知らんけど、ガキが調子に乗ってエラい目に遭《お》うても知らんぞ。丈太まで危ないことに巻き込んどるんとちゃうやろな？」

巽に睨《にら》まれてチーチェンの目が泳いだ。

「丈太は関係ねえ」

「じゃあ、なんで丈太がヤクザもんにさらわれそうになったりするんや？　ええ？」

「知らねーよ！　ヤクザなんて」

「でもお前ら、何かトラブったんやろが？　せやからあのコンビニにおられへんようになったんやろが？」

「知らねえって言ってんだろ！」チーチェンの言葉が切実さを帯びた。

「荒神会——」巽が厳しい声音をつくる。「この名前に心当たりないか？　お前の兄貴の口から、聞いたことないか？」

チーチェンは目を細めて首をかしげた。「それ、ヤクザか？」と訊き返してくる表情に、偽りの色は見えない。

「ああ。ここ数年、ものすごい勢いで勢力を伸ばしてる大きな組織や」

そう言って試すような視線を寄越《よこ》す巽に、チーチェンがイライラと答える。

「んなの聞いたことねーよ。あんただってヤクザなんだろ？　ヤクザがヤクザのことを俺に訊くな。とにかく、丈太は関係ねえ。おい丈太、お前もあんまり余計なことしゃべるな。分かってるだろ？」

巽はチーチェンの言葉をある程度信じていた。おそらく、彼らの背後に日本の暴力団はいない。チーチェンたちのもう一つのアジトがこのコロニーにあると聞いたときから、巽はそう考えていた。ここの中国人コミュニティと付き合いがある以上、故買を取り仕切っているのはヤクザではなく、海外で盗品を売りさばく外国人組織だと考えるのが自然だ。

東京湾の外に停泊した貨物船から小さなボートが下ろされて、それが夜陰に乗じてこのコロニーに頻繁にやってきていることは周知の事実だ。密輸品を運び入れているのだ。空になった帰りのボートには、国内の窃盗グループから買い取った盗品が積まれてゆくことが多いという話も聞いていた。

だとすれば——巽の胸の底に、粘ついた冷気が沈殿する。丈太が荒神会に追われている理由が、いよいよ分からない。ただのチンピラだけではなく、それなりの人間がベンツを転がしてきていたということは、ちょっとしたイタズラで奴らを怒らせたという話ではないはずだ。

いずれにせよ、チーチェンもまだ中学生ほどの年頃の少年でしかない。仕切っているのは兄のダーウェイだろう。事情は奴にしか分からないのかも知れない——。

「——丑寅?」

むっつりと黙り込んで思考を巡らせていた巽は、その子供らしい声に心臓をつかまれたかのように、我に返った。

巽の顔をのぞきこんでいる丈太の顔が、ほんの一瞬、俊に重なる。

あかん。俺は何様のつもりや。

俺のような男に、一体何ができる————。

乾いた無力感が、胸の底から湧昇《ゆうしょう》しようとするどす黒い予感に、静かに蓋《ふた》をした。

# II　ヒルの章

## 7

——必死で逃げているのだが、足が思うように前に出ない。

——右手は丈太の手を引いている。

——「しっかり走れ！」

——黒いスーツの男たちが、いよいよ背後に迫ってくる。

——丈太が背後で転び、つないでいた右手が離れた。

——「丈太！」

——足を止めて振り返った巽の口から、短い悲鳴が漏れる——。

自分の声に驚いて、巽は夢から覚めた。

一瞬ここがどこだか分からなかったが、電気スタンドの光に照らされた隣の丈太の寝顔を見て、すぐに思い出した。暗いコンテナの隅からは、チーチェンのかすかな寝息も聞こえてくる。

巽は体を起こし、両手で顔をゴシゴシこすった。額に脂っぽい汗がにじんでいる。

巽は夢の最後のシーンを反芻《はんすう》した。

後ろを振り返ったとき、転んで地面に倒れ、必死の形相で救いを求めるように左手を伸ばしていたのは、丈太ではなく、巽自身だった――。

巽は、頭を冷やそうと、静かにコンテナの外に出た。

起き出している人はまだほとんどいないらしく、コロニーは静かだ。

夜明け前の空は今日も薄い雲で覆われているが、外はもう十分明るくて、足もとに注意を払うことなく岸壁まで近づくことができる。

海に向かって吹く穏やかな風に当たっていると、背中を湿らす嫌な汗も徐々に引いてゆく。

岸壁のへりに立って、ズボンのファスナーを下ろした。

大海原への放尿を終えて、最後のしずくを振り落としていると、左手から人の呻《うめ》き声が聞こえた。

「うう……ダメだ。うう」

見れば、二十メートルほど向こうで、ひとりの男がアルミ製の三脚に載せた小さな望遠鏡のようなものを海の方に向けて、ファインダーを覗《のぞ》きこんでいる。

それはどこか奇怪な風貌《ふうぼう》の五十がらみの男で、背は低いが腹は立派に突き出ている。

茶色くパサついた髪の量は不自然なほど多く、薄い色つきメガネもどこか時代遅れだ。

だが、怪しさをとりわけ際立たせているのは、目を疑うほど派手なサーモンピンクのジャケットだろう。

「ダメだ。精度が出ない……うう、出ない」

ブツブツつぶやきながら覗いている黄色い望遠鏡のレンズは、どうやらお台場に向けられているようだ。時どき道路脇で目にする測量の道具によく似ている。

ファスナーを上げながらじっとその様子を見つめていると、視線を感じとった男が巽の方に振り向いた。男はぎこちない笑みを浮かべたまま手を高く挙げて、つかえながら声を張り上げる。

「キャ、キャン ユースピーク ジャパニーズ？」典型的なカタカナ英語だった。

「イエス。バット、大阪弁オンリー」巽が負けじとカタカナで答えると、中年男は「あぁ！　あっあっあっ」とさも可笑《おか》しそうに笑った。

そちらへ歩み寄っていくと、男はペコッと小さくお辞儀をして、安心したように言った。

「いや、よかった。日本のかたで。ちょっとだけ、手を貸していただけませんか？」

「構いませんけど、何してはりますのん？　測量でっか？」

「ええ、そうなんです。ちょっと、お台場の方を——。あの、この機械のこの穴のところ覗いててもらえません？　地面が見えるようになってます。ホラ、赤いペンキで塗った丸い印が見えるでしょ。コンクリの上に。その真上に三脚を立てたいんですよねえ」

巽が小さな穴を覗きながら「もうちょっと右」などと指示を出し、男が三脚の位置を微調整した。それが終わると、男は再びファインダーを覗きこんでお台場を観測し始める。

しばらくの間、測量器を操作したり、読み取った数値をモバイル端末に打ち込んだりしていたが、やがて、うう、と呻いて首を横に振った。

「やっぱりダメだ……精度が出ない。出ない」

もう諦《あきら》めてしまったのか、両手を腰にあててお台場を恨めしそうに眺めている。その姿がちょっぴりいじらしく思えて、巽は問いかけた。

「お仕事でっか？　おたく、役所の、港湾局かどっかの人？」男のピンクの上着にあらためて目をやって、言い添える。「——ではないわな」

「ああ、すいません」男は我に返ったかのようにジャケットの内ポケットに手を突っ込むと、財布の中から名刺を抜き出した。「私、こういう者です」

うっすら黄ばんで角の丸くなった名刺には、〈帝都工科大学　地震研究所　教授　工学博士　和達徹郎《わだちてつろう》〉とある。

「大学の先生でっか。地震の学者さん？」

「地震そのものというよりは、地震工学、でしょうか。目下の専門は、液状化現象なんですけどね。聞いたことありますでしょ？　液状化。ここもホラ、ひどいでしょう？」

和達教授は、足もとのコンクリートを岸壁に沿って向こうまで、ずうっと指し示した。

「これじゃあもう、港としてはダメです」

かつては長さ一キロにわたってシャープな直線を描いていた埠頭《ふとう》のへりも、今では無数の段差と凹凸をつくりながら無秩序に歪《ゆが》んでいる。海水と接している壁面はもうどこも鉛直を保っていない。大きく崩れ落ちて内部の土がむき出しの斜面をなしているか、海側に向かってブロック状に傾いたオーバーハングになっているのだ。

やや内陸部の地面に目を向ければ、コンクリートが長い波長で緩やかにうねっているのが見てとれる。そのうねりの中に、無数のひび割れや、大きな陥没や、深い地割れや、逆V字状の尾根ができている。

「ホラ、岸壁に平行に、地面に何本も亀裂《きれつ》が入ってるでしょ？　地震で岸壁面が破壊されたところに液状化が起きまして、埋立地の地盤、つまり盛り土が、海に向かって流れ落ちたんです。『側方流動』と呼ばれる現象ですな。うっうううっ」教授は不気味に笑う。「見事です。典型的ですよ」

「なるほどねえ。ヤワなもんですな。埋立地なんて」

「お台場は、もっとひどい。それはもう、すごいです。地盤沈下量も多かったですし、側方流動も大規模で、護岸なんてもう跡形もありませんですよ」

「結局、お台場の被害が一番ごっつかったらしいですな」

「なぜだか、分かりますか？」教授が試すような視線を向けてきた。

「さあ。震源地があの辺りやったとは聞きましたけど……」

「まずそれがひとつですね。今はだいたい、水平方向にも深さ方向にも誤差数十メートル程度の確度で震源が決まるんですけどね、それによると、震源はちょうどあの埋立地のど真ん中、台場地区と青海地区の境界付近の直下約二十五キロです。大事なのはですね、震源の深さが当初の予想よりかなり浅かった、ということなんです」

「はあ」巽は気の抜けたような返事をした。よく理解できない。

「あの東京湾北部地震というのは、東京がのっかっている陸側のプレートと、その下に沈み込んでいるフィリピン海プレートの境界で発生しました。いわゆるプレート境界型の地震てやつです。その点では、関東大震災と同じですね。関東大震災のような、マグニチュード八クラスの巨大地震は、首都圏でだいたい二、三百年に一度、起きてます。でもですね、それより一回り小さい、マグニチュード七クラスの地震は、もっと頻繁に起こります。百年に一回以上のペースです」教授は人差し指を立てて、続ける。

「前回のマグニチュード七クラスの地震、明治東京地震と呼んでますが、それからもう百年以上が経過していたこともありまして、いつ首都圏直下型地震が起こってもおかしくないという指摘はあったんですね。政府の中央防災会議の専門部会が想定していたマグニチュードは、最大で七・三でした。実際に起こったのは、マグニチュード七・五」

「そないに大きくは、はずれてまへんな？　想定してたのと」巽はおずおずと確かめる。

「数字だけ見ればそう思うかも知れませんが、マグニチュードが〇・二大きくなると、地震のエネルギーは二倍になります。しかしですね、もっと重大な問題は、専門部会が都市部での震度と被害状況の予測を大きくはずしたということなんです。実際の人的被害と建物の被害は、彼らの試算のざっと二倍でした」

「それは……そのエネルギーとやらが二倍やったから、でっか？」

「そう単純な話じゃあないんです。従来はですね、陸側プレートとフィリピン海プレートの境界の深さはおよそ四十キロと考えられていました。ところが最近、東京湾付近ではそのプレート境界がもっと浅い位置にあるということが明らかになってきたんです。専門部会はその事実を過小評価していた。運悪くといいますか、今回はそのプレート境界がとりわけ浅くなっているところで、岩盤の破壊が起きてしまった。それが、お台場の真下、約二十五キロの地点でした。同じマグニチュードでも、震源が浅ければ浅いほど、直上での揺れは激しくなります」

「ははーん。なるほどねえ」

「お台場の開発関係者も、ここまでの揺れは想定してなかったのかもしれませんねえ。実は、昭和の時代以降に埋め立てられた土地のうち、お台場とここ品川埠頭だけが、砂質土だけでできてるんです。他の埋立地は、粘性土だったり混ぜものがあったりします。一般論としては、純粋な砂地盤が一番液状化しやすいですから、それも影響したのかもしれませんねえ。お台場の建築物にとって致命傷となったのは、液状化による『不等沈下』です。これは、場所によって地盤沈下の度合いが違っちゃう現象なんですけどね。ホラ、ここからでも見えるでしょう？」和達教授は人工島の上に突き出た建物群を指差した。「明らかに傾いてるビルがあるの、分かりますよね。液状化で地面にめり込んじゃった建物もいっぱいあるんですよ」

巽は朝靄《あさもや》の中に浮かび上がるその輪郭をぼんやりと眺めた。そして、少し遅れて、「えらいことですなあ」と呑気《のんき》な相づちを打った。

教授は、好きな女の子のことを想う男子中学生のように身もだえしながら、「行きたいなあ、お台場。もう一回じっくり見てみたいなあ、液状化」と声を裏返した。

「もう入れませんもんな。あそこには――」

地震後、本土からお台場に入るアクセスルートがすべて破壊されると、埋立地全体を取り囲むように、侵入防止用の防護柵《さく》が設置された。

つまり、震災からわずか半年足らずのうちに、この人工島は物理的にも完全に封鎖されてしまったのだ。

教授は哀切きわまりない声で言う。

「だから、せめて、ここからお台場の建物を測量してるんです。ビルの高さを測ってですね、沈降量の時間変化が分かるんじゃないかと思いまして。定期的にね。でも……厳しいです。精度がでないんですよ、精度が」

「でも、学者です、て言うたら、特別に上陸させてもらえるんちゃいます？　危険や危険やとは言いますけど、先生はその道のプロなわけですし――」

「言いましたよ！　もちろん言いました！」巽の言葉に食い気味に、教授が叫んだ。

「何度も何度も、いろんなところにかけあいました。許してくれないなら、ヘリでもチャーターして強行上陸するってゴネたりもしました。そしたら、まず研究所の所長に呼ばれて叱られて、それでもしつこく言ってたら、なんと学長に呼ばれて怒られました。『うちの大学への補助金が減額されたら、責任取れるんですか？』って。あれはね、上からの圧力ですよ。監督官庁の役人か、もしかしたらもっと上からの」

「圧力、でっか」話が大げさになってきた。

「だって、おかしいでしょう？　学術調査をしたいっていう人間を、一歩も入れさせないなんて。世間では、政府はお台場を見捨てた、と言ってますよね。確かに一見そういう風に思えますし、道理もあります。都内にはもっと重要で、効率的に再興できるエリアが他に山ほどありますからね。でもですよ、もし本当に見捨てたんだとしたら、あの異常なまでに神経質な警戒ぶりはなんです？　だって、島全体をぐるりと柵で囲んだんですよ？　しかも、侵入感知センサーつきなんて。原発じゃないんだから」

確かに、お台場の周囲にめぐらされた高さ五メートルの防護柵には、人の体温を感知して警報を発する赤外線センサーが設置されているという噂だ。

「無人化したお台場に、窃盗団みたいなヤカラが出没した時期はおましたで。ほら、『埋蔵金伝説』も流行《はや》りましたし」

この「お台場カジノ埋蔵金伝説」は、都市伝説のひとつの典型だ。

震災時はまだオープン間もなかった「お台場カジノリゾート」でも、すべての建物が全壊と判定された。カジノ棟は完全に倒壊し、ガレキの山と化した。

ほどなくして、都内の若者の間に、カジノの地下金庫に数十億円相当の現金と金塊が眠ったままになっているという噂がまことしやかに流れ、その埋蔵金を狙って不法にお台場への侵入をはかる事件が頻発した。

しかし実際には、カジノ用の現金保管庫は別の建物にあって、地震直後に無事回収されていた。その事実が知れ渡ると、騒動は急速に収束した。

伝説が生まれた背景には、お台場における政府の拙速な災害処理がかえって人々の間に疑念を生んだという事情があったとされている。つまり、「臨海地域の中で、なぜお台場の災害処理だけが優先的に実施されたのか？」「その処理が中途半端な状態であるにもかかわらず、なぜ性急に島を封鎖したのか？」といった疑問が、人々の想像力をいたずらにかき立てたのだ――。

巽は当時を回想して言う。「確かに、なんでそこまで大げさなことを、とは思いましたなあ、あの時は」

巽の記憶では、政府は島の封鎖について、「犯罪防止と危険防止」という漠然とした説明で最後まで押し通したはずだ。おそらく、埋蔵金目当ての者も含め、商業施設が多く残された無人のお台場に犯罪集団がはびこるのを防ぐことに主眼を置いていたのだろう――。

呑気な巽とは対照的に、教授の恨み節はますます熱を帯びる。

「何かウラがあるに違いありません！　お台場に立ち入られては困る理由があるんですよ、きっと」教授は奥歯をギシギシ鳴らさんばかりに顔を歪《ゆが》めている。「許せません！　陰謀ですよ、これは」

「陰謀ねえ」うんざりし始めていた。陰謀論にはさすがについていけない。

「冗談なんかじゃありませんよ？　本当はここでこうして測量してるのもまずいんです。以前はね、昼間にやってたんですよ。そしたらね、来たんです。国土復興協力隊が。連行されて、事情聴取されて、脅されました。『次に見つけたら逮捕する』って。だから今は、こんな早朝に、こっそりやってるわけです。ね？　ただごとじゃないでしょう？」

「確かに、ちょっと目くじら立て過ぎの感はありますわな」

ピュッと強い陸風が吹いた。トレンチコートが風に大きくはためく。

風がおさまるのを待って、タバコに火を点《つ》けた。一服しているうちに、お台場を見つめる教授の表情も和らいでくる。

巽は訊《き》いた。「橋もトンネルもみんな壊されてしもたそうですけど、お台場に上陸するルートは、ホンマにひとつもないんでっか？」

「噂話に聞いたことはありますけどねえ。でも、おっかないですよ。私ひとりじゃあ。とても勇気がありません」教授は泣き笑いのような顔でそう答えた。

# 8

みどりは、署内でかき集めてきた資料を自分のデスクに広げ、一睡もせずに思いをめぐらせていた。夜明け間近のこの時間、刑事部屋には誰もいない。

課長からは伝言が残されていた。くれぐれも勝手なことはしてくれるな、ということだった。

仇討《あだう》ちじゃない——そう言い切った能見の言葉が、ずっと耳から離れない。

警官二人の命が、四年前に警察が震災ストリートチルドレンを見捨てた代償だったとすれば、その犠牲はあまりに大きい。

しかも、あのとき刺されていたのは自分かも知れなかったのだ。兼岡は、自分の身代わりになったのかも知れないのだ。

四年前と、昨日と——自らの判断の甘さが招いた結果が、身が焼かれるような悔恨となって交互に襲ってくる。

償い——背中にのしかかる思いが、そんな言葉に形を変えた。

仇討ちでなければ、「償い」か——？

それはただの自己満足だと人は言うかもしれない。たとえそうだとしても、事件に対《たい》峙《じ》して絶えず自分を奮い立たせていなければ、頭がどうにかなってしまいそうだった。職を賭《と》す覚悟さえ、できていた。

そうだ——みどりは自分に強く言い聞かせる。

これは、始まりから終わりまで、私の事件なのだ——。

数時間前、憔悴《しょうすい》しきった表情で品川署に戻ってきたみどりに、ポマードの匂いをプンプンさせた河野《こうの》が声をかけてきた。

河野準治《じゅんじ》は来年定年を迎える刑事課一係のベテラン刑事で、みどりに何かと目をかけてきた署内でも数少ない人間のひとりだった。周囲から距離を置かれがちだったみどりに、何ら構えることなく接し、ときには励まし、ときにはずけずけとものを言った。階級は巡査部長どまりだったが、河野はみどりを含めた署内の若手管理職から最も頼りにされている刑事のひとりだ。その理由は彼の警視庁内における人的コネクションにある。所轄、本庁を問わず、その顔の広さは驚くべきもので、年の功というだけではとても片づけられない。

河野は小さな会議室にみどりを押し込むと、「ネタ元についちゃあ黙っててくれよな」と念を押して、飲み友だちの機捜の捜査員から聞いたという情報を話してくれた。

兼岡が刺されたコンビニは大手のチェーン店ではなく、品川区と大田区に数店舗を構える酒屋が母体の店だったらしい。

その社長の経営手法は、最近よくあるケチなやり口と言っていい。雇われ店長たちこそ日本人だったが、アルバイト店員のほとんどは不法就労の東洋系外国人だった。

ブローカーまがいの男に斡旋《あっせん》させた中国人や朝鮮人に日本人名の名札を与え、極端に安い賃金で働かせていた。日本語に不自由しない者だけを使っていたため、常連客はおろか、商品を搬入する出入りの業者でさえそれに気付いていなかったらしい。

東五反田の店長だけは、二十歳そこそこの中国人だった。兼岡を殺害したと見られる容疑者だ。店での通称は山本だったが、社長にはシャオと名乗っていた。

シャオは半年ほど前にアルバイトとして採用された。日本語が完璧《かんぺき》で目端も利き、店の業務全般が完璧にこなせることを認めた社長は、彼を店長に昇格させた。前の店長が突然行方をくらませてしまったので、その後釜《あとがま》にすえたのだ。

シャオは大きな昇給を望まなかったかわりに、店舗の二階に自分の弟――おそらくチーチェンのことだ――と一緒に住み込ませてほしいと要求した。前の店長も住み込みだったので、生活に必要なものは一通りそろっていたようだ。

アルバイトの採用はシャオに一任されていた。しかし、雇ったバイトはたった二人で、シャオが弟に手伝わせながらひとりで切り盛りする時間帯が多かったという。

注目すべきは、店の二階に何人もの子供たちが頻繁に出入りしていた、という証言だ。社長自身はそのことについて、シャオの同胞の近所の子供たちが弟と遊んでいるのだろう、と大して気にも留めていなかった。シャオの仕事ぶりに問題はなかったし、人件費を抑える彼のやり方にも満足していたので、二階をどう使おうが構わないと思っていたようだ。

二人のアルバイトのうち、ひとりは深夜の店番、もう一人は午後からの出勤で、事件が起きたときは店にいなかった。現場周辺の聞き込みでは、店内で兼岡を見た人も、近くで何かを見聞きした人も見つからなかった。そもそも、あの小さな歓楽街は、午前中の人通りが極端に少ない。

シャオを社長に紹介したのは別の店舗で働いている中国人の女で、シャオとはどこかのコロニーで知り合ったそうだ。シャオは自分の身の上を「ある工場の研修生として来日し、そのままオーバーステイしている」と説明したという。社長もそれ以上のことを問い質《ただ》したりしていない。

機捜の捜査員が二階に踏み込んだとき、シャオ兄弟の身の回り品は数多く残されていたが、彼らの身元につながる決定的なものは何も見つからなかった。

「――で、捜査はそこまでだった。ろくに事情も聞かされないまま、機捜は引き揚げを命じられたらしい」

河野は話をそう締めくくると、大きな目玉をぎょろりと回し、「それでもお前さんは、やるんだろう？」と試すような視線を寄《よ》こした――。

みどりは椅子の背もたれを軋《きし》らせながら大きく伸びをすると、深く息をついて腕を組んだ。

公安が出てきたということは、何を意味するのか――？

とくに、能見が所属する公安五課は、外事課が対象としない在日外国人組織――政治犯やカルトを含む――を捜査するセクションだ。つまり、死体になって東京湾に浮いたという公安の捜査員は、治安を脅かす「組織」の関係先として、あのコンビニを監視下に置いていたことになる。

シャオと名乗る青年と、チーチェン――彼らは、東京に舞い戻ってきた、元震災ストリートチルドレンの兄弟だ。

それに加えて、コンビニの二階に出入りしていたという得体の知れない子供たちの存在が、どうしようもなく気になっていた。

どこか奇妙な風体だったというその少年たちもまた、震災ストリートチルドレンだったのではないか――？

彼らが、いつの間にか組織化された集団としての実体をもち、しかも何らかの公安事犯に関与している――少なくともその公安課員はそう睨《にら》んでいたことになりはしないか――？

だとすれば、彼らが最近になって都内で頻繁に目撃されるようになったことも、彼らが各所でつるんでいることも、決して偶然ではない。組織立った動きの一部と見るべきだ。

そしておそらく――みどりは思考を飛躍させた。一連の動きは、震災ストリートチルドレンが、地震後半年も経たないうちに街から忽然《こつぜん》と姿を消したときから始まっている。あれが、事件の始まりだったのだ――。

そう考えると、四年近く前に発生したあの異常な事態が、肌を粟立《あわだ》たせるような不気味さを帯びてあらためて眼前に迫ってくる。

もちろんこれは、みどりの勘だ。少年係として震災ストリートチルドレンにわずかながらも関わった経験が、みどりをことさらそこに拘《こだわ》らせているだけかも知れない。蓋《ふた》を開けてみれば、シャオという男がどこかの反社会的勢力から金を貰《もら》って何らかの企てに協力していただけ、ということだって十分あり得る。

しかし、能見のような情報網を持たないみどりにとって、渡り合えるフィールドがあるとすれば、「震災ストリートチルドレン」という線だけだ。事件の真相へとつながる糸は何本かあるのだろうが、自分がかろうじてその一端をつかんでいるのは、チーチェンという少年の存在だけなのだ。それは目に見えないほど細い糸かも知れない。途中でプツンと切れてしまっている糸かも知れない。それでもとにかく、今はそれをたぐっていくよりほかない。

捜査方針など立てようもないが、みどりはまず震災ストリートチルドレンの足跡を地道に辿《たど》ってみようと決めた。

あの子たちは、今まで、どこでどうやって生きてきたのか——それを明らかにしたいという衝動にも似た感情は、子供たちに対するせめてもの罪滅ぼしの気持ちでもあり、長年少年係に勤めてきた刑事としての本能でもあった。

ノートパソコンに、二つの文を打ち込んでみる。

〈震災ストリートチルドレンとは、一体何だったのか？〉

〈彼らはなぜ忽然と姿を消し、そして、どこへ行ってしまったのか?〉

この二つの問いは、警察が、そして誰よりもみどり自身が長い間やり残してきた宿題だった。

みどりは当時の復習から始めることにした。

まず目を通したのは、震災の前年に出された入国管理局の在留外国人統計資料だ。それによれば、その年一月一日の時点で報告されているオーバーステイの外国人の数は、日本全体で二十八万四千六十七人。そのうち女性は、ほぼ半数の十三万七千百十二人だ。

震災後に厳しい受難の時代を迎えるまで、オーバーステイの外国人は定住化する傾向にあった。世界に冠たる経済大国の地位から日本が脱落してからは、金を稼ぎにやってくる外国人の数も頭打ちになっている。それでもなお、貧困から抜け出せる気配のない中国の農村部や、独裁体制が崩壊した旧北朝鮮、東南アジアや中南米からやってきた人々は、日本での暮らしを続けたいと望んだ。

定住化が広がると、当然日本で生まれる子供も増える。不法滞在女性たちの生活実態調査に基づいて推定されたその数は、およそ二万人。「推定」という言葉からも分かるように、彼らの実情は大人たち以上に知られていない。

そんな子供たちの多くが、いわゆる「存在しない子供たち」として扱われている。「無国籍児」とも呼ばれる彼らは、出生届が出されておらず、法制度上の存在証明を一切持たない。

国籍欄を〈無国籍〉として外国人登録がなされている子供たちも存在する。その数は十五歳未満の児童だけで千四百九十二人。法に則《のっと》って外国人登録をしているケースの方が稀《まれ》だという現状を考えれば、無国籍児の実数は軽くその数倍に達するだろう。

無国籍児と見られるストリートチルドレンは、それまでにも常に存在していた。生きるために万引きやひったくりなどの非行に走る子供たちをみどり自身の手で補導したことも、一度や二度ではない。

しかし、震災前には、街角で人目を引くほどにその数が増えることはなかった。たとえそれがいくら抑圧された日常であろうと、ほとんどの無国籍児はやはり家族のもとで生活していたのだ。そして、震災後の一斉摘発の後は、そんな子供たちも親と一緒にその母国へと移送されたはずだった。

みどりは、不幸にもあの地震が生み出してしまった日本人震災遺児のデータを調べてみた。両親を失って親戚《しんせき》や施設に保護された十八歳未満の子供は、千四百四十八人が確認されていた。

そのデータを、警視庁で一度だけ開かれた例の会議資料と見比べてみる。震災ストリートチルドレンは少なく見積もっても二百人。東京に暮らしていた不法滞在者の人口比率――たかだか二%――から考えて、地震で親を亡くした無国籍児が二百人以上も存在するとはどうしても考えにくい。彼らの住環境が日本人に比べてかなり劣悪だったということを考慮に入れてもだ。

彼らのほとんどが震災孤児でないとすれば、可能性として残るのは何か。親が国外退去になった際、何らかの理由で、子供だけが日本に残されたということだ。

そこには一体、どんな事情があったのか――？

みどりはメガネをはずし、目頭を指で押さえた。さすがに集中力が途切れがちになってきている。

こうして資料を読んでいると、自分が不法滞在者の子供たちについて何の知識もないことを、あらためて思い知らされる。

パラパラとめくっていた入管の資料の末尾に、無国籍児に関するデータ提供に協力したNPOの名称と所在地が掲載されていた。

足立区の竹《たけ》の塚《つか》にある「不就学児童支援ネットワーク」という団体だ。

ここで話を聞いてみるのもいいかもしれない――そんなことを考えながら、足を引きずるようにして仮眠室に向かった。

## 9

丈太とチーチェンが起き出してきたのは、昼前のことだった。

コロニーの屋台でフォーをすすりながら、チーチェンが丈太に言った。

「とにかく、俺はダーウェイを捜さなきゃならない。手持ちの金だけじゃ、いつまでももたないし」

「だね。でも、どこ行っちゃったんだろう」心配そうに丈太が言う。

「いいか、丈太。あのコンビニにはもう近づくなよ？　絶対だぞ。これは、ダーウェイの命令だ」チーチェンの強い口ぶりに、丈太は一生懸命うなずいている。ダーウェイという男はこの子たちにとって絶対的な存在らしい。

「警察の手入れでもあったんか？」巽は訊《き》いてみたが、チーチェンは「うるせーよ」と口をとがらせるだけだ。

ひょっとしたら、みどりたちが動いたのかも知れない。やはり一度連絡を入れておくべきだろうか。このまま見て見ぬふりもできないが、チーチェンたちが捕まると丈太は困るだろう。巽は心を決めかねていた。

チーチェンは真剣な表情で丈太に問いかけている。

「だから、今日から俺は病院探しを手伝えないけど、ひとりで大丈夫か？」

「大丈夫だよ」

「おい、丈太の母ちゃんが最初に入ってた病院て、どこや？」巽は二人の顔を交互に見ながら訊《たず》ねる。

「なんだよ。いちいち入ってくんな」

チーチェンはつっかかってきたが、丈太はあっさり答える。

「東京桜林《おうりん》会病院だよ」

「桜林会？　目黒のか？」意外だった。「あそこは金持ち向けの病院やぞ。どういうトリックでもぐりこんだんや？」今度はチーチェンの顔を見た。

「知らねーよ。ダーウェイがうまくやったんだろ」チーチェンが吐き捨てる。

丈太の母親が中国人だとすれば——それも不法滞在者であるならなおさら——桜林会のような大病院に当たり前に入院できるとは思えない。

「じゃあ、なんでそのダーウェイも転院先知らんねや？」

「半年前の入院のとき、ダーウェイがいろいろ頼んでたのは、このコロニーにいたナントカっていうデブ女。でもその女、もうよそに移ったらしくてよ。ダーウェイも捜したんだけど、見つかんねー」

今度は丈太に尋ねた。

「じゃあお前、闇雲にその辺の病院あたってるんか？　大丈夫か？　ひとりでウロウロして。ヤクザにさらわれても知らんぞ」

「そんなこと言われたって……」

言いよどむ丈太の言葉をさえぎるように、チーチェンがフォーの丼《どんぶり》をドンと置いた。

「あんたさ、そんなにうるさく言うんなら、手伝ってやれよ。丈太の病院探し」

安っぽい折りたたみ式のテーブルの上にフォーの代金を置きながら、チーチェンがいきがって言った。

青いコンテナに戻ると、身支度を終えたチーチェンは、「いつ戻るか分からない。コンテナは勝手に使え」とだけ言い残し、ひとりどこかへ出かけて行った。

巽は「ババいってくる」と丈太の耳もとで告げて、コロニーの中心部へ向かった。寝袋を貸してくれたカンボジア人のオヤジが言うには、誰でも使える立派なトイレがあるらしい。

コンテナの間をぬって進んでいくと、それらしき建物が見えてきた。想像していたよりも小ぎれいなベージュのプレハブで、個室のドアが三つ並んでいる。以前から港の関係者が使っていたのか、後で誰かが設置したのかは分からない。

プレハブの前に大きなパラソルが立てられていて、その下にはサイケデリックな衣装を着たザンバラ髪の老婆がパイプ椅子の上にちょこんと正座していた。

腰の曲がりきった老婆は、巽を見て「ひゃふへん」と言った。歯がないので空気が抜けるらしい。老婆は「ひゃふえん」ともう一度言って、開いた右手を突き出した。

「なんて？　百円？」訊きながら、百円玉を老婆の手のひらに置いてやる。

老婆がくれたちゃちな鍵《かぎ》を使ってトイレのドアを開け、用を足した。

トイレから出てきた巽は、あからさまに嫌な顔をした。

目の前に三人の男が待ち構えていたからだ。

真ん中の男は、すり切れそうな革のジャケットを着ていて、足もとも革のサンダル履きだ。右の男はヒゲ面で唇に三つのピアス、左のスキンヘッドはこめかみの上あたりに梵字《ぼんじ》のような刺青《いれずみ》をしている。

荒神会の手の者でないことは、ひと目で分かった。おそらくは中国マフィアの手合いだろうが、巽と友好を深めにきたという顔ではない。手前の男はジャケットの上から腰のあたりをさすっている。おそらくは拳銃《けんじゅう》か、よくてサバイバルナイフでも呑《の》んでいるのだろう。

「お前、日本人か？」革ジャケットの男が訛《なまり》のある乾いた日本語で言った。

「そうや」

周りに人だかりができ始めている。だが、誰も心配そうな顔はしていない。むしろ、見せものでも見るような表情だ。

「お前は刑事だと言ってる奴がいる。痛い目に遭わされたことがあると言っている」

「昔はそんなこともあったかもな」マル暴時代に縁のあった人間がここにいたとしてもまったく不思議ではない。「でも、今はもうデカやない」

革ジャケットがちょっとあごをしゃくって見せると、いつの間にか小ぶりの柳葉刀を抜いていたスキンヘッドが、銀白色に光る幅広の刃を巽の首筋に当てた。そして、ヒゲ面の方が巽のコートのポケットを順に探っていく。

「スナックのマッチしか入ってへんて」巽は面倒くさそうな顔をする。

スキンヘッドが柳葉刀をぐいと押しつけた。刃が首の肉に食い込む。

「おい、ちょっと痛い」巽が右手で刀を押し戻そうとすると、スキンヘッドがその手を握るようにして押さえつけた。

巽は、男の手を握ったまま、しまった、という顔をつくる。

「あ、俺ババしてからまだ手洗ってへんわ」

スキンヘッドの梵字の下に、一瞬にして太い血管が青黒く浮かび上がる。

「他媽的！」激昂《げきこう》した男は叫びながら巽の胸ぐらをつかみ、前に引きずり倒そうとする。

巽はもみ合うようにしながら倒れ込み、逆にスキンヘッドに馬乗りになって刀を握る男の腕を押さえつける。どこかの女の短い悲鳴に驚いて顔を上げると、革ジャケットが短銃を巽の頭に向けていた。

「離せ」革ジャケットが落ち着き払った声を出す。

その時だった。

「巽さん？」と、どこかでかん高い声がした。

男たちは一様に動きを止める。

「ああ！　やっぱり巽さんだ！」声の主はそう言いながら人混みをかき分けて、姿を現した。

「なんや、久野《ひさの》くんやないか」

出てきたのは、なすびのような輪郭の顔をした痩《や》せぎすの男だった。薄汚く無精ひげをのばしてはいるが、まだ若い。チェックのシャツにジーンズを穿《は》き、ウェストポーチをしている。バックパッカーの大学生のような印象だ。

革ジャケットの男が中国語で何か言った。久野と呼ばれた青年は流暢《りゅうちょう》な中国語でそれに答えている。どうやら二人は知り合いらしい。

久野が中国人との会話を中断して巽に訊いた。「巽さん、本当にもう警察辞めたんですか？　言い逃れじゃないかって、彼らは疑ってるみたいなんですけど——」

「辞めた。もう一年になる」

久野は巽の言葉に小さくうなずくと、再び彼らと向き合った。真剣な表情に時おり笑顔を混ぜながら、身振り手振りも加えて熱弁をふるう。巽の立場を説明しているようだ。

革ジャケットが何かひと言つぶやいて銃を下ろすと、巽に組み敷かれていたスキンヘッドも体の力を抜いて、「早くどけよ」と日本語で言った。

三人の中国人たちは、口々に久野に何か言葉をかけながら、どこかに去って行った。久野は「謝謝！　謝謝！」と笑いながら、その後ろ姿を見送っている。巽にはよく事情が飲み込めない。

コートの襟を直しながら訊《き》いた。「どないしたんや？　こんなとこで」

「巽さんこそ。びっくりしましたよ」

「それにしても久しぶりやなあ、久野くん。一年ぶり、いや、もう二年になるか？」

久野隆文《たかふみ》という青年は、巽が刑事時代に住んでいたマンションの隣に建っていたオンボロアパートの住人だった。当時は大学生だった。

モルタル二階建てのその恐ろしく古いアパートは、全部で十二ある部屋の住人が、久野を除いてすべて中国人留学生だった。しかし、真面目に学校に通っている学生は半分もおらず、大半はドロップアウトして怪しげな連中と付き合っていた。

巽はそのアパートを「蛇頭の巣」と呼んで、いつも久野をからかった。

久野が正真正銘の苦学生だったことは間違いないが、一方で彼は「蛇頭の巣」での暮らしが気に入っているようだった。ひとつ屋根の下の留学生たちと親しく付き合っているうちに、彼の中国語はみるみる上達した。

一度、そのアパートを訪ねてきた本物の中国人マフィアが騒ぎを起こしたことがあった。

非番で自宅にいた巽がそれに気付き、通報してすぐに駆けつけた。騒動は大ごとにならずに収まったが、その際に通訳として警察と中国人の間に入ってくれたのが久野だった。中国人たちと警察のどちらにも献身的な彼の対応に、巽はいたく感心した。それ以来、巽は久野をときどき飲みに誘うようになった。いつもおごらされたが、久野は明るく話題も豊富で、楽しい酒が飲めた。

「実はですね、無くなっちゃったんですよ、あのアパート。ちょうど一年前に」久野は明るく言った。

「あの『蛇頭の巣』かいな？」

「ハハハ。そうです。あの『巣』です」

「ついに漏電で火事にでもなったか？　あの廊下のヒューズ、めちゃめちゃ古い型やったからな」

「そうそう、ブレーカーじゃなくて、むき出しのヒューズね。どこの電器屋いっても、古すぎてもう置いてないの。ホント困りました」

「しかも、続きの二部屋で五アンペア。電気ストーブつけるのも早いもの勝ちやいうてな」

「懐かしいですねえ」久野は微笑む。「でも、火事じゃないんです。大家のおじいさんが亡くなって、取り壊しになったんですよ」

「大地震のときも奇跡的に生き延びたのになあ」そんなことを呑気《のんき》に言っている事態ではないことに巽は気づいた。「ええ？　まさか、それで今このコロニーで暮らしてるいうんやないやろな？」

「その、まさかです」

久野が説明したところによれば、アパートが取り壊された春にちょうど大学を卒業した彼は、隣の部屋に住んでいた中国人の元留学生に誘われて、このコンテナ・コロニーで暮らし始めたのだという。いずれにせよ、大学院に進むために何年かアルバイトをして金を貯めるつもりでいた彼にとって、この話は渡りに船だったようだ。

「相変わらず偉いなあ。お前さんは」巽は感心した。

「そんなんじゃありませんよ」久野は照れて首を振った。「ここなら家賃もいりませんし。それに、結局、好きなんですよね、こういう怪しげなところ。それに、中国人も」

そう言って辺りを見回す。

隣を歩く久野が訊いてきた。「それより、さっきは何があったんですか？　さっきの三人、ファンさんのところの人たちですよ？」

「ファンいうのが、ここを仕切ってるんか？」

「うーん。このコロニーは、何人かのボスによる共和制って感じですけど――ファンさんもそのひとりですね」

「ヤクザはここに出入りしとるんかい？」

「いません、いません。裏の世界でも、このコロニーは治外法権ですよ。巽さんもご存じのように、ここは今や一大密輸基地みたいになってますけど、日本の暴力団は入り込めてません。今のところはね」

「確かに、一歩でも足を踏み入れようもんなら、日本と中国で大戦争になるやろな」

巽は、ふーん、と言って、あごを撫《な》でた。やはり、丈太と荒神会との接点は、チーチェンの故買の線上には出てこないように思える。

荒神会が入ってこられない以上、ここにいる限りは丈太の身に喫緊の危険は及ばないだろう。しかし、母親の病院探しを続けるとなれば、話は別だ。丈太ひとりで出歩かせるわけにはいかない――巽は思案しつつ歩く。

久野はこのコロニーではちょっとした顔のようで、すれ違う人たちの中に、久野に親しげに声をかけていく者が驚くほどたくさんいる。

「えらい人気やないか」

「ここは日本人が少ないですから、重宝がられてるだけですよ。こっちが彼らの味方だと分かりさえすれば、おせっかいなぐらい親切にしてくれますよ」

久野はこう見えて頼りがいのある男だ。少し考えて、久野の力を借りてみようと決めた。

「実はな、ちょっと話を聞いてやってほしい子がおるんや——」

巽はそう言って、丈太の母親捜しのことを話し始めた。

ボスというだけのことはあって、ファンの根城は立派だった。

長めのコンテナが三つ、コの字形に置かれていて、内側が中庭のようになっている。中庭には大きな白いタープが張られ、洒落《しゃれ》たガーデンベンチが並んでいる。きっとここで目をむくほど高価な中国茶でも飲むのだろう。

手前のコンテナの入り口近くには、男たちが数人たむろしていた。その中に、さっきの革ジャケットの男がいる。巽たちに気付くと、男はサンダルを鳴らして立ち上がった。口元にこそうっすら笑みを浮かべているが、いきなり斬りかかってきてもおかしくないような油断ならない空気を漂わせている。

久野は中国語で説明を始めた。丈太のくだりになったのだろう、すぐ隣でおとなしく立っている丈太の頭を、オレンジのキャップの上から優しくポンポンと叩《たた》いた。ファンの手下どもはみな、興味深げに丈太の褐色の肌を見つめている。

ファンを訪ねてみようというのは久野の提案だった。久野は、チーチェンもダーウェイも聞かない名前だ、と言った。このコロニーには中国人だけで二千人はいるし、人の出入りも激しい。それに、この埠頭《ふとう》で貨物船の故買グループに盗品を流している人間など山ほどいるそうだから、無理もない。

しかし、丈太の母親が中国人で、彼女に病院を世話したのがダーウェイなら、中国人コミュニティに事情を聴いてみるべきだ、というのが久野の意見だった。久野は、「それに、しばらくここにいるんだったら、ファンさんに挨拶《あいさつ》しておいて損はないですよ」とつけ加えた——。

久野の説明がひと通り終わると、革ジャケットは、ふん、と鼻息をもらして、コンテナの中に入っていった。そして、数分で戻ってくると、「入れ」と言った。

コンテナの中は薄暗く、煙が充満していた。白いベッドに中年の女が横たわっていて、パイプを吹かしている。香りからしてたぶんマリファナだろうが、巽は昔映画で見た阿《あ》片窟《へんくつ》を思い出した。

コンテナの中を奥へと進む。女は巽たちに一瞥《いちべつ》を投げただけで、表情ひとつ変えなかった。奥の扉のあたりがカーテンで仕切ってあって、そこからコの字の一番奥のコンテナに入れるようになっている。

カーテンをめくると、背の高い男が立っていた。白い麻のシャツを品よく着こなした若者だ。端整な顔立ちに長めの髪がよく似合っている。口元をフッと緩めると、舞台俳優のようなしなやかな動きで巽たちを奥へとうながした。

ファンはそこにいた。ロッキングチェアに深く腰掛けて、本を読んでいる。老眼鏡を少し下にずらして、巽たちを見た。小柄で柔和な雰囲気の老人だ。頭頂部にはもう毛がないが、白いあごひげがある。

巽たちを招き入れた若者がファン老人に近づいていって、耳もとで何かささやいた。

「ああ、あなた、宇多さんのところの――」

巽は驚いた。自分が宇多組で世話になっていることは久野にも言っていない。この二枚目の若者とどこかで顔を合わせた記憶はなかったが、向こうは巽の顔を見知っていたということだ。巽はそら恐ろしくなった。

「椅子が足りませんね。ネムリ――」ファン老人は若者に声をかけた。この二枚目の名はネムリというらしい。ネムリはすぐに隣のコンテナから木の椅子を二脚持ってきた。

「まあ、お掛けなさいな」老人の声はややかすれていたが、しっかりしていた。

「久野さん、すまんが、もう一度この方たちのお名前を教えてくれんかね？　歳をとるとなかなか一度では覚えきれんでな」

久野が巽と丈太を紹介した。ファン老人は丈太に優しく問いかけた。

「丈太くんか。きみのお母さんだが、名前は何というのかね？」

「メイです。苗字《みょうじ》は、知りません」丈太はハキハキと答えた。

「メイさんか――」老人はネムリと目を合わせたが、彼も首を横に振っている。「悪い

か？」

「丈太の母ちゃんは、中国人なんです。もぐりこんでそうな病院、どっかにおませんが、わしらにも心当たりはない」

巽の問いかけに、ファンはしばし、あごひげをしごいた。

「確かに、私らがよく世話になる病院も、あることはある。もぐりの医者と付き合いもある。そこをあたってみるのもいいと思うが——」老人は巽の顔を見つめた。「この子の母親が最初に入っていた病院というのは、どこかね？」

「東京桜林会病院ですわ」

「ほっ！」ファン老人は声を高くした。「それはまた——」と言って愉快そうに体を揺らす。そして、また穏やかな表情に戻って、続けた。

「巽さん。日本人ご自慢の健康保険制度がなくなってから、もう何年になりますか？」

「さあ……そろそろ十年いうとこでしょう」

そう答えたものの、老人の意図するところがつかめない。

少子高齢化にともなう医療費の増大は、まさに加速度的に深刻化した。それに対処するために幾度となく試された医療制度改革も、そのすべてが完全な失策に終わった。

高齢者の加入率が高い国民健康保険の負担を事実上肩代わりしてきた企業の保険組合は、次々に解散に追い込まれた。出口の見えない不況下では資金の運用もうまくいくはずがなかったし、企業に自前の保険組合を支える体力は残っていなかった。

ほとんどの国民は、公法人の健康保険協会と従来の国民健康保険を統合した新たな公的健康保険に加入することになった。しかし、保険未加入者が二割を超え、保険料の徴収率が七割を切った頃、その制度もパンクした。

政府は「国民皆保険制度」をあきらめた。ただあきらめただけではない。あとはどうにでもなれと言わんばかりの態度で、無責任にも民間にすべてを丸投げにした。

健康保険制度を民間に委《ゆだ》ねるということは、受けられる医療の質に大きな格差が生じるということだ。保険業界は、契約者が納める保険料の多寡に応じて、様々なランクの保険商品を作り出す。当然、そのランクに応じて、カバーされる治療内容が限定される。

やがて、先端的な医療と質の高いサービスをおこなう病院は、治療費の支払いが担保される一定ランク以上の保険加入者しか受け入れなくなった。つまり、経済力に応じてかかれる病院が決まってしまうという仕組みができ上がったのだ。

ファン老人が驚いたのも無理はない。桜林会病院が受け入れるような高いランクの健康保険に加入する際には、継続的な保険料の支払い能力を見極めるための厳しい資格審査があるからだ。

「――あれは、愚かな選択でした」ファン老人は穏やかに言った。

「そうかも、知れませんな」

「桜林会病院だと、どれぐらいの保険料がかかりますかな?」

「さあ。とにかく、わしの安月給ではとても払えん額ですわ」

老人は、今度は丈太の方を向いて尋ねた。「あなたのお母さんは、メイという名前で入院してたわけじゃ、ないんでしょう？」

「はい。家森美帆《いえもりみほ》っていう名前になってるって、ダーウェイから聞きました」丈太が言った。

老人はかわいい孫でも見るように、目を細めて二度ほどうなずいた。

「そういうことになると——まずは鶴丸《つるまる》さんのところに話を聞いてみるのが、賢明でしょうな」ファン老人は、そばに控えていたネムリに、いたずらっぽく目くばせをした。

東京桜林会病院は、まるで高級ホテルのようなたたずまいで、オフィス街の外れに建っていた。

色とりどりの花が植えられた花壇が縁どる長いアプローチを通って、ゆったりとした車寄せのある正面玄関に向かう。

自動ドアが開いて一歩足を踏み入れると、そこはやはりホテルを思わせる広々としたロビーになっていた。床はベージュの大理石で、天井は高々と三階あたりまで吹き抜けている。巽は天井を見上げて、ごっついなあ、と感嘆の声を漏らした。

そこそこ美人の看護師がニッコリ微笑んで目の前を通り過ぎる。車いすの老人や点滴台を押して歩く患者の姿がなければ、病院とは思えないだろう。

この病院は完全紹介制なので、長椅子が整然と並ぶ大きな待合スペースなどはない。

そこここに置かれた革張りのソファで、見舞いに訪れた人々がパジャマ姿の患者たちと談笑しているだけだ。

出入り口近くに立っている警備員が、じっと巽たちの様子をうかがっている。薄汚れたトレンチコートの大男と褐色の肌の少年のコンビは、ここでは明らかに浮いている。

ダブルのスーツを着た若い男が、携帯を操作しながらロビーを出て行く。すれ違う巽と丈太には目もくれず、取り立てて怪しいところはないが、携帯を持つ左手の小指に金の指輪をはめているのが少し気になった。

受付のカウンターも比較的こぢんまりしていた。巽は、やたら化粧の濃い受付嬢に愛想よく声をかけた。

「すんません。以前ここに入院していた患者さんについて、ちょっとお尋ねしたいんですが——」巽はメモに目を落とす。「ええと、家森さん、家森美帆さんちゅう人なんですが、その人が今どないしてはるか、分かります?」

「少々お待ちください」受付嬢は端末を操作し始める。

「家森美帆さんでしたら——一月二十八日に退院されていますね」女が画面を見たまま言う。

「でも、治ったわけではないんでしょ?」

「詳しいことは分かりかねますが、データでは『転院希望による自主退院』となっているようです」

「転院先は、分からん？」

「――ええ、そうですね。データには記載がありません。当院でおこなった検査結果の提供依頼なども、来てないようです」

「そうでっか」今度はカウンターに身を乗り出すようにして言った。「事務長の笠間《かさま》さんと話がしたいんですけど、取り次いでもらえます？」

「お約束は頂いておりますでしょうか？　失礼ですが、お名前は――？」

「お名前は巽です。お約束は頂いてません」

受付嬢は、マスカラを塗りすぎたまつ毛をパチクリさせて巽の顔を凝視した。そして、たじろいだように目を泳がせながら、受話器をとった。どこかに巽の来訪を伝えていたが、やがて受話器を置いて言った。

「申し訳ございません。お約束頂いてない方とはちょっと――」女は申し訳なさそうな顔を、マニュアル通りに作って見せる。

「まあそう言うやろな。悪いけどもう一回だけ訊《き》いてみてもらえません？　今度は、『鶴丸商会』からの紹介で来たって、伝えてみてくれる？」

受付嬢は露骨に嫌な顔をして、再び受話器をとった。巽の言った通りに伝えると、事情が急に変わったようだった。女は表情を強張《こわば》らせて、「八階の事務長室までどうぞ」と言った。

重厚な装飾のエレベーターに乗って八階まで上がり、左手に進んだ突きあたりが事務長室だった。

ノックすると、秘書らしき女性が出てきた。四十がらみの、高級クラブの疲れたホステスのような女だった。

前室は秘書室になっていて、奥にもうひとつ木製のドアが見える。

前室に通されると、巽は丈太に「お前はここで待っとれ」と小声で命じた。

秘書が奥の木製ドアをノックすると、「どうぞ」と男の声がした。

巽は、「お忙しいところ、すんませんな」と言いながら、秘書が開いたドアをくぐる。中は絨毯《じゅうたん》敷きだった。

巽は、秘書に向かって、「お茶やなんかは、どうぞお構いなく。これから事務長さんと、大きな声ではできへん話をしまっさかい」と朗らかに言った。秘書が目を丸くしたので、「ジョークでっせ。ジョーク」とつけ加えた。秘書は顔を引きつらせたまま、一礼して退室した。

笠間事務長は、部屋の奥の大きな木製デスクの向こうに座っていた。アリクイのように口のとがった男だ。白髪の目立つ髪を後ろに撫《な》でつけている。

「巽さんとおっしゃいましたか。どういうご用件でしょうか?」平静を装っているが、声は不自然なほど硬い。

「いや、ご用件ちゅうほどのことではないんです。以前ここに入院してた女性を、どこの病院に移したか、教えて欲しいんですわ。家森美帆、ちゅう人です。受付で聞いたら、転院を希望して自主的に退院したということでしたけど。こっちとしては、ああそうですか、というわけにはいきませんねん」

「そういうことは、下の事務担当者にお尋ねください」

巽は小さくため息をついて、少し声のボリュームを上げた。

「おたくしか知らんやろうから、わざわざここまで来てるんや」

「ど、どうして私がそんなこと――」事務長の額に汗が光っている。

「茶番はよろしいわ。こっちは鶴丸さんの名前出してんねんで？　だからあんたも俺を部屋に入れたんやろが」応接セットのソファにどかっと腰を下ろすと、テーブルの上にあったクリスタル製の卓上ライターでタバコに火をつけた。

「おたくとこ、偽造保険証やと知った上で、患者を受け入れてるんやろ？」

ファン老人が言った『鶴丸』というのは、有名なニンベン師グループのリーダーだった。巽もその名前は聞き知っている。鶴丸商会は、免許証、パスポート、保険証などの偽造を生業《なりわい》とするプロ集団で、彼らにかかれば一般的なICカードのコピーなどわけもない。

ファン老人たちは、おそらくは偽造パスポートなどの取引を通じて、鶴丸商会と付き合いがあるのだろう。あの二枚目のネムリという若者が、すぐに商会のメンバーとコンタクトをとってくれた。

ファン一家がよほどの上客なのか、あるいは、ファン老人の裏社会での影響力を相当恐れているのだろう。そのメンバーは、彼らの稼業に差し障るようなことがないようにとしつこく念を押しはしたものの、ある情報を提供してくれたそうだ。鶴丸商会から偽造保険証を仕入れている何人かのブローカーが、最近足しげく桜林会病院に出入りしているという話だった。

巽は目を細めてゆっくり煙を吐きだすと、絶え間なく目を泳がせる事務長から視線を外さずに言った。

「鶴丸さんとこの若いのが言うには、『点数の高そうな長期入院を頼む』て、事務長さん直々にあちこち営業かけてるらしいやないの。あんた、院長の娘婿やねんてな」

手口はこうだ。偽造団はスキミングなどの手段で保険証カードの情報を抽出し、そっくり同じコピーを作る。買い手と年格好が似た人物の偽造保険証が用意され、その人物の個人情報とともにかなりの高額で取り引きされる。だが、保険に入れない身分の者や、高度な治療や長期入院を必要とする者にとっては、それをペイして余りある価値があるのだ。

それを利用する病院側にも旨《うま》みはある。偽造されるような高ランクの保険では、自己負担ゼロが一般的だ。レセプトさえ送れば治療費の全額が保険会社から支払われる。損をするのは保険会社だけだ。診療報酬点数の高い入院患者を集めることができるのなら、保険証が本物だろうが偽造だろうが関係ないというわけだ。万が一、不正が発覚したとしても、偽造カードとは知らなかったと言い逃れができる。

最近は、高級さが売りの大病院の中にも経営に行き詰まるところが増えていた。切羽つまった挙げ句、こういう手口で患者を集めている病院があることは巽も聞いている。それにしても、桜林会のような老舗《しにせ》の事務長が自ら不正に手を染めているとは思っていなかった。

「お、脅す気ですか」事務長の声が震え出した。

「目的はなんです？　か、金ですか」と言いながら、机に手をついて立ち上がる。

巽のことを、強請《ゆす》りにきたヤクザだと思っているのだ。

「あんた、耳クソつまっとんか？」巽はイラついたようにタバコをクリスタルの灰皿でもみ消す。「さっきから何を聞いとってん？　こっちはおたくがどんなあくどいことしてようが、別にかまへんの。家森美帆の行き先を教えてくれって言うてるんや」

「わ、私は、知らない――」事務長は首を横に振った。

巽はソファから腰を上げると、右手でげんこつを作って口元にもっていき、ハアーと息を吐きかけた。事務長はそれを見て、一歩後ずさった。

「ほ、本当です。自主退院になってるのなら、お、おそらくその女性の場合は、保険証が使えなくなったか何かで、その患者を世話した人間が引き取ったんだと思います。そ、その後は知らない」

「ほな、その周旋屋の居場所か連絡先、教えなはれ。それさえ教えてもろたら、それ以上うるさいことは言わへんがな」

事務長は、慌てて机の引き出しを開け、震える手で中をかき回すと、小さな手帳を取り出した。

「い、家森……」ページをめくる事務長に、「美帆、や」と巽が言い添える。おそらく、付き合いのある斡旋《あっせん》業者はひとりではないのだろう。

「あ、ありました。分かりました。この男です」

事務長が広げて見せたページには、〈カンベ〉という苗字《みょうじ》らしき三文字と携帯電話の番号が走り書きされていた。

そのページを躊躇《ちゅうちょ》なく引きちぎり、「この『カンベ』いうのが、ブローカーの名前かいな――」と言いかけたとき、病院の正面側に向いた大きな窓の外で、車のブレーキが派手に軋《きし》る音が立て続けに聞こえた。同時に、前室で丈太が「丑寅っ！」と声を張り上げる。

前室へ通じるドアを跳ね開けると、ガラス窓に額を押し付けて下を見ていた丈太が、病院の正面玄関を指して言う。「ほらっ、あれ！　あの人！」

駆け寄って見下ろせば、車寄せに黒塗りのベンツが三台並んでいて、チンピラやスーツ姿の男たちが次々に降りてくる。巽には分からないが、丈太には見覚えのある男がいるのだろう。

さっきロビーですれ違った小指に指輪をはめた男もそこにいて、警備員と押し問答しているのが見える。

「あの男、やっぱり——」巽は忌々《いまいま》しげにつぶやいた。

荒神会は、丈太の母親がこの病院に入っていたことをつかんでいた。丈太がここに現れる可能性を考えて、張っていたのだ——。

巽は事務長に向かって威圧的な声を響かせる。

「事務長。わしら、鬼ごっこの途中なんや。あのガラの悪いオニさんたちに捕まらんように、ここを出たい。なんぞええ方法ないか？」

「な、何者なんです？　あの連中」事務長も窓から下をのぞいている。

「荒神会や。あいつらは俺みたいに行儀ようはないぞ。ここで遊ばれるのが嫌やったら、さっさと俺らを逃がすのが賢明や。うまい逃げ道ないんかい」

事務長が脂汗を浮かべて答えにつまっていると、背後で秘書がおずおずと言った。

「か、階段で七階に降りれば、業務用のエレベーターがあります。それで下まで行けば、すぐ建物裏の搬入口ですが……」

事務長はガクガクと首を縦に振って同意を示すと、秘書に先導を命じた。

丈太の手を取って部屋を飛び出そうとした巽は、思い出したように事務長を振り返り、ドスを利かせて言った。

「ええか。もし荒神会の上のもんが猫なで声で何か訊《たず》ねてきても、さっきの話は黙っとくのが身のためや。あんたが奴らにしゃべったら、俺もあんたのやっとること洗いざらいぶちまけたる。それにな、荒神会の連中にあんたの悪さが知られてみい、あんた、あいつらに骨の髄までしゃぶられるで」

事務長は顔を引きつらせたまま、とがった口を震わせて、声にならない音を発した。

秘書に伴われて業務用エレベーターで一階まで降りると、そこは病棟から隔離された一角だった。目の前にある搬入口のアルミ扉の小窓から外の様子をうかがうと、三十メートルほど先に敷地を囲む塀が見え、ちょうど正面にあたる通用門にチンピラが二人立っていた。

巽は小さく舌打ちして、視線を左右に滑らせる。

アルミ扉の外はちょっとしたプラットフォームになっていて、車の荷台から物品の出し入れがしやすいよう、その先の道路部分が一段低くなっている。

扉の五メートルほど左手に、一台の軽ワンボックスカーが停まっていた。リアハッチを目いっぱい跳ね上げ、荷室の開口部をこちら側に向けて、プラットフォームのへりにぴたりとつけている。

背後でキュルキュルと何かが鳴って、「すみませーん」と、とぼけた声がした。見れば、白いキャップをかぶり、ワイシャツの袖《そで》をまくった眠そうな顔の青年が、緑色のキャンバス地が張られた巨大なワゴンを押してやってくる。中には半分ほどまで皺《しわ》くちゃのシーツが入っている。

「それ、これからクリーニング？　あの車に積むとこけ？」巽が訊《き》く。

「は？　はあ……」口ごもる青年を尻目《しりめ》に、巽は丈太を抱え上げると、ワゴンの中に放り込んだ。「わっ!」と丈太が声を上げる。

巽は、トレンチコートを脱いで丈太の上にふわりと載せると、シャツの袖をまくった。

そして、「タダ乗りさせてとは言わへんで。ちっとは手伝いまっさかい」と言いながら、目を白黒させている青年の頭から白いキャップをひょいっと取って、自分の頭に目深にかぶる。

「似合いまっか?」

ニヤけた顔で訊く巽と目を合わせた秘書は、驚きながらもその意図を理解した。

「ほな、行こか」

巽はワゴンの先でアルミ扉をぐいと押し開けると、背中を丸めてプラットフォームにキャスターを転がし、そのままワンボックスの荷室にワゴンと自分自身を押し込めた。わずか数秒の早業だった。

フロントガラス越しにそっと通用門の方を確かめる。二人のチンピラはこっちを見ているが、声を上げる様子も、動く気配もない。

口をポカンと開けて秘書から事情を聞いていた青年が、小走りでアルミ扉から飛び出てきて、運転席に座る。

「兄ちゃん、悪いな。どっか近くの駅まで頼むわ」巽はほとんど荷室に腹這《はらば》いになって言う。

青年は、「これって大丈夫なんすか? マジこえー」などと小声で言いながら、エンジンをかける。

白いボディの側面に〈クリーニングのシラサギ〉とペイントされたワンボックスは、青年の手慣れたハンドルさばきで通用門を抜けて通りに出ると、普段より頑張ってエンジンをうならせながら加速した。

二人のチンピラは、運転席の青年にチラッと目をやっただけで、すぐに病院の建物に視線を戻した。

## 10

荒川を渡ると、街の様子が変わった。

大げさに言えば、平坦《へいたん》な土地に中層のマンションだけがぽつぽつと孤立しているような印象だ。その隙間を埋めていたはずの、たくさんの戸建て住宅や木造アパートが消えている。青い色がやけに目立つのは、ブルーシートで覆われた建物や一角が多いからだ。

車で走っていても、小さな通りに沿って線状に住宅が失われたのがよく分かる。さすがに焼け跡と分かるようなところはもうないが、地面が露出した場所が多いためか、やけに埃《ほこり》っぽい。窓を開けていたので、土埃と新しい木材の匂いが車内に漂った。

ここから少し東に行けば、東京北部最大の危険区域が広がっている。その区域には大きなカルト教団が本拠地を構えていて、凶悪犯罪者が多く潜んでいるエリアとしても悪名高い。

環状七号線を横切ると、前方に中学校が見えてきた。グラウンドには白いテントとプレハブが林立している。この辺りは木造住宅が密集していたために火災の被害がひどく、焼け出された人々が暮らす小規模な避難所が到るところに残っているのだ。

信号待ちをしていると、中学校の正門から、制服をだらしなく着崩した男子生徒の一団が出てくるのが目に入った。

みどりの脳裏に、二人で夜の街へ出たときの兼岡の姿が浮かぶ。

「――係長、ここは俺に行かせてください」

最近はよくそう言って、みどりの先に立ちたがった。そして、みどりには真似のできない人懐っこい笑顔で、非行少年たちに声をかけるのだ――。

口惜《くや》しさがまた喉《のど》もとまであふれてきて、ハンドルを握る手に力がこもる。

この事件のカタは、他人につけさせるわけにはいかない――そう言えば格好はいいが、自分のしていることが途方もない遠回りのような気がしてならない。

消えた震災ストリートチルドレンの謎を解けば、本当にシャオという青年にたどりつけるのか？　二人の警官が殺害された事件の全貌《ぜんぼう》が、明らかになるのだろうか――？

後ろで急《せ》かすようにクラクションが鳴った。信号はすでに青に変わっている。

みどりは、懸念を振り払うように、アクセルを踏み込んだ。

ＮＰＯ法人「不就学児童支援ネットワーク」は、旧竹ノ塚駅前の古い雑居ビルの二階にあった。もう鉄道は営業していないので、駅前の賑《にぎ》わいなどはまったく感じられない。

このビルにしても、看板ひとつない黒ずんだ外壁が妙に寒々しい。

暗く細い階段を上り、ペンキの剝《は》げかけた金属製のドアをノックすると、グァングァンと鈍い金属音がじめじめした廊下に響いた。

「はーい」と返事がしてドアが開き、みどりと同年代の女性が顔をのぞかせた。みどりが挨拶《あいさつ》をすると、「散らかってますけど、どうぞ」と中に迎え入れてくれた。彼女が代表の菅谷杏子《すがたにきょうこ》だった。

狭い事務所は雑然としていた。壁の片面は天井まで資料と本で埋め尽くされた本棚で、もう片面にはたくさんの写真や手紙が貼られている。写真の中ではエキゾチックな顔立ちの子供たちが笑っている。菅谷の他に人の姿はない。

貧相な応接セットに向かい合って座り、名刺を差し出しながら、みどりはあらためて礼を言った。

「早速お時間を作っていただいて、ありがとうございます」

いえいえ、と菅谷は目尻《めじり》に皺を寄せて微笑んだ。「少年係の刑事さんとなら、いつでも喜んでお話しさせていただきますよ」

菅谷代表は、パッチワーク柄のプルオーバーにコットンパンツというラフな服装で、まったく化粧気もない。髪も後ろで束ねただけだが、前髪が真っすぐに切りそろえられているのが印象的だ。

「先ほど、電話でも少しだけお話ししましたが――」みどりはそう切り出して、震災ストリートチルドレンの一部が最近再び都内で目撃されている事実を述べた。警察が懸念しているケースのひとつとして、その中の数人が窃盗に関わっている可能性があるのだ、とだけ説明した。

「――私どもは、震災ストリートチルドレンがどうして生まれて、どこに消えてしまったのか、もう一度きちんと調べてみる必要があると考えています。あの子たちは不法滞在者の、いわゆる『無国籍児』だった可能性が高いんですが、まず第一の問題は、なぜあれほど多くの子供たちが震災後の日本に取り残されてしまったのか、ということなんです」みどりはそこでいったん話を区切った。

腕組みをして黙って聞いていた菅谷代表が、そうですねえ、と口を開いた。

「私たちは、団体の名前にもありますように、不就学児童の支援をしています。義務教育を受けるべき年齢なのに、学校に通っていない子供たちですね。当然、その親たちの多くが事情を抱えた外国人です。有り体に言えば、在留資格がないとか、オーバーステイといったことですね。とくに、日本で生まれた子供たちは、無国籍状態になっている場合がほとんどです。ですから、無国籍児の実態については多少お話しできることもあるかと思いますが――」菅谷はそこで急に残念そうな顔をした。「ただですね、あの地震のすぐ後というのは、やはり私たちの活動もままなりませんで、震災ストリートチルドレンと呼ばれた子供たちを実際に扱った事例というのは、ないんですよ」

みどりはそれを期待していたわけではなかった。「今回こちらに伺ったのは――実は、私自身が少年担当の警察官として、無国籍児のことについてあまりにも無知だということに気づいたからなんです」みどりは少し伏し目がちにそう言った。「まずはそこから始めるべきだろうと、そう思いまして――」

菅谷は目を見開いてみどりの顔を凝視すると、立ち上がって本棚から黄色いファイルを何冊か抜き出してきた。

「国籍を与える方法として、生地主義と血統主義があるのをご存じですか?」

菅谷の目が真剣みを増していた。人権意識のうすい警察を啓蒙《けいもう》するいい機会だと思ったのかもしれない。

「日本は血統主義ですよね」

「そうです。戸籍制度のような悪習を持ち続けている国ですから、当然と言えば当然かもしれませんけど。これは、国籍を親から子が相続するという考え方です。韓国がそうですし、実はヨーロッパの国々でも血統主義を採用しているところが多いんですよ」

「それはちょっと意外ですね」

「ヨーロッパでも、フランスのように移民をたくさん受け入れている国は、生地主義をとっています。アメリカやオーストラリアは当然そうです。生地主義というのは、ご承知のように、生まれた土地の国籍を自動的に得るという考え方ですね」

菅谷はそこで一冊の黄色いファイルを開いた。始めの方に、法律書をコピーしたようなページがある。菅谷はその中のある箇所を指差して言った。

「血統主義の中でも、日本はとくに『家』とか『戸籍』という考え方から派生したような国籍法を長い間もっていました。ずっと父系血統主義がとられていて、ここの第二条の一にあるように、日本国籍を得るのは『出生の時に父が日本国民であるとき』となっていたんです。それが一九八四年に見直されて、『出生の時に父又は母が日本国民であるとき』という両系血統主義になりました。ですが、それでもまだまだ問題があったんです」

「母親が外国人、父親が日本人のケース、でしょうか？」

「ええ。それが婚姻届の出されていない事実婚だったり、女性の側がいわゆる『未婚の母』状態だったりする場合です。この法律はもともと、きちんと結婚をした父母とその嫡出子を対象にしていましたから、母親が外国人、父親が日本人の非嫡出子ですと、法的には『父親がいない』ことになって、国籍が取れません。そこでまず、胎児認知、つまり、結婚はしていなくても出生前に日本人の父親がその子供を認知しさえすれば、国籍を与えようということになりました。そして、二〇〇八年になってようやく、国籍法がもう一度改正されまして、出生後の認知も認められるようになったんです」

「それで、実際に無国籍児は減ったんでしょうか？」

「さあ、どうでしょう。データとしては出されていません。ですが、法改正のおかげで本当の意味で救われた子供というのは、ほんのわずかでしょうね。認知してくれるようなまともな日本人の父親がいる、というのが前提ですから、数としては決して多くないと思いますよ。それ以前にですね、無国籍児の父親は必ずしも日本人とは限りません。両親がともにオーバーステイの外国人ということも多いんです。これを見てください」

菅谷が別のファイルを開いた。このNPOがまとめた調査結果らしい。〈無国籍状態にある不就学児童の実態〉というタイトルがついている。菅谷は声に出して読み始めた。

「『ケース1。八歳の男児。父、母との三人暮らし。両親は短期就労ビザでブラジルから来日したが、すでに在留資格が切れていた。男児は日本で生まれたが、出生届は出されていない。この男児は、昼間は家にいるよう両親にきつく言われていたが、近所の小学校の校庭をのぞいているところをその学校の教諭に発見された』――この子の場合、日本国籍はもちろん、ブラジル国籍も取れるとは限りません。ブラジルは生地主義ですから」

「なるほど――」とみどりがつぶやくと、菅谷はさらにページをめくった。

「それから、父親がろくでもない日本人だと、こういうこともあり得ます。『ケース5。十歳の女児。母親、三歳と一歳の二人の妹との四人暮らし。母親はフィリピンから来日した。日中は飲食店で、夜はホステスとして働いているが、現在オーバーステイとなっている。三歳と一歳の妹たちは日本で出生したが、日本人の父親が行方不明になり、認知がなされていなかったため、二人とも無国籍である。十歳の長女はフィリピン生まれであるが、妹たちの面倒を見るため、不就学状態が続いている』――ひどいもんでしょう？」

「法律云々《うんぬん》以前の問題ですね、これは」みどりも眉《まゆ》をひそめる。

「ですね。ただ、不就学というのは、ある程度防げるんです。在留資格のない子供でも公立学校に通うことはできますから。問題は、親や子供たち自身がそれを拒絶する場合です。世間から隠されるようにして育った子供たちは、日本語がまったくできないことが多いですし、親は親で、公的機関と接触することで不法滞在が発覚するのを恐れますしね」

菅谷はファイルを閉じながら、続けた。

「国籍がない、というのは不就学なんかよりずっと深刻な問題です。よく『存在しない子供たち』って言いますでしょう？　まさにその通りなんですよ。国家にとって存在しない人間は、当然ながら最低限の保護さえも受けられない。そのための法的な地位がないわけです。教育、就職、結婚、すべての局面で、社会的に排除されてしまいます。とくにこの国では、日本国籍を持っていないと戸籍に入ることができません。戸籍なんてくだらないもののように見えますが、こうむる不利益はとても大きい」

菅谷代表は戸籍制度廃止論者のようだ。ひょっとしたら離婚歴でもあるのかもしれない――みどりはそんな想像をした。だが、戸籍というものがときに見せる粘つくような陰湿さは、みどりも身に染みて感じていることだった。

みどりは言った。「親の保護が受けられなくなると、もう街に出て万引きするぐらいしか生きる術《すべ》はない――少なくとも彼らはそう感じるんでしょうね。本当はそんなことはないはずなんですが、大人たちをまるで信用していない。私が補導した子供たちは、みんなそうでした。社会とか国というものについて、意識が低いというか――」

「『ナショナル・アイデンティティの欠如』ですね」菅谷はそう言ったが、みどりの表情が曇ったのを見て、微笑を浮かべて弁明した。「いえ、偉そうなことを言いましたが、私も本当のところは分かってないんですよ。耳学問でそんな話を聞いただけなんです。無国籍児関連のシンポジウムやなんかで」

「それは、国への帰属意識みたいなことですか？」

「そうですね――近いと思います。私は確かこんな風な説明を受けました。個人のアイデンティティを構成する要素には、『帰属性』が含まれます。とくに日本の場合は、ほぼ国イコール民族ですから、国に帰属しているという意識を自ら発見することはとても大切で、自分は共同体から保護されるべき存在だという安心感のようなものが、自己の価値を肯定的にとらえさせてくれるんだそうです。そしてそれが、個人を国民として社会化していく原動力になる――と。いかがです？」

「分かったような、分からないような……。私みたいに、毎日非行少年のお尻《しり》を叩《たた》いて回っているがさつな人間には、ちょっと抽象的すぎますね」みどりは苦笑した。「ただ、無国籍の子供たちが自分自身や社会をポジティブなものとして受けとめられない傾向にあるということは、よく理解できます」

「ええ。幼少期から無国籍状態に置かれることは、心が社会的に発育していく上で重大な障害になります。不法外国人という従属的な集団の中に生を受けただけでなく、コミュニティから承認すらされていない。このような環境で自我が発達すると、非常にネガティブな社会的アイデンティティをもつどころか、アイデンティティ自体がとても貧弱なものになってしまう恐れがあるらしいんです。そうした子供たちは、自分の内面にあるわずかなアイデンティティを何とか肯定しようとして、自分と、自分の周りの集団との差別化を極端なぐらいに図ろうとする。外の集団に対する偏見が強くなって、その痛みも理解できない。だから――」

「反社会的な行為に対するハードルが低くなる？」みどりが想像して言った。

「ええ、そういう面はあるかもしれませんね。これはマイノリティ全般に言えることかもしれませんが」

菅谷代表はお茶を一口すすって、しばらく黙った。

みどりは、さっきの会話の中でずっと頭に引っかかっていたことを訊《たず》ねた。

「先ほど、国籍法の改正で〃本当の意味で〃救われた子供はわずかだ、と仰《おっしゃ》ってましたよね？　あれは一体、どういうことなんでしょうか？」

菅谷は、それそれ、とばかりに人差し指を振って、口に含んだお茶をゴクリと飲みこんだ。

「私もそれについてお訊《き》きしたいと思ってたんです。鴻池さんは、というか警察は、『偽装認知』についてどうお考えですか？」

そういうことか——みどりは理解した。

二〇〇八年の改正国籍法の論点のひとつは、法改正によって「偽装認知」が横行するのではないか、というものだった。

外国人母の非嫡出子の国籍取得の条件として、日本人父による生後認知が新たに認められるようになった。つまり、すでに生まれている子供についても、日本人の男がわが子として認知しさえすれば国籍が与えられる。すると、金品と引き換えに、父親であると偽って見ず知らずの子供を認知するような輩《やから》が出てくるだろうという話だ。

子供が日本国籍を取ると、その子が成人するまでの間、親には在留特別許可が下りる。在留特別許可を不正に得るための方法であるという点では、偽装結婚に似ている。実際にドイツでは、同じような法改正によって偽装認知が増加したという前例もあった。

みどりは答えた。「なるほど。偽装認知だと、必ずしもその子供が救われたことにはなりませんね」

「そうです。むしろ逆の場合だってあり得る」

「担当ではないので件数までは知りませんが、震災前は警視庁でもかなりの数の偽装認知を摘発したはずです。それでも偽装結婚よりはまだ少ないと思いますね。組織的な偽装認知グループもいくつか確認されています。ですが、率直に申し上げて、警察も入管も、この類《たぐい》の事案にことさら力を入れているとは言えません」

かつては非常に厳しいと言われていた国籍付与の審査も、今ではすっかり形骸《けいがい》化している。偽装のプロ集団が親子関係の根拠資料を巧妙にでっちあげれば、モラルの低下しきった法務局の役人を騙《だま》すことはそれほど難しいことではない。増加する偽装を食い止めるために、ＤＮＡ鑑定による科学的証明を義務付けようという動きもあったが、経費がかかりすぎるといった理由で見送られた。たとえそれが実現していたとしても、ＤＮＡ鑑定書を偽造する人間が必ず出てきただろう。

みどりは続けた。「震災前に限って言えば、景気が悪くなればなるほど、偽装認知も偽装結婚も増えました。それは確かです」

「でしょうね。私たちのところに相談にくる親子の中にも、ちょっとこれは怪しいな、というケースが増えてきていました。父親のことを尋ねると言葉を濁すので、なんとなく分かっちゃう」

菅谷代表は「それ以上追及はしませんけど」と言って、笑った。

偽装を請け負う側にとって、偽装認知は偽装結婚よりもリスクが高いと言われている。嘘の認知をするだけで公正証書原本不実記載の罪に問われ、五年以下の懲役を受ける可能性がある。また、男の戸籍には認知した事実が記載されるので、作ってもいない子供の養育費の支払いを求められたり、子供側から相続権を主張されたりと、将来的にいろんな不利益を生じかねないのだ。

偽装認知の報酬は、五十万円から百万円が相場だ。職も家も失って食うや食わずの路上生活を続けている人々にとっては、目がくらむような大金だろう。生活困窮者が増えると、どのみち財産などない、先のことなど気にしていられない、とリスクを冒す者が出てくる。

みどりには、菅谷の考えていることが分かっていた。

「菅谷さんは、震災ストリートチルドレンが、偽装認知された子供たちではないかと、お考えなんですね？」みどりは、菅谷の目を見据えて、訊いた。

菅谷は小さくうなずいた。「可能性としては、あるんじゃないでしょうか」

確かにそれは、あり得るシナリオだった。

震災後の不法滞在者一斉摘発は、取り締りというより、雰囲気としては弾圧や排除に近く、ルールに則《のっと》らない理不尽な処分などありふれていた。偽装認知までして我が子が日本国籍を得たのに、自身の在留は認められず、強制退去を言い渡された母親もいただろう。

そんなとき、母親はどうするか？　子供を伴って出国するのは危険な賭《か》けだ。母親は当分の間日本に戻れないし、子供だけをすんなり再入国させられるとも思えない。入国審査の際、父親の所在をきちんと説明できないのは致命的だ。

だがそれも仕方がない。子供と離れ離れになることはできない。国籍剝奪《はくだつ》も覚悟の上で、親子で母国に帰ろう——多くの母親はそう決断するだろう。

だが、一部の母親は別の選択肢を検討するかもしれない。例えばこういうことだ。

日本国籍や日本のパスポートの価値はまだまだ高い。せっかく大金を払って手に入れたものだ。下手なことをして奪われるのは惜しい。我が子は日本人として堂々と日本で暮らせるのだ。子供さえ日本にいてくれれば、いつの日か母親である自分も日本に戻れるかもしれない。子供が稼ぐようになれば仕送りだって期待できる。子供にとっても日本で教育を受けるのは悪いことではない。とりあえず子供は日本に置いていこうか――。

　この道を選んだ母親は、子供をどこかに預け、ひとり母国に送還される。しかし、残された子供たちは、日本語や日本人としての社会性を身につけているわけではなく、すんなりと周囲に溶け込めるはずもない。そんな子供たちはやがて居場所を失い、ストリートで生活を始める――。

　だが――このシナリオも万全ではない。みどりは重い口を開いた。

「虚偽の申請で国籍を取った子供の数が、震災直前にピークに達していたことは間違いないですし、その中には、強制退去になった親に置いていかれた子供も、いるにはいるでしょう。ですが、それだけではやはり、数の問題が――」

「数――」菅谷が確かめるように言う。「警察では、あの頃都内に何人ぐらいの震災ストリートチルドレンがいたと見ているんですか?」

「少なく見積もって、二百人以上――」

「そんなに?」菅谷は目を丸くした。「当時のマスコミの報道でも、確かそこまでとは……」

「ですね。警視庁は具体的な数字を公表していないはずですから」

その言葉に、ふと後ろめたさがにじむ。それを気取られまいとして、みどりはすぐに続けた。

「仮に彼らが偽装認知された子供たちだとすると、偽装そのものの件数はその数倍あったということになりますから、さすがに法務局も騒ぎ立てたはずです。しかも、そのうち二百人もの子供が日本に残されて、しかもホームレス化してしまったと考えるのは、やはり……」

無理がある——みどりはそう思っていた。

菅谷代表は腕を組んで、うーん、と唸《うな》った。

私の結婚だって、偽装みたいなもんだ——品川署へと帰る車の中で、みどりは思った。偽装結婚、偽装認知——菅谷代表との会話の中でその言葉を発するたびに、心の奥にしみるような痛みがにじんだ。

みどりは、男を愛せない女だった。

だが、自分が同性愛者であることを肯定的に受け入れられないまま、この歳になった。警察官だった父と教師だった母を安心させるためだけに、みどりは結婚をした。九年前のことだ。相手に選んだのは、妻に先立たれ、まだ赤ん坊のひとり娘とともに残された役所勤めの男だった。わざわざそんな男を選んだのは、すでに子供がいることがセックスを拒む理由になるかもしれないと考えたからだ。

しかし、そんな結婚生活が長く続くわけがない。わずか一年で夫はよそに女をつくり、みどりのもとを去った。もともと子育てなどできるタイプの男ではなく、血を分けた娘に愛情を抱いていたのかどうかすら定かではない。結局、娘の佐智はみどりが引き取った。

浅はかだった——結婚そのものについては、みどりはそう思っている。ただ、佐智に関しては、自分に育てる責任があると信じていた。あの男と佐智、二人とともに生きていくつもりで結婚したのだ。佐智の将来を考えれば、自分がそこで手を離してしまうわけにはいかないと思った。

周りには、十字架でも背負ったつもりか、と反対するものもいた。しかし、まだ二歳だった佐智にとってみどりはすでに母親だったし、みどりの心の内にも、このまま自然に親子になってゆける感触があった。

巽が少年係に勤務していた頃、みどりと巽との仲を揶揄《やゆ》する連中が署内にいた。バツ一どうしでちょうどいいじゃないかと、宴席で酒の肴《さかな》にされもした。だが、それが絶対にあり得ない話であることは、みどりのみならず、巽もよく理解していた。世界でただひとり、巽だけが、みどりの性愛が決して男に向かわないことを知っている。

そもそも、巽が本庁から品川署の少年係に異動させられてきたことは、巽の離婚と関係がある。

巽夫妻には、俊というひとり息子がいた。生まれつき体が弱く、重度の喘息《ぜんそく》を患っていたそうだ。俊はわずか九歳でこの世を去った。巽の妻は、息子が死んだのは夫のせいだと激しく巽を責めたらしい。俊の死に関して、巽は詳しいことを話さないので、なぜ彼女がそこまで夫を憎んだのかは分からない。

最愛の息子を失ってほとんどノイローゼのようになった巽の妻は、信じがたい方法で夫に復讐《ふくしゅう》した。巽の捜査対象だった広域指定暴力団の組員と不貞をはたらいたのだ。巽は自らを見失うほど怒り狂い、その組員を半殺しの目に遭わせた。それが原因で巽は左遷され、妻とも離婚した。

巽が品川署に異動してきて数ヵ月が経った頃、どこで噂を聞きつけたのか、ある刑事課の課員が、「嫁さんをヤクザに寝とられたマル暴が、本庁からうちに左遷されてきてたらしいぜ」と、巽に聞こえるように大勢の前で言い放った。巽が色をなしてその刑事に殴りかかろうと席を蹴《け》った瞬間、そばにいたみどりがその男の頬を力いっぱい張り飛ばした。

その日の夜遅く、みどりのマンションをべろんべろんに酔っぱらった巽がいきなり訪ねてきた。ちょうど佐智は小学校の行事で二泊三日の林間学校に行っていた。酩酊《めいてい》状態の巽は、土下座するようにして昼間の礼を言い、過去に夫婦に起きたことを自虐的に笑い飛ばしながら話し始めた。ご機嫌でしゃべっていた巽は、やがて激しく嗚咽《おえつ》して床に突っ伏し、子供のように泣きじゃくった。そして、抱き起こそうとしたみどりをそのまま押し倒した。

狂ったように衣服を剝《は》ごうとする巽に、みどりは激しく抵抗した。巽は、みどりがどれだけ殴っても力を緩めず、ひたすら体を押し付けてきた。ついにみどりの力が尽きかけたとき、巽が突然体を震わせた。そして、みどりから体を離すと、呆然《ぼうぜん》と床にへたり込み、顔を両手で覆って再び泣き出した。見れば、巽のスラックスの前が、濡《ぬ》れていた。

何分ぐらいそうしていたか、覚えていない。のろのろと立ち上がった巽は、ほとんど聞きとれないほどの声で、謝罪めいたことを口にした。涙と鼻水で顔をぐしゃぐしゃにしたまま立ち去ろうとする巽を、みどりは呼び止めた。

そして、自分が同性愛者であることを告げた。

なぜそのときそんな告白をする気になったのか、自分でも未《いま》だに説明ができない。ただ、大の男があそこまで自らの弱さをむき出しにするのを見たのは、初めてだった。その姿を見ているうちに、自分だけが無垢《むく》であるかのような顔をしていることに、耐えられなくなったのかも知れない。我ながらつくづくバカ正直だと思う。

その出来事があってから、二人の関係は変わった。だがそれは、信頼とも、友情とも、同情とも違う。たとえ美しい言葉で言い表せないとしても、二人の間にある種の奇妙な絆《きずな》が生まれたことだけは、確かだった――。

もうすっかり日の落ちた街に、品川署の窓明かりが灯《とも》っている。

明日は本庁に出向かなければならない。兼岡の件で査問委員会にかけられるのだ。だが、公安が事件を引き取った以上、上層部もみどりを前に騒ぎたてることはないだろう。

どうせ形だけのヒアリングをして、「追って沙汰《さた》する」とか何とか言うに決まっている。そしてその後は、完全に蚊帳《かや》の外に置かれるのだ。

課長からは、しばらく謹慎していろ、と言われていた。部下たちには悪いが、少年係の仕事から解放されたのはありがたい。だが、ひとりで一体どこまでできるだろう——みどりは思った。

## 11

巽が目を覚ますと、隣に丈太の姿がなかった。

コンテナの扉を全開にして早朝のひんやりした空気を入れると、それと同時に丈太の楽しそうな笑い声が聞こえてきた。

首だけ出して外を見ると、岸壁の方に、丈太と並んで太ったトノサマバッタがいた。和達教授だ。今日のファッションは鮮やかな黄緑色のジャケットにモスグリーンのスラックス。こっそり測量をしたい人間の服装ではない。

教授の説明を受けながら、丈太は精一杯背伸びをして、測量器のファインダーを覗《のぞ》いている。

巽はタバコに火をつけると、携帯を取り出し、念のため着信履歴を確かめた。

巽は昨夜のうちに、丈太の母親に入院先を斡旋《あっせん》した「カンベ」という男に電話をかけていた。桜林会病院の事務長から聞き出した、偽造保険証患者の手配師だ。

しかし、何度かけても応答はなかった。仕方なく、〈巽といいます。笠間事務長からご紹介うけました。鶴丸さんにも世話になってます。折り返し電話もらえませんか〉と、メッセージを残しておいた。

しかし、やはり寝ている間に着信があった形跡はない。しかめっ面で携帯をたたみ、コンテナを出た。

起き抜けの一服を味わいながら歩み寄った巽に気づいて、教授が言った。

「やあ、おはようございます」

「どうでっか、調子は。あれ？　測量道具、昨日のとちょっと違いますな」

「ええ、知り合いに頼みこんで、最新式のを借りてみたんです。でも、ダメなものはダメ。あまり改善されませんでした」教授はそう言ったが、その表情は、すっかり憑《つ》き物が落ちたように朗らかだった。「でも、これで諦《あきら》めがつきました。測量はもうヤメです」

「あ！　お台場電気ビルだ！」丈太が興奮して叫ぶ。三脚にしがみつくようにして、夢中でお台場を観察している。測量器を望遠鏡にして遊んでいるのだ。

「おい、丈太、先生の邪魔するなよ」

「いいんですよ、いいんです」教授は丈太の体をかばうようにして言う。「この丈太君、お台場のこと、とっても詳しいんですよ。あそこにある建物のこと、何でも知ってるよね。ビルの中だって、隅から隅まで知ってるよね。ね？」教授は丈太に同意を求めたが、丈太の耳には入っていない。

「あ！　青海トレードセンターだ！」

　そう言ってひとりで騒いでいる丈太を横目に、巽が代わりに答える。

「こいつ、お台場で生まれたんですわ」

「へえ、そうだったんですか」教授は丈太がすっかり気に入ったようだ。「それと、丈太君は目がいいですなあ。ホントに驚くほどよく見えてます。だってね、私が測量器覗いてようやく分かるような、お台場の奥の方の建物の先っちょを、丈太君は肉眼で見つけちゃうんですよ？　アフリカの人はみんな視力がいいと言いますが、さすがその血を引いてるだけのことはありますねえ」

「こいつのオヤジさん、ケニアから来たんですわ」

　そう言うと、教授は目を丸くした。

「へえ！　じゃあ、本当にサバンナの住人なんだ。あっちの人は、ちょっと特殊な能力を持ってるみたいですねえ」

　巽が怪訝《けげん》な顔をしたのを見て、教授は早口で続けた。

「いや、私の同僚がね、四十を過ぎてようやく去年結婚したんですが、新婚旅行でケニアに行ったんですよ。あっちで、サファリっていうんですか？　ジープに乗って国立公園を回って、ゾウやらキリンやらライオンやらを見るわけです。そのときのガイドさんがですね、マサイ族出身の若者だったそうなんです。まあ、マサイとは言っても、ちゃんと洋服着てますし、名前もジョンだとかジョニーだとかだって言ってましたけど。とにかくですね、そのガイドのジョンが、すごい」

「すごい？」巽が訊《き》き返す。

「ええ。旅の初めにナイロビで、日本人のコーディネーターからそのジョンを紹介されたらしいんですが、コーディネーター曰《いわ》く、『ジョンはマサイ族の人で、人間よりも動物と会話する方が得意なんですよ』ってことだった。普通は、そんなのただの冗談だと思いますよね？」

「冗談でも、マサイ族の人が聞いたら、気い悪うしまっせ」

「ところが、それが冗談じゃなかった」

「ゾウとペラペラしゃべるんでっか？　ペラペラ？　パオパオーン？」

「ほっほっほっ、いや、見事に見つけるんですよ、野生動物を。我々にはただの草原にしか見えないところでも、ジョンは動物の姿を見つけていて、車をそっとそっちに走らせる。驚くほど遠くからでも、どんな障害物があっても、動物の影を感じとることができるんです。とても信じがたい能力だそうですよ。日本人には絶対に真似できないって、その同僚は言ってました」

「へええ。視力なんぼぐらいあんねやろ。右五・〇、左四・五とかちゃいます？」

「あっあっあっ、そりゃすごい。でもたぶん、視力だけの問題じゃありません。同僚もいっぱしの科学者ですから、いろいろ考えたようで、彼が言うにはですね、ジョンは『五感プラス経験』をフルに駆使して野生動物を探しているんだ、と。視覚はもちろん、匂い、音、空気や風の感触、そういったものをすべて無意識のうちに動員している。そして、それらすべてを有機的に統合しているのが、経験です。例えば、ジョンがヒョウを見つけたときの話ですけど――」

「ヒョウいうたら、あの黒いブチのある？」

「そうです。あの黒いブチのヒョウってのは、サファリをしていてもなかなか見るのが難しいんですって。彼らは、まず初めに、ガゼルの死体に群がる数頭のライオンと、それを遠巻きにして見ているハイエナの群れを見つけたんだそうです。ジョンはその状況を見てピンときた。ガゼルを狩ったのはライオンじゃない。ヒョウだ。なぜピンとくるのかは、よく分かりません。ガゼルの死体を見れば分かるのか、ライオンの様子を見れば分かるのか……とにかくジョンは感じとった。餌食になったガゼルの状態を見る限り、まだ遠くにはいってない。食事を終えて、木の上で休んでいるはずだ。そばにちょっとした林がある。木の上を探してみると、果たしてそこにヒョウがいた。でも、よく目立つ低い枝にデーンと寝そべってたわけじゃありませんよ？　葉っぱで覆われた樹上の見えにくいところにいたんです。ね？　普通なら、わあライオンだ、ハイエナはおこぼれを狙ってるのかな、で終わりですわ。ところがジョンは、彼の豊富な経験から、ヒョウの存在を近くに察知した。シチュエーションから瞬時に感じ取る『察知力』です。私だって学者のはしくれですから、超能力だとか第六感だとかは申しませんが、まあ超人的な能力ではありますねえ」

「なるほどねえ」巽は心底感心した。

「ジョンは、人間の言葉が話せないんじゃないかと思うほど無口なんだそうですが、いい動物を見つけると、ニンマリ笑ってパチンと手を叩《たた》くんだそうです。同僚たちは、どこだどこだ、と慌てて周りを探すんですが、な一んにもいない。その時点ではジョンにしか見えてないんです。コーディネーターが言った『動物と会話ができる』ってのは、そういうことだったんですよ。おっおっおっ」教授はさも可笑《おか》しそうに笑う。

「ねえ」いつの間にか、丈太が教授の話に聴き入っていた。「ねえ、僕のお父さんも、マサイ族だよ」

「ええ？　ホンマにか」「ほお！　そりゃすごい」巽と教授が同時に言う。

「ただのマサイじゃないよ。マサイの戦士だったんだ」丈太はやけに誇らしげだが、マサイの戦士と言われても、巽の頭には槍《やり》を持った半裸のアフリカ人ぐらいしか思い浮かばない。

　ふとあることを思い出して、教授に言った。

「そう言うたら、丈太も、動物としゃべれますわ」

「ほえ？」教授は声を裏返して、丈太の顔を見つめる。

「こいつ、犬としゃべれるんですわ。な？　丈太」

「別にしゃべれるわけじゃないって。そう言ったじゃゃん」丈太は口をとがらせて、巽の腰のあたりを思いっきり押した。

「お、なんや、押すなよ」巽も丈太の腕をとって押し返す。丈太も巽もいつの間にか笑い出して、相撲をとるような格好になった。

巽の腹にしがみつく丈太から、独特の熱を帯びた子供の体温が伝わってくる。久しく経験していなかった、心地よい感触だった。

しばらく巽にじゃれついていた丈太が、海の上にいる何かに気づいて叫んだ。

「あっ！　コアジサシ！」

見れば、十メートルほど先の海の上で、一羽の白い鳥がホバリングしている。体長は三十センチほどで、頭の上だけが黒く、濃い黄色のくちばしは長く鋭い。薄いグレーの翼を小刻みにはばたかせて、海風の中を見事に空中に留《とど》まっている。

「コアジサシ？　痩《や》せたカモメか思た」巽にはあれが珍しい鳥なのかどうかも分からない。

「ああやって、小魚を探してるんだ。魚を見つけたら、海にピュッて飛び込んで捕まえる。だから、コアジサシ」丈太が言った。

「ああ、『鯵《あじ》を刺す』からアジサシね。あっあっあっ。なるほど」教授が感心したように言う。

しばらく鳥を見つめていた丈太は、視線を少し遠くにやって、教授に言った。

「ねえ教授。この望遠鏡、あっちの島に向けてくれませんか？」

丈太が指差したのは、お台場の手前に見える二つ並んだ小さな島だった。ここからだと島まで数百メートルはあるだろうか。それは極端に細長い人工的な長方形をしていて、海面からわずかに出た陸地には低木や草が生い茂り、周囲を砂浜が取り囲んでいる。

「『鳥の島』ですね？　いいですよ」教授は慣れた手つきで測量器を操作し始めた。

「鳥の島？」巽には初耳だった。

「ええ――」教授がファインダーをのぞきながら答える。「もともとは防波堤として作られたみたいです。野鳥がたくさんやってくるからそう呼ばれるようになったんでしょうかねえ。さあ丈太君、見えたよ」

丈太はまた背伸びしてファインダーをのぞく。二分ほどじっと観察したあとで、さも残念そうに言った。

「――やっぱりまだだ。まだ来てない」

「来てないって？」

「コアジサシはね、渡り鳥なんだ。いつもは四月の初め頃に、南の国から日本にやってくるんだよ。ここで巣を作って、卵を産むんだ。昔はね、僕がまだちっちゃかった頃には、すっごくたくさん、何百羽もきたんだよ」

「鳥の島にか」

「うん。鳥の島とか、お台場とか。でも、だんだん渡ってくる数が減ってるんだ。去年はたぶん、百羽もいなかった。今年はまだ群れは来てないみたいだね。何も見えないもん」

「ほなあれは、はぐれ鳥か」

「さあ。まず一羽だけで、偵察にきたのかもしれない」

それまでずっと海面を見ていたコアジサシが、急にくちばしを巽たちの方に向けた。

そして、キュイッ、とひと声だけ鋭く鳴いた。

三人で朝食をとったあと、和達教授は測量道具を腕いっぱいに抱えて帰っていった。

丈太は久野に連れられて、コロニーの探検に出かけている。

昼前になって、巽の携帯が鳴った。

「あー、昨日の晩、電話くれた方?」聞こえてきたのは、中年男のひどいしゃがれ声だった。

「ええ。巽と言います。宇多組で世話に――」

「はいはい分かってます。あなたもこっち側の人間だって、今朝確認とれましたから。鶴丸さん通じて」カンベは早口で事務的に言った。

「ちょっと教えてほしいことがあるんですわ。メイという中国人女性のことです。おたくが世話した――」

「だから分かってます」カンベが素っ気なくさえぎる。「家森美帆ね。桜林会病院に入れた」

巽はムッとしたが、努めて穏やかに言った。「ほな話は早い。その女が今どこの病院に入ってるんか、知りたいんです。メイさんを転院させたんも、おたくなんでしょ？」

「それを聞いてどうするんです？」

「メイさんには息子がひとりおってね。そいつが母ちゃんに会いたがってる。まだ十歳かそこらやいうのに、ひとりで都内の病院探しまわってるんです」

「宇多組の人間がどうしてその親子に肩入れするんです？　赤の他人でしょう？」カンべが不思議そうに尋ねる。

「なんでって……」続く言葉を探す巽の腹部に、今朝相撲をとったときの丈太の体温がじんわり甦《よみがえ》ってくる。

その熱は、やがて巽の胸の奥にまで伝わった。

言い訳や逃げ口上は、もうええ――。

「俺のツレなんですわ。その子――」

巽はただそれだけ言って、黙った。

それ以上言葉を継ごうとしない巽に、カンべが聞こえよがしにため息をつく。

「まあいいです。ファン一家の後ろ盾があるって言われたんじゃ、信じるも信じないもない」カンべは投げやりに言うと、淡白な調子で続けた。「家森美帆の健康保険は、契約解除になりましてね」

「支払いが滞りましたか？」

「いいえ。家森美帆は、手広く中古車販売をやってる会社の社長夫人でしてね。まだ若くて健康で、病院にもかかっていなかった。ところがね、二月の初めに死んだんですよ。交通事故で。ぽっくりと」

「あらら。そらしゃあないな」

「一番不運なケースですよ。メイさんて方はもうほとんど金を持っていなかったので、新しい保険証を用意するってわけにもいかない。一月末に自主退院したという風に桜林会側に電子カルテを修正させて、彼女を引き取らせました」

「引き取らせたって、誰に？」

「懇意にしてる医療福祉監督官がいましてね。その男に」

「医療福祉監督官？」巽は驚きを込めて言った。「おたく、そんな商売してるのに、役人と付き合いがあるんでっか？」

医療福祉監督官とは、国民皆保険制度の崩壊後に導入された厚生労働省の官職だ。保険料や治療費の支払い能力が乏しい人々に対する診療拒否が巷《ちまた》にはびこったため、悪質な病院や医師に対する指導や、保険未加入者への対応をおこなう専門官をおく必要が生じたのだ。

「清い付き合いとは、言いませんが」カンベはしゃがれ声をひくつかせた。

「タダやないっちゅうことでっか」

「払うものさえ払えば、その男がどこかの無保険者病院にねじ込んでくれます。そのメイという患者の場合はさすがにこっちも気の毒になりましてね。私の方でその代金をもちました。ま、割り引きのつもりで。あんなところじゃ治療と呼べるほどのものは受けられませんが、路上に放り出されるよりはマシだ」

「急いだ方がよさそうやな」無保険者病院と聞いて、巽の声が険しくなる。「どこの病院です？」

「そこまでは聞いてません。その男がどこか空きをつくれそうなところを探したはずです。一度、連絡をとってみましょう」

「頼んます。ところで――」巽はふと思いついて訊《たず》ねた。「まさかとは思いますけど、おたくのケツもち、荒神会やないやろな？」

「荒神会？　いえ、付き合いはありませんが」

「ほな、メイさんと荒神会の間に何か関わりがあるとか、聞いてません？　例えば……偽造保険証を買うのに、荒神会系のヤミ金から金を借りたとか」

「さあ……とくには」

「最近、荒神会からおたくに接触があった、なんてこともない？」

「ありませんよ。なぜです？」

荒神会は、このカンベにまではたどり着いていない。桜林会病院の事務長は、巽の忠告を守ったようだ。

「いや、せやったら、よろしいわ……」メイの線でも、荒神会とはつながらんか――。

言葉尻《じり》を曖昧《あいまい》にした巽に構わず、カンベは話を戻す。

「転院先が分かったら、また電話します。ただし――」最後に念を押すように言った。「だいたい想像がつくと思いますが、メイという患者のその後の容態については、期待しない方がいい」

## 12

午前中に開かれた査問委員会は、呆《あき》れるほどお座なりに終わった。

みどりに求められたことと言えば、兼岡とともに東五反田のコンビニを訪ねるに至った経緯の説明だけだった。

肩章を光らせた委員の面々は、みどりを咎《とが》めるでも、ことの仔細《しさい》を追及するでもなく、多くはほとんど声すら発しなかった。委員長は、処分について何ら言及しないまま、要領を得ない締めの言葉でそそくさと会を閉じ、無表情に席を立った。

みどりは思わず椅子を蹴《け》って、「兼岡巡査を殺害したと思われる青年も、その弟も、現場のコンビニに出入りしていた少年たちも、みな震災ストリートチルドレンだった可能性があります！　あの子たちがなぜ公安部の監視下に――」と震える声を張り上げたが、委員たちは振り返ることもなく、ぞろぞろと部屋を出て行った。その背中に食い下がったみどりの精一杯の抵抗は、付き添ってきた品川署長の狼狽《ろうばい》した怒鳴り声にかき消された――。

査問委員会で事態が転回するなどとは思っていなかった。

むしろ、今日の時点で何の処分も言い渡されず、警察手帳も取り上げられなかったことが幸いとばかりに、震災後に数多くのストリートチルドレンが生み出された理由を探る地道な作業を続けている。

「——そうですか……。分かりました。お忙しいところ、ご協力ありがとうございました」

みどりは受話器を置いて、小さくため息をつくと、背もたれに体をあずけた。

午後からずっと、児童養護施設や乳児院に電話をかけている。

一昨日訪ねた「不就学児童支援ネットワーク」の菅谷代表が、帰り際に、外国人児童や無国籍児を預かっている都内の施設の連絡先をいくつか教えてくれたのだ。

国籍不明の乳幼児や、親が行方不明になった無国籍の子供たちを保護しているところは何軒かあったものの、震災ストリートチルドレンと見られる子供を受け入れたことがあるという施設はなかった。

気を取り直して、開いた手帳を見ながらダイヤルする。リストの最後の施設だ。

「はい、『ビーバーハウス』です」元気のいい初老の男性の声だった。

「もしもし、お忙しいところ恐れ入ります。私、警視庁品川署で少年係を担当しております、鴻池と申しますが——」

「少年係？　ええ？　うちの子が何かやらかしましたか！」男性がそう言ってうろたえたので、みどりは慌てて事情を説明した。

電話に出た男性は、児童養護施設『ビーバーハウス』の園長だった。みどりの話を聞き終えた園長は、ゆったりとした口調で言った。

「――そのう、震災ストリートチルドレンですか？　その子がそうなったのかどうかは、もちろん分かりませんが、園を逃げ出して、行方が分からなくなってしまった子供は、いるんですよ。あの大地震のあとに、フィリピン人のお母さんが連れてきた子でね」

「その子の父親は、日本人ですか？」

「ええ。そう聞きましたよ。父親がどこでどうしてるのか分かりませんが、その子は日本国籍を持ってましたからねえ。役所で児童手当か何かの申請をしたときに、戸籍謄本を取りましたから、それは確かです。でも、それが偽装認知かどうかってのは、私らには判断できませんでしょう？」

「その子はなんで施設を逃げ出したんでしょうか？　預けられてすぐですか？」

「確か、ひと月もいなかったですよ。はっきりしたことは当時の日誌見れば分かりますけど。園にどうにも馴染《なじ》めませんでねえ、その子。日本語はまったくできませんし、とにかくひとりで閉じこもってました。いじめられてたってことはないと思いますが、ある日、ある男の子と大ゲンカして、その子をひどく引っ掻《か》きましてね。血が出るほど。そしたらその翌朝から、姿が見えない」

「警察に届けは出されました？」

「もちろんです。私ら職員も必死で捜しましたよ。でも、地震直後でまだバタついてた時期でしょう？　こう言っちゃなんですが、警察もどれだけ親身になって捜してくれたかはね……。いや、恨みごと言いたいわけじゃないんですが」

認知した父親の所在があやふやで、その子は日本語ができない——こういうケースは偽装認知である可能性が高い。施設を飛び出したのなら、行く先はひとまずストリートしかないだろう。菅谷代表が指摘したような事例も、あることはあるのだ。

「他にも同じような境遇の子供はいたんでしょうか？」

「実際に預かったことがあるのは、その子だけです。ですが——」

受話器の向こうから子供たちのはしゃぎ声が聞こえた。園長は、「園長先生、今大事なお話ししてるから、しーずーかーに！」と、受話器を軽くふさいで言っている。

園長は苦笑いしながら続けた。

「騒がしくてすみません。で、なんでしたっけ。ああそうそう。それ以外に、もうひとり、ちょっとよく分からないことを言ってきた母親がいます」

「よく分からないこと、と言いますと——？」

「ええ。たぶん中国人だと思うんですが、まだ若いお母さんが、ひとりで突然やってきましてね。子供をしばらくうちで預かって、しかも、その子の『国籍取得届』ってのを、代わりに区役所に出してくれって言うんです。なんでも、法務局で子供に日本国籍が認められたんだけれども、まだ地元の役所には正式な届けを出してないからって。私らもそんな手続きやったことないですから、困っちゃいましてねえ。そのお母さん、切羽つまってるというか、あせってるというか、自分にはもう時間がないからって、泣き崩れんばかりに拝みたおすんですわ。それで結局、届け出に必要だっていう書類を、強引にうちに置いていったんです」

「どんな書類でしょうか？」

「えー、ちょっと待ってくださいよ――」

園長はしばらく電話を保留にして、また話し始める。

「ありました。えーっと、『国籍取得証明書』ってのと、その子の日本人の父親の戸籍謄本ですね。国籍取得証明書というのは、法務局で国籍の申請をして、それが認められたときにもらえる書類らしいです。この二つを役場へ持ってって、そこで『国籍取得届』というのを書けば、子供に新しい戸籍を作ってもらえると、確かそういう話でした」

「で、園長さんが手続きをなさった――？」

「行くには行きました。杉並区役所まで。でも、ダメでした。全然ダメ。書類も足りないし、代理申請の手続きもできてない。それより何よりですね、問題はその日本人の父親でした」

「父親？　でも、認知はされてるんですよね？」

「いやいや、そうじゃなくて。そんな人物、存在してなかったんです」

「存在してない？　じゃあ、その戸籍謄本は……」

「ええ。はっきり偽物だとは役所の人も言いませんでしたがね。警察に相談した方がいいかも知れない、とは言われました。とりあえず、その母親に事情を聞こうとしたんですが、まったく連絡が取れなくなってしまいまして。結局、子供を預けにも来ませんでしたし、置いてった書類も引き取りに来ない。で、ずっとそのままになってるわけです」

園長の話を聞きながら、みどりの頭の中では、ある犯罪が輪郭を浮かび上がらせようとしていた。

「なるほど――。大変興味深いお話だと思います。もし可能でしたら、その戸籍謄本と国籍取得証明書というのを、一度見せていただけないでしょうか？」

「もちろん、構いませんよ」

「それから、園長先生は、今伺った二つのケースに似たような話を、どこか他の施設でお聞きになったことはありますか？」

「さすがに国籍取得届云々《うんぬん》というのは聞いたことありませんが、震災後に外国人だかハーフだかの子供を預かったっていう話は、ちょくちょく耳にしました。当時、違法滞在の外国人がいっぺんに追い出されたでしょう？　あれも少しは影響してるのかね、なんて、うちの職員と話した記憶がありますよ」

「それは具体的に何という施設か、ご記憶でしょうか？」

「うーん……。すぐには思い出せないなあ。うちのスタッフにも訊《き》いておきますよ。書類を取りに来られるのなら、そのときまでに」

# 13

夜十時を回った新宿駅の構内は、家路を急ぐ人々でまだごった返していた。だが、ほろ酔いで上機嫌の顔や、今から街へ繰り出そうという浮かれた顔はあまり見えない。

近頃は新宿も「眠らない街」とは言えない。とくに、歌舞伎《かぶき》町一帯は危険区域に指定されていて、一般市民は滅多なことでは近づかない。震災後に様々な暴力集団が入り乱れた大抗争の現場となったために、一時は猫一匹通らないような無人の街になっていた。抗争が落ち着いてからも、戻ってきたのはアンダーグラウンドの住人たちだけだ。

巽《きちよう》は、新宿駅を出て西に向かう。みどりに指定された待ち合わせ場所まで、ここから徒歩で十五分ほどかかる。

みどりから電話があったのは、二時間ほど前のことだ。例の東五反田のコンビニの件で大事な話があるという。

副都心の高層ビル群は、およそ七割が全半壊を免れたと聞いている。未《いま》だに補修工事をしているビルもあるが、全体的な景観としては、大きく変わっていない。

一番印象が変わったのは、都庁の周辺だろう。

庁舎自体は相変わらずその威容を保っているが、周囲一ブロックの建造物は、ことごとく召し上げられて、取り壊された。

そして、都庁の裏手に広がる敷地——かつては新宿中央公園という公園だった——を中心に、国土復興協力隊の駐屯地と関連施設が並んでいる。

都庁を中心としたこの一角は、重厚な門扉と無骨なフェンスで囲まれ、二十四時間態勢で厳しく警備されている。

巽はそびえ立つ庁舎を右手に見ながら、フェンス沿いに歩いていく。濃紺の制服を着た国土復興協力隊の隊員たちが、ブーツのかかとを鳴らしながら、通りを巡回している。

驚いたことに、先頭をゆく隊員は、胸に短機関銃を抱えていた。H&K社製のMP系サブマシンガンに見える。その隊員の顔は、よく日に焼けていて精悍《せいかん》だ。年齢からみても、学生とは思えない。おそらく、プロの兵士だろう。

昨年から、自衛隊の兵士が指導や監督という名目で、数百人単位で国土復興協力隊に出向している。人事交流と言えば聞こえはいいが、実態は国土復興協力隊の軍隊化だ。

それを強力に推し進めているのは、もちろん都知事の岩佐紘一郎だ。

さわやかで真っすぐなイメージで売ったかつての青年知事は、今や「首都庁」の「天皇」と呼ばれている。今の政府中枢に、岩佐にブレーキをかけられるものは誰もいない。

第二次世界恐慌のあと、「日本」は「東京」になった。地方など存在しないに等しく、今では「東京」こそが「日本」なのだ。

国家としての体力が限界まできている以上、限られた量の血液を手足にまで回す余裕はない。とにかく国の頭部たる東京にすべての血液を集中させて、再起を期す——これが政府与党の既定路線だった。

東京を中心に首都圏が再定義され、西は横浜市、北はさいたま市、東は千葉市までが圏内に組み込まれた。首都圏は経済的にも法的にも特区扱いとなり、内閣府の下に「首都庁」が設立された。地方自治政府であった東京都が、事実上、中央省庁のひとつに格上げされたのだ。

内閣の一角を占める首都庁長官は都知事の上位に位置づけられ、本来、知事の権限は大幅に制限されるはずだった。だが、長官職は、その設立以来ずっと、都知事の岩佐が兼任している。長官の任命権はもちろん内閣総理大臣にあるが、首相が何度変わろうとも、この要職は岩佐が占め続けた。この一事を見るだけでも、やっと五十になったばかりのこの政治家の凄味《すごみ》が分かる。

都民の直接選挙で選出された岩佐知事の発言力は強大だ。内閣の中での影響力という点では、すでに首相を凌駕《りょうが》していると見る向きもある。閣僚たちでさえそうなのだから、国土復興協力隊を主管する首都庁の官僚など、「天皇」たる岩佐の意のままだ。

ついこの間までは、隊員の拳銃《けんじゅう》携帯の是非が論議されていたというのに、いつの間にか機関銃まで現れた。機関銃を持つのは出向している自衛官に限られているのかもしれないが、たとえそうだとしても、それは都知事による自衛隊の私物化に近い。

初台《はつだい》にある国立劇場の跡地が大きな空き地になっていて、大きな丸いテントがいくつも立っている。最近ここはテント芝居の聖地になっているらしい。もう公演はすべて終わっているようで、どのテントの周りにもひとけはない。

その空き地の国道に面した隅っこに、シルバーのセダンが停まっていた。巽が近づくと、低いモーター音とともに運転席の窓が下りた。

「車の中でいい？」みどりが言った。

「逢《あ》い引きと思われまっせ？」

ニヤけてお決まりのセリフを返すと、みどりはいつものようにそれを無視した。

巽は苦笑しつつ助手席に乗り込み、窓を全開にして、断りもせずタバコに火をつける。

みどりが唐突に切り出した。

「あのコンビニで、うちの課員が殺された。首を切られて」

「なにいっ？」巽が声を張り上げる。「殺され――ど、どういうことや？」

「あそこで何があったのかは分からない。でも、やったのはおそらく、あなたが言ってた中国人の店員。シャオと名乗ってたそうよ。行方は公安が追ってる」

「公安？　なんで公安が出張ってくるんや？」

みどりは、兼岡と公安の刑事が殺害された経緯を手早く説明した。巽は煙を吸うのも忘れて、黙って聞き入った。

みどりが話し終えると同時に、ドアにかけた左腕の先で、三センチほどに伸びたタバコの灰が、ポトリと地面に落ちた。つかの間の沈黙を経て、巽はようやく口を開く。

「――もしシャオというのが偽名やなかったら、兄貴の名前は、シャオ・ダーウェイや」

今度は巽が、チーチェンとコンテナ・コロニーのことを話し始めた。

みどりは、巽とチーチェンがコロニーで接触したくだりで、慌てて口を挟んだ。「チーチェンは今もそこにいるの？」

巽は首を横に振った。「あいつ、ダーウェイを捜しにいく言うたまま、もう二日も帰ってこえへん。丈太は故買には関わってないようやし、二人の行き先にも心当たりはないと言うてる」

その言葉に、みどりは苦い顔をした。もっと早く巽に連絡していれば、と悔やんだのだろう。

「丈太って子も、震災ストリートチルドレンだったの？」

「いや、それはないやろう。あいつは震災後もずっと母親と暮らしとったはずや。ダーウェイたちとはただの幼馴染《おさななじみ》やと言うとった。ただな、丈太は丈太で、荒神会の連中にしつこく追い回されとる」

「荒神会？　どういうこと？」

「それが皆目分からん。丈太はヤクザに、ダーウェイとチーチェンは公安に――あのガキども、一体何をしでかしたんや」

「丈太くんと、話できない？」

「それがやな――」

メイのことを話して聞かせた。

「もちろん、メイさんが入れられたのが無保険者病院やとまでは伝えてない。でもあいつは賢い子や。母親がまともな病院から追い出されたことは理解しとる。もうすぐ居場所が分かるからと慰めたんやが、心配で仕方ないんやろう。夕方からほとんど口きかへん。せやから、今いろいろ問い詰めても、あいつは何も話さんぞ」

「話さないじゃあ済ませられない」

「ま、今日は夜も遅いし、もうちょっとだけ俺に任せてみてくれへんか？　明日あいつの様子を見て、必ず連絡するさかい」

みどりは聞こえよがしに短いため息をもらして、短く「いいわ」と言った。

そして、バッグの中を探りながら続ける。

「どのみち、ダーウェイについての情報量じゃ公安に太刀打ちできっこない。だから今、ストリートチルドレンの線を追ってるの。だいぶ分かってきたわよ。あの震災の後、街に子供たちがあふれた理由が」

「そらまた、えらい遡《さかのぼ》ったな」

みどりは、巽の呆《あき》れ顔も意に介しないで、二枚の書類を取り出すと、巽の面前に差し出した。

「これを見て欲しいの」

「なんやこれ。戸籍謄本と、こっちは――『国籍取得証明書』？」

「さっき、荻窪《おぎくぼ》にある児童養護施設で借りてきたの」

巽は「国籍取得証明書」というものを初めて見た。薄い緑色のすかし入り用紙で、左下に磁気バーコードが印刷されている。一番上に書かれた中国人らしき名前の人物に対し、国籍法第三条に則《のっと》って新たに日本国籍が認められた旨が記載されていて、法務大臣の電子署名がある。

戸籍謄本――正しくは戸籍全部事項証明書だ――の方は、三十代の松宮《まつみや》という男のものだった。大田区の電子公印が入っている。

怪訝《けげん》な顔で二つの書類を見比べている巽に、みどりは無国籍児の偽装認知に関するひとつの仮説を説明した。

「――あり得るかもな。確かに」話を聞き終えた巽は、唸《うな》るように言った。

「だから、この書類が偽造されたものだったら、偽造したグループを知りたい。震災ストリートチルドレン誕生の謎に迫るとっかかりは、そこしかないのよ。あなた、こういう書類の偽造団に心当たりない？　マル暴時代か、宇多組の関係でもいいけど、何かつてはない？」

「あるで」巽はこともなげに言った。「しかも、できたてホヤホヤのってが」

## 14

運河にかかる橋のたもとで、旧海岸通りに車を停めた。

橋の先の埋立地から品川埠頭にかけては危険区域になっているので、車は進入できない。

みどりは車を降りて、久野たちが現れるのを待った。背伸びをして東京湾の方を眺めてみたが、さすがにここからコンテナ・コロニーは見えない。

巽が紹介してくれたのは、久野という青年だった。電話で少し話しただけで、まだ顔を合わせたことはない。その久野の知り合いの中国人が、「鶴丸商会」というニンベン師グループにわたりをつけてくれるという。

待ち合わせの時間を五分ほど過ぎたとき、橋をこちら側に渡ってくる二人の若者の姿が見えた。ひとりはどこにでもいるような学生風、もうひとりはファッションモデルのような体型の男だ。

「鴻池さんですか？」学生風の男が人懐っこい笑顔で言った。「どうも、久野です」

みどりも丁寧に挨拶《あいさつ》を返し、その隣の白い麻のシャツを着た青年に目をやる。

「こちらは――？」

「彼は、ネムリさんです。コンテナ・コロニーにファンさんという中国系の親分がいるんですが、ネムリさんはそのファンさんのところの――まあ、細かいことはいいでしょう。とにかく、今からこのネムリさんが、鶴丸商会の人に会わせてくれますから」

ネムリは、端整な顔にとろけるような笑顔をたたえて、みどりに向かって会釈した。

「よろしくお願いします」みどりも深々とお辞儀をした。

久野とはそこで別れ、ネムリを助手席に乗せると、みどりはセダンを発車させた。ネムリの案内に従って、川崎方面へと走らせる。

ネムリは常に優しげな微笑みを浮かべていたが、時おり道順を指示する他は、無口だった。信号待ちをしているとき、みどりは不安を口にした。

「ご存じだと思いますが、私は警官です。本当に鶴丸商会は私の話を聞いてくれるんでしょうか?」

「彼らを捕まえにいくわけじゃないんでしょう?」

「それはもちろん、そうですが――」

「だったら大丈夫です。私が一緒ですし」

「あなたは、日本の警察をそんなに信用しているんですか? 私とも初対面なのに――」

「不知其子、視其友」

突然発せられた中国語に、みどりはとまどった表情を見せた。ネムリはいたずらっぽく笑って、言った。

「『其《そ》の子を知らざれば、其の友を視よ』。荀子《じゅんし》です。私はあなたのことは知りませんが、あなたが巽さんの友人であり、巽さんが久野さんの友人であることは知っています。そして、久野さんは私の尊敬する友人のひとりです」

ネムリはそう言って、ひとつウインクをした。そういうのがとても絵になる男だ。

車は蒲田《かまた》を越え、六郷《ろくごう》土手を越えて、川崎に入る。川崎駅の近くで左に折れ、しばらく走ると、中小の町工場が並ぶ一帯が現れた。

カンカンカンカンと金属を打ちつけるような音が窓越しに響いてくる。油で黒ずんだ作業服姿の男が、白い軽トラックの荷台に段ボール箱を積んでいる。

一方通行の細い道に入ってしばらく行くと、「ここです」とネムリが言った。

両脇のコンクリートの塀にはさまれるようにして、ほとんどトタンでできた古い小さな工場があった。道に面した側で、差し渡し二十メートルもない。トタンがあちこちめくれているところを見ると、廃工場なのだろう。

道端に車を停めると、ネムリがその建物に近づいて、観音開きの扉を開けた。砂ぼこりを舞わせながら、扉がギイと音を立てる。

「先に中に入ってましょう。そういう約束なんです」ネムリは汚れた手をパンパンとはたきながら言った。

建物の中はとても暗かった。窓が全部ベニヤ板で塞《ふさ》がれているのだ。鶴丸商会のメンバーも、さすがに刑事に顔をさらすわけにはいかないだろう。

壁や窓の隙間から漏れ入ってくる外の光が、奥の方に放置されている工作機械の影を、ぼんやり浮かび上がらせている。工場が使われなくなってから、ずい分長い時間が経っていることは分かるが、辺りにはまだ機械油の匂いが漂っている。

ネムリが古いパイプ椅子を何脚かひっぱり出してきた。みどりに椅子をすすめながら、

「もう少し、待っていてください」と言った。

暗闇に二人で黙って座っていると、落ち着かない気分になる。気を紛らわせようと、みどりが口を開いた。

「ひとつ訊《き》いていいかしら。ネムリっていうのは、本名?」

「それしか名前がない、という意味では、本名ですね。父が付けてくれました。とにかくよく眠る子だったから、と。拾われたときも、気持ちよさそうにスヤスヤ眠っていたそうです」

「拾われた?」

「ええ。赤ん坊のときに、父に、ファンに拾われたんです。歌舞伎町の路地裏で」

スクーターのビーンというエンジン音が近づいてきて、扉の前で止まった。

「来たようです」とネムリが言うのと同時に、扉がギッと開き、二人の男が入ってきた。まばゆい外の光が急に逆光になってみどりの目を射たので、男たちの容貌《ようぼう》はよく見えなかった。

「どーもー」男のひとりが気楽な声を出した。顔立ちは分からないが、声は若い。もうひとりは「よっこらせ」と言って、パイプ椅子に腰を下ろす。こっちはかなり年配だ。

ネムリと鶴丸商会の男たちは、暗闇の中、隠語ばかりでみどりにはよく分からない話を五分ばかりして、ようやく本題に入った。

ネムリが簡単にみどりを紹介すると、「へええ、女の刑事さんなんだ。カッコいいスね」と、若い方が軽薄な調子で言った。

犯罪者を前にして、ご協力ありがとうございます、と礼を言うのもおかしな話だ。二人にかける言葉を選んでいると、「例の書類を――」とネムリが促した。

みどりはバッグから戸籍謄本と国籍取得証明書を取り出して、若い方に手渡す。

若い男は、デイパックから大きな懐中電灯を取り出して、二枚の書類を照らした。そしてすぐさま後ろにのけぞって、毒づいた。

「うわっ。出来悪いっすねー」

懐中電灯の光に一瞬浮かんだ男の横顔は、やや長めの茶髪に洒落《しゃれ》たメガネをかけた細面だった。デザイナー志望の若者、といった雰囲気だ。

青年は、書類を高く持ち上げて、光を当てる。

「見てよ、このすかし。ひでえ。てか、マジしょべえ。ねえ？　やっさん」

やっさんと呼ばれた年配の男は、あまり興味もなさそうだったが、「あん？　ああ」と寝ぼけたように唸って、「それ、磁性インクと違うな。こらあ、聞きしに勝るひどさだわ」と言った。

「これを作ったグループに、心当たりがあるんですか？」みどりが年配の男に訊《たず》ねた。

「ええ、まあ。いくつか特徴がありますから――」

「特徴、ですか？」

「はい。まず、このぼやっとした型押しのすかし、雲母粉《きらこ》でごまかした混ぜもののインク、そして何よりこの紙質ですわ。まず間違いなく――」
「ヒデオのところだよ」若い方が先回りして言った。

「ヒデオでしょうな」年配も同意する。

二人はヒデオという男の悪口をまくしたてた。彼らの言い分では、ヒデオという男は大した技術など何ひとつ持っていない、ただの詐欺師らしい。

「俺たちは、役人とか、警察とか、プロを騙《だま》してナンボの世界で、命張ってるわけじゃないスか？　でも、ヒデオってのはね、素人を騙す。子供騙しのちゃちな書類作ってよ」若い方がそう吐き捨てる。

「ニンベン師の風上にもおけねえ」年配の男もしきりにうなずいているようだ。

ヒデオは六本木の通称「リーチネスト」というコロニーを根城にしているらしく、年配の男が詳しい居場所をネムリに説明した。

面会は三十分足らずで終わった。

鶴丸商会の男たちが、先に廃工場をあとにした。

スクーターのエンジン音が聞こえなくなると、ネムリは無言で立ち上がってトタンの扉を開け、ドアマンのような身振りでみどりを外へと促した。

しばらくぶりに外の光を浴びて、まぶしさに目を細めているみどりに、ネムリが言った。

「では、我々も行きましょうか。ヒデオって男のところへ」

みどりはちょっとたじろいだ。「え？　我々って、あなたも？　今から？」

「ええ。『リーチネスト』は結構危険なビルですよ。名前の通り、『吸血ヒルの巣窟《そうくつ》』ですから。詐欺師とか悪質なヤミ金業者が多いですが、中には荒っぽい連中もいます。いくら刑事さんでも、女性ひとりでは——」

「でも、ヒデオは詐欺をやった張本人よ？　令状も持たずに会いにいって、ペラペラしゃべるとは思えない」逮捕状は無理でも、刑事課二係の知り合いに助けてもらえば、捜索令状ぐらいはとれるかも知れないと踏んでいた。公安にこちらの動きを勘づかれなければの話だが——。

「鴻池さんの狙いは、ヒデオではないんでしょう？　まだその先があるんだったら、まどろっこしいことは止めましょう。フダなんて、大した役には立ちません。大丈夫ですよ。しゃべらせる方法ならあります」

「でも……どうしてあなたがそこまで——？」

表情を曇らせたままそう尋ねたみどりに、ネムリは柔らかな笑顔を向けた。

「交友須帯三分俠気」

「え？　今度は何？」みどりも思わず口元を緩める。

「『友に交わるにはすべからく三分の俠気《きょうき》を帯ぶべし』。洪自誠《こうじせい》です」

みどりは、再びネムリを助手席に乗せて、エンジンをかけた。

ネムリに「友」と認められた以上、こちらも誠意を見せないわけにはいかない——そう感じたみどりは、震災ストリートチルドレンの謎と、みどりの仮説を話して聞かせた。

それをおとなしく聞き終えたネムリは、携帯を取り出して、どこかに中国語で電話をかけた。

その高さ二百メートルを超える巨大な楕円柱《だえん》のビルは、長い歳月を経て風雨にどす黒く変色し、ある種の不気味な威圧感を醸成してきたようだ。

以前は、五十階以上ものフロアにびっしりと張り巡らされたガラス窓がキラキラと輝いていたのだろうが、その多くを失った今は、ビル全体が無数の暗い穴で覆われていて、巨大な蜂の巣のように見えなくもない。

昔、このビルを中心とした一角は、「六本木ヒルズ」と呼ばれていたそうだ。

大恐慌以前の東京では、モノだけでなく、街そのものが消費物になっていた。巨大商業施設を中心とした開発プロジェクトが次々に生まれ、数年間の狂騒を経て、あっと言う間に飽きられた。

六本木ヒルズは「消費される街」の先駆けだった。テナントやマンション入居者の多くが去ったあとは、土地の価値だけで転売が繰り返された。再開発を目論《もくろ》んだ企業もあったのだが、上物の解体に着手する前に倒産し、ビルはメンテナンスされることもなくそこに取り残された。

先の地震では、半壊と認定された。今の所有権は海外の投資家にあると聞いたことがあるが、まともな管理がなされている様子はなく、怪しげな連中がビルの低層階部分を長らく占拠している。

これはみどりの想像だが、ここは、ヒルズと血を吸うヒルの語呂《ごろ》合わせで、いつしか「リーチネスト」と呼ばれるようになったのかも知れない。

六本木ヒルズが華々しくオープンした当初、ここに会社を構えた投資ファンドや、企業買収で拡大を図ろうとしたIT企業などは、ヒルズ族と呼ばれて世間からもてはやされたそうだ。そんなヒルズ族も他人の血を吸って太ろうとする者の集まりだったという意味では、ここは初めから「吸血ヒルの巣窟」だった——みどりはふとそんなことを思った。

ネムリもこのエリアには馴染《なじ》みがないようで、しばらく辺りをキョロキョロしていたが、やがて、「ああ、こっちですね」と言って、メインビルを東側でぐるっと囲むように建っている地上二階建ての建造物の方へと歩き出した。

ビルから出てきた黒いスーツ姿の男が、みどりたちを値踏みするようにねめ回してゆく。身なりは一見まともでも、あの威嚇するような目つきはカタギのものではない。

動かないエスカレーターを歩いて上り、二階のテラス部分を奥へと進む。

ネムリは、以前は店舗だったと思われるスペースの前で立ち止まった。テラスに面した壁はガラス張りだが、全面に布で目張りがしてある。隙間から灯《あか》りが漏れているので、中に誰かいるようだ。ネムリは何も言わずにガラスのドアを大きく手前に開いた。

中には二人の男がいて、驚いたようにネムリを見つめた。

店内はひどく雑然としていた。木製のダイニングテーブルは雑誌と吸い殻があふれそうな灰皿が散乱し、その間に電話とパソコンが顔をのぞかせている。他には、小さな冷蔵庫とスチール棚、大量の服が脱ぎちらかされた長いソファが二つといったところだ。仕事場とも寝床ともつかない中途半端さがある。

「なんだ？　てめえら。いきなり」ブランドのロゴが大きくあしらわれた趣味の悪いトレーナーを着た小太りのチンピラが、白いエナメルの靴音を響かせてネムリに詰め寄る。

「ヒデオさんてのは、あんた？」ネムリはそのチンピラを、彼が気の毒になるぐらい完全に無視して、奥の中年男に言った。

中年男はテーブルの上に足を放り出して、スポーツ新聞を読んでいたらしい。新聞を開いたまま、「えっと、なに？」と間抜けな声を出した。ヒデオはカエルのような顔をした男で、ネクタイはしていないが、紺色の背広を着ている。

「警察よ」手帳を開いて、みどりが言う。

「警察？　えっと、どうかしましたか？」ヒデオは、横分けにした薄い髪をしきりに指でなでつけながら、目をキョロキョロさせた。

「国籍取得証明書と戸籍謄本の偽造の件で、訊《き》きたいことがある」みどりが例の書類を顔の横に掲げた。

「えっと、令状かなんか、あるんですかね？」

みどりが動かないのを見て、ヒデオは不敵に笑った。

「へへ、えっと、任意でしたら、ちょっと――」

すると、ネムリが穏やかに言った。「この刑事さんは、見かけによらず、不良でね」

みどりが思わずネムリに目をやる。ネムリはみどりにウインクして、続けた。

「話が分かる、とも言う。あんたがやった偽装認知詐欺について洗いざらいしゃべりさえすれば、あんたを引っ張らない、と仰《おっしゃ》ってます。ね？　話せる刑事さんでしょう？」

「えっと」ヒデオはニヤニヤしながら、また髪をなでつける。「詐欺と言われても、なんのことだか――」

「うーん。ダメですか。いい話だと思いますが」ネムリは右腕を伸ばして、テーブルの上の物を勢いよくごっそり払い落とした。電話機と灰皿が床で跳ねて大きな音をたてたのを気にもかけず、テーブルにできたスペースに浅く腰かける。

「てめえ、なめてんのか？　オラ」小太りのチンピラが、ネムリの胸ぐらをつかむ。

そのとき、ドアが、ガン、と蹴《け》り開けられて、二人の男が入ってきた。

ひとりは、こめかみの上に梵字《ぼんじ》の刺青《いれずみ》をしたスキンヘッドの男。もうひとりは、唇に三つもピアスをしたヒゲ面の男だ。二人とも革のサンダル履きで、日本人離れした怪しい風貌《ふうぼう》をしている。

ヒゲ面の方が、無言で太い腕を振り、裏拳《うらけん》でチンピラの目を打った。「があ！」と叫んで目を押さえたチンピラの左耳めがけて、間髪を容《い》れず掌底で強烈な打撃を加える。

「づぉ！」チンピラは苦痛のあまり床に倒れこみ、転げまわりながら耳を押さえている。耳に当てた指の間から血が流れ出てきた。鼓膜が破れたのだ。

一方、スキンヘッドの方は柳葉刀を抜いて、ヒデオの首に刃を食い込ませている。

「えっと、えっと、な、なんなんですか、これは――」ヒデオは体を硬直させて、声を震わせながらみどりに向かって声をふり絞る。「け、警察！　おたく警察でしょ？　こ、こんなこと許していいんですかっ！」

スキンヘッドはそれを聞いて、みどりの方に目を向けた。品定めするかのように、みどりの全身をジロジロ見たあとで、中国語でネムリに何か喚《わめ》いた。

「うーん。確かにそうだね――」ネムリはあごに手を当てて言う。

「な、なにが？」ヒデオの唇がプルプル震えている。

「いや、このラオが言うにはね、警察の後ろ盾があるんなら、あんたをコンテナ・コロニーで拷問にかけて、その後は切り刻んで東京湾で魚のエサにすればいいって。警察が黙認してくれてるのに、何を躊躇《ちゅうちょ》することがあるんだって」

「ご、拷問って、あ、あんたら、一体なんなんだ？」

「私たちは、ファン一家のものです。これはね、警察とファン一家のコラボなんですよ」

「ファ、ファン？」

ヒデオは声を裏返してそう言って、ガクンとうなだれた。

小太りのチンピラの方はすっかり戦意を喪失したようで、ヒゲ面の男に外につまみ出されると、耳を押さえてどこかに逃げていった。

ラオと呼ばれたスキンヘッドの男がどうしてもそうしたいというので、ヒデオを椅子に縛りつけた。ロープがなかったので、発電機から電気をとるのに使っていたコードリールを伸ばして代用した。

みどりは、もうどうにでもなれという気分で、そのまま尋問を始めることにした。どのみち独断専行の捜査なのだ。毒を食らわば皿まで――そう自分に言い聞かせた。

「この二つの書類を偽造したのはあなたね？」みどりはあらためてヒデオに書類を向ける。

ヒデオは小さくうなずいた。

みどりは質問を続ける。「この書類を、無国籍児を抱えた不法滞在の母親たちに売りつけた。これを役所に持っていけば、子供の戸籍を作ってもらえるからと、彼女たちを騙《だま》した。そうね？　それは、あの地震のあとのこと？」

ヒデオはまた小さくうなずくだけだ。

ラオが柳葉刀でヒデオの頬をピタピタと叩《たた》きながら、クセのある日本語で言った。

「やっぱり、拷問にかけた方が早い」

ヒデオは引きつった顔を精一杯うしろにのけぞらせて、「えっと、えっと」と慌ててしゃべり出した。

「じ、地震のあとだ。不法滞在の一斉摘発があったとき、な、なんとか子供だけでも日本に置いていこうとした母親がたくさんいた。奴らの間で、う、噂になってたんだ」

「噂?」

「あ、ああ。国外退去をくらったとしても、子供か亭主が日本人だったら、少し落ち着いたら特別在留許可が下りて、日本に戻ってこられるって。だ、誰が言い出したかもわからない、根も葉もない噂だ」

「あなた、偽装認知には関わってないの?」

「か、関わってない」ヒデオは小さく首を振る。「偽装認知をやるためには、父親役の日本人の男を用意して、一緒に法務局に出頭させなくちゃならない。金がかかるのはもちろんだが、他にも準備がいろいろ要るし、だいいち、難しい。いつ強制送還されるか分からない母親たちに、そんな余裕はない――」

ヒデオは唾《つば》を飲み込んで、続けた。

「あ、あせっていた母親たちに、国籍取得証明書を偽造するという手があるというと、面白いように飛びついてきた。こ、この書類は本来、日本人父の認知を受けて、法務局が発行するものだ。それを偽造してしまうんだから法務局に出頭する必要がないんですよ、法務局の係官を騙すのは難しいが役場の窓口を騙すのは簡単ですよ、と言ったら、母親たちは簡単にひっかかった。戸籍謄本を提供した男にもちゃんと金をやって認知を承諾させてあるから大丈夫だ、と説明したんだ。も、もちろん、架空の人間の戸籍謄本を役所に持って行っても、受理されるはずがない。すぐにばれる」

「ばれても、あなたたちは痛くも痒《かゆ》くもない――？」

「こ、こっちが数ヵ月逃げ回ってりゃ、そのうちに母親たちは国外退去になる。まずいことは、ひとつも起きなかった。そ、それに、警察や入管に追い込みかけられて、切羽つまってる母親が多かったんだ。そんな母親たちには、偽造した書類を見せてやって金だけ受け取り、こっちで代わりに役場に届けを出しておいてやるから、と言った。母親たちは安心して出頭していった」

「何人ぐらいに売りつけたの？」

「私が売ったのは、四十人か、五十人か……。や、やってたのは私だけじゃない。この方法は私が考えたんじゃないんだ。いい商売があると、知り合いに勧められて――」

「ひとり、いくら？」

「えっと、ご、五十万」

「はっ！」ラオが大声を上げた。こめかみの血管が膨らんで、梵字の刺青が青黒く浮き上がる。「それがあいつらにとってどれだけの金だったか、分かってるのか？　ああ？　このクズが」そう言って、刀の先端をヒデオの鼻に差し入れる。

「ちょっ、ちょっと！　や、やめて」ヒデオの鼻の穴が横に大きく広がって、血がわずかに鼻の下に滲《にじ》む。

「そのあと、子供たちはどうなったの？」みどりが質問を再開する。

「わ、分からない。母親がどこかに預けたか……。母親が身動き取れなくなってるときには、私の方で子供を預かったこともある。ア、アフターサービスだ。へへ、私もそこまでひどい男じゃない。十人、いや二十人は、世話をしたよ」

「えらそうなこと言いやがって。どうせ、施設かどっかの前に置き去りにしただけだろうがよ」ラオが吐き捨てるように言う。

「わ、私なんて、良心的な方だ。中には、預かった子供を売り飛ばした奴だっている」

「売り飛ばした？」みどりの声が硬くなる。

「人身売買ってこと？」ネムリが訊く。

「く、詳しいことは、知らない。そんな話を小耳にはさんだだけだ」

ヒデオはもう一度無理やり唾を飲み込んで、続けた。

「信じてくれ。わ、私は子供たちを売ったりしていない。その辺に捨てたりもしていない。た、確かに、分別がつく年頃の子供には、自分で施設に行くよう命じたこともある。でも、小さな子供たちは、ある台湾人夫婦に金をやって預けたり……そうだ、ちゃんとした市民団体に託したんだ」

「子供たちを預けた先を、全部詳しく言いなさい」

「施設の名前はもう覚えてない。ずい分昔の話だから……。確か、代々木《よよぎ》の方の施設だったはずだ。た、台湾人のことも、もう分からない。たまたま知り合った華僑《かきよう》で、名前も知らない」

ラオが高い声で悪態をつき始めた。中国語なので何を言っているのか分からないが、かなりいら立っている。

「だ、だけど、えっと、市民団体はよく覚えてる。ど、どこで聞きつけたのか知らないが、男がひとりでふらっと現れて、残ってた子供たちを、えっと全部で七、八人いたと思うが、それをみんな連れていったんだ。『潮流舎・黒旗』というところからきたって、そう言ってた。『潮の流れ』の『潮流』に――」ヒデオは字を説明した。

「『潮流舎・黒旗』ね。どんな団体だか分かる？」

「ホームレスとか外国人労働者の援助をしてると言ってた。その男自身、口のまわりにヒゲを生やして、どことなくバタくさい顔つきをしてたから、向こうの血が入ってるのかも知れない。とにかく無愛想で、何を考えているのか分からないような奴だったが、子供を引き取ってくれるってんだから、渡りに船だった」

# Ⅲ　ゾウの章

## 15

巽は足どりも重く渋谷《しぶや》駅を出た。後ろを振り返って、丈太がついてきているかどうか確かめる。丈太は、うつむいたまま、久野に手を引かれていた。

——お母ちゃんやねんけどな……間に合わんかったみたいや——。

メイの死を告げたときの丈太の顔を、巽は忘れることができない。

丈太は、泣き崩れることも、声を上げることすらもなかった。ただ表情を凍りつかせ、責めるように巽を睨《にら》んだ。そして、頑《かたく》なに何かを拒絶するように、巽から目をそむけた——。

カンベから電話があったのは、今日の昼過ぎのことだった。カンベは、メイが南青山の無保険者病院で二週間前に亡くなったことを、淡々と告げた。

今日の夕方、その病院で、メイの転院を引き受けた医療福祉監督官に会えることになった。それを聞いた久野は、何か手伝えることがあるかもしれないからと、付き添いを申し出てくれたのだ。

　涙ひとつ見せずに歩いている丈太が、今どんな思いでいるのか、巽にははかりかねた。母親の死を受け入れているとは思えない。何かの間違いであることを信じて、病院に向かっているのかもしれない。

　青山通りを外苑《がいえん》前方面に歩く。表参道《おもてさんどう》の交差点を過ぎて三百メートルほど進み、右に折れる。しばらく行くと、左手に赤と黄色に塗り分けられたフェンスが現れた。道路の左端に沿ってずっと先まで続いている。つまり、この道の左側のブロックからは、危険区域なのだ。

　この危険区域は、「ゴースト・コロニー」と呼ばれているエリアで、青山霊園から外苑西通りを挟んで南青山一帯に広がっている。

ゴースト・コロニーは震災前からあった廃墟《はいきよ》群を前身としていて、妙な言い方だが、数あるコロニーの中でも老舗《しにせ》といっていい。

　もともとは、南青山の地上げと再開発が頓挫《とんざ》して、更地の間に古いビルや小ぶりのマンションがたくさん取り残された地域だった。この一帯にひとけがなくなると、幽霊ビル、幽霊マンション化した建物では、あっという間に、扉が壊され、窓が割られ、壁はグラフィティとも言えない粗雑な落書きで埋めつくされた。

　当然の成りゆきとして、この一角は、渋谷界隈《かいわい》にはびこるギャングまがいの若者たちの巣窟になっていった。彼らは青山霊園の近辺にまで足を延ばして、まるで暇つぶしでもするかのように、ひったくりや暴行をはたらいた。

一時期、若い世代の間で、「青山霊園には幽霊がでる」という、噂とも教訓ともとれるような話が広まったことがあるが、これは、霊園の暗がりに夜な夜なこうした連中が現れたことと関係があったらしい。面白半分に肝試しに出掛けていって、レイプされたり、恐喝されたりした者も多かった。「ゴースト・コロニー」という名前の由来も、きっとこの辺りにあるのだろう。この一帯が危険区域に指定された今、墓参りに訪れる人はほとんどいない。

このコロニーには夜行性の人間が多いためか、この時間、フェンスの向こうは静かなものだ。だが、コロニーの境界をなすこの路上にも、昨夜の無秩序な喧騒《けんそう》の痕跡《こんせき》はある。割れたビンから流れ出た正体不明の液体や、まだ新しい誰かの吐瀉《としゃ》物や、ジャンクフードの残骸《ざんがい》が散乱し、火薬とガソリンの臭いに混じって糞尿《ふんにょう》臭さえ漂っている。

誰かがブツブツ言うのが聞こえるので、そっちに目をやれば、ボコボコにへこんで何年も放置されたような自販機の脇で、アルコール中毒か薬物中毒と思《おぼ》しき男が膝《ひざ》をかかえ、フェンスにもたれて座っていた。

コロニーに入る脇道から、金髪の女が出てきた。看護師の格好をしているが、看護師ではない。短いワンピースの裾《すそ》から、ガーターベルトがのぞいている。長いつけまつ毛をパチクリさせて巽を見ると、すれ違いざまに誘うような笑みを浮かべた。

通りから一本入ったところに、病院はあった。

無保険者にも最低限の医療を提供するために国が指定した公立病院のひとつで、同じような病院が都内に二十近くある。当然、治療もサービスも非常に限定されていて、高度な手術や長期入院、最新の精密検査などは期待できない。

辺り一帯は薄暗くて陰気だ。以前は飲食店がたくさんあったようだが、ほとんどの店がすでに営業を止めてしまっている。

病院の薄汚れた白い壁一面に無数の細かなヒビが入っている。建物脇の非常階段が二階部分で崩れかけているが、立ち入り禁止のロープが張られているだけで、補修されている様子はない。

病院の玄関は人の出入りが激しい。足を引きずって歩く老人。垢《あか》まみれの作業服を着た土色の顔の男。南米の民族衣装のような生地で赤ん坊をくるんで抱く外国人風の女。みな暗い顔をしている。

建物の中に足を踏み入れると、強烈な消毒液の臭いが充満していて、巽は思わずむせそうになった。

ロビーは人でいっぱいで、駅の構内のように騒がしい。長椅子だけではとても足りず、床に座り込んでいる人も大勢いる。

「スギモトさん、スギモトタツヤさん、第三相談室へどうぞ！　最後の呼び出しですよ！」受付カウンターの中年女がマイクスタンドを持ち上げて金切り声を上げている。

こうした無保険者指定病院の雰囲気はどこも似たり寄ったりで、いつ来ても気分が滅《め》入《い》る。

巽はそっと丈太の顔をうかがい見た。丈太は相変わらず下を向いて、黄ばんだリノリウムの床を見つめている。

受付で、医療福祉監督官の向山《むこうやま》という男を呼び出してもらった。

数分後に姿を現した向山は、四十半ばの赤ら顔の男だった。紺の背広を着て、胸に厚生労働省のマークが入った身分証を下げている。

向山はまず丈太の前にしゃがんで、「お母さんのこと、お気の毒だったね」と声をかけた。そして、「ちょうどよかったです。今日はたまたまこの病院に用があって、出張ってきてましてね」と、慇懃《いんぎん》に言った。

能吏然としたそつのない振る舞い方は、偽造保険証のブローカーとつるんでいる男のものには見えない。

ロビーは騒がしいからということで、二階に上がった。

エレベーターの稼働率が悪いのか、階段もちょっとした混雑だ。看護師たちが不機嫌そうな顔で急ぐだけでなく、点滴台を持ち上げるようにして階段を降りていく患者さえいる。

二階には、長い廊下をはさんで両側に病室が並んでいた。よほどの大人数がひとつの病室に詰め込まれているのだろう。廊下に出て床に座りこんだり、虚《うつ》ろな顔でうろつき回っている病人が多い。叱るような口調の看護師の大声が聞こえてくる。

向山が歩きながら言う。「以前はね、ここらの何部屋かは面談室だったんですよ。最近は患者があふれて、全部病室にしてしまいましたが」

見舞客などはいないようだ。見舞ってくれるような人が周りにいるのなら、こんな病院に入らなくても済むだろう。

医師らしき人の姿は見えない。無保険者病院の治療がずさんになりがちなのは、専任の医師がほとんどいないためだと言われている。患者ひとり当たりの看護師の数も極端に少ない。

突然、右手前方の病室から杖《つえ》をついた小さな老婆が現れて、一行の前に立ちはだかった。つぎはぎだらけのピンクのガウンを着て、真っ白なざんばら髪に紫色のベレー帽を載せている。

巽と目が合うと、老婆は口をニカッと広げた。笑ったのか、驚いたのか分からない。そして今度は向山をにらみつけると、また口をニッと広げて、「シャー」と息を吐いた。まるで爬虫類《はちゅうるい》が敵を威嚇しているように見えた。

「こらっ！　ユリアさん！」丸太のような腕の女性看護師が病室から顔を出して、老女を怒鳴りつける。老女は看護師に向けてもう一度、シャー、とやると、ヨタヨタと病室に戻っていった。

廊下のつきあたりに、ちょっとした待合スペースがあって、古びた長椅子が四脚置かれていた。

向山が言う。「メイさんは、ちょうどここにいたんです」

「ここって——？」巽には事情が飲み込めない。

「私も八方手をつくしたんですが、どうしてもベッドに空きがなくてですね。仕方なくこのスペースをカーテンで仕切って、ソファをベッドがわりに」

「こんなところで……」久野は絶句して、心配そうに丈太を見やった。

ずっと黙っていた丈太が、つと口を開いた。「——お母さんが寝てたのは、どこですか？」

「そこだよ」向山は向かって左隅を指差した。「その壁際のソファだよ」

丈太は黙ってそちらに近づくと、感触を確かめるように静かにその長椅子に座った。

向山が手帳をめくる。「亡くなられたのは、三月十七日の夜でしたから——二週間ほど前になりますか。もともとは、膠原病《こうげんびょう》の一種だったようです。すぐに治療をしていれば、命にかかわるようなことはなかったはずなんですが、何年も放置したために、腎不《じんふ》全《ぜん》やら血管炎やら、重篤な合併症をいろいろ併発してしまってましてねえ」

「何年も放置って、自覚症状はないんですか？」久野が訊《き》いた。

「ありますよ。事情があるとは言え——普通は我慢できるような辛《つら》さじゃないはずです。桜林会にいた頃は、なんとか小康状態を保ってたようですが、こちらに移ってからは、あらゆる臓器に炎症が出てきまして。もちろん、ここでできる精一杯の治療はおこなわれたんでしょうが……いかんせん、こういう有様ですから」そう言って、患者があふれた廊下に目をやる。

巽は丈太の様子をうかがった。丈太は大人たちの話に耳を傾けることもなく、ただじっと椅子に座っている。

巽は声を低くして訊いた。「で、メイさんはそのあと……?」

「すでに火葬されているはずです。きっとまだお骨は保管されてますから、どこの火葬場だったか、あとで病院の者に調べさせましょう。そうだ、お渡ししておきたいものがあるんです」

向山は廊下の中ほどにあるナース・ステーションに行くと、手に何かを持って戻ってきた。

「形見というほどのものは預かってないんだけど——」向山はそう言って丈太の隣に腰掛けた。「これ、お母さんが持ってた写真」

向山が丈太に手渡したのは、角が折れた三枚の古い写真だった。すべて幼い頃の丈太が写っている。

向山は腕時計に目をやると、「すいません、まだ仕事が残ってまして。お時間があるようでしたら、しばらくここでお待ちください。火葬場の件を調べさせて、あとでお伝えにきますから」と言い残し、急ぎ足で廊下を去った。

巽は、丈太から少し離れたところに、久野と並んで座った。

そして、むっつりと押し黙ったまま、斜め向かいの病室に見える古びた点滴台で、ポツリポツリと透明な液が落ちるのを、数えるように見ていた。

「——あなたが俊を殺したのよ」

理代子の声が聞こえたような気がして、ハッと我に返った。

いつの間にかうとうとしていたのかもしれない。

巽は病院二階の廊下の端で、長椅子にじっと座っている。

あのときも、そうだった——。

俊が救急車で病院に担ぎ込まれたときには、チアノーゼがひどく、すでに呼吸も止まりかけていたらしい。医師はすぐ喉《のど》に挿管して人工呼吸器につないだが、間に合わなかった。

妻の理代子はずっと半狂乱だった。俊が息を引き取ったばかりの病室には入れてもらえず、ひとり廊下の長椅子で待った。俊のそばについていてやりたかったが、ベッドに近づこうとすると、鬼のような形相の理代子に突き飛ばされた。

「あなたは見殺しにしたのよ。俊を——」

三年以上経った今も、その声は深海に響くこだまのように、まだ耳の奥を時おり震わせる——。

腕時計を見ると、もう夕方の六時を回っていた。

すでに二時間以上、ここで向山を待っていることになる。

ゴースト・コロニーの方から、爆竹の爆《は》ぜるような音と、けたたましいバイクのマフラー音が聞こえてきた。窓の外はもう暗い。巽の真上の蛍光灯が、チカチカと今にも切れそうで、摩耗した神経を逆撫《さかな》でする。

「喂」

突然、不躾《ぶしつけ》な声がした。

見れば、さっきの奇妙な老婆が、いつの間にかそばにいる。ユリアと呼ばれていた、つぎはぎだらけのピンクのガウンを着た老婆だ。

「有什麼事?」久野が中国語で応対する。

ふた言ほど交わしたあとで、久野が素っ頓狂《とんきょう》な声を上げた。

「島上的孩子們?」

「おいおい、なんや?」

「『島上的孩子們』――『島の子供たち』です。いえね、このお婆さん、以前メイさんの隣のベッドにいたそうなんですが、『お前たちは、島の子供たちか?』って。いきなり」

「島の子供たち? 俺らが? どういうことや?」

「なんじゃ、お前ら日本人か」ユリア婆さんはつまらなそうに言う。どちらの言語も流暢《りゅうちょう》だ。

ユリア婆さんは、二つ向こうの長椅子で写真を握りしめている丈太を指差した。

「あのボン、ひょっとしてメイの……？」

巽がうなずくと、ユリアはかさついた大声で丈太に呼びかけた。

「そこのボン！　こっちへきい！」

丈太がとぼとぼと歩み寄ると、ユリアはその顔をのぞき込んで言う。

「は！　肌の色は違うが、鼻の形とおちょぼ口がメイにそっくりじゃ。それに、賢そうな目をしとるの。これなら大丈夫じゃわ」

「大丈夫って、何がですの？」

「ええか、ボン。ようお聞き。ボンの母親の、最期の様子を教えちゃる」

ユリアがそう言って手を握ると、丈太はここにきて初めて顔を上げた。

「わしもな、ここへ入ってきたときは、ベッドに空きがのうて、この長椅子に寝かされよった。メイの隣じゃ。わしは毎日のように看護婦に文句を言うてやったが、メイは泣き言ひとつ言わんかった。あれは、肝の据わった女じゃ。自分の体のことより、ボン、お前の心配ばっかりしよったぞ」

丈太は小さくうなずいた。ユリア婆さんは遠慮のない口調で続ける。

「亡くなるまで丸二日ほど、昏睡《こんすい》状態でな。苦しみ始めてからだいぶ経って、やたらと若い医者がくるにはきたんじゃが、やったことと言えば、人工呼吸器をつけて、点滴しただけじゃ。何とかしてやれんのかと言うたんじゃが、何にも答えず逃げるように行ってしもたわい」

「ひどい――」久野がため息をつく。

「まあ、ここへ入ったのが運のつきじゃ。メイは亡くなる直前にな、目を開いた。ほいで、わしに向かって、『ごめんね……』と、小さい小さい声で言うんじゃ。あれは、お前に言うたんじゃろ。よっぽどボンに会いたかったんじゃのう。朦朧《もうろう》としてしもうて、わしの姿がボンに見えたんじゃ。メイはな、うわ言みたいにして、『帰りなさい――もう島に帰りなさい』と、何度も何度も言うとったぞ。そしてそのまま目を閉じて、静かにあの世へ旅立っていった。それが、お前の母の、最期の言葉じゃ」

丈太は黙ったまま、皺《しわ》だらけのユリアの顔を見つめた。

そこへ、向山が小走りでやってきた。赤ら顔をさらに紅潮させている。

「いやあ、どうもすみません。すっかり遅くなっちゃって。分かりましたよ。火葬場。豊島《とし ま》区の要町《かなめちょう》の――」

場所を説明する向山の横顔に、ユリア婆さんが険しい視線を向けている。

ユリアは皆に聞こえるような大声で、丈太に尋ねた。

「おい、ボン。メイがお前に遺《のこ》していったもんは、受け取ったか？」

丈太は小さくうなずいて写真を見せた。

「それだけかえ？」

ユリアは口を歪《ゆが》めてフンッと鼻息を漏らすと、いきなり向山を詰《なじ》った。

「おい、お前。あの三万は——動物図鑑は、どうしたんじゃ？」

「はい？」向山は驚いた様子で眉《まゆ》をひそめた。「三万？」

「とぼける気か？　お前、メイから三万預かったじゃろうが！　薬代にもせんと、メイが息子に遺した、精一杯の三万じゃ！」

「はい？　私は公務員ですよ？　たとえ小額でも、患者さんの遺産を預かるような真似、できる訳ないでしょう」向山は困ったような笑みを浮かべて言った。

老婆は、杖《つえ》の先端を真っすぐ向山の方に向けて、ヨタヨタと詰め寄る。

「お前、あのとき、わしが寝とると思い込んだんじゃろう？　あれは寝たふりじゃ。わしは隣の長椅子で、メイとお前の話を全部聞きよったぞ。お前は確かに、金を受け取った」

「お、おばあちゃん！　何言うんですか！　ボ、ボケたのかなあ……」向山の顔に狼狽《ろうばい》の色が浮かぶ。

「メイは必死に頭を下げて、お前に頼みよった。その三万円で、息子のために動物図鑑を買ってきてほしい。息子は金の使い方なんぞ知らんから、言うてな。そして、自分が死んだあと、もし島の子供たちがここを訪ねてくるようなことがあれば、図鑑をその子供たちに託して、それを息子に渡すように伝えてほしい、とな。もし一年経っても誰も訪ねてこんかったら、図鑑は小児病棟に寄付する。そういう約束になってたはずじゃ。お前、殊勝な顔で、分かりました、とかなんとか、言うとったじゃろが！」

「も、もう、ダ、ダメですよ、いい加減なことばっか言っちゃ」向山の引きつった顔からは、すっかり赤みが消えている。

「シャー」という大蛇の吐息のような不気味な音が廊下に響いたかと思うと、ユリア婆さんが一喝した。

「ウソつきは、お前じゃ！」

今にも杖で殴りかからんばかりの勢いに、向山は思わず後ずさる。

ユリアは、今度は巽に向かって言った。

「この男はな、常習犯じゃぞ。富岡《とみおか》のじいさんも、三瀬《みせ》のおばばも、枕の下に虎の子の札を何枚か隠しよりおったけどな。死んだら、こいつが全部くすねてしまいよった」

「い、いい加減に――」向山の唇は怒りと恐怖に歪み、額には脂汗が浮いている。

ユリア婆さんはひるむことなく向山の胸に杖を突きつけて、さらに言う。

「権藤《ごんどう》さんなんかはな、真珠の指輪を隠し持ってたんじゃ。親の形見じゃ言うとった。権藤さんが死んだとき、せめてあの指輪をはめたままあの世へ送ってやろうと、ワシらみんなで探したわ。じゃが、指輪はどこにもなかった。あのとき、お前、権藤さんのベッドの周りでゴソゴソしよったろう！　あの指輪はどうした？　どこぞへ売っぱらったか！」

「だ、黙れ！」

向山は一転して顔を紅潮させると、ユリア婆さんの杖を乱暴に払いのけた。

そして、ユリアのピンクのガウンに手を掛けようとしたそのとき、巽が向山の左肩をつかみ、低い声で言った。

「あんた、三万どこへやった？」

向山は卑しい目つきで巽を見上げ、開き直る。「だ、だいたい、あの女をこの病院に入れてやったのは、この私だよ？ そ、それぐらいしてもらったって、いいんだ、本当は」

「そのための金はカンベはんが払ったはずや。三万は、メイさんが丈太に遺した、心づくしの金や」

巽は手に力を込めた。つかまれた左肩がよほど痛かったのだろう。向山は体をよじるようにして情けない声を出す。

「わ、分かった。返すよ。すぐに返す。返せばいいんだろ？ へ、へへ。な、なんだってんだよ、たかが三万ぐらい」

次の瞬間、巽の額に血管が浮かび上がった。左手で向山の襟を握ると同時に、右腕を後ろに引いてタメを作る。

「ダラあっ！」

病院中に響き渡るような雄叫《おたけ》びを上げて、巽が右腕を振った。右の拳《こぶし》が向山の頬に食い込んで、ゴッと鈍い音をたてる。向山の体が二メートルほど吹っ飛んだ。

床に仰向《あおむ》けに倒れた向山に馬乗りになって、右、左、右、左と、渾身《こんしん》の力で向山の顔面を殴り続ける。

「このダボがっ！　たかがやと？　死ね！　死ね！」

猛《たけ》り狂って殴るのを止めない巽に、向山は声も出せない。

慌てた久野が、巽を後ろから羽交い絞めにして喚《わめ》く。

「巽さん！　もういい！　わかった！　もういいよ！」

だが、久野の細腕では、巽は止められない。向山の口と鼻はもう血まみれで、巽が殴りつけるたびに血しぶきが飛び散る。

「死ね！　死ね！　死んでまえ！」

向山は気絶したようにぐったりして、もう殴られるがままだ。

「ホントに死んじゃう！　巽さん！　死んじゃうよ！」久野が必死に叫んだ。

巽は殴りながら泣いていた。拳はだんだんと力ないものになり、最後の方は向山の頬を撫《な》でるだけになった。巽は向山の襟を両手でつかんで、目を閉じた。

「三万——三万どこへやったんじゃ、このボケがあ……」

呻《うめ》き声のような嗚咽《おえつ》が、廊下にこだました。

## 16

みどりはベージュのジャケットを羽織り、コートとバッグを乱暴に抱えた。

ダイニングのドアを開けて出ようとしたとき、ふすまが開いて佐智が顔をのぞかせる。

「最近どうしたの？　忙しいの？」パジャマ姿の佐智が目をこすりながら言う。「朝もやたら早いしさ、夜は夜で、何時に帰ってんの？　って感じだし」

「ああ、ごめんねー。ちょっと面倒な事件があって」

「ふーん。まあいいけど。来週から新学期始まるんだかんね。塾も」

「そうだったね。やっと春期講習が終わったと思ったら……。分かった、覚えとく。ごはん、ちゃんと食べてる？」

「食べてますって。ひとりでもちゃんとやってまーす。デカの娘のつとめだもん。お母さんこそ、平気なの？」

「うん。まだ大丈夫。ありがと。じゃね、いってきます」

「いってらっしゃーい」

佐智が冷蔵庫を開ける音を聞きながら、みどりは玄関のドアを閉めた。

刑事としての不規則な生活のせいで、ずっと佐智には寂しい思いをさせてきた。我慢もたくさんさせてきただろう。でも、想像していた以上に、佐智は大人になっている。最近、そう感じることが増えた。

五年生の後半から急に背も伸び出した。家のこともかなり任せられるようになったし、ときにはみどりに気づかいすら見せてくれる。もちろんその分生意気な口もきくが、仕事をする上ではずい分楽になった。

誰にともなく感謝しながら、みどりは車に乗り込む。今日は「潮流舎」という市民団体のことを調べるつもりだった。ヒデオが不法滞在の母親たちから預かった無国籍児を引き取ったという団体だ。

たったひとりの捜査を始めたときに設定した第一の課題――〈震災ストリートチルドレンとは、一体何だったのか？〉――については、納得のゆく答えを得たという感触がある。

しかし、あぶり出されてきたのはただの偽装認知詐欺であり、公安五課が関心を寄せるような犯罪の影は見えない。

みどりは今や、第二の課題――〈彼らはなぜ忽然《こつぜん》と姿を消し、そして、どこへ行ってしまったのか？〉――に迫りつつあるのをひしひしと感じていた。

そしておそらく、その答えこそが、今度の公安事犯につながる本丸だ。

シフトレバーを引いてドライブに入れようとしたとき、携帯が鳴った。

「こいつは、鴻池の携帯かい？　河野だけどよ」スピーカーからベテラン刑事らしい塩辛い声が聞こえてくる。

「ああ、おはようございます」河野が携帯に電話をかけてくるなんて、珍しいことだった。

「今日、品川あたりまで出てこれねえか？　兼岡を刺したホシの件で、ちょっと面白いこと聞いてな。署の中は面倒なんで、どこか喫茶店にでも」

鼓動が速くなった。河野は噂話程度のネタを垂れ流すような真似はしない。彼の口調はいつも軽やかで、もったいぶった話し方もしないのだが、提供してくれる情報はいつも重要で、確度も高い。

「今からでもいいですか?」みどりは勢いこんで言った。

「構わねえよ。俺、今日非番なんだわ」

待ち合わせ場所に決めたのは、北品川にある二十四時間営業の喫茶店で、みどりも何度か利用したことがあった。お世辞にもセンスがいいとは言えないチェーン店だが、駐車場があるのが便利なのだ。

第一京浜から少し東に入り、店の駐車場に車を入れる。まだ朝早いので駐車スペースは半分以上空いていた。

車を降りて歩き出すと、水滴が頬に触れた。重量感のある雲に覆われた空を見上げて両手を広げると、ポツリポツリと雨を感じる。ここのところずっと気が滅入《めい》るような天気が続いていたが、雨はしばらく降っていなかった。今日は花曇りではすまないらしい。外が薄暗いだけに、ガラス扉の向こうに見える店内の明るさが際立っている。中に入ると、けばけばしい内装に照明が反射して眩《まぶ》しいほどだった。

広い店内にはボックス席が並んでいて、サラリーマン風の男たちや作業着を着た客の姿がちらほら見える。コーヒーとトーストを焼く香ばしい香りが漂っている。朝の匂いだ。

河野は窓際の席に陣取って、コーヒーカップを片手に新聞を読んでいた。みどりに気づくと片手を挙げて、「近頃どんどん朝が早くなってな」と目尻《めじり》に皺《しわ》を寄せた。

みどりは河野の向かいに座り、後ろについてきたウェイトレスに「コーヒーください」と告げた。

非番だと言っていたが、河野はいつものように白いワイシャツを腕まくりして、グレーのスラックスに革靴を履き、髪はポマードできちんと七三に分けている。

河野は新聞をたたみながら苦笑する。「定年になったら、毎日朝四時に起きて何するつもりなんだって、うちのによく言われるよ」

「あと一年だけだなんて、本当に残念です」

「老兵は死なず——なんてな。俺みたいなのが退職金もらって呑気《のんき》に隠居するってのに、あんな若いのが死んじまうなんてな。むごいもんだ」河野は大きな目玉をギョロリと窓の外に向けて、口の端に悔しさをにじませた。

みどりもつられて外に目をやる。雨粒が窓を次々にかすめていく。いよいよ本降りになりそうだ。

みどりのコーヒーが運ばれてくるのを待って、河野は本題に入った。

「兼岡の死因は、首の右側を鋭利な刃物で切られたことによる失血死だ。それは知ってるな?」

「はい。公安の若い捜査員というのも、同じ手口で殺害されたようです」

「ああ。凶器自体は、ありふれたものだと考えられてるらしい。大振りの刃物、まあドスかサバイバルナイフの類《たぐい》だわ。首を切るってのも、珍しいやり口とは言えん」

「でしょうね——」河野のコネクションを使えば、公安が握って外に出さないはずの兼岡の検死結果にもアクセスできるのか——あらためて驚きを感じた。

「だがよ、たったひと太刀で致命傷を与え、しかも、狙いすましたように頸部《けいぶ》右側をのどぼとけの横からうなじに向かって、思い切りよくスパッと切っているとなれば、まったく同じケースがそうそうあるわけがねえ」河野は右手で手刀をつくり、手首を回すようにして首の右側を前から後ろに切った。

話の展開が読めなくて、ただ眉《まゆ》をひそめてうなずいた。河野はコーヒーをひと口すって続ける。

「このひと月の間に、同じ手口で殺された人間が、もう二人いるんだわ」

「ええっ？」みどりの声もさすがにうわずる。

「ああ。刃の入り方も同じ。傷口の形状も、傷の深さもほぼ同じ」

「どこで？　誰がですか？」今度は声を抑えて訊《き》いた。

「うん。ひとりはな、リリコって女だ。上野署の知り合いが言うには、東上野の方で売春婦を何人も抱えて、その派遣を仕切ってたらしい。本名も素性も分からねえ、年齢不詳の妖怪《ようかい》みたいなババアだって話だ。三月八日の早朝、その女のヤサがあるマンションの非常階段で、首をかっ切られて死んでるのが見つかった」

「犯人の目星やなんかは——？」

河野は首を素早く横に振る。「マル目もつかまってねえし、動機も不明だ。面倒なトラブルを抱えてたって話も聞こえてこねえ。ホトケさんがしっかり抱きしめてたハンドバッグには財布もアクセサリーも残されてたっていうから、物盗《ものと》り目的でもねえ」

みどりはひとつの情報も漏らすまいとメモをとる。

「もう一件の方は、ガイシャの身元すら分かってねえ。三十代後半から四十代前半の東南アジア系の男ってこと以外はな。情報とるのも難しい。川崎なんだわ」

「ああ……」川崎市と横浜市は首都圏に組み込まれ、警視庁の管轄下に置かれたが、所轄には神奈川県警出身者もまだ多く、彼らとの関係は微妙だ。

「川崎の港で死体が上がったらしい。先々週のことだ。大方、不良外国人どうしの抗争がらみで殺されたんだろうってことで、ろくに捜査もされてねえみたいだな」

「売春婦の元締めの女に、東南アジア系の男……」みどりはメモを見つめてつぶやく。

「まあ、あのシャオって店員がやったと決まったわけじゃねえし、兼岡の件とも直接は関係ないかも知れんが――」河野はギョロリとみどりを見上げて言う。「何も訊かねえよ。お前さんが何をどこまで調べてるのかはな。そいつは訊かねえが、ひとつ確かめておきたい。この二件の殺しについて、もっと情報は要るかい？」

「もちろんです！　是非お願いします」みどりは深々と頭を下げた。

河野と別れたみどりは、雨の中、車をひたすら北東へと走らせた。

昨夜、インターネットで調べてみたところ、「潮流舎」で検索に引っかかった団体はひとつだけだった。「アンガージュマン潮流舎」というのが正式な名称らしい。団体のホームページによれば、確かに、ホームレスや外国人労働者の支援活動をしているようだった。ただ、無国籍児や外国人の子供たちに対する活動については触れられていなかった。また、ヒデオのもとを訪れた外国人風の男は「潮流舎・黒旗」と名乗っていたそうだが、「黒旗」についての説明も見当たらなかった。

ウェブサイトに記載されていた事務所の住所は、江東区森下《もりした》にあるマンションの一室だ。

隅田川を渡って江東区に入り、清澄《きよすみ》通りを南に下る。

埋立地がその大部分を占める江東区も、震災の被害がとくに著しかった地域のひとつだが、このあたりの景観は意外なほど落ち着いている。

下町に密集していた古い木造家屋は、さすがに倒壊したり、火災で焼けてしまったりしたが、ビルやマンションは大多数がしぶとく生き残っている。

しかしそれも、越中島《えっちゅうじま》から木場《きば》、東陽町《とうようちょう》あたりまでの話だ。それより南は液状化がひどく、ほとんどの建造物が撤去されて、埋め立て途中かと見まがうような荒涼とした風景が広がっているはずだ。

一説によれば、越中島あたりまでを南限とする一帯――つまり、我々の感覚で言えば東京湾の運河に行きあたるまでの地つづきの一帯――は、江戸時代までにゆっくり時間をかけて埋め立てられた土地だったために、地震の揺れに比較的強かったのだという。

もちろんみどりにはその真偽は分からない。確かに現代の技術を使えばあっという間に広大な陸地が生み出されるのだろうが、それはそれで不気味な話だし、なにか大きな弊害をはらんでいても不思議ではないだろうとは思う。

カーナビが示しているのは、かなり大きなマンションだ。軽く十階以上あって、ベランダも広くとってあるが、外観は古めかしい。

道端に車を停めて、一〇三号室に向かう。インターホンを押すと、スピーカーから「はーい」と若い女性の声がした。

手帳を見せながら身分を明かすと、とくに訝《いぶか》しがられることもなく中に通された。3LDKほどのマンションに見えるが、すべて事務室に改装されている。

奥の部屋から男性が電話で会話している声が聞こえてくるが、姿が見えるのはドアを開けてくれた二十歳そこそこの女性だけだ。白いカットソーの上に黒いカーディガンを羽織り、ジーンズをはいている。

その女性にすすめられて、応接セットのソファに腰を下ろした。

どうやらこのお嬢さんが対応してくれるつもりらしい――そう感じたみどりは、「外国人女性を狙った詐欺事件の捜査をしていまして――」とだけ前置きして、いきなり要点をぶつけた。

「可能でしたら、『潮流舎・黒旗』の方にお話を伺いたいのですが――」

「黒旗あ？」女性は素っ頓狂《とんきょう》な声を上げた。

「ええ。黒旗です」

「えー……黒旗っていうチームは、聞いたことないですぅ」

「チーム、ですか？」

「あ、チームっていうのは……そうですね、うちはいくつかの活動をやってんですけど、それぞれの活動ごとにチーム分けをしていて、『ナニナニ旗』っていうチーム名をつけてるんです。ホームレスの人たちの支援はチーム『白旗』、被災者さんの支援は『赤旗』、外国の方々は『青旗』とかって。うちの炊き出しのテントには白地に『潮流舎』って書いた旗を立てますし、避難所のボランティアテントには赤い旗を立てるんですよ」

「はあ、なるほど。それで、『黒旗』っていうチームは存在しないと――」

「あたしは聞いたことないですね……。あっ、沖村《おきむら》さーん！」女性は、助け舟が現れたとばかりに、隣の部屋から出てきた男性に手を振る。「沖村さん、黒旗っていうチーム、知ってますぅ？」

沖村と呼ばれた四十ぐらいの男は、その真面目そうな顔をほとんど動かさずに「黒旗？」と言った。「いつ頃の話？」

「震災の年です」みどりが答える。

沖村は無言で隣室に戻ると、青いプラスチックの表紙の分厚いファイルを持ってきた。背表紙には大震災の前後三年間の年度が記されている。

「ああ。あるね、確かに。組織図にはあるよ、黒旗」沖村はファイルの始めの方のページをめくって、冷静に言う。

「名簿は——」ページを数枚めくって、沖村はわずかに眉をひそめた。「メンバーは二人しかいない。しかも重富《しげとみ》さんか……。あとは、誰だこれ？」

沖村はさらにページをめくり、今度は首をかしげた。「おかしいな……。活動報告が何もない」

沖村の手が止まったのを見て、みどりが口を開く。

「どういうことでしょうか？」

「ええ。確かに、震災の年とその前年の二年間だけ、組織図に黒旗というチームの記載があります。どんな活動をしていたのか、この報告書では分かりません。しかも、メンバーとして二人しか載っていません。そんなの、あり得ない。うちはだいたい、ひとつのチームに二十人から三十人という体制でやってますから」

「ちなみに、そのメンバーというのは？」

「重富さんというのは、うちの創設者のひとりです。重富孝也《たかや》。でも、もう辞めましたよ。イデオロギー的過ぎるというか、ちょっと過激な人でね。うちもずい分若返りましたから、雰囲気に合わなくなってきたんです。一時は刑務所にいたって噂も聞きましたが、そのあと、別の組織を立ち上げたんじゃなかったかな。今はどうされてるか、分かりません」

「さっき、黒旗のメンバーは二人とおっしゃいましたが――」

「ええ。それが、もうひとりは聞いたことない人ですねえ。名簿には、カルロス・オオスギって書いてあります」

「カルロス・オオスギ――」子供たちを連れて行ったのは、西洋人のような顔立ちの男だったという。この男が、そうなのか――？

「ちなみにですが、重富さんという方は、外見的に西洋系の外国人に見られるようなことはありますか？　顔の彫りが深いとか」

「ないです、ないです。ははは」沖村は初めて表情を崩した。「一重まぶたの平べったい顔ですし、体形もずんぐりむっくりで、典型的な日本人ですよ」

だとしたら、やはり子供たちはカルロス・オオスギが――。

沖村は再び顔を引き締めて、みどりに訊《たず》ねた。

「黒旗というチームが、どうかしましたか？」

「実は、『潮流舎・黒旗』から来たという男が、震災後に日本に取り残された無国籍児たちを引き取って保護したという証言があるんです。そのあたりの詳しい事情が分かればと――」

「無国籍児、ですか？」

「ええ。潮流舎の活動で、これまでに無国籍児や外国人労働者の子供たちに関わられたことはありませんか？」

「うーん」沖村は腕を組んで考え込んだ。「私も何年もここにいますが、私の知る限りにおいては、ないですね。もちろん、無国籍児の問題というものの存在は知っています。ですが、その支援に関わったことはないはずです」

「どなたか、当時のことを、黒旗のことをご存じの方はいませんか？」

「さあ、もうその頃には重富さんもかなり孤立してましたからね」沖村はメガネをちょっと上げて、冷たく言う。「黒旗にしたって彼が勝手にやったことでしょうし、どうせ大した活動もしていなかったと思いますよ？　実績があるんなら、報告書が残っているはずですからね。まあ、古株のメンバーに訊《き》いてはみますが」

## 17

昨夜はそのまま病院に泊まった。

丈太が、もう少しそこにいたいと言い張ったのだ。

カビ臭い毛布を借り、巽と久野も長椅子に横になって浅い仮眠をとった。丈太は、メイがいた長椅子の上で、いつまでも膝《ひざ》を抱えていた。少しでも眠ったのかどうかは分からない。

今、三人で向かっているのは、要町の火葬場だ。今朝から雨が降り出していたので、コンビニで買ったビニール傘を丈太に差しかけてやりながら、ゆっくり歩く。

震災後に建てられたという新しい公営火葬場は、コンクリート打ちっぱなしの大きな平屋の建物だった。雨はいつの間にか霧雨に変わっていて、火葬場の周りを青く煙らせている。

車が二台しか停まっていないだだっ広い駐車場に立ち、火葬場の平たい屋根を見上げた。屋根の上に煙突を探したが、た。屋根の上に煙突を探したが、屋根にわずかに突き出ていたのはほんの小さな二本の排気筒で、そこには揺れる陽炎《かげろう》も見えない。

後ろで久野がポツリとつぶやいた。「最近は、ないんですね。煙突」

薄暗い玄関ホールに入ると、そこはガランとしていて、巽たち三人の他には人の姿もない。

黒い制服を着た係員が現れたので、巽は来訪の意図を告げた。

係員は、火葬の日付と氏名だけを面倒くさそうに復唱すると、それ以上何を問い質《ただ》すわけでもなく奥に引っ込んだ。

火葬時に引き取り手のない遺骨は、火葬場の倉庫で一カ月間だけ保管され、そのあとは処分されてしまうという話だった。

数分後、係員が白い小さなプラスチック容器を手に戻ってきた。容器に貼られたシールには、「ヤマモト・メイ」という偽名だけが書きなぐられている。

巽がうながすと、丈太はおずおずとその容器を受け取った。

ささやかな葬儀すら出されなかったメイがこの世に生きた証《あかし》は、骨壺《こつつぼ》とも呼べないこのプラスチック容器しかない——そう思うと無性に腹立たしい気分になった。

丈太は無言で赤い巾着袋《きんちゃくぶくろ》の口を開くと、メイの遺灰をそっと中にしまった。

巽が知る限り、メイの死を知ってから、丈太は一度も涙を見せていない。

火葬場からの帰り道、池袋駅まで戻ってくると、巽は久野に言った。

「俺、ちょっと寄らなあかんとこあんねん。悪いけど久野くん、丈太とどこかで時間つぶしててくれへんか。三十分もかからんから」巽は池袋駅西口交差点の周囲を見渡した。

「せやな、あそこのドーナツ屋ででも。二軒隣は交番や。オマワリも立っとるし、安全やろ」

久野が丈太の手を引いて交差点の角にあるドーナツ屋に入るのを見届けると、巽は通りをはさんで反対側にある大きな書店に向かう。

まだ霧雨が舞っている。進路が悪いのか、ひとり歩みが遅過ぎるのか、色とりどりの傘が、周囲より頭ひとつ分背の高い巽の肩にぶつかってゆく。

巽はそんなことを気にもせず、トレンチコートのポケットに突っ込んだ左手で財布を握りしめている。

昨夜、気絶した医療福祉監督官の向山の財布を久野が検《あらた》めると、中には一万円札が一枚と、千円札三枚しか入っていなかった。

巽の財布には、その一万円札が入っている。残りの二万円を取り戻す気などはなかった。

書店に入ると、店員をつかまえて、動物図鑑を置いているかどうか訊ねた。三階に専用コーナーがあるというので上がってみると、なるほど書棚いっぱいに図鑑が並んでいる。分厚いものから子供用まで、シリーズものからマニアックな内容のものまで、様々な種類がある。

さんざん悩んだ末、あるシリーズの中から三冊の図鑑――動物大図鑑、鳥類大図鑑、昆虫大図鑑――を選んだ。大人にも読みごたえがあるような本格的なもので、一冊九千八百円だから値段的にもピッタリだった。

レジで三万円を払い、お釣りを受け取ると、ずっしりと重い紙袋を雨に濡《ぬ》れないようコートの中で胸に抱えて、二人が待つドーナツ屋に向かった。

小さなテーブルに向かい合った久野と丈太の前には、飲み物とドーナツが三つ置かれていたが、丈太はドーナツにまったく手をつけていないようだった。

久野とは池袋駅で別れ、巽は丈太を連れて山手線に乗った。

今日だけは、品川埠頭《ふとう》のあの味気ない青いコンテナに丈太を連れて帰りたくなかった。あんなわびしいところで寝かせるよりは、巽のマンションの方がまだましだろうが、巽にはもうひとつ別の考えがあった。

大崎駅で電車を降りると、西口を出て歩き出す。もう雨はほとんど上がっていたので、傘は差さなかった。

「あのな、丈太」隣《こ》を歩く丈太に話しかける。「お前のお母ちゃんが願うてた通り、俺が代わりに図鑑を買うてきた。お母ちゃん、ぎょうさんお金遺《のこ》してくれたから、上等な図鑑が三冊も買えたぞ。見てみ、ほれ」

　巽は紙袋を丈太の胸にあずける。丈太は両手でしっかりそれを抱えて、首を伸ばすようにして袋の中をのぞいた。

「動物大図鑑――」丈太は小さな声でタイトルを口にする。

「どや、すごいやろ？」

「鳥類、大図鑑――」

「な？　本格的なやつやぞ」

「昆虫――大図鑑――」丈太の声がつまった。大きな瞳《ひとみ》からポロポロとこぼれ出した大粒の涙が、褐色の頬をつたってゆく。

　両手が使えず涙がうまく拭《ぬぐ》えないようなので、巽がもう一度紙袋を持ってやった。

　濡れたアスファルトの上を、黙って歩いた。

　丈太の顔を見ないようにしていたので、まだ泣いているのか、泣き止んだのかは分からない。

　ただ、丈太の歩みが止まりそうになると、巽も立ち止まった。そしてその度に、しばらく待ってから、丈太の右手をとって、優しく引いてやった。

　二人並んでゆっくりと歩きながら、丈太を連れてその場所に〝帰る〟ことを、ごく当たり前のように感じている自分がいることに、巽は気づいていた。

　十五分ほど歩いて、戸越《とごし》までやってくると、巽はとあるマンションの前で立ち止まった。五階建ての小ぎれいなベージュの外装の建物だ。

自動ドアの脇にあるオートロックシステムのインターホンのボタンを、四、〇、六と順に押す。

「はい」スピーカーから女の子の声がした。巽はインターホンの小さなカメラに顔を目いっぱい近づけてニカッと笑い、「さっちゃん？　俺や」と言った。

部屋のモニタにそれが映っているのだろう。「寅ちゃん？　どうしたの？」と驚いていたが、急にプッと噴き出して言った。「顔近いよ、顔」

エレベーターで四階に上がる。みどりと佐智が暮らすこのマンションには、何度か夕食に招かれたことがあった。招かれるといっても、母娘の普段通りのつましい食事に加わるだけだ。それでも巽はその度に大量のケーキを持参するので、佐智は巽の来訪をいつもとても喜んだ。

佐智は焦げ茶色のドアを開けながら、「どうしたの？　久しぶりじゃん」と笑顔を見せた。そして、巽の後ろで隠れるようにしている丈太を見て表情を曇らせると、「誰？　その子。外人？」と言った。

ダイニングでテーブルを囲んで座り、佐智に丈太との出会いから今までの経緯を手みじかに話した。もちろん、血なまぐさいところは省いた。

佐智は不思議そうな顔で聞いていたが、最後に「ふーん」と言って、うつむいたままの丈太の顔をのぞきこんだ。

「あたし、鴻池佐智。五年生。よろしくね」

「丈太です」丈太はようやく顔を上げて、ポツリと言った。「九歳です」

「それでな、さっちゃん。今晩一晩か二晩、丈太をここに置いてやってくれへんか？係長には今から電話するから」

「あたしは全然いいけど。まだ春休みだし。寅ちゃんは？　寅ちゃんも泊まってけばいいじゃん」

「うん。おおきに」巽はそう言って立ち上がり、短い廊下に出ると、携帯を操作した。

「もしもし」みどりが電話に出た。

「俺や。巽。ちょっとええか？」

「ええ。車で移動中。どうしたの？　ずっと連絡待ってたのよ？」

「実はな、今、おたくのマンションに邪魔してるんや――」

巽は一昨日からの出来事を伝え、丈太をみどりのマンションに泊めてやってくれるよう頼んだ。

みどりは快諾してくれたが、こう付け加えた。

「――ちょうどいいわ。丈太くんに話を聴かなきゃならないし」

「それはよう分かるけどな、あいつ、まだ俺にも口きかへんぞ？」

「でも、いつまでもそっとしておいてやるわけにはいかない。ダーウェイは他にも二人殺してる可能性があるの。もっと犠牲者が出ないとも限らない。河野さんがくれた情報よ」

「河野のオヤジか――。その二人っちゅうのは誰や？　まさか警官やないやろな？」

「詳しいことは今晩にでも話す。ちょっと佐智にかわってくれる？」

ダイニングに戻って、佐智に携帯を渡した。佐智はみどりの指示に「うん。うん」とうなずいていたが、ついに「もう！　大丈夫だって！」と腹立たしげに言って、「じゃね」と乱暴に電話を切った。

「普段は娘を放ったらかしにしてるくせに、こういうときだけああだこうだって、ホントよく言うよって感じ。子の心親知らずだよね」携帯を寄越《よこ》しながら、佐智が口をとがらせる。

「まああ」巽はなだめるように言う。「それより、あとで晩メシの買い出しに行こ。何がええ？　俺のおごりや。なんでもええぞ。ちょっとええ肉買うて、すき焼きはどうや？」

「えー、やだ。だって、寅ちゃんの味つけ、ちょー甘いんだもん。普通の鍋《なべ》にしようよ。ねえ、丈太くんは、お鍋好き？」

丈太は、声こそ出さなかったが、はっきりうなずいた。

「じゃ決まりだね。そうだ！　寅ちゃんのおごりなんだったら、カニだ！　カニのお鍋にしようよ！」佐智は笑顔ではしゃいだ。

丈太をここに連れてきたのは正解や――巽は思った。

夕方を待って三人でスーパーに買い物に行き、巽と佐智でもめながら鍋の支度をした。

みどりから帰りが遅くなるというメールが入ったので、三人だけでカニ鍋を囲んだ。

ほんの少しだけだったが、丈太もカニや雑炊を口にした。相変わらず丈太はほとんど口を開こうとしなかったので、巽と佐智だけでくだらないことをしゃべり続けた。

年齢は丈太と二つしか違わないのだが、さすがに女の子だ。佐智は適度に丈太の世話を焼いてやりながら、適度にそっとしておいてやっていた。

みどりが帰宅したのは、夜十時を回ってからのことだった。

巽がひとり流し台に立って洗い物をしていると、ダイニングのドアが開いた。

「おう、おかえり」

「あなたひとり？　佐智たちは？」みどりは、エプロン姿が異様に似合っていない巽を見て、苦笑いを浮かべた。

「リビングでテレビ見てるか、テレビゲームでもしてるんと違うか？」

みどりが「ただいま」と引き戸を開くと、中から佐智が「しーっ、静かに」と声をひそめて言った。みどりの肩越しに部屋の中をのぞいてみると、丈太は膝《ひざ》の上で動物図鑑を開いたまま、ソファにもたれて眠ってしまっていた。

リビングに二つ並べて布団を敷いてもらい、丈太をそこに寝かせた。佐智もしぶしぶ自分の部屋に戻り、ベッドに入った。

ダイニングでお茶を飲みながら、みどりが言った。

「かわいい子ね。丈太くん」

「これであいつ、天涯孤独や。まだ九つやいうのに――」巽が湯呑《ゆの》みを弄《もてあそ》びながら言う。

「そうね――」みどりは小さくため息をついて、続けた。「丈太くんじゃないけど、どうして地震のあとに孤児みたいな子供たちが大量に生まれたかについては、だいたい分かったわ」

みどりは、これまでの捜査の進捗《しんちょく》状況を巽に聞かせた。ヒデオの国籍取得証明書偽造詐欺事件、無国籍児を連れ去った潮流舎の謎の男、そして、ダーウェイによると思われる別の二件の殺しについての話だ。

みどりは最後にこうまとめた。

「――だから、震災ストリートチルドレンの出どころは、大雑把に言って三つあると思う。一つは、地震で親を亡くした本当の外国人震災孤児。もう一つが、偽装認知でうまく国籍を得た子供たち。そして――」

それまで目を閉じてじっと聞いていた巽が口を開いた。

「最後の一つが、偽装認知詐欺に遭《お》うた母親が、そうとは知らずに日本に置いていった無国籍児たち、か――」

「ええ。そしてその最後のケースが圧倒的に数が多い」

「ふん――。なるほどな」

「次の問題は、子供たちが街から消えた理由。ヒデオのもとから子供たちを引き取ったカルロス・オオスギという男がカギになるかも知れない」

「せやけど、そいつが震災ストリートチルドレンを集めてたのかどうかなんて、まだ分からんやろ？」

みどりは、隣の椅子に置いたバッグの口を開き、手帳を取り出した。

「さっきまで、『あなぐま』っていう児童養護施設を訪ねてたの。ヒデオの偽造書類を提供してくれた『ビーバーハウス』の園長さんから、その施設が震災後に外国人の子供たちを一時期預かってたって聞いて」

「その子ら、ストリートチルドレンやったんか？」

「ええ。公園の遊具の中で雨露をしのいでた四人の子供たちを、地区の民生委員が施設に連れてきたそうよ」

「一時期っちゅうことは、そいつらも結局、脱走したか？」

みどりは頭を振った。「むしろ施設の側が面倒見きれなくなったの。言葉は通じないし、馴染《なじ》む気配もなくて。そしたらちょうどそこへ、外国人の子供たちを保護してるっていう団体の人間が現れたそうよ」

「またしても、その、『潮流舎』か？」

「そう。昔から外国人相手に支援活動を手広くやってる団体だってことで、彼らに任せたみたい。子供たちを引き取りにきた男の名刺が残ってたわ」

みどりは「これ――」と言って、手帳にはさんであった紙片を取り出した。巽はそれをつまみとって、文字を読み上げる。

「カルロス・オオスギ――」

「この男の動きは、普通じゃない。公安に目をつけられるような人物かどうかは、まだ分からないけど」

巽は、ふん、と鼻息を漏らして名刺を返し、言った。

「こいつはなるほど怪しいが、ダーウェイの動きも気になるぞ。今や拳銃《けんじゅう》も持っとるはずなんやろ？　ハムの刑事から奪った拳銃」

「そうなるわね」

「ほな余計に危ないな。朝になったら丈太と話をしてみよう。俺も明日コンテナ・コロニーに行って、弟のチーチェンが今どこでどうしてるのか、探り入れてみるわ。ひょっとしたら、コンテナに戻ってきてるかも知れへんし。そうや、それからな――」

今度は巽が、ユリア婆さんから聞いた話をみどりに伝えた。とくに、メイの最期の言葉にはみどりも引っかかるものを感じたらしい。

「――『島の子供たち』……どういうことかしら」みどりは額に手を当てて言った。

「『子供たち』いうのが、チーチェンたちを含んでるんやとしたら――」

「無国籍児たちのことを指している――？」

「その可能性も、ある」巽は腕組みをして言う。

「じゃあ、『島』っていうのは――」

巽は肩をすくめた。「さあな。ただ、ちょっと気になってるのは、丈太が生まれた場所なんや。地震が起こるまで、丈太が両親と暮らしてた場所」

「どこ？」

「──お台場や」

「お台場？　確かに島には違いないけど……。あんなとこに帰りなさいと言われたって、帰りようがないじゃない」

## 18

翌朝、巽は布団の中で半分寝ぼけながら、丈太がみどりに挨拶《あいさつ》をしているのを聞いた。おはようございます、ときちんと自分から自己紹介している。

みどりもそれに応《こた》えて何か説明しているようだ。

「──そういうこと。私はあの丑寅の上司だったの。態度の悪い部下でね。とにかくケンカっぱやいし。少年係の刑事のくせに、自分が不良少年みたいなもんなのよ。そりゃもう苦労したんだから」

香ばしい香りにつられてダイニングに行くと、みどりがトーストと目玉焼きの朝食を作ってくれていた。丈太は椅子にちょこんと座っている。

「あ、丑寅、佐智を起こしてきて」みどりが背中を向けたまま言う。

「丑寅？　やめとくんなはれ、係長まで。それからな、元部下の悪口もやめてくれる？

パワハラで訴えまっせ」

佐智がパジャマ姿のままテーブルにつき、四人で朝食をとった。今朝は丈太も皿に盛られたものは全部たいらげた。

朝食が終わると、みどりは佐智を部屋から追い出した。佐智は「はいはい」とあきらめ顔でつぶやいて、リビングに入っていった。すぐにテレビの音が聞こえてくる。彼女なりに気を遣ったのだろう。

残った三人でテーブルを囲み、みどりが切り出した。

「ねえ、丈太くん。おばさんね、ダーウェイの行方を知りたいの。彼にどうしても会わなきゃならないの。彼がどこにいるか、どこにいそうか、知ってたら教えてくれない？」

丈太はうつむいたまま、「分かりません」と小さな声で言った。

「じゃあ、チーチェンはどう？」みどりの問いに、丈太はまた首を横に振る。

「ダーウェイはコンビニの店長さんだったわよね。ダーウェイとチーチェンが、他にどんなことをしてお金を稼いでたか、知らない？」

「チーチェンは、『小遣い稼ぎをしてる』って言ってたけど、何をしてたのかは、知りません」

「丈太くんは、ダーウェイやチーチェンと、どこで出会ったの？」

丈太は目を伏せて黙り込んだ。

「じゃあ、カルロス・オオスギって人、知ってる？　そんな名前、どこかで聞いたことない？」

丈太は無言でうつむいたままだ。

「ねえ、丈太くん」みどりが諭すように言う。「ダーウェイはね、人を傷つけちゃったかも知れないの。まだ完全にそうと決まったわけじゃないけど——でもね、だからこそ、私たちはダーウェイに話を聞かなくちゃいけない」

丈太は顔を上げた。そして、みどりを見つめてはっきりと言った。

「ダーウェイは、悪くない。もしそうだとしても、ダーウェイが悪いんじゃない。ダーウェイは、いつもみんなを守ってくれる。強くて、優しい」

みどりは巽と顔を見合わせた。

巽はみどりに目くばせして、丈太に声をかける。

「なあ、その『みんな』っていうのは、『島の子供たち』のことやろ？　病院で、あの婆さんが言うとったやないか。お前のお母ちゃん、『島に帰りなさい』ってうわ言で何回も言うてたって。そもそも、お前、病院を訪ねてきたらあかんて言われてたわけやろ？　やっぱり、お母ちゃん、お前が島から出てくるのを心配してはったんや。お前がヤクザに追われてることとも、何か関係があるかもしれへん。せやから俺は、お前を島に帰さなあかんと思てる。でもな、島がどこかも分からへんし、みんなっちゅうのが誰かも分からへんから、困ってる。それだけでも、教えてくれへんか？」

丈太は再び目を伏せた。そして、消え入りそうな声で言う。

「――それは、誰にも言っちゃダメだから……」

「俺にもか？」巽が言っても、丈太はうつむいたまま答えない。

巽は丈太の頭に手を軽く置いた。「じゃあ、丈太は島のみんなのところに帰らへんつもりなんか？　天国の母ちゃんに心配かけたままでええんか？」

「――帰る」丈太が小さな声で言った。「チーチェンと一緒に帰る。チーチェンが一緒じゃないと、帰り方が分からない。チーチェンにしか、分かんないんだよ――」

巽は苦りきった表情で、もう一度みどりと顔を見合わせた。


戻るまで、佐智に丈太の相手をしてもらうことにした。巽が外を連れまわすより、同年代の佐智と過ごした方が気も紛れるだろうと思った。幸いこのマンションはかなり厳重なオートロックだ。子供たちだけでもさほど心配は要らないだろう。

絶対に二人だけで出歩かないように、と言い残して、巽はマンションをあとにした。

みどりはひと足先に家を出ていた。今頃は、カルロス・オオスギの情報を求めて、また別の児童養護施設に向かっているはずだ。

部屋を出る前に久野に連絡を入れ、コロニーで落ち合う約束を取りつけておいた。

品川駅から百メートルも東に行くと、通りは閑散とし始めて、通勤途中のビジネスマンの姿もなくなってしまった。

雨は上がってアスファルトはもう乾いているが、空は相変わらず暗く、風は昨日よりもずっと冷たい。まるで冬に逆戻りしたかのようだ。

グレーの廃倉庫が並ぶひと気のない旧海岸通りを渡って、ひとつ目の運河を渡る橋のたもとまでやって来ると、橋を封鎖している赤と黄色の金属柵《さく》の上に、見覚えのある男が腰かけているのが見えた。

顔の下半分がヒゲに覆われていて、分厚い唇には三つピアスをしている。以前、コロニーの中で立ち回りを演じたファン一家の三人組のうちのひとりだ。革のベストの袖《そで》からは太い腕がむき出しに伸びている。

念のため、コートのポケットから両手を出した。用心だけはしておいた方がいい。

ヒゲ面は、巽に気がつくと、柵から飛び降りて野太い大声を上げた。

「ちょっとそこで待ってなよ！」その声音に敵対心は感じられない。

ヒゲ面は携帯でどこかに電話をかけ始める。巽は指示されたとおり、橋のたもとで立ち止まっていた。しばらくすると、旧海岸通りの方から久野の声が聞こえてきた。

「おーい！　巽さーん！」

久野の後ろには、あのネムリという若者の姿も見える。巽のそばまでやってくると、久野は息もきれぎれに言う。

「よかったあ。つかまって。みんなで手分けして、コロニーへ入るいろんなルートを張ってたんです。とりあえず、ネムリさんの話を聞いてください」

どういうわけか、ヒゲ面の男は旧海岸通り沿いにある小さな倉庫の鍵《かぎ》を持っていて、巽はそこに通された。中はほとんど空っぽだったが、荒れてはいない。ファン一家が何かの取引に使っているのかも――そんな想像をさせた。

空の木箱がいくつも放置されていたので、めいめい好きな箱を選んで座った。

ネムリが穏やかな口調で話し始める。

「――昨日のことです。国土復興協力隊がコロニーに現れました。でも、いつもの学生さんたちじゃありません。十人ほどいましたが、全員が自動小銃を持っていました。私の見たところ、あれはみんなプロです」

久野が早口で補足する。「僕もさっき聞いたんです。よかったですよ。巽さんがコロニーに来ちゃう前に、ネムリさんにそれ聞いて」

ネムリはゆったりとうなずいて続ける。「彼らの狙いは、丈太くんでした。巽さんたちが使っていた青いコンテナありますよね？　あそこを引っかき回していきました」

「でも、あそこはもともとチーチェンとダーウェイという兄弟がアジトにしてたところやで？　その兄弟を捜してたということも――」巽はネムリと久野を交互に見ながら言う。

ネムリは今度は大きく首を横に振った。「隊員たちは、その辺の人間をつかまえては、『黒い肌の少年を見なかったか？』と訊《き》いてまわっていました」

「どういうことや――？」巽は顔をゆがめる。

「コロニーの人間は、決して仲間を売るような真似はしません。とくに、日本人には。ですが、たまたま外から食堂を手伝いにきていた若いベトナム人の女の子が、つい言ってしまったんです。黒人の男の子がその食堂でフォーを食べていた、と」

巽は、うう、と低い唸《うな》り声を漏らし、続けてネムリに訊いた。

「それで、今はどうなってます？」

「もう引き揚げました。ただ、青いコンテナのそばに、隊員を二人潜ませてます。もうあそこには近づかない方がいい。できればコロニーにも」

「なんで、丈太を……」巽は、絶句した。

荒神会に、国土復興協力隊——。

メイは、丈太が東京の街を出歩くことを恐れていた。やはり、丈太が危険な目に遭いかねない理由が、確かに存在していたのだ。しかも、丈太に忍び寄る影は、想像していたより遥《はる》かに暗く、大きく、強力だ——巽の背すじに冷たいものが走る。

あいつに一体何があるというんや——？

「——分かりました。わざわざ知らせてくれて、礼を言います。どうも、おおきに」巽は姿勢を正して頭を下げた。

「巽さん」ネムリはさわやかと言っていいほどの笑顔を見せた。「ひとつ、気になることがあるんです。協力隊の隊員たちと一緒にきていた男のことです。背広姿でしたから、もちろん兵士じゃない。私の知らない男ですが——」

ネムリはポケットから携帯を取り出して続けた。

「写真を撮りました。転送しましょう。もしかしたら、なにかの手がかりになるかも知れない」

その場で巽の携帯に送られてきた画像には、コンテナを捜索している隊員たちと、紺のスーツ姿の男が写っていた。小ぶりの丸いレンズのサングラスをかけていて、携帯片手にどこかを指差し、口を開いて隊員たちに指示を出しているように見える。

警官には見えへんな――経験からそう感じたが、巽にも心当たりがない顔だった。

久野とファン一家の男たちは、コロニーの方へ引き揚げていった。

別れ際に、久野は巽に小さな包みを手渡した。

「なんや？」と訝《いぶか》しむ巽に、久野が言った。

「コロニーに台湾人がやってる瀬戸物屋さんがあるんですけど、そこでちょうどいいのを見つけたんで」

包みを開くと、とっくりを小さくしたような陶器の容れ物が入《い》っていた。真っ白な肌に青紫の可憐《かれん》な花が描かれていて、口にはコルクで栓がしてある。

「それ、丈太くんに。ほら、お母さんの骨壺《こつつぼ》。あのプラスチックのやつじゃ、あんまりだから、その代わりにと思って。その柄、アヤメだそうです。アヤメって、五月の花なんですって」

「五月？」巽は間の抜けた声を出した。

久野は照れたように微笑んだ。「ほら、五月って英語で『メイ』でしょ？　メイさんにちょうどいいかと思って」

「ああ……」巽はそれ以上言葉もなく、ただその陶器を額の前に押し戴《いただ》いた。「丈太のやつ、喜ぶわ。そらホンマに喜びよるわ。久野くんが自分で渡したったら、あいつもっと喜ぶのに――」

久野は顔の前で手を振った。「いいです、いいです。巽さんから渡してください」

## 19

巽がみどりのマンションに戻ったのは、午後三時過ぎのことだった。

預かっていた鍵で部屋のドアを開けると、中から佐智の笑い声が聞こえてきた。

「あー、うけるー！　ねえ、他にはないの？」

巽がリビングの戸を開くと、佐智と丈太がソファに並んで座っていた。丈太の膝《ひざ》には動物図鑑が載っていて、開いたページには数種類の牛の写真が見える。

「ああ、おかえりー」佐智は笑い過ぎて出てきた涙を拭《ぬぐ》いながら言った。

「なんや、楽しそうやな」巽は少しホッとしていた。丈太の気持ちも少し落ち着いたのかも知れない。

「もう、ちょーおかしいんだよ。マサイ族のなぞなぞ」

「なぞなぞ？」

「うん。じゃあ、じゃあ、寅ちゃん、いくよ？　どんなに汚れた牛でも、絶対に汚れていないところがあります。どーこだ？」

「……牛さんの、優しい心？」

「ブー。答えは、『骨髄』です！　ね？　こんなの絶対わかんないよね？　じゃあ、もう一問。ほんの少ししかない牛乳を、人と分け合わないといけません。さて、どうすればいいでしょうか？」

「……とりあえず頑張ってみる？　おい、それなぞなぞか？」

「正解は、『牛のフンにふりかける』でした！　ぷはははっ、やっぱ意味わかんないよね？　ホントなんでなの？　あー、お腹いたい」

笑い転げる佐智を横目に、丈太が口をとがらせる。

「僕だって、それ、なぞなぞじゃないと思うけど……でも、きっと深い意味があるんだよ」

巽はなんとも言えない複雑な表情で、二人を見つめた。

「父ちゃんに教えてもろたんか？」

「うん」

佐智が、いいこと聞いたんだ、と言わんばかりに、巽に手まねきしてソファの上の丈太の赤い巾着袋《きんちゃくぶくろ》を指差した。「寅ちゃん、知ってた？　丈太くんのカバン、マサイ族が体に巻いてる赤い布でできてるんだよ。『マサイシュカ』っていうんだって」

「へえ。手作りか？」

「うん。お母さんが縫ってくれた。お父さんの形見の布だから、いつも持ってなさいって」丈太が巾着をポンポンと叩《たた》く。

佐智はさらに巽に教えてくれる。「丈太くんのお父さん、マサイ族の戦士だったんだよ。マサイ族って、アフリカで一番強くて勇敢な部族なんだって。ヨーロッパの白人が土地を奪いにきたときも、それに負けなかったんだって」

ひとしきりマサイ族の話をしたあとで、巽は久野から預かった小さな陶器の壺を丈太に手渡した。

「なに？　これ」丈太はコルクの栓を抜きながら尋ねる。

「久野くんからのプレゼントや。お母ちゃんのお骨を入れるのにええやろ言うて、買《こ》うてきてくれたんやで。きれいな壺やろ？」

アヤメの花に久野が込めた思いを伝えている間、丈太は何度もうなずきながらじっと壺を見つめていた。

「ほな、すぐそれに入れ替えてやろうや」

巽がそう提案すると、丈太が巽を見上げて言った。

「僕、海に行きたい」

「なにしにや？」

「お母さん、中国に帰れなかったから。ほんとは、死ぬ前に一回ぐらい、中国に帰りたかったと思うから」丈太の口調は真剣そのものだった。「海は中国につながってるでしょ。海の深いところの流れは、千年かけて世界中をまわるんだ。だから、骨を海に流したら、いつかは中国にも着くと思う。父さんの骨も海に流したから、いつかどこかで二人は会えるかも知れない。アフリカにだって、たどりつくかも知れない」

巽は行き先を竹芝《たけしば》桟橋に決めた。あの辺りは海岸部にしては珍しく危険区域に指定されていないので、国土復興協力隊がうろついている可能性は低い。浜松町《はままつちょう》駅からの道すがら、コンテナ・コロニーのある品川埠頭に近づけない理由を丈太に説明した。得心したのかどうか分からない表情の丈太に、巽はため息まじりに訊《たず》ねた。

「――お前、ヤクザだけやのうて、兵隊にも追っかけられてんねんぞ？　ホンマに心当たりないんか？」

「ないよ！　そんなの」丈太は怒ったように言う。

「チーチェンのガキはどこ行ったか分からんし。お前はお前で、知らんことと、言われへんことばっかりやないか！　さてはお前あれか？　ゴマメか？」

「ゴマメ？　なにそれ？」

「まだちっちゃくて、ひとりだけ特別ルールの子のことを、大阪でそう言うんや。鬼ごっこで捕まっても、ゴマメは鬼にならんでええ。ドッジボールで当てられても、ゴマメはセーフや」

丈太はいたく傷ついたらしく、「そんなんじゃない！」と言いながら、巽の腰をぐいと押した。巽はよろけながら続ける。

「じゃあ、なんで丈太は、ダーウェイとかチーチェンのやってることに混ぜてもらわれへんねやと思う？」

「うーん……」丈太はうつむいて道の小石を蹴《け》った。「たぶんだよ？　たぶんだけど……まだ、『割礼の儀式』をやってないからじゃないかな？」

「か、割礼っ？」巽は思わず股間《こかん》を押さえる。「お前、割礼がどういうもんか、知っとんか？」

丈太はブンブン首を振る。「知らない。でも、一人前の男として認めてもらう儀式なんでしょ？　お父さんがそう言ってた」

「でもそれは、さすがのダーウェイもやってないと思うぞ。残念なことにというか、幸いなことにというか、俺も未経験や」

「マサイではね、割礼の儀式を済ませた少年は、『イルキリヤニ』になる。『若い青年』っていう意味だって。イルキリヤニたちは、『エイジグループ』という集団を作って、一緒に生活するの。そして、狩りをしたり、戦ったりする。たぶん、チーチェンはもうイルキリヤニだと思う。でね、エイジグループのリーダーに選ばれた青年は『アイグエナニ』と呼ばれるんだけど、アイグエナニの命令は、絶対なんだ。きっと、チーチェンたちのアイグエナニは、ダーウェイだ」

「なるほどなあ。割礼を除けば、どこでもだいたいそんなもんかも知れんけどな」

「だから、僕ももう少し大きくなったら、エイジグループに入って、みんなと一緒に仕事ができると思うんだ」丈太はそう言って、瞳《ひとみ》を輝かせた。

正面に、背の高い木製の柱のようなものが見えてきた。白いシートが張られたフェンスの向こうでそびえ立っている。竹芝には以前、帆船のマストを使ったモニュメントが立っていた。その残骸《ざんがい》がまだあることに、巽は驚いた。

「あそこに木の柱みたいなんが立ってるやろ？　あの向こうが、桟橋や」

そう言ってタバコに火をつけようと立ち止まった巽を、丈太がさっさと追い越してゆく。丈太の背中で揺れる赤い巾着袋を見ながら、巽は訊ねた。

「ところで、お前の父ちゃん、なんで日本に来たんや？」

丈太はしばらく首をかしげて、「僕、まだ小さかったから……」と口ごもった。そして、急に少し大人びた口調で言った。

「佐智ちゃんにはああ言ったけど、マサイの人たちだって、今はいろいろ大変なんだと思う。ケニアにだって、ビルも建ってるし、みんな携帯とかも持ってるだろうし」

「ああ。ナイロビは大都会らしいぞ。一度都会暮らしに馴染《なじ》んだら、なかなか元の生活には戻られへん。和達先生も言うてたみたいに、ツアーガイドをやって生計たててるマサイもおるしやな。人生いろいろ、マサイもいろいろや」

「うん。きっとそうだね」丈太は静かにそう言って、巽の方に振り向いた。「でもね、昔、白人がアフリカにやってきたとき、いろんな部族の中でマサイ族が一番白人に怖がられてたのはほんとだよ。村をめちゃめちゃにするような白人がいたら、何回も戦って、何回も勝った。他の部族の土地は簡単に盗《と》られちゃったけど、マサイは抵抗した。結局、最後はマサイランドも白人たちのいいようにされちゃったけど……。僕はね、あれは、『オロイボニ』がいけないんだと思う」

「オロイボニ？」

「うん。『予言師』のこと。戦争とか、部族の大事なことは、オロイボニの予言で決めるんだ。白人がマサイランドにやってきたときもね、オロイボニは、『白人はすぐに立ち去るから戦うな』って予言したり、『白人は火を遠くまで飛ばして人を殺す杖《つえ》をもっている』とか言って、みんなの戦う気をなくさせた。中でもひどいのは、センテウとオロナナという予言師の兄弟。二人は勢力争いをしてて、弟のオロナナは、兄さんのセンテウに対抗するために、白人たちと手を結んだんだ。自分の地位を保証してもらうために」

「それがホンマやとしたら、そいつは、仲間を裏切ったことになるな」

「そうだよ。だから僕は思う。やっぱり、予言師なんかに頼っちゃダメなんだ。だって、ゴーリテキじゃないじゃん。自分たちのことは、自分たちの頭で考えて、自分たちで決めないと」

そんな話をしているうちに、桟橋の入り口に着いた。

以前はここに、ショッピングセンターやホテル、観光船のターミナルなどがあったのだが、その跡地は高いフェンスで囲まれていて、内側がどうなっているのか分からない。フェンスの間を縫うようにして桟橋に出る。

グレーのコンクリートで作られた岸壁は、品川埠頭と同じように大部分が崩れてしまっている。桟橋から一段高くなったデッキの柵《さく》は真っ赤に錆《さ》びついてしまっていて、ひどくもの悲しい。目の前に見えるのは勝《かち》どきと豊洲《とよす》の埋立地だ。

どうにか形をとどめている岸壁を選んで、そのへりに並んで立った。時おり吹きつけてくる冷たい風が身にしみる。灰色の空を映した海の色は濁ったブルーグレーで、風の止み間にも桟橋まで冷気を伝えてくる。

「ここでいい」丈太はそう言って、巾着からプラスチックの容器を取り出した。

巽は岸壁のへりに腰かけて、それを見守る。

丈太は容器のふたを開けて、しばらく止まった。海に向かって風が吹き始めると、容器を静かに振りながら、ゆっくり傾ける。

白い粉が風に舞って海の上へと運ばれていく。

ちゃんと届けよ、中国まで——巽もそう祈った。

容器の半分ほどを散骨し終えると、丈太は巽の隣にちょこんと座り、巾着《きんちゃく》から陶器の壺《つぼ》を取り出した。そして、容器に残った遺灰を、一粒もこぼさぬよう、少しずつ丁寧に、直径二センチほどの壺の口に注いでゆく。

コルクで栓をする前に、丈太は壺の口に鼻を当てた。何のつもりかと注視する巽の目の前で、丈太は深くその匂いをかいだ。顔を上げて静かに息を吐き、今度は瞳を閉じて、またゆっくりと匂いをかぐ。

丈太はもう一度それを繰り返したあと、口にコルクをぎゅっと差し込んだ。

「お母ちゃんの匂い、したか？」正面を向いたまま、小さな声で訊《き》いた。

「――どうかな……分かんない」

「そうか」

巽はタバコに火をつけた。しばらくの間、二人で黙ったまま東京湾を眺めていた。

「ゾウはね――」丈太が足をぶらぶらさせて話し始めた。『死ぬ』ってことがどういうことか、よく分かってるんだって」

「あれか？　ゾウの墓場のことか？」

「そういう説もあったけど、結局、本当に墓場があるのかどうか、誰も証明できなかったらしいよ」

「え？　そうなんけ？」

「でもね、ゾウは、仲間が死ぬと、木の枝とか草とかをちぎって持ってきて、死体の上にかぶせることがあるんだって。それにね、他の動物の骨には見向きもしないのに、ゾウの骨を見つけたら、匂いをかいだり、鼻で触ったり、転がしたり、いろいろするんだよ。とくに、頭蓋骨《ずがいこつ》と牙《きば》を見つけたとき」

「頭蓋骨と、牙か——。それが誰やったんか、思い出そうとしてるんかなあ」

死を悼むという行為は、記憶と強く結びついている。他者とのつながりの記憶を呼び起こすことに意味を見出《みいだ》しているということは、そこに豊かな感情があるからだろう。ぼんやりとそんなことを考えた。

丈太は話し続けている。「——アフリカで動物の研究をしてた人が、死んだメスのゾウのあごの骨をキャンプに持って帰ったの。その何週間かあとに、偶然そのゾウの家族がキャンプのそばを通りかかった。そしたら、死んだゾウの子供がキャンプに入ってきて、鼻でずーっとその骨を触ってたんだって。その子ゾウはさ、そうやって、お母さんの顔を思い出してたんだよ」

丈太はアヤメの絵の入った壺に目を落とし、それを握りしめて、言った。

「——僕だって、いつまでも、ちゃんと思い出したい」

巽と丈太は、そうしてしばらくの間、ぼんやりと海を眺めて過ごした。

西の空を覆った雲が、ほんのわずかにオレンジ色の光を透過させている。もう日暮れも近い。

巽が「さて——」と腰を上げたとき、南の空からバラバラバラという音が聞こえてきた。見上げると、紺色の小型ヘリコプターが東京湾に沿って巽たちの方へ近づいてくる。ヘリコプターは徐々に高度を下げながら、あっと言う間に竹芝桟橋の真上に到達した。

機体の腹に〈首2〉という文字が白くペイントされているのが見える。

巽は緊張した。あれは国土復興協力隊のヘリだ。

このまま行き過ぎるのではないかという淡い期待は裏切られた。ヘリは機体を内側に傾けながら、栈橋の周囲を旋回し始める。

「あかん！」鼓動が一気に速くなる。

丈太の腕をつかんで引っ張りあげながら、「丈太！　走るぞ！」と叫んだ。丈太の右手を握ったまま、浜松町方面に向かって全力で走り出す。

「ねえ！　どうしたの？」駆けながら丈太が大声で訊《たず》ねる。

「あのヘリや！　お前に用事があるらしい」

ヘリは悠々とした動きで、巽たちの真上にぴったりついてくる。バラバラバラとローターが空気を切り裂く音が、だんだん大きくなっているように感じる。

このまま地上を走っててもあかん。場所が押さえられてる以上、本隊が駆けつけてくるのは時間の問題や——巽は賭《か》けに出ることにした。

五百メートルほど走って第一京浜にたどり着くと、地下鉄大門《だいもん》駅への入り口を探した。だが、通り沿いに点在する地下鉄出入り口は、どこもシャッターが下りている。

大きな交差点のそばまでくると、ようやくシャッターの下半分が壊された入り口が見つかった。シャッターと地面との間に、幅五十センチほどの隙間ができている。巽は丈太をその中に押し込むと、自分も素早く中に潜りこんだ。

シャッターの内側は真っ暗だったが、すぐ階段になっているはずだ。ライターで足もとを照らしながら、丈太の手を引いてゆっくり下りてゆく。

階段を下り切ったところで、「はうっ」という呻《うめ》き声がした。床に寝そべっていた誰かを丈太が蹴《け》とばしたらしい。ライターの炎で声の主を照らすと、頬からあごにかけて長々とひげを伸ばしたガイコツのような男が、怯《おび》えた目でこっちを見ていた。あちこちから羽毛があふれ出たボロボロのダウンジャケットを着ている。頭頂部は禿《は》げあがっているのに側頭部の髪はぼさぼさで、まるで落ち武者のように見える。放っている悪臭もかなりのものだ。

巽は財布から一万円札を抜き出して、男の目の前につき出した。

「どこかここ以外の駅で、外に出られるところないか？ もしあるんやったら、大急ぎでそこまで連れて行ってほしい。案内してくれるんなら、こんだけ払う」

ガイコツ男は大きく目を見開くと、一万円札を目いっぱい広げ、「あう！」と呻いた。そして、段ボール箱や衣類が散乱する自分の寝床から、大きな年代物の懐中電灯を拾い上げると、意外なほど機敏な動きで、「あうっ、あうっ」と巽たちを手まねきした。

地下鉄の駅構内は怖いほど静まり返っていて、妙にジメジメしていた。ときどき足もとが滑るように感じるのは、床に水がたまっている場所があるからだ。

大震災のあと、地下鉄の営業はすべて中断された。総体的に地下鉄網の被害は軽微で、そのまま問題なく運行できそうな路線も多いように思われたが、都は「安全が完全に確認できていない」という理由で、営業の再開を許可しなかった。

安全確認とやらが進んでいるのかどうか分からないが、地震から四年経った今も、地下鉄は動いていない。

ガイコツ男は自信に満ちた足どりで暗闇の中をどんどん進んでゆく。

階段をいくつか下りると、男は急に立ち止まり、巽に向かって何か言い始めた。

「あうあう？」と訊いたあと、体の向きを九十度ずつ変えながら、四つの方向を順に指さしていく。「あう、あう、あう、あう」

「どの方面に行きたいかって？」巽の問いかけに、ガイコツはこくりとうなずく。

「せやな……ベストなんは、戸越駅。この大門駅は浅草線《あさくさ》が通ってるし、戸越は浅草線や。便利やろ？　ちょっと歩くけどな」戸越はみどりのマンションの最寄り駅だ。

「ああう、ああう」男はブンブンと首を横に振る。

「あかんか？　戸越やと外へ出られへんのか？」ガイコツがうなずいたのを見て、巽はしばし考える。「ほな、五反田は？　え？　あかん？　しゃーないな。目黒はどや？」

ガイコツ男がやっと大きくうなずいた。そして、あごを上げて暗闇を見つめると、空中で指を動かしながら、「あーう、あーう、あう。あう！」と、路線図のようなものを描き始める。巽には、「こう行って、こう行って、こう。よし！」と言ったように聞こえた。

さらに数十メートル進むと、浅草線の乗り場にたどりついた。

ホームまでやってくると、ガイコツ男はひょいっと線路に飛び降りた。そして、「あう」とかすれた声を発しながら、丈太に手を差しのべる。巽が線路に下りたとき、足もとの水たまりを何かが跳ねていった。ドブネズミか何かだろう。

驚いたことに、線路には自転車が二台置かれていた。どちらもいわゆるママチャリで、相当なオンボロだが問題なく動きそうだ。そばにはご丁寧に、空気入れまで置かれている。

空気入れには、〈みんなの自転車です。大事に使いましょう。空気入れは持ち出し禁止〉とマジックで書かれた紙が貼られている。

「これ、ひょっとして――」ガイコツ男の顔をのぞきこむと、男は「あうあう」と得意げにうなずいた。

「なるほどこれはうまいアイデアやで」巽は感心した。この男のような地下の住人たちは、放置された地下鉄網を使って、乗り捨て自由な無料レンタサイクルシステムを作っていたのだ。

巽は大きめのママチャリを選び、丈太を後ろの荷台に乗せた。ガイコツ男が駆る自転車のダイナモライトが、線路が走る細いチューブの内壁をぐるりと照らす。実際に体感してみると、地下鉄のトンネルは思ったより細い。来ないとは分かっていても、トンネルの先から電車の眩《まばゆ》いライトが猛スピードで向かってくるイメージが頭から離れない。

背中で丈太が訊ねてくる。「ねえ、丑寅。地下鉄って、乗ったらこんな感じ？」

「ああ、お前、乗ったことないか」巽は少し考えて答える。「うーん……。だいぶちゃうな」

ひと駅分走ると、三田《みた》駅についた。ここで自転車を置いて、三田線に乗り換える。

構内を歩いていると、暗闇から、「おう、ガイやん！」と声がした。ガイコツ男も「あう！」と片手を上げて答えている。

あだ名っちゅうのは、誰がつけても似たようなもんになるんやのう——巽は思った。

三田線のホームにも三台の自転車が置いてあった。

再びガイやんが先頭を行き、巽と丈太がその後ろを走る。二十分もこぐと、目黒駅に到着した。

ホームに上がり、長いエスカレーターを歩いて上る。改札をくぐり、さらに階段を何本か上がると、シャッターがあった。ガイやんが足で押すと、一番下の部分がベロリと外側にめくれ上がる。

巽はひざまずいて外の様子をうかがった。ヘリコプターのローター音も聞こえないし、通りには国土復興協力隊らしき男たちの姿もない。

巽は後ろを振り返り、ガイやんに手を差し出した。

「ホンマにおおきに。助かったわ。恩に着るで」

強く握り返してきたガイやんの手はひどくかさついていたが、温かだった。

# 20

みどりは、御徒町《おかちまち》駅近くの昭和通り沿いにあるファミリーレストランで、ある男が現れるのを待っていた。

腕時計に目をやる。夜七時をまわった。もう二時間近くこうして奥のボックス席に座っている。男はいつ現れてもおかしくない。

昼過ぎに、みどりの携帯に河野から電話があった。

リリコという女に関する情報が入ったというので、連絡をくれたのだ。リリコはダーウェイに殺害されたと見られる売春婦の元締めだ。

河野の話によれば、リリコのところで売春婦の送迎やスカウトをしていたタキという男が、殺される直前のリリコの言動について、おもしろおかしくあちこちで吹聴しているという。

「——いい歳してつまらねえ男らしいが、リリコに一番近い男であったことは間違いねえ。やつがその辺の女どもに吹いてる話ってのもな、内容がころころ変わるんであまりつかみどころがねえんだが——、お前さん、一度じかに会ってみればいい」

河野はそう言って、タキという男が夜な夜な出没するこのファミレスを教えてくれたのだ。タキはリリコの売春組織を一部引き継いでいて、毎日夕方からここを拠点にして営業を始めるらしい。

レストランの客層は幅広く、人の出入りも激しかった。ビジネスマン、主婦、学生、水商売風の男女――。ただ、昔のコリアンタウンを中心に広がる危険区域に隣接しているためか、どことなくカタギではないと思わせる人間の比率が多い。

キンコーン、とドアが開いた合図の電子音が鳴って、長身の痩《や》せた男が入ってきた。短いスカートに紺のブレザーを着た女子高生風の若い女が、男に腕をからませて寄り添っている。

男の風体は、河野の情報とぴったり一致していた。ほとんど金髪に近い茶髪を伸ばし、肌は人工的な小麦色で、耳と小鼻に小さなダイヤのピアスをしている。

素肌にはおった白いシャツをこれ見よがしに大きくはだけ、胸もとにはゴールドのネックレス、手首には翡翠《ひすい》色の数珠《じゅず》のようなものを巻いている。

有り体に言えば、完全にひと昔前のホスト風ファッションなのだが、年齢は隠せていない。目の下や頬のたるみと口角の下がり方は異様なまでに不健康な印象を与えている。それもそのはずで、タキはすでに五十をいくつも過ぎているという。

そして、隣の制服姿の女――あれがリアという女に違いない。

みどりは、二人が座ったボックス席の前に立った。

「あなた、タキさん？」

「あん？　なんすか？」

みどりは手帳を開いて見せた。「品川署のものです。ちょっとお話聞かせて欲しいんですが、いいかしら」そう言いながら、無理やりタキの隣に座る。

「品川署？　なんなんすか？　帳面見せただけで、ありえないっしょ。うちらも忙しいんですから」

「今から営業？」みどりはずけずけと訊《き》く。

「言っときますけど、うちらはただ、男と女の出会いを斡旋《あっせん》してるだけすから——」

「法律にも条例にも引っかからない？」みどりが先回りして言う。

「なんか問題あります？」

上目づかいにみどりをにらむタキの瞳《ひとみ》が青いことに気づいた。カラーコンタクトを入れているのだ。

最近、こういう手合いが増えている。ヤクザでもチンピラでもなく、服装もしゃべり方もやたらチャラチャラした若者風の中年男だ。若い時から似たようなことを続けて、歳だけとる。それがみっともないことだとも思わないのだ。この男が三十年もこんな風に生きてきたのかと思うと虫酸《むしず》が走る——みどりはそれが顔に出ないよう努めながら言った。

「今日はそういうこと訊きにきたんじゃないの。リリコさんのことなの」

「リリコさん？　それはもう何回も話したっしょ？」タキはうんざり顔で言う。

「ねえ！」リアがいら立ったような声を上げる。「ちょっとオバサン、マジ営業妨害で訴えますよ？　ねえタキ、もうすぐあの子たちここ来んだけど」リアは携帯の液晶画面を指でたたく。

「あなた、高校生？」みどりは優しい声でリアに訊《たず》ねる。

「だったらなに？」

「警察に来てもらうわ。『淫行《いんこう》』になるからね」

「ちょーウケる。調子のんなよ、ババア」リアはそう毒づいて、携帯でどこかに電話をかけ始める。「ヒロ？　うん、リア。今さあ、警察に不当な取り調べ受けてんだけど。なんか、淫行でタキを引っ張るとかって、脅しまでかけてきてさあ。アハハハ、そう、ウケるっしょ？　うん。品川署だって。え？　名前？」

リアは携帯を耳からはずしてみどりに訊く。「オバサン、名前なに？　今、知り合いの弁護士と話してんだけど――」

みどりは黙ってリアの携帯を取り上げると、通話オフのボタンを押した。リアは瞳孔《どうこう》をパッと開いて立ち上がる。

「てめえふざけんなよ！」リアは携帯を奪い返そうと手を伸ばす。

立ち上がりながらその手を払ったみどりは、リアの茶色い前髪を根もとからわしづかみにして、無理やり顔を上げさせた。

「調子に乗るんじゃないわよ。淫行で引っ張られるのは、タキじゃなくて、あなた」

みどりの厳しい口調に、リアは目をむいたまま体を硬直させる。みどりは続ける。

「あなた、後輩の女子高校生たちに売春の斡旋してるんですってね。児童福祉法違反と売春防止法違反。最近法律が改正されたの知ってる？ 量刑が引き上げられたから、懲役くらうと長いわよ。あわせて十年ってとこかしらね。あなた今、二十歳？ 二十一？ いずれにしても、出てくる頃には三十ね。私と同じ、オバサンよ」

これも、河野が教えてくれたネタだった。まだ証拠が不十分で逮捕状がとれる段階ではないらしいが、効き目は十分だった。

タキがシートから腰を浮かせるようにして、慌てて言った。

「わっかりました。いいす、いいす。オレ話しますから、勘弁してやってください」

みどりがリアの髪を離すと、リアは髪を撫《な》でつけながら小さな声で悪態をついた。

「おい、お前、いいからあっちいってろ」タキが促すと、リアはむき出しの太ももをテーブルにわざとらしくぶつけながら、ボックス席を離れた。

みどりはリアが座っていた側に移動して、タキと向かい合った。

「他の刑事には話したことかも知れないけど、もう一度聞かせて欲しいの。リリコさんが殺された理由に、何か心当たりない？ 殺される直前、なにかリリコさんに変わったことなかった？ あなた、リリコさんが殺された件で、女の子たちにいろんな話してるんでしょう？」

タキは、まずったな、とでも言いたげな顔をした。「ていうか、あれはほとんどネタなんすよ。リリコさんは実はめちゃめちゃ儲《もう》けてて、ピンポン玉ぐらいのダイヤをバッグに隠し持ってて、それをたまたま知った人間がリリコさんを殺してダイヤを奪ったんだ、とか。大物政治家がうちの女の子を買って、リリコさんがそれをネタにその政治家を強請《ゆす》ろうとしたから、逆に殺されちゃったんだ、とか」

「全部ウソってこと？」

「てか、ツレとしゃべってて、実はそうだったんじゃね？　みたいな。ただの冗談すよ。女の子たちにも、そんなノリでしゃべっただけで。まずかったすか？」

みどりは静かにため息をついた。ダメもとで直球を投げてみるぐらいしか、もうやることがない。

「タキさん。あなた、『無国籍児』って聞いたことない？」

「ムコクセキジ――？　さあ……」

「国籍がない、外国人の子供。日本では、不法滞在の外国人が一緒に国から連れてきたり、こっちで生んだりした子供が多いわ」

「外国人の子供……。ああ、そういやあ――」タキは何かを思い出したようだ。「リリコさんがね、『稚魚がウナギになって帰ってきたよ』って言ってたんすけど――あれ、あのときの外人の子供たちのことじゃねえかな？」

「外国人の女の子を使ってたことがあるの？」

タキは急に顔を紅潮させて、あせり始めた。

「いやいやいや、オレは直接関わってないんすよ？　マジで。あれは、地震があった年のことだから、もう三、四年前すけど、リリコさんが珍しく、十二、三歳ぐらいの女の子たちを調達してきたんす。確か、アジア系と南米系で、全部で五、六人いたって話です。相変わらず世間はロリコンだらけだし、儲けも桁《けた》違いすけど、やっぱいろいろ危ないから、それまでは少女売春には手え出したことなかったんすよ。も、もちろん、今も」

みどりの目が相手を焦がすような光を放っていることに気づいて、タキは怯《おび》えて言い繕った。

「いやいやいやいや、オレはマジで関係ないす！　そのときオレ、ヘマして留置所にいたんですから！　ホントです！　なんだったら、記録調べてみてください」

「続けて」みどりの声はタキの脂汗を凍りつかせるほどに冷たい。

「──は、はい。で、リリコさん、『この子たちはアシがつかないから大丈夫』って、言ってたそうです。どういう意味か分かんないすけど……。まあ、みんな日本人じゃねえし、ワケありの子供たちなんだろうってことで。でもね、結局その女の子たちみんな、すぐ誰かに持ってかれちゃったんすよ。ありゃあ、同業者にさらわれたんじゃねえかって、みんな言ってましたけどね」

「さらわれた？　どういうこと？」

「ええ。どこで聞きつけたか分かんないんだけど、男が連絡してきて、その女の子たちを指名したんです。で、金はいくらでも払うから、一度に全員寄《よ》こせって言うんですよ。こっちはその男を客だと思ってましたから、とてつもない変態がいるもんだって感じで、女の子をみんな車に乗っけて、指定されたホテルに送り届けた。そしたら、ホテルの裏の非常口からそのままトンズラです。女の子たちも全員戻ってこなかった」

「その男がどんな人物だったか、分かる?」

「ええっと、そのときのドライバーにも聞きましたし、リリコさんもえらい勢いでぶち切れてて、そいつの名前連呼してましたから、当時は名前覚えてたんだけど……なんつったかな……。オオ、オオタ? オオカワ? オオモリ?」

「オオスギ?」

「そうそう、オオスギ!」タキは思わず指を鳴らす。「目の色が外人みたく緑色で、とにかく陰気な野郎だったたって言ってました。刑事さん、そいつ知ってんすか?」

その質問は耳に入っていなかった。

やはりここでもオオスギだ——。

頭の中で、オオスギの行動に思いを巡らせる。

もう間違いない。オオスギは、行き場を失った無国籍児たちを探し出して、集めていた——。

ストリートから、ヒデオのもとから、児童養護施設から、リリコの売春組織から、そしておそらく、その他ありとあらゆるところから——。

しかも、手段を選ばずに——。

しばしの沈黙のあと、我に返ったみどりは、質問を続けた。

「それで、稚魚がウナギにっていう話は、どういうこと？」

「ええ。そっちは最近の話です。たぶん、先月の頭ぐらいだったと思うんすけど、リリコさんがホクホク顔で言ってたんです。『新しい子たちが入ってくる。あのときの稚魚がウナギになって帰ってきたよ。稚魚は確かに値が張るけど、ウナギだって安くはないからね』とかなんとかっつって。『稚魚ってなんのことよ？』ってオレが聞いたら、『昔逃がしちまった女の子たちさ。いたろ？どっかのろくでなしに盗まれた女の子たちが』って」

「オオスギに連れて行かれた女の子たちが、三年以上経ってリリコのところに戻ってきたっていうの？　自発的に？」

「さあ……はっきりしたことはオレにも分かんないす。結局オレも、そのウナギってか、新人たちには一度も会わなかったし。そのあとすぐにリリコさん殺されちまったし」

# 21

——誰かが体を揺すっている。

「ねえ、お父さん、ねえ——」

——俊だ。今日は珍しく日曜の非番なので、俊がどこかへ遊びに連れて行けとせがんでいるのだ。遊園地も映画もJリーグの試合も、果たせていない約束は山ほどある。

「——あと五分だけ、寝かせてくれ……」

「ねえ、寅ちゃん、ねえ——」

——なぜか佐智まで一緒になって、巽を急《せ》きたてる。

おかしいな——いつの間に二人は友だちになったんや——？

徐々に意識が覚醒《かくせい》する。

「ねえってば！　ホントに寅ちゃんも見たの？　マングース」

ひと際ハイトーンの佐智の声でようやく目が覚めた。

「んん？　ああ」顔をごしごし手でこすりながら、生返事をする。

「ほんとだよ。エサあげてたもん。毎日」丈太が言っている。

「ずるい！　あたしも見たい！」佐智は巽の尻《しり》にパンチを当てる。丈太と佐智は、またあの動物図鑑を見ながら、マングースの話で盛り上がっているのだ。

丈太を連れて無事にみどりのマンションまでたどり着いたのだが、地下の逃避行で消耗したせいか、そのままリビングで眠ってしまっていた。壁の時計は九時三十五分を示しているから、二時間ほど寝ていたことになる。

「寅ちゃん、キッチンのお鍋《なべ》にシチューあるよ」佐智が言った。すでに佐智が丈太に夕食を食べさせてくれたらしい。ダイニングテーブルに食器が残っている。

「ああ、おおきに」巽はあくび混じりに答える。

「すごくおいしかったよ」丈太が言う。あんな目にあったというのに、丈太はタフだ。

もう元気を取り戻している。

「マングースってハブと戦うんだよね。ね、ハブ見ようよ、ハブ」佐智はそう言って、図鑑をめくり、爬虫類《はちゅうるい》のページを探す。

「うわ、きもい」ハブの写真を見つけたようだ。「なにこのキバ。やばいよね。なんか先っちょから液でてるし」

「それが、毒だよ。まあ、毒っていうかね、すっごく強力な唾液《だえき》なんだ。消化酵素っていうんだけど」

「消化酵素？　丈太くん、難しい言葉知ってるねー」

「コブラの毒は神経毒といって、神経を麻痺《まひ》させるんだけど、ハブの毒はツバが進化したもので、動物の体を溶かしちゃうんだ」丈太はどこか得意げだ。

「ふーん。でも、ツバって言われたらあんまり怖くないね」

「そうだね。咬《か》まれて死ぬ確率は、神経毒の方が高いんだって。でもね、ハブはこのキバを使って、咬んだ相手の体の奥の方まで、毒をいっぱい送れるように進化したんだ」

「よくそんなの食べるよねー、マングースくん」佐智が眉《まゆ》をひそめる。

「食べないよ。マングースは、ハブなんか食べない」

丈太が断定口調でそう言うと、それまでボーッと聞いていた巽が驚いて口をはさんだ。

「え？　マングースはハブの天敵やろ？　ハブを駆除してくれる。だから沖縄でようけ飼うてるんちゃうんか？」

丈太が、分かってないな、とばかりに首を振る。「ハブはね、『ピットバイパー』っていう毒ヘビの一種なんだ。ほっぺたに『ピット器官』というのがあって、熱を感知するの。熱をもったものが動いていると、ハブは無差別にそれを攻撃する。そういう習性なんだよ。だから、ハブとマングースを一緒に箱に入れると、ハブは自動的にマングースを咬もうとするでしょ？　マングースは反撃してるだけだよ。マングースは、ハブと戦ったら勝つってだけで、自分からハブを攻撃したりしない」

「じゃあ、マングース飼ってる意味ないじゃん！」佐智が呆《あき》れたように言う。

「飼ってるわけじゃないけど……まあ、外国からわざわざ連れてきた意味はないよ。それどころか、奄美《あまみ》大島っていう島では、特別天然記念物のアマミノクロウサギをマングースが食べちゃってるんだって」丈太はウサギのページを探し始める。

「げ！　サイアク」

「でも、マングースのせいじゃないからね。連れてきた人間が悪いんだ。しかも、今はマングースを捕まえて数を減らそうとしてる。かわいそすぎるよ。だからあのマングースもこんなところまで逃げてきたのかもしれない」丈太は図鑑から顔を上げて、そう言った。

丈太と佐智の話題は、東京で繁殖を始めている野生動物へと移っていき、アライグマやハクビシンの姿を図鑑で確かめては、それについてぺちゃくちゃしゃべっている。

巽は再びテレビに目を向けて、プロ野球の開幕戦を見るともなく眺めていた。試合が終わり、長いコマーシャルが明けると、ニュース番組が始まった。

トップニュースは、国際通貨基金が今年の日本の実質経済成長率をマイナス三%と予測したというものだった。

論説委員がしかめっ面でコメントを述べたあと、画面がパッと切り替わり、岩佐紘一郎東京都知事が映った。

ついに初年度の予算が組まれた「臨海地域復興十カ年プロジェクト」の始動に先立って、知事が築地《つきじ》と汐留《しおどめ》を視察したというニュースだ。

東京都のマークが入った作業着をわざとらしく着こみ、白いヘルメットをかぶった知事が、工事現場のようなところで担当者の説明を受けている。

キャスターがそのニュースを読み上げる中、再び画面が変わり、都庁舎内を移動する背広姿の知事が映し出された。細身ではあるが、姿勢がよくいかり肩で、ここ数年で独特の威圧感が醸し出されるようになった。

都知事がカメラの前に立ち、記者たちのぶら下がり取材に応じている。

「――ようやく、懸案だった臨海エリアの復興に向けて、国として全力を注いでゆく態勢が整いつつあります。この『臨海地域復興十カ年プロジェクト』は、内需拡大も含めまして、日本経済を浮揚させるための起爆剤になるでしょう」

岩佐はお得意のカメラ目線で、ときに神妙な顔でいかにも思慮深げに、ときに柔らかな笑顔で女性記者を和ませながら、変幻自在に質問に答えてゆく。

岩佐の右後ろにはイヤホンをつけた屈強なSPが控えている。SPのさらに後ろ、画面の端の方に、知事のスタッフと思《おぼ》しき濃紺のスーツ姿の男たちがちらちらと映り込む。その中のひとりが、顔がカメラに映ることを嫌ったのか、上着の内ポケットからサングラスを取り出して、かけた。

小さな丸いレンズのサングラス——巽の視線がそれをとらえた瞬間、強烈な既視感が脳内に呼び起こされた。

あの男——巽は慌てて上体を起こし、テレビ画面に顔を近づける。そばに放り投げてあったトレンチコートから携帯を取り出すと、保存してあった画像を探し出し、テレビ画面と見比べる。

「こいつや——」思わず声に出してつぶやいた。

それは、国土復興協力隊に随伴して、コンテナ・コロニーまで丈太の捜索にきていたスーツの男に間違いなかった。

「えーっと、誰や、誰や、誰がええ?」頭をかきむしりながら、携帯のメモリを「あ行」から検索し始める。政治に詳しい人間を探していた。

「コバ！　コバや！」ひとりで騒ぎながら発信ボタンを押す。

しばらく呼び出し音が鳴ったあと、男が出た。「もしもーし。小林《こばやし》です」

「コバか？　俺や、巽。今ええか？　訊《き》きたいことあるんや」

「どうしたんですか？　いやあ、久しぶりっすね」

小林は大手新聞社の政治部の記者だ。まだ新人記者の頃、小林はサツ回りを命じられていて、当時本庁のマル暴だった巽と知り合った。最近は疎遠だが、小林とは妙にウマが合い、昔はよく二人で朝まで飲んだ。

「ええか、これからそっちに携帯で写真を一枚送る。そこに、ひとりだけ背広着てるサングラスの男が写ってる。そいつの正体が知りたい。さっきテレビ見てたら、都知事の後ろに立ってた。ほな行くぞ」巽は例の画像を小林に転送した。

数秒後、小林は「──届きました。えーっと……ああ──」と、すぐに合点がいったような声を上げ、あっけらかんとした口調で続けた。「椚木《くぬぎ》さんですよ。椚木瑛太《えいた》。岩佐都知事の秘書官のひとりです。政務関係にはタッチしないし、表に出てこないので、あまり知られてないかも知れませんね」

「表に出えへんて……担当はなんや？」

「政治工作専門ですよ。裏の金庫番でもあります。でも、知事からの信頼は絶大で、『岩佐の懐刀』って言われてます」

「政治工作──。けっこう際どいことまでやるんか？」

「うーん、そういう噂はありますね。汚れ仕事は、椚木が請け負う。そういうことになってるようです。ところでこの写真、どこですか？」

「コンテナ・コロニー」

「この復興協力隊の隊員たち、みんな機関銃もってますね。これきっと『教育隊』ですよ」

「教育隊？」

「ええ。つい最近編制されたんです。上が嫌がるんであまり報道されてませんけどね。全員現役の自衛官で、名目上は学生隊員の訓練と指導がその任務ですけど、一部は完全に特殊部隊みたいな扱いになってます。命令系統上も、知事の直下に置かれてるんで、あれじゃまるで知事の親衛隊だよなって、社内でもみんな眉をひそめてますよ」


巽は、宇多組の事務所がある下目黒に向けて、タクシーを走らせている。

佐智と丈太にはろくに説明もせず、「はよ寝えよ！　戸じまりは完璧《かんぺき》にせえ！　誰か訪ねてきても絶対にドア開けるな！」とだけ言い残して、マンションを飛び出してきた。

まだ夜十時半だ。事務所にも何人か残っているだろう。

蛇の道は蛇や——岩佐都知事と荒神会の接点について、なにか情報をもっている人間が組にいるかも知れない。

山手通りをちょっと右に入り、ほぼ立方体をした三階建ての前でタクシーを止めた。

このグレーのタイル張りの建物は、組長の持ちビルだ。

ガラス扉を開けて中に入ると、ドスの利いた大声が聞こえてきた。

「ウノ！」ランニングシャツ姿の浦野《うらの》という組員が、扇子片手に得意げに笑っている。

「ええ？　もうかよー」隣の太った組員が呻《うめ》く。

ガラステーブルの中央に築かれたカードの山の上に、若頭の村崎が一枚放り投げて、ひときわ大きな声を張り上げた。「ほらきたあ！　上がりだよ。へへっ」

「あれ？　でもアニキ、さっき『ウノ』って言いました？」浦野が口をとがらせる。

村崎は色をなして叫ぶ。「い、言ったよ！」だが、目が泳いでいる。

「言ってないよな？」浦野は左右の二人を見まわしながら小声で言う。

「言ったっつってんだろが！　この野郎！　小せえ声で言ったんだよ」村崎は浦野の長いあごを右手でつかみ、鼻がくっつきそうなほど顔を近づけてにらみつけた。

「だ、だって……絶対、言ってないすもん……」浦野は泣きそうな声をもらす。

「なんだテメエ？　俺にたてつこうってのか？　ああ？」村崎の指が浦野の頰に食い込み、上下の唇が縦にひしゃげて突き出る。

ようやく巽に気づいた太った組員が、カードをテーブルに置いて、「おいす」と頭を下げた。

「おっ、どしたい、巽さん。こんな時間に？」村崎が浦野のあごをつかんだまま、にこやかに言う。巽にこの組を世話してくれたのは、この村崎恭次《きょうじ》だ。

「ちょっと、訊きたいことあってな」巽はそう言ってつい立ての向こうをのぞく。「オヤジさんは？」

つい立ての奥の大きな木製デスクには、組長の舎弟の浜村《はまむら》という初老の男がふんぞり返って座っていた。机に両足を乗せ、ヤスリで爪を磨いている。「オヤジはこの頃、夜早えんだ」

浜村の頭の上には神棚があって、その横には「仁」と書かれた書がかかっている。

村崎、浜村ら四人の組幹部とガラステーブルを囲んで、巽はここに来た理由を説明した。丈太の身の周りで起きていることを中心に説明し、警官殺しを含め、みどりがこれまでに調べ上げてきたことはほとんど省いた。

いつも巽の送り迎えをしてくれるセイジが、しゃちほこばってお茶を運んできてくれた。

お茶をひとくちすすってから、村崎が口を開いた。

「――荒神会やあのチンケな軍隊もどきが、そのガキとっつかまえてどうするのかなんて、俺には想像もつかねえ。だがな、今の代になってからの荒神会には、よく分からねえところがたくさんあるのは、事実だ」

「今のトップが襲名して、もう六年、いや七年になるな」巽が記憶をたどるようにして言う。「俺がマル暴におった頃はまだそうでもなかったが、急激に勢いつけてきたのは――震災後か」

「巽さんも知ってのとおり、他の組織は厳しく取り締まられてどんどん弱体化してるのに、やつらだけ警察に目こぼししてもらってるんじゃねえかって、みんなそう言うだろ？　俺の見立てはちょっと違う。あらあ、それだけじゃあねえよ。背景にあるのは、圧倒的な資金力だ。あいつらの目のつけどころは、確かにいい。例えば、なんでこんなところにって場所に、やつらのフロント企業が地上げに入ったりしてる。そして何ヵ月かしたら、そこの復興再開発が決まる。そういうことが、偶然じゃ済まされねえほど多い」

「情報源をにぎっとるわけか」

「ゼネコンと深い仲だって話はある。だがな――」

村崎がタバコをくわえた。立ったままそばに控えていたセイジが、すかさずライターで火をつける。

「都知事と荒神会に直接の関係があるって話は、聞いたことねえ」村崎はそう言って煙を吐く。

巽は他の幹部たちの顔を見回してみたが、それについては彼らも同じらしく、みな首を横に振った。

村崎は最後にこう言った。「知ってのとおり、うちの先代は、荒神会の先代と五分の兄弟盃《さかずき》を交わしたこともある。今じゃ義理かけもねえが、話のできるやつがいないわけでもねえ。機会があったら、訊いといてやるよ」

巽は礼を言って、事務所を出た。

ヤクザの間に噂も流れてないんやったら、そこから先はまず無理や――。

村崎はああ言ってくれたが、巽は期待を抱いていなかった。荒神会と知事の間になにかあったとしても、それを知っているのはごくひとにぎりの上層部だけだろうし、そんな重大なことを他所《よそ》の人間にもらすはずがない。

帰りは、セイジが組のベンツで送ってくれた。

助手席でむっつり黙り込んでいると、セイジがいつものように話しかけてくる。

「巽さん、俺ねえ――」今日はいつもよりも声のトーンが低い。あまり賢そうでないことに変わりはないが、顔も真剣だ。「どっかで、見たことあるんすよねえ」

「――なにをや？」五秒ほどしてから、窓の外に顔を向けたまま訊《き》く。

「いや、さっきの話す。荒神会と岩佐知事の接点。さすがにあの場で自分みたいなのが口はさむわけにはいかなかったんで、黙ってたんすけど……」

「見たってなんや？　テレビで見たんか？　なんかで読んだんか？」

「読んだっていうか、こうね、字が並んでるのを見た記憶があるんすわ」セイジが右手でコの字をつくって空中で上下に二つ並べて見せる。「『荒神会』と『岩佐都知事』」

「まさか、またあのしょーもないゴシップ雑誌やないやろな。ダイナマイトなんとか」

「『実話ダイナマイト』すか？　でも、さすがにそんな記事は記憶にないすよ。それに、いくら『実ダイ』がマイナー誌だっていっても、記事になったらやっぱ業界で噂になるし、うちの組の誰かが知っててもおかしくないっしょ？」

「まあ、そらそうやな」

「でも、確かにどっかで見たんだよなあ、そういうの。もうちょっとで思い出せそうなんすけど……」

セイジは右手でハンドルを握ったまま、左の拳《こぶし》で自分の頭をコンコンとたたいた。

# 22

みどりは車の中で三時間ほど仮眠をとると、夜明け前からずっと、桜田門にある警視庁本庁の駐車場で能見千景を待っていた。

カルロス・オオスギという男については、なんの情報も得られなかった。その名前では住民登録も外国人登録もなされていなかったし、逮捕歴も出てこない。

だが、みどりが頭の中に思い浮かべるオオスギは、人身売買を目論《もくろ》むような男ではなかった。根拠というほどのものはない。ただ、オオスギが重富孝也という市民運動家と行動を共にしていたことには、何らかの意味があるはずだ。その行動の背景に思想的なものがある可能性を、みどりは感じていた。それが、ここへ来た理由でもある。

八時を少しまわったとき、小ぶりの車体のヨーロッパ車が入ってきた。しばらくすると、黒いバッグを提げた能見がやってきた。

ドアを開けて車外に出たみどりに一瞬視線をやると、能見は立ち止まらずに言った。

「早いですね」能見は早足で庁舎の入り口に向かう。

「あなたも」みどりもそのあとをついてゆく。

「目が赤いですよ？　お体大丈夫ですか？　かなりお疲れのご様子ですけど」

本心の読めない笑顔を向けてくる能見に、みどりも負けじと微笑み返す。

「そっちこそどうなんです？　能見さんたちのヤマ、カタつけられそうですか？　相変わらず、今日も素敵ですね、そのスーツ。お化粧もばっちりで」

「フフ。手厳しいですね」能見は、今度は心から可笑《おか》しそうに笑った。

みどりの冷えきった体の中で、胸だけがカッと熱くなる。

腹立たしさや口惜《くや》しさで熱くなったわけではない。むしろそれは、羞恥《しゅうち》にも似た感情だった。

こんな態度でしか向き合えない自分のことを、能見はどう思っているだろうか――。ライバル心むき出しの意固地な女だと、呆《あき》れているだろうか――。

能見に負けたくないという気持ちは確かにある。しかし、そのエネルギー源は、よく言う女の虚栄心などではない。

能見に初めて出会った頃から、それが形をもたないよう、言葉にならないよう、注意深く胸の奥に閉じ込めてきた、ある想いだ。

今までのみどりは、そんな想いの輪郭が浮かび上がってきそうになると、そっとその対象から離れてきた。そうやって自分の心を守りながら、生きてきた。

だが、能見から逃れることができない今、こういう形で対峙《たいじ》する以外に、みどりはなす術《すべ》を知らない。

能見は、真顔にもどって続けた。「捜査はまずまず順調に進んでたんですが、急に雲行きが怪しくなってきました。頭の上の」

「頭の上？　どういうことです？」

能見は突然立ち止まった。それ以上庁舎に近づきたくないのかも知れない。「一昨日、部長に呼ばれました。お分かりでしょう？　うちの部では、上司に呼び出されて、褒められたり、励まされたりすることは、ありません」

「どこからか、圧力がかかったんですね？　捜査を中止するように」みどりが能見の正面にまわって言う。

「どうやら、事件の病巣は思ったより深いところにあって、触れてはいけないところまで冒されているみたいですね。私にもまだはっきりと患部は見えていないんですが、上は方針を決めつつあるようです。いつ試合終了のホイッスルが吹かれても、おかしくない」

「あきらめるつもり？」みどりが挑むような目を向ける。

「まだロスタイムがありますから。ギリギリまでやってみますよ」能見は気楽な調子で答えた。

「勝算は？」

「分かりません。ですが、昨日、切り札を手に入れました。それに賭《か》けてみます」

「切り札？　どんな？」

「それを言っちゃあ、ゲームになりません」能見は目を細める。

「あなたの相手は、私なの？　犯人なの？」みどりはいら立ちを隠さなかったが、能見は無言で微笑んで、目をそらした。

みどりは短く息を吐き出すと、気をとり直して言った。

「まあいいわ。こっちはね、手の内を見せたって構わないんです。だから訊きます。カルロス・オオスギって男、ご存じですか？」

能見が形のいい眉《まゆ》を上げた。「――驚きました。さすがですね、鴻池さん。おひとりでそこまでたどり着くなんて」

「知ってるんですね？　なんでもいいわ。オオスギについて、能見さんが知ってることを教えてほしい」みどりは真剣な眼差《まなざ》しを能見に向ける。

能見はしばらく足もとのコンクリートに目を落としていたが、顔を上げると人差し指を立て、茶目っけのある表情で言った。

「ひとつヒントを差し上げます。『甘粕事件《あまかす》』ってご存じですか？」

「――甘粕事件？　いいえ」みどりには初耳だった。

「公安警察の教科書には必ず載ってます。試験に出ますから」能見はそう言うと、真面目な顔で聞いているみどりを見て、声を立てて笑った。「フフフ、冗談です。お調べになれば、すぐに分かりますよ」

「重富孝也という人物については？」

「あら、そちらも結構な有名人ですね」能見は本当に意外そうな顔をした。ひょっとしたら、オオスギと重富が一時期行動をともにしていたことを、能見は知らないのかもしれない。

「市民運動家、というよりは活動家ですね？　重富が今どこでどうしてるか、分かりませんか？」

「府中《ふちゅう》で服役してると思います。去年、台東《たいとう》区のコロニーで、日雇い労働者の暴動があったでしょう？　車が何台も焼かれて、高級スーパーが略奪に遭った。それを扇動したんです。ただの騒乱罪ですが、首謀者でしたから長六四《ながむし》くらってます」

みどりは、書架から運んできた数冊の本を、広いテーブルの上に積み上げた。

ここは、警視庁に隣接する警察総合庁舎にある警察庁図書館だ。国会図書館の支部という位置づけらしいが、警察職員の図書閲覧に供するために設置されている。

みどりは近代日本思想史を初学者向けにまとめた一冊の本を開き、索引から「甘粕事件」に関する記述があるページを探した。

「甘粕事件
大正十二年九月十六日、無政府主義者の大杉栄《おおすぎさかえ》が、日本陸軍憲兵隊によって殺害された事件。関東大震災直後の混乱の中、大杉栄、大杉と内縁関係にあった婦人運動家の伊藤野枝《のえ》、大杉の甥《おい》の橘宗一《たちばなそういち》の三名が憲兵隊に強制連行され、麹町《こうじまち》憲兵分隊において虐殺された。当時の裁判では、憲兵大尉甘粕正彦《まさひこ》が絞殺したものとされたが、現在では、三名の死因は憲兵隊による集団暴行によるものであったことが明らかになっている」

無政府主義者の大杉栄——オオスギ？

能見が言っていたのはこのことか？

カルロス・オオスギは無政府主義者だとでも言いたいのだろうか——。

甘粕正彦大尉と聞いて、みどりはぼんやりとした記憶を取り戻した。この人物は確か、中国大陸でスパイのような活躍をして、のちに映画や小説に登場することになった男だ。

調べてみると甘粕は、大杉殺害の罪でごく短い期間だけ服役したあと、官費でフランスに留学し、そのまま奉天《ほうてん》の関東軍特務機関に赴いている。そこで多くの対中謀略工作に携わった他、後の陸軍大将土肥原賢二《どいはらけんじ》の指揮のもと、甘粕機関と呼ばれる民間の特務機関を組織し、満州事変にも深く関与したという。

満州の陰の支配者だったという評価すらあるこのミステリアスな男が、生かしておけぬと考えたのだ。大杉栄という思想家も、ひとかどの人物だったに違いない。

みどりは、今度は大杉栄について調べ始めた。

大杉栄は、日本人としてはただひとり、あの「広辞苑《こうじえん》」が「無政府主義者」と定義している人物なのだそうだ。

大正時代はアナーキズムが花盛りを迎えた唯一の時代だと言っていい。明治末に日本に流れ込んできた社会主義というイデオロギーの信奉者の中から、無政府主義に近づいていくものが出てきたのだ。幸徳秋水《こうとくしゅうすい》などもそのひとりだ。

明治十八年、厳格な軍人であった父のもとに生をうけた大杉は、軍人になるべく育てられ、陸軍幼年学校に学んだ。しかし、のちに入学した外国語学校で社会主義に触れ、反体制運動の闘士へと変貌《へんぼう》を遂げてゆく。

その語学力を生かして危険文書を翻訳、出版し、幾度となく逮捕される。しかし、幸運にも獄中にいた大杉は、社会主義者の大弾圧である大逆《たいぎゃく》事件の禍を逃れ、幸徳秋水を失った後のアナーキズム系労働運動のリーダーとして、指導的役割を担うようになる。

ロシア革命が勃発《ぼっぱつ》し、国内でも労働争議が頻発するという革命的雰囲気の中、大杉は大正八年に労働運動社を設立し、アナーキズムの扇動誌「労働運動」を創刊する。大正九年から十一年にかけては、極東社会主義者会議や国際アナーキスト大会に参加するために上海やパリに密航するなど、世界をまたにかけた活動を展開した。

大正十二年、大杉がフランスから強制送還され、日本で新たなアナーキストの連合を模索していたさなか、関東大震災が発生する。九月一日のことだった。東京や横浜は焼け野原となり、十万人を超える死者が出た。

戒厳令がしかれる中、朝鮮人や中国人が混乱に乗じて暴徒化するというデマが流れ、軍や警察、住民の自警団はその真偽を吟味することなく朝鮮人らを逮捕、暴行、殺害した。虐殺された外国人の数は、数百人とも数千人ともいわれる。警察や軍がデマの流布に加担したとする説も根強い。

また、警察や憲兵隊の一部に、この混乱に便乗して反体制運動のリーダーたちを一掃しようとする動きが生まれた。「甘粕事件」はその代表的なものであり、その他にも、労働運動の指導者であった川合義虎《かわいよしとら》らが亀戸《かめいど》署で騎兵隊の軍人に殺害されるという「亀戸事件」などが起こった。

残された大杉グループの残党や、若きテロリスト集団である「ギロチン社」など、アナーキストの旗である「黒旗」を掲げた男たちは、復讐《ふくしゅう》テロに走った。その標的は、戒厳司令官として東京の治安維持の指揮をとった福田雅太郎《ふくだまさたろう》陸軍大将や、甘粕大尉の家族などであった。

だが、これらのテロがすべて失敗に終わったあと、大杉を失ったアナーキズム運動は急激にその勢いを失ってゆくことになる――。

日本の近代史や思想史についてほとんど知識がなかったみどりは、興奮して資料のページをめくっていた。関東大震災後の史実と、みどりが追っている事件の間に、符合する事柄が多い――まずはそのことに驚いていた。

東京湾北部大震災のあとには、大虐殺こそなかったものの、在日外国人の一斉摘発があった。現代に登場したオオスギは、まるで大正時代のリベンジを果たそうとするかのごとく、強制退去という憂き目に遭った外国人が日本に残した子供たちを救い出し、どこかへ連れ去った。無政府主義者の旗である「黒旗」の名のもとに――。

しかし――。その子供たちを社会の庇護《ひご》のもとに置きなおすという当たり前の方法を、カルロス・オオスギはとっていない。

オオスギは、本当に震災ストリートチルドレンを救ったのか？

オオスギと震災ストリートチルドレンは、今どこで何をしているのだ――？

そのヒントが大杉栄の思想にあると考えたわけではないが、みどりは数冊の本を読み進めるうちに、大杉流アナーキズムのキーワードのようなものを自分なりに抽出していた。

もちろん、日本思想史に残る大物の哲学を、この数時間でつかんだとは思っていない。だが、どの資料にも現れている大杉の思想の最大の特徴が、その徹底的なまでの「自己決定主義」にあることは分かる。

「自分のことは自分でする。これが僕らの主義だ」と大杉は言う。アナーキズムをそう言い表してくれれば、みどりにも分かった気になる。

大杉は、間接民主主義も、マルクス主義も、認めない。自分自身でなく、他人や理論をたのみとしているからだ。

そしておそらく、大杉を理解するもうひとつのキーワードは、「鎖工場」だ。「鎖」とは、既存の道徳や慣習、当たり前のように与えられる教育、すでにそこに存在している社会システム、といったものを指すのだろう。

人間は誰しも、こうした鎖にがんじがらめにされている。しかし、それを自覚することはなく、それどころか何の疑問も抱かずに自らの手で鎖を再生産して、またそれを自分の体に巻きつけている。この鎖工場に生きるのを止めない限り、鎖で縛られていることに気づいて自らそれを解かない限り、人間は永遠に奴隷だ——大杉はそう説いている。

言いたいことは分かる。じゃあ、具体的には一体どのように生きればいいというのだ？　それがみどりには分からない。私を含め、人々は本当にすべてを自己決定したいのだろうか——？

そもそも、鎖をすべて解いたときに現れる「自己」など、本当に存在するのか？　少なくとも私の場合、ぐるぐるぐると何重にも巻かれた鎖をどんどん解いていけば、結局芯《しん》には何もなかった、というのがオチだ。一枚ずつ剝《む》いていけば、最後には何もなくなってしまうキャベツと同じで。

普段考えつけないことを考えたせいか、頭が痛い。いくら頭を痛めたところで、オオスギの精神に近づけた気はしない。

みどりはこめかみを指で押しながら、目の前に開いていた本をパタンと閉じた。

# Ⅳ　ハブの章

## 23

　セイジからの電話でたたき起こされたのは、朝七時過ぎのことだった。

　電話の向こうでセイジが喚《わめ》いた。「ありましたよ！　見つけました！」

「――なんや、朝っぱらから」巽は不機嫌な声で応《こた》えた。

「岩佐都知事と、荒神会の接点すよ！　『実話ダイナマイト』でした！　いや、やっぱすげえわ、『実ダイ』」

「ああ？　そんな記事載ってたはずないって、言うてたやないか」

「それがですね、記事じゃなくて、編集後記だったんす。いっちゃん最後のページの、いっちゃん下の、小さな囲み記事です」

「お前、そんなに隅から隅まで読んどるんかいな？　あんなしょーもない雑誌」巽は呆《あき》れ顔で言った。「まあそんなことはええわ。ちょっとそれ読んでみてくれ」

「いきますよ。んんっ」セイジはひとつ咳払《せきばら》いをした。「えー、『編集後記。いよいよ忘年会シーズン到来ですね。皆さん、ちゃんと、食べる前に飲んでますか？　小生は鍋《なべ》を囲んでビールを』……ああもう、この辺はとばしていいすよね？　もう五行ほど忘年会ネタが続いて……こっからです。『さて、新しい年を迎えるにあたって、実ダイもますますパワーアップしていく予定です。なんと、I都知事とK神会の黒い関係、なんて大ネタも飛び込んできました。近々特集記事を組む予定ですので、乞《こ》うご期待！　編集長』。ね？　どうです？」

「忘年会っちゅうことは、去年の暮れの号か？」

「ええ。十二月十五日号です。この雑誌、隔週刊なんで」

「で、肝心の特集記事は？」

「それが、結局、載らなかったみたいなんすわ。記事の方を見落としてるわけねえしなあって思いながら、念のため、そのあとの号を全部さらってみたんすけど、なかったです」

「ふーん……」載せられなくなったと考えるべきか——巽はその理由を想像しながら、労《ねぎら》いの気持ちを込めて言った。

「それにしても、よう見つけたな。そんなもん」

「へへ。昨日、家帰って『実ダイ』ペラペラめくってたら、急に思い出したんです。編集後記だって。それから家中のバックナンバー引っぱり出してきて、片っ端から探しました。だから、全然寝てないんすよ」セイジは得意げに言った。

「それでそんなにテンション高いんか。でも、おおきに。手間かけさせたな」

「へへへ」

「その『実ダイ』のな、出版社教えてくれるか？」

セイジが読み上げる社名と住所をメモして、電話を切った——。

巽は今、「実話ダイナマイト」の出版社、「カニ出版」に向かっている。

インターネットで調べてみたところ、現在この会社が出しているのは「実話ダイナマイト」一誌だけのようだった。

山手線で神田《かんだ》まで行き、地図を見ながら東に向かって歩く。この一帯には小さな雑居ビルがひしめきあっている。「カニ出版」が入っているのも、岩本町《いわもと》にあるそんなビルのひとつだった。

階段で三階まで上がり、「カニ出版」とレタリングされたドア窓から中をのぞいてみたが、真っ暗で人がいる気配はない。真鍮《しんちゅう》色の古めかしいドアノブを回すと、やはり鍵《かぎ》がかかっている。まだ誰も出社していないのだ。

巽は仕方なく階段に腰掛けて、タバコに火をつけた。ビル自体がシーンとしていてまったく人けがないので、誰に咎《とが》められることもない。

三十分ほどそうしていると、下から靴音が聞こえてきた。セカンドバッグを小脇に抱えたひとりの男が三階の廊下に現れて、「カニ出版」のドアノブに鍵を差し込む。少し上段から見下ろしている巽にはまったく気づいていない。

　男は、骨と皮だけの上半身に、テロンとした光沢のある真っ青なシャツをまとっている。細面の上で短く刈り込んだ髪には紫色のメッシュが入っている。年齢不詳だが、巽よりは年上だろう。

「おはようございます」と言って巽が立ち上がった瞬間、男は「ひゃん！」と声を裏返して短く叫び、尻《しり》もちをつきそうになるのをドアノブをつかんでかろうじて耐えた。

「ちょっともうー、びっくりするじゃないの！」男は巽の全身をにらみ回しながら、膝《ひざ》を震わすようにしてどうにか立ち上がる。「どちらさん？」

「ええっと、そのぉ――」巽は苦し紛れに言った。「巽といいます。まあいわゆる、探偵の真似ごとの手伝いみたいなもんで……」

「はあ？　なんか複雑ね。要は、興信所の人？」

「まあ、そう思っていただいても結構ですわ。ちょっとお尋ねしたいことがありまして――」

　得体の知れない人間と付き合うのに慣れているのか、このオネエ言葉の編集者は、大した詮索《せんさく》もせずに巽を中に通してくれた。

「まだ誰も出てこないのよ。この時間には。ちょうど校了明けだしね」と言いながら、男は部屋の一番奥の大きなデスクにセカンドバッグを置き、ひじ掛けつきの椅子に腰を下ろす。スチール机が八個向かい合わせにくっつけられてできた島が見渡せる、ボスの席だ。

巽は少し意外に思いつつ、確認する。「おたく、編集長さんでっか？」

「ええ。社長でもあるけどどね」編集長はそう言うと、右足を蹴《け》りあげるようにして足を組んだ。「午前中はビルの中ほとんど無人よ。一階は空いてるし、二階と四階はヤバ目のサラ金、五階は雀荘《ジャンそう》。みんな午後からなのよね」

編集長の机はきれいに整頓《せいとん》されていたが、それ以外は無惨といってよく、床にまでゲラ刷りや新聞が散らばっている。校了明けということだが、確かにひと戦終わったあとだというのがよく分かる。

巽は島から勝手に椅子をひとつ転がしてきて、編集長のデスクの横でそれに腰かけた。

編集長はパソコンを立ち上げながら訊《き》く。

「で、なにかしら？」

「去年の暮れに出た『実話ダイナマイト』の編集後記、おたくが書かれました？」

「ええ。あれはずーっとあたしの担当よ」

「十二月十五日号の編集後記に、『I都知事とK神会の黒い関係』——」巽がそこまで言ったとき、編集長の金切り声が続きをかき消した。

「ちょっとやだもう！　なんなのあなた？　疫病神？」編集長は、もういい加減にして、と言わんばかりの顔で声を張り上げ、最後に余計な悪態まで付け足した。「そんな小汚いコート着て」

「疫病神て……どういうことですの？」巽は苦笑いを浮かべる。

「あれのせいで、発禁くらいそうになったんだから！」編集長は両手の人差し指でバッテンを作った。

「発禁って、まさか裁判所からでっか？」

「そうじゃないけど、知事サイドから露骨に脅されたのよ。『この先、人権侵害で訴訟を起こしまくっていじめてやる』だとか。『取材方法に違法性がないか、とことん調べ抜いてやる』だとかって。極めつけに、『第三種郵便物の認可を取り消すぞ』とも言われたわ」

「第三種……なんでっか、それ？」

「新聞や雑誌みたいな定期刊行物を、格安の郵便料金で送ることができる制度よ。うちみたいな弱小はね、ファンの定期購読に支えられてるの。この認可を取り消されたりしたら、もう致命的」

　編集長は、あり得ない、とばかりに首を振り、怖い顔で続けた。

「要はね、この世界で生きていけないようにしてやるって言われたの。発禁と同じよ」

「圧力に屈したわけでっか」他意はなかったが、つい口をついて出てしまった。

「は？　なに寝言ぶっこいてんのよ！　硬派なジャーナリズムじゃあるまいし。雑誌はね、売れてなんぼ、続けられてなんぼなの！」

「はあ……すんまへん」編集長の剣幕におされて、とりあえず頭を下げた。「それで、記事の掲載は取りやめになったと」

「あの記事どころか、編集後記もすぐ書き換えろって」

「徹底してますな」

「ええ。有無を言わさぬ調子できたわけよ。で、慌ててそこだけ差し替えて、刷り直し。もう、大損ぶっこいたわよ！　店頭販売用と、定期購読の第二弾の発送分にはなんとか間に合ったけど、最初に発送した定期購読のお客さんには、差し替え前のが届いてる」

「なんで都知事はそこまでナーバスに？　記事の内容はどういうものやったんですか？」

その問いかけに編集長は眉《まゆ》をひそめ、訝《いぶか》しむような目つきで巽を見る。

「あなたの狙いは、なに？」

巽はやや上目づかいで、試すように言う。「どこの馬の骨とも知れん人間には、言えませんか。やっぱり」

「そうじゃないわよ。あたしに訊くのはお門違いだって言ってんの」

「へ？」

「あたしたちは、ネタの内容を一切知らないの」編集長はまた大きな動きで足を組みかえて、細い腕を組んだ。「フリーの記者が持ち込んできたネタなのよ」

「ほな、中身を知らんと書いたんですか？　あの編集後記」

編集長はあきらめを含んだ笑みを浮かべて、首を横に振った。「いつもならそんなことしない。記事を買い取るかどうかは、もちろん内容を聞いてから決めるわ。でもそのときはね、その記者が、『これからまだ相当な取材費用がかかるから、確かに記事を買いとるという保証をくれ』って言ったの。すごい大ネタだっていうし、実績もある記者だったから、じゃあ編集後記に予告を出してあげましょうってことになった。買い取りの保証になるでしょ？」

「なるほど。まだ取材中やったわけや」

「でもね、今から思えば、ネタの中身を知らされてなくて、ホントによかったわ」編集長はわざとらしく身震いし、両腕で自分を抱きしめた。

「なんでですの？」

「命がなくなってたかもしれないから」編集長はそこで声を一オクターブ低くした。

「――その記者ね、行方不明になったの」

そういう展開か――巽は最悪のケースを一瞬で想像した。

編集長は声をひそめて続ける。「もう三カ月になるわ。急に電話もメールもつながらなくなったもんだから、心配になって独り暮らしのアパートまで様子を見に行ったのよ。そしたら、もう何日も帰ってないみたいで、郵便物や新聞がたまりにたまってるわけ」

「警察へは？」

「もちろんすぐに届けたわよ。部屋の中でおっ死《ち》んでたら大変だからって、アパートの大家に鍵を開けさせて、おまわりさんと一緒に部屋に入ってみたの。だけど、とりたてて不審な点はなかったわ。もともと散らかってたみたいだから、何かが無くなってても分かりっこないんだけどさ。でも例えば、血痕《けっこん》が残ってたとかね、乱暴に荒らされた形跡とかね、そういうのは無かったってこと。ただ、彼が仕事で使っていたパソコンは、どこにもなかった」

「なるほどね。パソコンやら大事な資料が、何者かに持ち去られたっちゅう線は、十分あり得ると」

「ええ。まあ、持ち歩けるタイプのパソコンだったから、彼がそれ持ってどこかに姿をくらませたのかもしんないけど――」編集長は遠い目をして言う。「ホントにそうだといいんだけどね……。みんな心のどっかで思ってんのよ。もう、生きてないんじゃないかって」

心の中でそれに同意した巽は、真剣な表情で編集長を見つめた。

「その記者のこと、詳しく教えてもらえませんか？」

「いやよ。バカ言わないで。それに、悪いことといわないから、あなたも変なことに首っ込まない方がいい」

「俺もできればそうしたいんですが、どうやらツレがその件に巻き込まれてるみたいでしてね。編集長さんの話がホンマなら、そいつも命が危ないかも知れません。まだ、九つの子供なんです」

「子供？　なんで子供が出てくるのよ？」

「それが分からんから苦労してるんですわ」

「もうー、やめてよ、子供出してくるなんて」編集長はいったんプイッと顔をそむけたが、数秒後には諦《あきら》めたように言った。「分かったわよ。あたしに聞いたってことは、絶対に誰にも言っちゃダメよ？　記者の名前は、高見聡平《たかみそうへい》――」

編集長は、彼が知る限りの高見記者の個人情報と、これまでに彼が「実話ダイナマイト」に持ち込んだ記事や、他に寄稿していた雑誌をいくつか挙げた。どうやら高見記者は、政治家の汚職や不正などのスクープを得意としていたようだ。

巽は最後に訊《たず》ねた。

「高見記者がここにそのネタを持ち込んでから、行方不明になるまでの間、編集部に彼から連絡はありました？」

「ええ。最初の二週間ぐらいだけは――」

「そのとき、どこでどんな取材してるとか、言うてませんでした？」

「そんなこと軽々しく口にしないわよ。彼らのメシのタネだもん」編集長はそう言うと、首をかしげて頬に手を当てた。「――でもね、最後に電話で話したとき、高見ちゃんがこんなこと言ってたのは覚えてるわ。『編集長、サイド・シックスって行ったことありますか？　あそこはすごいコロニーですよ』って。それって、あそこでしょ？　あのお台場のそばの小島にある――」

コロニー「サイド・シックス」――。

裏の情報を手に入れたいなら、出かけていってもおかしくない場所や――。

「――そうでんな。まあいわゆる、『アキバ系』のコロニーです。わしも行ったことはおまへんけど――」巽はあごを撫《な》でながら言った。

巽はその足で、芝浦埠頭《ふとう》に向かった。

サイド・シックスは、お台場の北西沖わずか数百メートルに位置するごく小さな人工島「第六台場」にあるコロニーだ。

人工島というよりも、第六台場は幕末に江戸幕府によって作られた本物の、「御台場」、つまり、砲台場の跡地だ。ちゃんと当時の砲台も残っているというが、歴史に興味のうすい巽はそれ以上のことは知らない。

巽の読みは当たった。道すがら久野に電話をして聞いたところによれば、コンテナ・コロニーには、サイド・シックスに向けて食料品や日用品を運び入れたり、本土と行き来する人を乗せたりする渡し舟の業者があるという。品川埠頭の北端は、人が住むエリアとしては第六台場に最も近い。

久野の紹介があればいつでも舟を出してくれるというので、すぐに一艘《そう》手配してくれるよう頼んだ。巽がコンテナ・コロニーに入るのはまずいということで、今回は特別に舟を品川埠頭のすぐ北の芝浦埠頭までまわしてくれるという。「チップ、はずんでやってくださいね」と久野は笑っていた。

芝浦埠頭の南端の角で、久野が待ってくれていた。舟はまだ着いていない。

巽がこれまでに調べ上げたことを要約して説明すると、久野が言った。

「――だったら、ちょうどよかったです。ネムリさんに今回の渡し舟のこと相談したんですけど、ファン一家にサイド・シックスのリーダーの友人がいるらしくって、その人を通じて先方に連絡入れておいてくれたそうです。これから巽って人が訪ねていくからって」

「ホンマかいな。それは心強いわ」巽は心から感謝して言った。

「ええ。そんな大事な話をしにいくんだったら、なおさらだ」

「だんだん久野くんの気持ちが分かってきたわ。いったん仲間になると、とことん付き合うてくれるな。中国人は」

そう言うと、久野は嬉《うれ》しそうにうなずいた。

舟を待つ間にみどりのマンションに電話をかけた。案の定、佐智が出た。

「なにも変わりないか？」

巽の問いかけに、佐智は落ち着いた口ぶりで答える。

「うん、大丈夫だよ」

巽は、いつもより厳しい声で、一語ずつかんで含めるように言った。

「ええか？　丈太もさっちゃんも、俺が戻るまで、絶対に、一歩も、外へ出るな。もし誰か訪ねてきても、一歩たりとも、マンションに入れたらあかん。明日には絶対そっちに戻る。ええな？　辛抱できるな？」

佐智はちょっとたじろいだようだったが、すぐにしっかりした声で、「分かった」と言った。

そうこうするうちに、一艘の小舟が埠頭に近づいてきた。

なんと、手漕《てこ》ぎの木製和船だ。全長五メートルほどの小さな舟の上で、背の低い男が櫓《ろ》を操っている。円錐《えんすい》形の平べったい笠《かさ》を頭にかぶっているので、顔はよく分からない。

船頭は舟を器用に埠頭に横づけして、L字形の小さな梯子《はしご》を岸壁のへりに引っかけた。

それを使って舟まで下りてこいということらしい。

梯子が外れないか気にしながら、恐る恐る梯子を下りる。途中で船頭が手を貸してくれた。

「ほな、行ってくるわ」言う間に舟は岸壁を離れてゆく。

手を振る久野がどんどん小さくなる。

湾内はほとんど波もなく、乗り心地は悪くなかった。右手にコンテナ・コロニーが見える。チーチェンの青いコンテナも小さく見えている。

舟は真っすぐ第六台場に向かって進む。そのすぐ左に、レインボーブリッジの巨大な橋台の残骸《ざんがい》が海面から突き出ている。震災前は、舟の針路の真上に橋がかかっていたことになるのだ。

船頭はよく日に焼けた顔にうっすら微笑を浮かべ、黙々と櫓をこいでいる。言葉が通じるかどうか不安だったが、船頭に話しかけてみた。

「おっちゃん、お国は?」

「ビエトナム」船頭はかん高い声でにこやかに答えた。

「え? ああ、ベトナムね。さすがにその笠、よう似合《にお》てるわ」巽は妙に納得した。

船頭の方でも、巽が恐ろしげな男でないことが分かって安心したのだろう。堰《せき》を切ったようにしゃべり始めた。

「正面が、第六台場ね。ここから六百メートル。すぐよ。右に見えるの細長い二つの島。あれ、鳥の島。もとは防波堤よ。あそこ、ちょとだけ見える? 第六台場と橋台の間、奥の方。あれ、第三台場ね。お台場と細い道でつながってます。品川砲台で今残ってるの、その二つだけね」たどたどしい日本語だったが、語り調子に妙な味わいがある。

「へえ。第三台場なんて知らんかったわ。お台場から歩いて行けてんな」

「江戸幕府、海の上に全部で七つ、台場作りました。コンテナ・コロニーのところに、第一台場と第五台場、ありました。鳥の島の手前、第二ありました。そして、あの第三台場の左、今のお台場の北の端っこに、第七です。でも第四と第七、完成しなかった」

船頭がひとつずつ指し示す台場の位置を、巽は順に目で追っていく。東京湾を横切るように直線状に並べて作られていたことがよく分かる。

船頭は続けた。「ペリー提督が来ました嘉永六年、工事始まりました。江川太郎左衛門英龍《ひでたつ》という代官が設計したのです。オランダ式ね。でも残念。大砲よくありませんでした。弾飛ぶ距離短いでした。ずっとあとで、日本人と仲良くなったイギリス人たち、笑いました。『日本人の台場、全然怖くなかったよ』って。でも江戸幕府の役人たち、それたぶん分かってたよ。お台場作った本当の目的、外国の船と戦う違う。日本人安心させる。そう、治安ね」

巽は驚いて言った。「おっちゃん、ホンマに詳しいな。その辺の日本人よりよっぽど詳しいで」

「カリモトさん、教えてくれます。カリモトさん、インテリね」

「カリモトって、サイド・シックスの人？」

船頭はうなずいた。そして、真面目な顔で言った。

「結局、品川台場の大砲、使われませんでした。外国の船やってくる。それ、時代の流れだったね。止めるの無理よ。今、この国、また外国人追い出した。外国人入ってくるな言う。でも、そういう時代違う。それも、無理よ」

「――そうやな。船頭さんの、言うとおりや」

第六台場が近づいてきた。もう五十メートルほどだろうか。

「近づいてみたら、意外に大きいな」巽が言う。

「第六台場、一辺百四十メートル。ほとんど正方形ね」

確かに海岸線はほぼ直線で、端から端まで石垣で囲まれている。

舟は人工島の北端の角に向かって、徐々に針路を変えてゆく。

その角には海に突き出た船着き場らしきものがあって、そこにひとりの男が立っているのが見える。

誰か出迎えにきてくれてるんやろか——巽には不思議なほどだった。

舟が石組みの船着き場に横づけされると、「おおきに。ごっつい勉強になったわ」と言って、船頭に料金を払った。チップをはずんだからか、船頭は両手を合わせて頭を下げた。

船着き場の若者が巽に手を貸して、舟から引き上げてくれた。男はそのまま巽と握手して言った。

「サイド・シックスを主宰しています、カリモトです」

カリモトと名乗った男は、まだ二十代半ばの地味な青年だった。

生成りのコットンセーターの下にジーンズを穿《は》き、色白の童顔にごくシンプルなメガネをかけている。くせのある柔らかそうな黒髪が外向きにはねているのが、彼をさらに幼く見せている。

「元刑事さんなんですよね？　さすがに、迫力あるなあ」カリモトはそんなことを言ったが、その態度は堂々として落ち着き払っている。

カリモトは「まあこちらへどうぞ」と言って、人工島の奥に向かって歩き出した。

島は高さ数メートルの石垣で囲まれた高台になっている。その周囲には幅二、三メートルほどのささやかな浜があって、礫《こいし》や貝殻、流木などが散乱していた。

船着き場の石畳は石垣の切れ目を通って島の中心部へと続いている。石垣の内側には土手状に盛り土がしてあるが、その上には低木や雑草が生い茂り、荒れ果てている。うっそうとした草木の中に砲台跡や兵舎の礎石が顔をのぞかせ、土手の斜面には石組みの火薬保管庫が残っていた。そうしたものが目に入るたびに、カリモトは足をとめ、詳しく説明してくれた。

『兵《つわもの》どもが夢の跡』って感じでしょ？　遺跡には指一本触れない。それがうちの唯一のルールなんです」カリモトは満足げにそう言った。

島の中央部は周囲よりやや低くなっていて、平坦《へいたん》な地面が広がっていた。草木の間に隠れるようにして、白いプレハブが林立している。すべて平屋だが、五十平米はありそうな大きなものから、物置小屋程度の小さなものまで、二十棟以上はある。衛星放送か衛星回線か分からないが、パラボラアンテナのようなものを屋根に取り付けている小屋がほとんどだ。

プレハブのそばにロープを張り、洗濯物を干しているものもいる。これでもし誰かが外でバーベキューでもしていれば、コテージが並ぶキャンプ場だと言われてもさほど大きな違和感はないだろう。

小屋の外で安物のデッキチェアーに寝そべってマンガを読んでいる小太りの青年を見たぐらいで、出歩いている人の姿はない。だが、人の気配は濃厚にある。いくつものプレハブから、人の笑い声や、大音量で流れるアニメソングが聞こえてきたし、窓のそばを通るときには、カチャカチャとキーボードを叩《たた》く音や、ゲームのＢＧＭが漏れてくることもあった。

興味深げに辺りを見回していると、カリモトがこのコロニーのシステムについて語り始めた。

「ここではみんな、自分の特技を生かして生計を立ててます。まあほとんどがコンピュータとかそっち系ですけど」

「ネット犯罪的な？」

悪気はなかったのだが、その不躾《ぶしつけ》な反応にカリモトは苦笑する。

「まあ、そうですね。仕事の半分ぐらいは違法なものかもしれません。ここは一見《いちげん》さんお断りですけど、コネやツテを頼ってここまでたどり着く人たちっていうのは、たいがい、表の業者には頼めないようなことを頼みにくるわけです」

「でも、こんなところに本拠地こしらえて、手入れを受ける危険はないんでっか？」サイド・シックスの名声は巽の耳にも入るほどだが、ここの誰かが摘発されたという話は聞いたことがなかった。

「みんな手元に証拠残したりしませんから。ネットにつなぐときも、世界中のいろんなサーバを経由していますし。彼らがどこに対して何をやったかなんて、警察にはつかめっこありませんよ」カリモトはそう言うと、可笑《おか》しそうに付け加える。「元刑事の巽さんの前で言うのも申し訳ないですけど」

「いや。まあ、はっきり言うて、ほとんどの警官は俺みたいなコンピュータ音痴ですわ」

「警察だけじゃありませんよ。何かやられた本人だって、それに気づくかどうか」

「ふーん……そんなもんですか」インターネットの仕組みも分かっていない巽には、とても理解の及ばない世界だ。

カリモトは続ける。「ここでの僕の役目は、そういった仕事の依頼のマネージメントです。クライアントがコロニーの特定の住人に直接依頼を持ち込む場合はいいんですが、こういう仕事を頼みたいんだが、誰かいい人を紹介してくれっていう依頼も多いんです。そんなとき、僕がクライアントの要望を詳しく聞いて、ベストな住人を紹介するってわけです」

プレハブ密集地の中ほどまでくると、カリモトは立ち止まって慇懃《いんぎん》に巽に訊《き》いた。

「さて、今回はどのようなご依頼でしょうか？」

「実は――」巽は言葉に迷った。「俺の依頼ってわけやないんです。すでに依頼済みというか……高見聡平というフリーの雑誌記者が、おたくらに調査を頼んでませんか？」

カリモトは少し困ったような顔をした。「いくら巽さんがファンさんのところの紹介でも、そういうことには答えにくいなあ」

「高見記者は、もう三カ月も行方不明です。俺の勘やと、無事でいる可能性は低い」

巽はカリモトに真剣な眼差《まなざ》しを向けた。

「――やっぱりね」カリモトは少しの動揺も見せずに言う。「ときどきあるんですよ。

危険なことに関わってるクライアントと、途中で連絡がつかなくなることが」

カリモトは残念そうな顔でそう言うと、しばらく腕を組んで考えて、やがてふっ切れたようにある方向を指差した。

「じゃあとにかく、その仕事を受けた人のところへ行ってみましょう」

カリモトは集落の端に近い小さなプレハブの前に巽を連れてきた。外見的には他の小屋と大差ないが、窓から灯《あか》りが漏れていない。

カリモトがドアをノックして「僕です」と言うと、中から「Come in!」という女性の声が聞こえた。

ドアを開けると、薄暗い部屋の中で、若い女が椅子の上にあぐらをかき、パソコンに向かっている。パソコンのモニタに映っているのは、巽の見慣れた画像やアイコンではなく、黒いバックに浮かぶ無数のアルファベットと数字の列だ。

その女性はしばらくの間、猛スピードでキーボードに文字を打ち込んでいたが、やがて椅子をくるりと回して巽たちの方を向いた。

「ハーイ！　カリモ。どしたの？」

カリモトが勝手に電灯のスイッチを入れる。部屋の住人の姿がはっきり分かった。

十代後半か、せいぜい二十歳ぐらいの女の子で、肌の色が浅黒く、顔立ちは西洋人のようにくっきりしている。濃い眉《まゆ》に大きな瞳《ひとみ》。鼻筋も通っていて、とにかく美人だ。小鼻に小さなピアスをしていて、背中の中ほどまであるウェーブのかかった黒髪を後ろで束ねている。

「こちら、巽さん」カリモトが言う。

巽はカリモトにうながされるようにしておずおずと部屋の中に入り、自己紹介した。

「はじめまして。ソニアです」

「ソニア、さん？　また洒落《しゃれ》たお名前で。うらやましい」

巽が本気でそう言うと、ソニアはコロコロと笑った。

「アハハハ。父がインド人なんです。でも、フフッ、丑寅だって、素敵だと思いますよ。フフフッ」

笑いを堪《こら》えようと必死のソニアに、カリモトが真面目な調子で切り出す。

「ソニア、巽さんはね、高見さんの件でみえたんだ。あの雑誌記者の高見聡平さん」

意味をはかりかねているのか、ソニアは首をかしげている。

巽がそのあとを引き取った。

「実は私も、岩佐都知事と荒神会のつながりについて調べてましてな。その中で、高見記者のことを知りました。彼がもう三カ月も行方不明になってることも――」

巽は、高見の失踪《しっそう》について知る限りのことをソニアとカリモトに話した。そして、最後にこう尋ねた。

「高見記者がおたくに依頼したのも、その件なんでしょう？」

ソニアは一瞬眉をひそめ、無言で肩をすくめるだけだ。

「高見さんが何を調べようとしてたのか、おたくらがどういう調査をして、何が分かったのか、それがどうしても知りたいんです」

椅子の上であぐらをかいたままのソニアは、椅子をくるくる回しながら、カリモトの表情をうかがう。

「ねえ、どうしたらいいの？　カリモ」

「困ったね――」カリモトの歯切れも悪い。「高見さんの身に本当に何か起きたんだったら、巽さんに協力すべきかなとは思うんだけど……。はっきりしたことが分からない以上ね。調査結果を無闇に外に漏らすのは、さすがにまずい。難しいよ」

ソニアは、うーん、と言いながら、遊園地のコーヒーカップのように椅子を連続で三回転させる。巽は見ているだけで気持ち悪くなりそうだった。

ソニアは突然、何かいいアイデアを思いついたようで、右の拳《こぶし》で左の手のひらをパチンと打った。

「じゃあ、巽さんがもう一度、高見さんと同じ依頼をあたしにすればいいじゃん？　契約には、『同じ依頼を第三者から受けないこと』っていう項目ないし」ソニアはそう言って巽にウインクする。「ギャラはディスカウントしたげる。だって、もうかなりのところまで調べてあるんだもん。OK？」

ソニアは、いいアイデアでしょ、と言わんばかりの得意顔だったが、隣のカリモトはなんとも複雑な表情を浮かべている。

「――オ、オーケー」巽は二人の顔を見比べながら、やっとのことでそう言った。

ソニアはまた椅子をくるりと回してパソコンに向かい、文書ファイルのようなものを画面に開いた。そして、巽の方に向き直って言った。

「では、早速ですが、ご依頼の件の調査結果を報告します。いい？」

「ホンマに早速やな。ほな、頼んます」

「この間もニュースでやってたけど、『臨海地域復興十カ年プロジェクト』ってあるでしょ？」

「ああ。いよいよ初年度の予算がついて、プロジェクトが動きだすようやな。都知事が記者会見してるの、見たわ」

大震災で壊滅的な被害を受けた湾岸エリアと臨海副都心の復興は、これまでまったく手つかずだった。『臨海地域復興十カ年プロジェクト』は、その名が示す通り、これから十年という年月をかけて、臨海地域の再整備を実施するという首都庁の一大プロジェクトだ。

「僕が聞いた話では――」カリモトが指を折りながら挙げてゆく。「第一期には、大井《おおい》、品川埠頭、芝浦埠頭の港湾工事と天王洲《てんのうず》の再開発。第二期は、竹芝、築地の整備と、月島《つきしま》、晴海《はるみ》の埋立地。そして第三期が、有明《ありあけ》の十号埋立地と、十三号埋立地、つまり、お台場です。十年間トータルの予算規模は、百兆円を超えるとかって言いますよね」

国土復興協力隊が本格的に機能し始め、都内の治安が一定の水準に維持できるようになった今、岩佐都知事はこの超大型公共事業で、一気に国内経済を活性化させようと目《もく》論《ろ》んでいるのだ。

「いろいろ探ってみたんだけどね、今回の調査のとっかかりは、そこに見つかったの」

内容はすべて頭に入っているのだろう。ソニアはモニタのファイルを一度も見ないでしゃべり続ける。

「十カ年プロジェクトの前段階として、去年、『東京フロンティア』っていう第三セクターが作られたの、知ってる？」

「『東京フロンティア』――聞いたことある気はするけどな……」

そう言って後頭部をかく巽に、カリモトが助け船を出す。

「東京都がほとんど出資してるデベロッパーですよ。港湾局をはじめ首都庁の役人とか、大手都市銀行の社員なんかが出向してます。会長は、岩佐紘一郎東京都知事。一応、三セクってことになってますが、岩佐のワンマン企業みたいなもんです。首都庁と同じで」

「ああ――」巽は思い出した。コスト意識をしっかりもって事業を進めるためにはこの方式がベストなのだと、設立前に知事がしきりに都民に訴えていた。

国有地を含んでいたり、公共の利用に供される地域で大規模な都市基盤の整備をおこなう際には、半官半民の第三セクターのデベロッパーを設立して、それに事業を担当させるのが現在の主流になっている。

「その東京フロンティアのインターネットサーバのログを監視してたんだけど、都内にある三つの中堅不動産会社としきりにやり取りしてるのが分かったの。その三つの不動産会社はね、そろいもそろって、ある怪しげな会社に湾岸エリアのこまごました土地を買い漁《あさ》らせてた」

ソニアはこともなげに言ったが、ハッカー技術的には相当高度なことをやってのけているのだろう。

「土地買収といっても、とても上品といえるようなやり口じゃありませんよ。恫喝《どうかつ》、居座り、なんでもござれです」カリモトが補足する。

「ヤクザかい？」巽が言う。「このところ荒神会が熱心に地上げしてることは、俺も聞いてる」宇多組の村崎が言っていたとおりだ。

「うん」ソニアがうなずく。「地上げをしてた怪しげな会社は、荒神会のフロント企業だった。つまり、岩佐が後ろで糸引いて、荒神会にあちこちで強引な地上げをやらせてたわけ。間に入ってた不動産会社は単なる隠れ蓑《みの》」

「岩佐としちゃ、もとどおりに復興させるだけじゃあきたらなくて、どうせ再開発するんなら、もっと自分の思い通りに、以前よりも派手にやりたいってことですかね」カリモトが言う。

「なるほどな」そこで岩佐が荒神会に何らかの便宜をはかってたりしたら、「黒い関係」は見事に成立するわけやが——。

「でも、都知事から荒神会への利益供与の証拠があるわけやないんやろ？　道義的な問題はあるかもしれんけど」

「うーん……」ソニアは形のいい唇に人差し指を当て、巽の顔を見上げて迷うような表情をした。「――思い切って言っちゃうけど、実は、高見さんからの依頼には、岩佐知事と荒神会の他に、もうひとつアイテムあったんだ」

「あいてむ？」巽が間抜けな声を出す。

「そう。『帝土《ていど》建設』っていうアイテム」

「帝土か――」話がますますきな臭くなってきた。

帝土建設は日本のゼネコン大手三社のひとつだ。三十を超える関連会社を傘下に抱える巨大企業で、歴代社長は常に政界と太いパイプをもち、過去に数々の談合事件に関わってきたことでも悪名高い。

「東京フロンティアのメールサーバ調べてたらね、頻繁に帝土建設にメール入れてる社員がいたの。俣野《またの》って男なんだけど、整備企画グループって部署のグループ長だから、まあ幹部じゃない？　俣野は、日本UBC銀行からの出向組ってことになってるけど、日本UBCに中途で入る前は、なんと――」ソニアはそこでもったいをつけて、細い指を振りまわしながら言う。「帝土建設の社員だった！　しかも、本社の課長」

巽は呆《あき》れたように「はっ」と声をもらす。「ゼネコンの社員が公共事業やる三セクにもぐり込むっちゅうのは、ちとまずいん違うか？」

「元社員ですよ」カリモトが訂正する。「それにしたって、だいぶまずいでしょうね」

「まずいよ！　だって、その保野って男、東京フロンティアで決まってくプロジェクトの進捗《しんちょく》状況を、帝士建設の本社に逐一伝えてたんだよ？　入札に参加する可能性が高い企業への、内部情報の漏えいじゃん！」ソニアが腹立たしげに言う。

もちろんそれにも道義的な問題はあるだろうが――。

「でもその話でも、帝士建設は岩佐とはまだ直接つながってへんがな。せやろ？」

「そうなんだよね……。とりあえず、高見さんに報告したのは、ここまでだった。でも高見さん、満足そうだったよ。高見さん、言ってた。『やっぱり、岩佐都知事、荒神会、帝士建設の三者の間で金が回るんだ』って。なぜかって言うとね――」

カリモトが口をはさむ。「気持ちは分かるけど、まだそれは想像の域を出ないよね？　だって今は、東京フロンティアが十カ年プロジェクトの大枠を決めて、都に提出したっていう段階だよ。まだ具体的な個々の建設計画も、設計も、見積もりも、肝心の入札もおこなわれてないんだ。金が行き交うような不正なんて、現時点では発生しようがない」

「いや、だからね――」

ソニアが口を開こうとすると、今度は巽が言葉をかぶせてくる。

「岩佐と荒神会。帝士建設と東京フロンティア。この二組が怪しい関係にあるのはよう分かった。でも、カリモトさんが言うように、この先、その三者で金が回るんちゃうかというのは、まだちょっと飛躍し過ぎやろな」

　二人が次々に反論してきたので、ソニアはいら立って自分の腿《もも》をパシパシたたいた。

「だーかーら！　違うんだって！　最後まで聞いてよ。高見さん、何か他にも証拠を握ってたんだよ。言ってたの。『あのときのパターンと同じだから』って」

「『あのときのパターン』？　以前にも似たようなことがあったっちゅうことか？」

「たぶんね。具体的には分かんないけど」ソニアはすねたように言う。

　この三者は、過去にも同じような仕組みを使って、うまい汁を吸うたことがある——？

　そのときは確かに金が流れたという証拠があるわけか——？

　同じことを今回の十カ年プロジェクトでやるんやとしたら、動く金は半端やない。それは確かにとてつもない大ネタや。命を狙われても不思議やないほどの——。

　巽は心を決めた。

「ソニアさん。俺からの新しい依頼や——」ソニアをじっと見つめる。

「高見聡平の書いた文書ファイルを探し出してくれ」はっきりと、すごみのある声で言った。

　ソニアは驚いて巽を見つめ返す。

「——え？　でも、だって、彼のパソコン、今ネットにつながってるかどうかも分かんないんでしょ？」

「それはそうかもしれん。それでも、やってみてくれ。どっかに残ってるメールかなんか、見つけることはできへんか？　メモの切れ端でもかまへん。高見聡平がつかんでた岩佐の過去のスキャンダルが知りたい」

「うーん。大丈夫かなあ……」カリモトが心配そうに言う。それを聞いて闘志に火がついたのか、ソニアは挑戦的な目つきでカリモトを見返した。

カリモトがフッと笑みを漏らしたのを見て、ソニアは巽に向かって言う。

「ギャラ、ちゃんともらうかんね」

手付金と成功報酬を合わせると、巽の二カ月分の収入が軽く飛ぶような額になった。このネタを買ってくれそうなところをなんとか思い出そうとしながら、巽は平静を装って言った。

「よ、よっしゃ」

ソニアは巽が無理しているのを見破っていて、「分割でもいいよ」とケラケラ笑った。そして突然、今までにないほど妖艶《ようえん》な顔つきになると、巽の目を見据えて言った。

「Hack or crack?」

「え？　なに？　ハッコオ？」巽はまさに鳩が豆鉄砲を食ったような顔をした。

カリモトが笑いながら説明してくれる。「彼女の儀式ですよ。彼女にとって、ハッカーというのは生き方なんです。ハッキングというのは、彼女の生きる術《すべ》であり、生きる喜びでもあります。人生そのものっていうのかな。あ、ちなみにハッカーっていうのは、コンピュータウィルスをまき散らしたり、よそのコンピュータを乗っ取ったりする人のことじゃないんですよ？」

「え？　そうなんかい？」

「はい。お金や名声を目的にしなくても、何かに情熱を傾けることができる人のことです。誤解してる人、多いんですよね。だから、音楽のハッカーだっているし、プラモデルのハッカーだっている。仕事にしてる人もいるでしょうね。パン作りが好きで好きでたまらないパン職人は、立派なパン・ハッカーです」

「ふーん。じゃあわしはハッカーにはなれん」

「だから、彼女にとっては、完全な喜びがそこに伴ってない限り、ハッキングじゃないんです。今回みたいなのは、ただの金庫破り――」カリモトは人差し指を曲げて鉤形《かぎ》をつくる。「つまり、『クラッキング』です」

ソニアは誇らしげな顔で、もう一度巽に訊《たず》ねる。

「Hack or crack?」

巽がまだ戸惑っているのを見て、カリモトが言った。

「『クラック』って言ってあげればいいんですよ。そうすれば、仕事と割り切ってカッコいいクラッキングをしてくれます」

「よ、よっしゃ」巽は咳払《せきばら》いをして、息を整えた。

「クラック、プリーズ！」

# 24

その頃、みどりは府中刑務所にいた。

重富はみどりとの会見を快諾した。事情聴取は任意だと伝えてもらったのだが、重富は、「そんなこと分かってる。素人扱いしないでくれ」と言ってきたらしい。

重富孝也はいかにもエネルギッシュな目をした男だった。がっちりした短軀《たんく》を作業着で包み、機敏な動きで部屋に入ってくると、興味深げにみどりを見つめた。部屋の雰囲気は警察署のそれと似たようなものだが、そばに刑務官が付き添っているという点だけは違う。

「あなたは、潮流舎という団体にいたとき、カルロス・オオスギと『黒旗』というチームを作りましたね？ その活動はどういうものだったんですか？」

「潮流舎は今どうなってる？ 相変わらず腑《ふ》抜けた野郎どもが牛耳ってるかい？」外の情報に飢えているのか、この非日常な出来事を喜んでいるのか、重富はどこか楽しそうですらある。

「私には分かりません」

「ああいう活動にも未来があるかも知れんと思って立ち上げに加わったんだが、ダメだな。あれは。支援を受ける側も、だんだん、『支援を受けて当然』ってツラになってきやがる。それじゃあダメなんだよ！ それに引きかえ、台東区でやった日雇い労働者たちとの共闘は、燃えたぜ！　久しぶりに。それでこうしてぶちこまれてるんだがな」

重富は早口でまくし立てる。みどりは言葉の切れ目を狙って口を開いた。

「それは分かりました。で――」

「『黒旗』だろ？」重富が先回りする。「あれも、最初のアイデアはなかなかいいと思ったんだ。カルロスが考えたんだが」

「事務所の資料には活動記録がなにもなかったわ」

「そんなもんはどうだっていい。学級会じゃねえんだ」重富はそう吐き捨てる。「あの頃、ニートだとか、引きこもりだとか、パラサイトだとかっていう若い連中がうじゃうじゃいたろ？　で、大恐慌で親が失業したりして、そういう連中の一部が食いつめだした。家で一日中テレビゲームやるぐらいしか能のない連中なんだから、仕方ねえわな。そういう連中を集めてきて、きちんとしかるべき教育をほどこしてやったら、ひとつの運動になるんじゃねえかって、カルロスが言ったんだ」

「運動って、革命とか、そういうこと？」

「革命？　そんなロマンチックな言葉、久々に聞いたぜ」

重富はせせら笑って、続ける。

「カルロスという男は、俺に言わせりゃあ、生まれついての催眠術師だ」

「催眠術？」みどりは眉《まゆ》をひそめた。

「ああ。特殊なカリスマだって評価する連中もいたが、あれはもっとこう、説明のつかない不思議な魔法だよ。危ないのは、奴の深くくぼんだ緑色の目と、音が高低に割れたような不思議な声だ。あの瞳《ひとみ》でじっと見つめられて、あの声で静かに思想を説かれると、コロッとかかっちまう」

「じゃあ、あなたも催眠にかかったくちなの?」

「クハッ!」重富は喉《のど》を鳴らすようにして噴き出した。「魔法にかかるのは、若くて、無垢《むく》で、無知なガキどもだけだ。幸い、俺の心はとっくにうすら汚れちまっていたらしい」

重富に軽口を続けさせまいと、みどりが鋭く訊《き》く。「とにかく、それなりに人は集まって、『黒旗』の運動は始まったわけね?」

「まずは勉強会のようなことをやっていた。カルロスに感染した連中は、さすがに吸収も速かったよ。だが、それから何カ月もしないうちに、例の地震が起きた。震災のゴタゴタでカルロスと連絡がつかなくなっちまって、仕方なく俺だけで勉強会を再開させた」

重富はみどりの目を見つめたままゆらゆらと首を振ると、自嘲《じちょう》を浮かべて続けた。

「だが結局、俺じゃあダメだった。連中、ひとり、またひとりと去っていって、引きこもりに逆戻り。運動はそのまま自然消滅さ」

「魔法がとけたってことね」

重富は、ふん、と鼻をならした。「おかげさまで、最近は俺も諦《あきら》めの境地だよ。なあ、刑事さん。人間社会ってもんは、どんな社会でも、時間が経つとひずみが生じてくるもんだろ？　ひずみがたまりにたまるとどうなるか？　バチンとはじけて元にもどる。地震と同じだよ。ただし、もどったときの形は以前と違っている。変化が少しなら、それは改革と呼ばれるだろうし、大きく変わっていたら、それはあんたの言う革命なのかもしれん。はじけ方というのも、いろいろだ。それが戦争という形態をとることも多い。今の日本には、ひずみがたまりにたまっている。この国は、はじけてひずみを解消すると思うかい？　ええ？」

　みどりが何も答えずにいると、重富はさっきまでとはうって変わって、どこか寂しそうに言った。

「はじけるような魂のある奴はもういねえ。ひずんでひずんで、そのうちぺしゃんこにつぶれちまうのがオチだ」

　重富が黙り込んだので、みどりは質問にもどった。

「震災の混乱の中で、オオスギが何をしていたか、あなた知ってる？」

「知ってるといやあ、知っている。地震の何ヵ月かあとには、また奴と何度か顔を合わせたからな。結局、俺との運動には戻ってこなかったが」

　無表情でそう言った重富に、みどりが淡々とした調子で尋ねる。

「子供たちを、集めてたわね？　震災ストリートチルドレンを――」ここは大事な局面だ。あせってはいけない。

重富はとくに驚いた様子も見せなかった。むしろ、「そうだ」と納得したようにうなずいた。みどりが少年係の刑事だと言ったからかも知れない。

「目的は、なんだったの？」

顔を上げた重富と目が合った。重富は、ゆっくりと話し出す。

「活動家ってのは、生い立ちがつくるとは限らない。現に俺なんか、医者の息子だぜ？　だが、カルロス・オオスギは、生い立ちがつくり上げたといっていいかもしれない。奴が何をしようとしていたかなんて、俺にはとても正しく説明できんよ。ただな、ひとつ言えるのは、少しでも奴の考えに近づくためには、奴の出自を知る必要があるってことだ」

「出自――？」

「ああ。カルロス・オオスギは、日系ブラジル人四世だ。オオスギってのはたぶん偽名だろう。さすがに出来過ぎだと、俺も思うからな」

そうだったのか――。

日系ブラジル人――。彼らも、この国を求め、そしてこの国に裏切られた人々かもしれない。

「奴は、五歳のときに家族とともに日本にやってきた。一九九〇年に入管法が改正されて、ブラジル国籍の日系二世や三世にも在留資格が与えられるようになったんだよ。その頃のブラジルは、景気が悪くてひどいインフレに見舞われてたてな。一方の日本では製造業の下請けで人手不足が深刻だった。お互い相思相愛ってことで、毎年何万って数のブラジル人が日本に出稼ぎにやってきたわけさ。刑事さん、出稼ぎにいくことをブラジルのポルトガル語でなんて言うか、知ってるかい？」

「知らないわ」

「『デカセギ』ってんだよ。まんま『デ・カ・セ・ギ』だ。奴らにとっちゃそれだけ特別だったんだな。日本は」

「オオスギの両親も、『デカセギ』にきたのね」

「ああ。岐阜の方にいたらしい。愛知や岐阜では、市民の五パーセントがブラジル人なんていうところも珍しくなかったようだからな。大かた、カルロスのおやじさんも、車の部品工場やなんかで働いてたんだろう。日本ではよく3Kなんて言ってたが、ブラジル人は5Kだと思ってたようだ。『きつい』『危険』『汚い』『厳しい』、そして『嫌い』だとよ」

「『嫌い』ってことは、うまくいかなかったケースも多いのね。日本での生活が」

「日系一世や二世の頃はまだよかった。日本語が分かる者も多かったし、日本文化もよく理解してた。日本人の若者よりよく働くって評判もあったほどだ。だが、三世ともなると、状況は違ってくる。言葉も習慣もまるで違う。『顔は日本人でも中身は外国人』なんて言われて、職場での摩擦が大きくなっていった」

「親がそんな状態だと、子供はもっと大変かもしれない」

「子供たちは公立の小中学校に入るか、ブラジル人学校に通うかするんだが、四人にひとりは学校に行ってないという統計もある。幼いうちに日本人の子供たちと混ざった場合はいい。だが、ある程度大きくなってからだと、どうしても学校でいじめや差別が起こりがちだろうな」

「オオスギの子供時代は、どうだったのかしら」

「ごく幼い頃の思い出話はよくしてたから、最初の数年間は悪くなかったんだろう。日本語もすぐに覚えたようだしな。だが、十歳か十一歳のときだと言ってたと思うが、ある事件が起きた。おそらく、奴の人生を大きく揺るがした事件だ」

「事件？」

「当時、奴の家族が暮らしてた団地に、同じ日系ブラジル人の家族が住んでてな。そこに、奴より四つか五つ上の少年がいたんだと。その少年はカルロスを弟のようにかわいがり、カルロスも彼を兄と慕っていた。ほとんど日本の少年のように育っているカルロスに、ブラジルの遊びを教えてくれたりしたらしい。その少年は現地の公立中学に通ってたんだが、しばらくすると学校に行かなくなった」

「行けなくなったんじゃなくて？」仕事をするために通学を断念する子供も多いのではないかと思った。

「まあ、最終的には行けなくなったんだがな」重富は顔を歪《ゆが》めた。「ある日、日本人の少年二十四人に集団リンチを受けて——殺されちまったんだよ」

みどりは思わず目を閉じた。

「――どうして、そんなことに……」

「その少年は、言葉や習慣の問題で学校に馴染《なじ》めず、周囲とトラブルを起こしていたようだ。なんでリンチにまで至ったのか、詳しい経緯は俺も知らない」

「オオスギはその事件からどんな影響を受けたと――？」

「カルロス自身はそれまで、完全に日本の少年として成長してたと思う。日本社会に受け入れられているという感覚も、もっていただろう。だが、その事件のあと、日系人としてのルーツを強く意識するようになったと言ってたよ。国とは何だ？　国籍とは何だ？　ってな。奴のことだ。相当深刻にふさぎ込んだんだと思うぜ」

それはきっと、ナショナル・アイデンティティの危機だ――。

みどりは「不就学児童支援ネットワーク」の菅谷代表の言葉を思い起こしていた。オオスギ少年は、そこで初めて自分のナショナル・アイデンティティの脆弱《ぜいじゃく》性を自覚したに違いない。もちろん、漠然とした不安として感じただけだろうが――。

重富は忌々《いまいま》しげな顔で続ける。

「悪いことはそれからも続く。日本の景気が悪くなると、ブラジル人たちはどんどん首を切られた。ブラジル人の団地に失業者があふれかえったんだ。大挙して生活保護を申請しに来られたり、みんなでホームレスになられたりしたらえらいことだとあせったんだろうな。政府は妙なことをやり始めた。『帰国支援金事業』だ」

「そういえば、そんなことが――」あった気がする。みどりがまだ若い頃の話だ。

「日本で失業した日系ブラジル人とその家族に、ブラジルに帰るための航空運賃を支給したのさ。ただし、あまり品がいいとは言えない条件をつけた」

「条件？」

「ああ。支援金を受け取って帰国した場合は、同じ在留資格での再入国を認めない」

「はっ」みどりは呆《あき》れたように短いため息をついた。「まるで、手切れ金ね」

「ククッ。その通り！」重富は、よくぞ言った、とばかりに口角を上げる。「最初のうちは、『向こう三年間は』、なんて期限を切っていたが、いつの間にかそれもうやむやになって、日系ブラジル人に永住ビザはおりなくなった」

「オオスギの家族も日本を離れたの？」

「ああ。両親とも失業して、家族でブラジルに帰った。カルロスは十代半ばだった。多感な時期だ。そんな時期に、精神的には日本人の少年が、今度はラテンの国に慣れなくちゃならない。日本では外人外人と言われ、ブラジルでは日本人扱いされただろう。日本には、帰りたくても帰れない。国籍のあるブラジルでは受け入れられず、ルーツがある日本には見捨てられた――そんな風に思ったかもしれん」

「ブラジルでは、どんな暮らしをしてたのかしら」

「奴はブラジル時代のことを語ったことがない。だから、幸せだったわけはない。学校にも行ってないはずだ。奴は相当なインテリだが、すべて独学だ。南米の左翼ゲリラと付き合いがあったというが、それもあくまで噂だしな」

「でも結局、日本にもどってきた」

「ああ。いつのことかは知らないが、密入国でな。俺がカルロスと知り合ったのは、潮流舎で外国人労働者の支援をしていたときのことだ。奴もブラジル人系の団体で活動していて、意気投合した」

「それで『黒旗』を――」

重富がうなずくのを見て、みどりはさらに問いかける。

「彼が震災ストリートチルドレンの保護を始めたきっかけは、何だと思う？」

「道端でたむろしていたブラジル人のガキと、ポルトガル語で話し込んでるところを見たことがある。たぶんそれぐらいからじゃないか？」重富は記憶をたぐるように、斜め上に視線をやる。「それからしばらくして会ったときには、もういろんなところから子供たちを取り戻していた。どこで情報を仕入れたのか知らないが、不当に過酷な労働をさせられていたり、どこかに売られかけていたような連中も大勢救ったようだ。助けてやる、なんて恩着せがましいこと言わなくても、ガキどもはカルロスについてきたと思うぜ」

「例の、催眠術？」

「ああ。子供たちを集めてどうするんだって訊《き》いても、むっつり黙ってた」

「でも、そんなにたくさんの子供たち、どこに住まわせてたのかしら？」

「分からない。見たことも聞いたこともない。そしていつの間にか、カルロス自身の消息も分からなくなった」

重富は声を低くしてそう言うと、怪しげな微笑を浮かべて続けた。

「奴は、現代日本版『ハーメルンの笛吹き男』さ。魔法にかかった子供たちをぞろぞろ引き連れて、どこかに消えちまった」

ハーメルンの笛吹き男——ハーメルンの町に住む百人以上の少年少女たちが、笛を吹き鳴らして歩く謎の男にさらわれて、二度と戻ってこなかったという薄気味悪い伝説。確か、消えた子供たちは、陰惨な最期をとげたと考えられているのではなかったか。殺されたか、疫病で死んだか、戦死したか、どこかに売られたか——。

得体の知れない不安を追い払うようにして、みどりは訊いた。

「あなたたちが最初『黒旗』でやろうとしたこと、引きこもりたちを扇動してっていう計画のことだけど、オオスギはストリートチルドレンを集めて、それと似たようなことをやろうとしたってことは、ない？」

「俺の想像も、それにやや近い。『ハーメルンの笛吹き男』にも、こんな新説がある。『笛吹き男』ってのはいわゆる『植民請負人』で、男につき従った子供たちは、新たな農地を開拓しながら、自分たちの村をつくるために、自らの意志で親元を離れたというんだ」

みどりは小さくため息をもらすと、鉄格子の窓の方に目をやり、ひとりごとのようにつぶやいた。

「オオスギは一体、子供たちに何をさせようと——」

それを聞いた重富が、ピシャリと言う。

「違う。その言い方は、はずれてる。カルロスは、頭ごなしにガキどもに何かを強いるような真似は、おそらくしなかっただろう。てめえのことはてめえでやれ。てめえの行動にはてめえで責任をもて。判断は他人任せにせず、自分の頭で考え抜け。他人が押しつけた常識や、お仕着せの観念など捨ててしまえ——。そんなことばかり言ってただろうさ。ま、その教え自体が洗脳だろうって言われりゃ、それまでだがな」

「まるで大杉栄ね」

「クハッ！」重富は驚きと喜びが混ざったような声を上げた。「刑事さん、今からでも公安にうつったらどうだい？　そっちの方が向いてるかもしれんぜ」

無言で無機質な視線を向けてくるみどりに、重富が薄ら笑いを浮かべたまま言う。

「とにかく、もしカルロスがどこかで子供たちの国の王様をやってたとしても、『君臨すれども統治せず』てなもんだと思うぜ」

子供たちの国——。子供たちの「島」——？　重富の何気ないひとことで、みどりの中にひとつの像が結ばれる。

「重富さん、あなた、『島』って聞いて、何か思い出すことない？」

「島？」重富は目を細めてしばらく考えた。「……さあ、さっぱりだな。カルロスに関係あることかい？」その言葉に嘘はないように思えた。

さっきから刑務官がしきりに腕時計を気にしている。そろそろ終わりにしてくれという合図だろう。みどりは手帳をバッグにしまいながら言った。

「最後に訊くわ。カルロス・オオスギは、今でも無政府主義者だと思う？」

「今でも？」重富はなぜか怪訝《けげん》な顔で繰り返し、しばらく考えてから答えた。

「さて、どうだかな。『今でも』どころか、奴が本当にアナーキストだった時代があるのかどうかすら、俺には分からん。ただな、刑事さんとしゃべってるうちに、あいつにぴったりな肩書きを思いついたよ。無政府主義者ならぬ、『無国籍主義者』だ。どうだい？　クハッ！　こりゃいい」

ひとりで悦に入っていた重富は、刑務官に促されて立ち上がった。そして、泰然とみどりを見下ろすと、上げた口角を歪《ゆが》めて言った。

「刑事さんよ。あんた、肝心なところで勘違いしてるようだから、最後に教えてやる。俺の理解では、カルロスはもう、死んでいる」

「え――？」みどりの口から、思わず無防備な声が漏れた。

「あれは、去年の五月か六月だから、もう一年近く前のことだ。珍しいことに、十冊ほど本の差し入れがあった。差出人は知らねえ名前だったんだが、送られてきた本には見覚えがあった。全部、カルロスが俺のところから持ち出したままになってたものだった。その中の一冊にメモがはさまってたな。奴からの素っ気ない遺言だったんだよ」

「メモにはなんと？」

「自分は病で死の床にある。自分が死んだらこの本を持ち主に返すよう、周りの者に伝えてある。だから、これが届いたときには、自分はもうこの世にいない。生前の厚情に感謝する――。そういうことだった。昔から妙なところで律儀な野郎だったから、奴らしいと言えば、らしい」

## 25

ソニアが作業を始めてから四時間が経過した頃、カリモトの部屋にいた巽は、ソニアのプレハブに呼び出された。

ドアを開けると、例によって椅子の上にあぐらをかいたソニアが、すでにドアの方を向いてニコニコしていた。

「いけるかもしんない！」ソニアがソプラノボイスで得意げに言う。「おもしろいこと見つけたの」

「なにが、どうなった？」巽は、これから始まるであろう専門用語の乱射に、やや緊張した面持ちで身構える。

「分かってるのは、高見さんのメールアドレスと住所ぐらいだったんだけど、そっから高見さんのインターネットプロバイダにもぐりこんでー、TCPのポートスキャンしてー、ポートマップとにらめっこしながら、高見さんに振られたIPを片っ端からピックアップしてー、そのログ解析を――」

「わーっ！　分かった！」巽が大声で乱射を止める。「分かった！　その辺で堪忍してくれや」

隣でカリモトが苦笑する。「結論を、どうぞ」

ソニアは形のいい唇をきゅっとへの字に曲げて「ぶうー」と不満を表明したが、すぐに真剣な表情にもどって話し始めた。

「高見さんね、あるオンライン・ストレージサービスと契約してた」

「どういうもんや、それ？」

「別に珍しいもんじゃないよ。簡単に言うと、データの銀行みたいなもの。大きな金庫みたいなコンピュータで、データを預かってくれるの。そうしておけば、自分のパソコンを持ち歩かなくても、インターネットにつながりさえすれば、いつでもどこでもそのデータにアクセスできる」

「ははん。なるほど」銀行と言われれば分かりやすい。

「そこに大事なファイル置いてそうなの？」カリモトが訊く。

「うん、そこなんだけど――。そのストレージサービスさあ、けっこう凝ってて、いろんなタスクが組めるのよ」

眉間《みけん》に皺《しわ》を寄せている巽を見て、カリモトがすかさず補足する。

「スケジュール通りに、自動でいろんな操作をしてくれるってことです」

「そう。指定した日時にファイルの転送をしたり、定期的にバックアップとったりね」

「自動送金とか、自動積立みたいなもんか」巽はまだ銀行にこだわっている。

ソニアは続ける。「高見さんね、ある文書ファイルに対して、ちょっと変わったタスクを組んでるの。『百八十日間、そのファイルに一度もアクセスがなければ、そのファイルを添付した電子メールを、指定したアドレスに送る』」

「そのアドレスって、誰の？」カリモトが興味深げに尋ねる。

「三つ指定してあった。全部は分からなかったけど、ひとつは、高見さんと同じ、フリーのジャーナリストのメールアドレス」

「ジャーナリスト――」巽はソニアの言わんとすることを理解した。「もし自分の身に何かあったら、志を同じくする人間にあとを託そうっちゅうことか」

「で、もう八十日近く、そのファイルへのアクセスはない」ソニアは厳しい声音で付け足した。

「高見さん、自分の身に危険が迫ってることを、予見してたんだね」カリモトがつぶやく。

高見がすでにこの世の人でないという具体的な証拠を前にして、巽たち三人は、ただ黙って顔を見合わせた。

重苦しい沈黙を破って、巽が訊《き》いた。

「で、肝心のそのファイルの中身はなんや？」

「それをこれからなんとかするの！　ここからがホントの金庫破りよ」ソニアは勇ましく言った。

巽はカリモトに誘われて、第六台場で唯一視界の開けた土手に上った。

もうすっかり夜も更けて、人工島を取り巻く暗い海からは、ちゃぷちゃぷと波が石垣を打つかすかな音が聞こえてくるばかりだ。

巽はくわえタバコで東京の街灯り《まちあか》を眺めている。

夜景が遠く見えるのは、その手前に怖いぐらいの暗闇に包まれた広大な湾岸エリアが横たわっているからだ。

それさえ視界に入れなければ、灯りの数がずい分減ったとは言え、東京の夜景は今でも十分美しく、そしてどこか寂しげだった。

温かみのあるオレンジ色にライトアップされた東京タワーをぼんやりと眺めていると、カリモトが訊《たず》ねてきた。

「巽さんは、関西の人ですよね？」

「ああ。カリモトさんは、東京か？」

「ええ」カリモトも、東京タワーか、その奥の新宿高層ビル群の方を見ている。「好きですか？　この街」

「さあ――」巽には本当に分からなかった。「昔、俺の友だちがな、言うとった。そいつも大阪から出てきた奴でな。そいつが言うには、『東京では、みんなひとりぼっちな感じがして、それがええ』って」

「そうかなあ……？」カリモトは首をかしげる。

「東京に生まれ育った人には、分からんやろな。確かに東京には、ひとりで暮らしてる若い人間が多いやろ？　せやから、東京の真ん中で人波に紛れてると、俺もひとりぼっち、あいつもひとりぼっち、と感じる。それがなんとも言えず、ええらしい」

「それがいいんですか？　なんか、寂しくないですか？」

「俺には、その気持ちが分からんでもない。寂しさとか孤独の中に、ふと自由を感じることがあるんやな。逆に、ホンマに自由になりたければ、孤独を覚悟せなあかん。孤独と自由は相性がええっちゅうことの証拠かもしれん」

「そういうもんですかねえ」納得したかどうかは分からないが、カリモトはしみじみとした口調で言った。

「でもな。自由ちゅうのは、難しいもんや。なろうと思てなれるもんやない。人間を縛りつけてるもんいうのは、自分ではなかなかほどかれへん。ほどいたらあかんもんも、ある」

巽はつぶやくようにそう言って、しばらく黙りこんだ。

そして煙を大きく吐き出すと、心もち声を明るくして、言った。

「そういう意味では、人間はなかなかホンマの孤独にはなられへんもんや。せやから、ええんかもな」

　そのままもう十分ほど、海風にあたりながら二人で夜景を眺め、巽はタバコをもう二本灰にした。

　プレハブに戻ろうと歩き始めた瞬間、ドンッ、と下から突き上げられるような衝撃を感じたかと思うと、地面が横方向に揺れ始めた。

「地震や」身の危険を感じるほどではないが、立ち止まってじっと周囲を見守らずにはおれない。その程度の地震だった。

　十秒足らずで揺れはおさまった。

「震度三、せいぜい四ってとこですか」カリモトが言う。

「最近、また地震多いな」

「ですね。十日ほど前にもありましたよね。確か、震度四だったかな？」

　そのとき――。

　異様な音が辺りに響いた。まるで地中で大きな金属塊が軋《きし》んだような音が、周囲の空気を震わせる。

　巽はうしろを振り返った。音の発信地はお台場だ。かなり距離を感じたので、手前の台場地区ではなく、もっと南の青海地区の方かもしれない。

　そして、次の瞬間――。

　今度は周波数の低い、こもったような破裂音が轟《とどろ》いた。巨大な岩石かコンクリートが割れたような音が、巽の腹部に響く。

そのあとも数分の間、ミシリミシリ、という大きな家鳴りに似た音や、ギリギリギリ、と鉄筋が擦れ合うような耳障りな音が、散発的に聞こえてきた。

「――何ごとや？」

「お台場です。少し大きな地震が起こるたびに、あんな音させてますよ。十日前の地震のときも、すごかったです。どこか爆発したのかと思って、みんなプレハブの外に飛び出してきたぐらいですから」

「どっか、崩れてるんか？」

「でしょうね。お台場には、ほとんど全壊と言っていいような建物が、取り壊されないまま、まだたくさん残ってますから。地震が起こるたびに、そういうビルとかガレキの山が、ちょっとずつ崩れていってるんだと思います」

東京湾北部地震の直後、お台場は他のどの埋立地よりも早く、立ち入りが禁止された。

地震発生のわずか二日後には、すべての住人と企業が退去を命じられ、機能しているか否かにかかわらず、お台場へとつながる橋、トンネル、埠頭《ふとう》がのきなみ封鎖された。

島内へのルートには大量の警官が配置され、上陸を許されたのはガレキの下で行方不明になった被災者を捜すレスキュー隊と自衛隊だけだった。

その後の二、三ヵ月のうちに、とくに危険度が高いと判断されたいくつかの高層ビルだけが慌ただしく解体された。そして、有明側へとつながるほとんど無傷の一本を残し、レインボーブリッジを含むそれ以外の三本の橋すべてが破壊された。ゆりかもめはすでに倒壊していたので、レールの撤去だけがおこなわれた。

大井埠頭とお台場を結ぶ首都高速湾岸線の海底トンネル「東京港トンネル」は液状化現象による変形が激しく、トンネル内部への浸水が深刻だったため、すでに通行は不可能だった。お台場とその南の中央防波堤内側埋立地をつなぐ「第二航路トンネル」でも状況は似たようなものだったというが、当局は念には念を入れて、これら二本の海底トンネルの出入り口付近に大量のコンクリートを流し込み、完全に穴を塞《ふさ》いでしまった。りんかい線の地下鉄軌道は無事だったといわれているが、当時お台場にあった東京テレポート駅の地下部分は液状化によって完全に土砂に埋もれていたため、駅舎の封鎖が措置された。

そして最後に、お台場——東京湾埋立地十三号地——のぐるりを一ミリの隙間もなく取り囲む、全長九キロにも及ぶ長大な防護柵《さく》を設置し終えると、その工事のためだけに残されていた最後の橋を爆破した。

こうしてお台場は、震災から半年も経たないうちに、完全な孤島となった。臨海地域で、ひどく被災した建造物が大量に残されているのは、このお台場だけだ。

サイド・シックスのプレハブからもれる灯りの向こうに、幅一キロはあろうかという黒体が、すべての波長の光を吸収し、完全な闇をなしている。夜空と比べてもなお暗いその漆黒の領域は、大小様々なお台場の構造物が輪郭を形づくる巨大な影だ。

その巨大な影の最下部、海岸線のやや上方には、無数の赤い光が水平方向に直線状に連なっている。お台場を取り囲む高さ五メートルの防護柵の上端に取り付けられたパイロットランプだ。

巽はその赤いランプの列を指差して、カリモトに訊ねた。

「なあカリモトくん。あのお台場の防護柵なあ、赤外線センサーがついてるて聞いたけど、ホンマなんやろか？」

「本当ですよ。人が近づくと、体温に反応して、警備当局の湾内の基地で警報が鳴るんだそうです」カリモトは平然と答えた。東京湾の住人にとっては常識なのかもしれない。

「海上保安庁か？」

「ええ。確か国土復興協力隊にも通報がいくんじゃなかったかな」

「大げさなこっちゃなあ」

カリモトがフッと笑みをもらした。「赤外線センサーどころじゃありませんよ。もっと仰々しいものがついてます。赤外線はそのオマケみたいなもんです」

「あん？」巽は一瞬不思議そうな顔をして、急に唾《つば》を飛ばした。「まさか、柵にごっつい電気が流れとるとか？　触ると、ビリビリー、いうて感電するような」

「そんなレトロな。旧北朝鮮の収容所じゃないんだから」カリモトは苦笑する。

「『ADS』ってご存じですか？　『アクティブ・ディナイアル・システム』」

「横文字が得意やないこと、知ってるやろに」気まずそうな顔で答える。

『暴徒鎮圧システム』なんて訳されてるみたいですね。もともとは、暴動なんかが起きたときに、暴徒を撃退する目的で、米軍が開発したんです。二〇〇〇年代にほぼ技術が完成して、二〇一〇年代から実用化されてます。巽さん、電子レンジの原理、知ってるでしょ？」

「電子か電波か知らんけど、それで食べ物の中の水分だけが温まるんやろ？」

「ええ。正確には、マイクロ波っていう周波数の高い電磁波です。電子レンジは、マグネトロンという部品で二・四五ギガヘルツのマイクロ波を出して、水分子の集団を振動させるんですね。その摩擦熱で食べ物全体を温めてるわけです。ADSも、原理的には電子レンジと同じです」

巽は思わず後ろにのけぞって、つかえながら喚《わめ》く。

「に、人間をチンするんか！　な、なんちゅうえげつないことすんねん！」

「チンはされませんよ。ADSってのは、標的にマイクロ波のビームを照射する装置で、ビームが当たった人間は、皮膚の表面温度が一瞬にして五十℃以上にまで上がります。皮膚に火がついたような激痛に襲われるそうです」

「ホンマに激痛ですむんかいな？」

カリモトが諭すように言う。「ADSで使うマイクロ波は、電子レンジよりずっと周波数が高いんです。その分、指向性が高い。つまり、ビームを照射する範囲を絞ることができます。ビームの射程も短いですから、激痛を感じた人間は、すぐにビームの圏外まで離れればいいんです。それに、周波数が高い電磁波は、表皮効果といって、内部にしみ込みにくい性質をもっています。だから、温度が上がるのは皮膚のほんの表面だけです。その辺りが、ADSが『人道的兵器』と言われる所以《ゆえん》ですね」

「人道的兵器？　そんな言葉には騙《だま》されへんど。矛盾する単語を二つくっつけとるやないか！」

真面目な顔でそう言うと、カリモトはアハハと笑って、続けた。

「相手を殺すのではなく、無力化するのが目的の兵器なんです。痛みを感じたらすぐ後退できる、逃げ出せる。そういう意味で、殺傷能力はありません。殺さずに、動きを止めるだけです」

「火傷《やけど》もせえへんの？」

「何秒もビームにあたってたら、するでしょうね。死んじゃうこともあるかもしれない。でも、軍が想定してるみたいに、暴徒や犯罪者に向けてごく一瞬だけ照射するぶんには、なんの後遺症もないと言われてるそうです。ただし、たとえほんの一瞬でも、とても我慢できるような痛みじゃないらしいですよ」

「人道的かどうかは知らんが、かなりきついお灸《きゅう》にはなるな」

「米軍は中東の方で実際に使ってるそうです。暴動鎮圧とかならまだいいんですが、簡単に拷問装置に転用できるじゃないかっていう批判もあるみたいですね」カリモトは顔を上げて、お台場に目を向けた。「もちろん、警備システムにも応用できる」

「お台場の防護柵には、それが取り付けられとるわけか」

「ええ。侵入防止システムとしてADSを導入したのは、国内ではここが初めてだそうです」カリモトは赤いパイロットランプの方を指差した。「近づいて見れば分かるんですが、あの防護柵は、高さ五メートル、幅三メートルのフェンスが、ずーっとつながってできています。お台場の外周は九キロもあるんで、全部で三千枚ぐらいですね。それぞれのフェンスに、赤外線センサーと、ADSの照射装置がついてます」

「一枚一枚に？」

「そうです。赤外線センサーはフェンスのてっぺんについていて、半径十二メートル以内に近づいた人間を感知します。聞いた話では、センサーが感知すると、そのフェンスのADSからマイクロ波が照射されます。フェンスから十メートル以内には絶対近づけないそうですよ。あまりの激痛で。フェンスの下の方にパラボラアンテナみたいなのがついていて、そこから上方向に放射状にビームが出るんです。ですから、フェンスの内側も、外側も、もちろん真上もダメ。赤外線センサーの感知範囲外に出ない限り、ビームの照射は止まりません。棒高跳びの金メダリストでも、柵を乗り越えるのは無理ですね」

「へーえ。時代やのう。防犯システムも、ハイテクや」

「よくできたシステムだと思いますよ。赤外線センサーと連動していて効率もいいし、確実に侵入者を撃退できる。しかも、人を傷つけることはないという建前だ。とってもエレガントです。もちろん柵のあちこちに監視カメラロボットが取り付けてあるから、大がかりな足場を組んで侵入するのも無理だし。ほぼ完璧《かんぺき》です。なんでそこまでコストをかけるのかは、謎ですけどね」

「それにしても詳しいな、カリモトくん」巽は感心して言った。

「サイド・シックスには、オタクが多いでしょ？　いるんですよ、筋金入りの軍事オタクが。彼ね、身を挺《てい》して確かめに行きましたよ。手漕《てこ》ぎのゴムボートにのって」カリモトは可笑《おか》しそうに言う。「左腕だけ前に伸ばして、ゆっくりゆっくりフェンスに近づいていったんですって。そしたら、ある地点で、ジュッときた。あり得ないぐらい痛かったって。一秒ももたないって言ってました。見たところ、火傷にはなってませんでしたけど」

カリモトが再び歩き始めたので、巽はそのあとに従った。十歩ほど進んだとき、カリモトが何か思い出したように急に立ち止まり、巽の方を振り返って言った。

「今思い出しましたけど、この防護柵の工事を請け負ったの、あの帝土建設ですよ。帝土の技術研究所が、日本で初めてＡＤＳを警備システムに応用したんです」

## 26

府中刑務所をあとにしたみどりは、再び霞が関の警察庁図書館に戻っていた。

もう午前零時をまわっている。閉館時間はとっくに過ぎているが、捜査で緊急に必要だからと無理を言って居残らせてもらった。ときどき警備員が巡回に訪れるとき以外、館内に人の気配はない。

今度は思想史の文献ではなく、捜査資料をテーブルいっぱいに広げている。無政府主義者や外国人活動家が起こした過去二十年分の公安事犯をしらみつぶしにあたって、どこかにカルロス・オオスギの痕跡《こんせき》が残っていないかを調べていた。

もちろん、ただの生活安全課員であるみどりに、公安関係のすべての資料が閲覧できるわけではない。

それにしても——オオスギにつながりそうな手がかりは、まったくと言っていいほど出てこない。

カルロス・オオスギは、一年前に死んでいる——。

この重富の言葉が本当なら、今、子供たちはどこでどうしているのか——？

一部の震災ストリートチルドレンが再び都内に姿を現すようになったことは、オオスギの死と何か関係があるのだろうか——？

急に目眩《めまい》がするような疲労感に襲われたみどりは、大きなテーブルに両肘《りょうひじ》をついて、両方のこめかみを拳《こぶし》の先でグリグリ押した。

バッグの中でみどりの携帯が震えた。河野からの着信だ。

「すまねえな、夜分によ」電話の向こうでガサついた声が響いた。

「いいえ、まだ調べものしてましたから」

「そいつはご苦労だな。どうだい、調子は？」河野は気安い調子で訊《き》いた。

「まだまだですね。事件の核心にたどり着くまでには……。ですが、あのリリコという女、やっぱり一連の事件につながってました」

「ほう。だったらこっちとしても、探り入れた甲斐《かい》があったってもんだ。実は、こうして夜中に邪魔したのも、もう一件の方の殺しについてなんだわ」

「もう一件って、あの首を切られた東南アジア系の男、ですか？」みどりは思わず姿勢を正した。

「ああ。川崎港に浮いた野郎だよ。とんでもねぇタマだったぜ」

「前科《まえ》でもありましたか」

「臓器売買のブローカーだよ」河野はいかにも汚らわしげに吐き捨てた。

「臓器売買――？」みどりには馴染《なじ》みのない犯罪だ。

「出身はフィリピンのミンダナオ島だ。もともとは、東南アジアとインドを拠点に、ブローカーを……なんつったかな」河野はメモか何かを見ているようだ。「――ああ、『ドナーサイド・エージェント』ってのをやってたらしい。そう呼べば大そうご立派に聞こえるがよ、要は『ドナー狩り』よ」

「そんな男が、東京で何してたんですか？」

「それが驚いたことによ、今、アラブ人の金持ちの間で、日本人の腎臓《じんぞう》が人気らしい。もっと貧しい国で臓器売るような人間に比べると、日本人はまだ健康状態がいいんだと。まあ半分ぐらいは迷信だろうけどよ」

河野はいかにもバカバカしいといった調子でそう言うと、やや声を硬くして続けた。

「で、川崎の方に、ドナー狩りの組織ができてるらしい」

「そんなにたくさんいるんですか？　自分の臓器を売ってもいいっていう日本人が」みどりは驚きを込めて訊《たず》ねる。

「ああ。最近、売血所ってのがあるだろ？　正確には、復活したってことになるのかね。大昔は日本にも売血制度があったらしいからな。爺《じい》さんがそう言ってたよ。とにかく、その売血所にやってきた人間に声をかけるらしい」

「臓器売りませんか――と？」

「そういうことだ。ほとんどが腎臓。角膜もなくはないようだ。その組織全体で、ひと月に五、六人はドナー希望者を捕まえるらしいぜ」

「そしてそのまま、海外に連れていく――？」もちろん国内では、臓器移植法によって、臓器売買による移植手術は固く禁じられている。

「もちろん、患者とのマッチングが取れれば、だろうけどよ」

「にわかには信じられないような話ですね」

「お前さん、リリコって女が今度のヤマとつながってると言ったな。だとすりゃあ、このフィリピンの野郎もやはり無関係とは言えねえかもしれねえ」

「つながりがあるんですか？　その二人に」

「ああ。その川崎のドナー狩りの組織を取り仕切ってるのは、ここんとこ怖いものなしの、あの荒神会だ。で、リリコって女のバックについてたのも、どうやら荒神会らしいんだわ」

「荒神会——」最近その名前を他でも聞いた。

そうだ、巽の口から聞いたのだ。丈太を追っていたのが、確か荒神会——。

リリコは体を売る女を集めていた。そしてこのフィリピン人は臓器を売る人間を集めていた。そして二人とも、ダーウェイに殺された。

リリコのもとには震災ストリートチルドレンだった少女たちが訪れていたという。この臓器ブローカーも、消えた子供たちと何らかの関わりをもったのだろうか？　二人の背後には荒神会という共通の組織がある。子供たちの情報が共有されていても不思議ではない——。

河野のだみ声に、みどりは我に返った。

「それからな、最後にもうひとつ、情報だ。まだウラはとれてねえんだが——例のシャオ兄弟の弟の方がな、公安の連中にガラ押さえられたらしい」

「チーチェンが？」

みどりは能見との会話を思い出した。能見が手に入れた「切り札」とは、チーチェンのことだったのだ。

隣の建物に、チーチェンがいる。

これで能見は、ダーウェイにたどり着くことができるだろうか——。

礼を言って電話を切ったあと、みどりはしばらくそんなことを考えた。

そして、頬を自分で軽く張って気持ちを切り替えると、書架に向かった。

臓器売買と聞いて、あることを思い出したからだ。昨日の朝読んだアナーキズムに関する文献の中に、臓器売買について述べられた箇所があったのだ。

パラパラとページをめくってその部分を探し出すと、それは正確には無政府主義ではなく、無政府資本主義――アナルコ・キャピタリズム――における論点のひとつとして紹介されていた。だが、そんな違いはみどりにはどうでもいい。

比較的平易な文章で、こう書かれていた。

「それが無償である場合、自分の体の一部を他人に提供することは広く認められている。これは『自己決定権』に基づく考えだ。自己決定権が自己所有権テーゼを前提としたものである以上、自分の臓器を金銭と引き換えに譲渡できるという帰結を導くことも十分可能であるように思われる。

それではなぜ、臓器売買は悪であるとされるのか？　臓器が商品化され、時価が発生するようなことになれば、人体に対する尊重の念が失われる。多くの人はそう言うだろう。しかし、売血制度に反対する人となればその数はぐっと減るし、毛髪の売買についてはほとんどの人が反対しない。

血や髪はどんどん再生産されるから売っても構わない。確かにそういう理屈も成り立つ。では、角膜はどうだろう？　臓器移植法によれば、角膜は臓器である。移植に使われる角膜は『特定治療材料』と認定されている。移植手術をおこなう病院が角膜の購入費用として保険請求する金額を、アイバンクは『斡旋《あっせん》手数料』として徴収している。角膜に価格がつき、社会に流通している以上、これが商品でないと言い切るのは難しい。

しかも、臓器の提供に際しては、あくまで商品化が『可能』なだけであって、強制ではない。売りたい人が売ればいいのである。商品化したいと考える臓器提供者に対して、売買反対論者の倫理や人生観を押し付け、提供者が経済的に豊かになるチャンスを奪うことは果たしてできるのか？

結局、臓器売買を禁止すべき積極的な根拠は見出《みいだ》せない。これは、アナルコ・キャピタリズムにおけるひとつのあり得べき考え方である」

また、「自己決定」だ――。

臓器を売るのも自己決定、春を売るのも自己決定――。

みどりは疲れ果てて、テーブルにコツンと額を載せた。

そしてそのまま目を閉じると、すぐに意識を失った。

## 27

誰かに体を揺すられて、目が覚めた。

巽は一瞬自分がどこにいるのか分からなくなったが、二段ベッドの梯子《はしご》に立って顔をのぞかせているカリモトを見て思い出した。昨夜はサイド・シックスのゲスト用プレハブに泊まったのだ。

「ソニア、やったみたいですよ」カリモトが言う。

「ホンマか！」一気に目が覚めた。

プレハブから出ると、外はもう明るかったが、うっすらと霧がかかっていて肌寒い。コロニーの住人たちはまだ起き出していないようで、物音ひとつしない。腕時計を見ると、まだ朝六時前だった。

ソニアのプレハブのドアを開けると、彼女は長い髪を散らばせたまま、机に突っ伏していた。巽たちがそばに寄ると、うーん、と呻《うめ》いて顔を上げ、鼻をすすりながら髪を後ろで束ねて留めた。

そして、巽たちを振り返ることもなく、かすれた声を出す。

「やーっと、取れた。ちかれたー」

「相手はファイルを預かるのが商売の会社ですからね。さすがのソニアもちょっとばかり手間どったみたいです」カリモトが代弁した。

「あい、このファイル」ソニアはそう言ってマウスを一回クリックすると、腕で机を突き放すようにして椅子を転がし、自分の体をモニタの前からどける。

目の前のモニタに現れたのは、ごく一般的なワープロソフトで書かれた、記事の草稿だった。

タイトルはなく、いきなり本文が始まっている。

巽は小さく声に出して、それを最初から読み上げる。

「皆さんはご記憶だろうか？　あの『お台場カジノリゾート』構想──『お台場カジノ』と呼んだ方が通りがいいかも知れない──がどのような触れ込みで立ち上げられたかを──。

当時、岩佐東京都知事は、都民に向けて意気揚々とこんなメッセージを送っている。

『もう景気も底入れです。この事業をきっかけに、官民の力を合わせて不況を吹き飛ばそうではありませんか』

『このリゾートは、お台場の新しいランドマークとなることでしょう』

『カジノは成熟した大人の娯楽施設です。収益は都の財政を助け、皆さんに還元されるのです』

ご承知のとおり、『お台場カジノリゾート』は、日本初の公営カジノを中心に、高級リゾートホテル、ショッピングセンター、アミューズメントパークなどが一堂に集められた巨大複合施設だ。青海埠頭の十六ヘクタールという広大な土地に、九つの施設が立ち並ぶというこのアーバンリゾート構想は、工期三年、総事業費五兆円の大プロジェクトとして華々しくスタートを切ったわけである。

あれから七年──。人工島にひと際目立つ威容を誇っていたリゾートも、完成後わずか一年足らずで大震災に見舞われるという憂き目にあい、今では見る影もない。だが、営業をおこなっていた十カ月間にしても、来訪者数は当初の予想を大きく割り込み続け、経営状態は常に危ぶまれていたのだ。

本稿で告発したいのはそのことではない。この『お台場カジノリゾート』が、岩佐都知事、大手ゼネコン帝土建設、広域指定暴力団荒神会の三者による『癒着プロジェクト』であったという事実である。

そもそも、お台場、青海地区のリゾート建設予定地には、すでにいくつかの企業や事務所が入っていた。その土地の地上げに暗躍したと言われているのが、F興業という不動産会社だ。実は、F興業は荒神会のフロント企業であり、それらの企業に借地権を譲渡させるために、ほとんど違法とも思える荒っぽい手口を使ったらしい。

ある小さなテナントビルでは、空室にいきなり右翼団体が入居してきて、毎日のように大音量で軍歌を流した。苦情を申し入れた入居者には恫喝《どうかつ》を繰り返し、とうとうほとんどの店子《たなこ》を追い出してしまったという。その右翼団体は荒神会系の組織である。

このように、F興業が建設予定地を更地にすべく水面下でうごめいていた頃、表舞台ではリゾート建設の主体となる第三セクターが設立された。会長は岩佐東京都知事。この第三セクターには、都の職員を始め、民間企業からも多くの社員が出向していたのだが、驚くべきことに、帝土建設は、銀行員という名目で、自社の社員をそこに送り込んでいたのである。

当然ながらこの第三セクターは、リゾート建設に関わるすべての設計と積算をおこなう。この帝土建設の覆面社員は、設計変更を繰り返して工費をどんどん上乗せしていったばかりでなく、予定価格を帝土本社にリークして、ほとんどの大型工事を帝土建設に独占受注させたのだ。

入札に参加したある中堅ゼネコン幹部は、『落札価格と予定価格を見る限り、帝土は積算の段階から詳細な内部情報を握っていたとしか考えようがない』と証言している。

これはもちろん、帝土建設の単独犯行ではない。第三セクター側も積極的にこれに協力している。それどころか、第三セクターを牛耳る岩佐都知事こそが、この計画の首謀者だったと、筆者は確信している。岩佐知事に対して帝土建設から毎年十数億という裏金が流れ、そして、岩佐知事から荒神会にも金が渡っている。それはまず間違いない。

つまり岩佐都知事は、荒神会を利用してリゾート計画を強引に推し進めつつ、帝土建設に受注独占の便宜をはかる見返りとして巨額のキックバックを得ていたのだ。この資金こそが、十二年に及ぶ岩佐都政を支える礎となってきたのではないかと筆者は考えている。

そして、この三者の癒着の舞台となったのが、『金曜会』と呼ばれる岩佐都知事の私設クラブだ。この会はその存在すら公式に明かされていないが、帝土建設社長、荒神会会長を始めとして、大手マスコミやIT企業の社長、大手都銀の頭取、ある仏教系新興宗教の幹部、政府与党の元幹事長などがメンバーとして名を連ねていると言われている。

お台場カジノリゾートが完成してからは、カジノの地下につくられた瀟洒《しょうしゃ》な隠し部屋に本拠を移し、毎週金曜日の深夜に秘密の会合を重ねていたらしい。

金曜会で話し合われたこの三者の間の金のやり取りは、岩佐都知事の裏の金庫番、椚木秘書が取り仕切っていた。一説によれば、椚木秘書が金の流れを詳細に記録した『椚木メモ』という覚え書きが存在するという。このメモが白日のもとにさらされさえすれば、この事件はロッキード事件やリクルート事件に匹敵する巨大疑獄に発展することは確実だ。

そして今、岩佐都知事は、『臨海地域復興十カ年プロジェクト』をぶち上げ、『東京フロンティア』という第三セクターの会長職におさまっている。そこにまったく同じ構図が見てとれると感じるのは、私だけではあるまい。『十カ年プロジェクト』では、『お台場カジノリゾート』のときの十倍を超える国民の血税が動くのである。そのことを決して忘れてはならない」

まとまった記事としては、ここで終わっていた。

大きくため息をついて、ソニアの顔を見る。

ソニアは肩をすくませて、「That's it」と言った。

「──なるほどな。よう分かった」巽は納得したように深くうなずいた。

カリモトがあごを撫《な》でながら確かめるように言う。「今度の臨海地域復興十カ年プロジェクトでも、同じことをやるつもりだった。すでに荒神会も帝土建設も、動き出してる」

「ちなみに、調べてみたら、帝土建設から東京フロンティアにもぐり込んでる俣野って社員ね、お台場カジノリゾートの第三セクターにも送り込まれてた。どうやら俣野は帝土の裏工作担当者みたいだね」ソニアが呆《あき》れ顔で言った。

巽は唇をゆがめる。「せっかくうまいこと動き始めてるんや。たったひとりのジャーナリストに、全部ぶち壊しにされたくはなかったやろう」

ソニアは床をけって端末の前に戻ると、マウスを操作しながら言った。

「この文書ファイルはね、前にも言ったみたいに、一月二十二日に開かれたのが最後で、それ以降は一度もアクセスされてない。でも、その三日後に、新しいファイルが作られてるの。これ――」そう言って再び体をよける。

それは、メモ書きのようなシンプルなテキストファイルで、三つの単語が羅列してあるだけだった。今度はカリモトが中身を読み上げる。

「『椚木メモ。オオスギ・グループ。アイランド・ベイビー』。これだけ……？　オオスギって誰でしょうね。アイランド・ベイビーってなんだろ？」

ソニアが言う。「これさあ、調べてみたら、ネットカフェみたいなところからアクセスして書いてるんだよね。ファイル名もつけてないし、よっぽどあせってたんだよ、高見さん……」

「――ちょっと待てよ。オオスギ？」巽は眉間《みけん》を指でつまんで、プレハブの中をウロウロし始める。「オオスギ、オオスギ……どこや、どこで聞いた――？」

そして、いきなり手をパチンとたたき、大声で叫ぶ。

「せや！　あいつや！　子供たちをどこかに連れ去った、市民団体の男！」

「子供たちって、なんです？」

そう問いかけるカリモトを無視したまま、またうつむいて眉間をつまむ。

オオスギ・グループ……グループ？

アイランド・ベイビーと「島の子供たち」。

椚木メモっちゅうことは、オオスギもこの汚職事件にかんどる――？

やっと顔を上げた巽は、カリモトに早口で訊《たず》ねた。

「なあ、カリモトはん。ここからできるだけ早く本土に戻る方法は――」

そこまで言ったとき、プルルル、と巽の携帯が鳴った。

通話ボタンを押した途端、スピーカーから佐智の金切り声が聞こえてきた。

「寅ちゃん！　大変！」

「どないした？」

「いない！　丈太くんがいない！」

「いない？　おれへんて、どういうことや！」

「分かんない！　朝起きたら、どこにもいないの！　布団は空っぽで、玄関に靴がない！」

「ひとりで、出て行きよったんか！」

「たぶん」

「係長は？」

「昨日の夜は帰ってこなかったみたい。寝室にはいない」

「夜のうちに、なんか変わったことなかったか？」

「ないよ！　誰か訪ねてきたりとかも、なかったし……」

「おとなしゅうしとれ言うたのに、あのアホ……」忌々《いまいま》しげに舌打ちする。「さっちゃん、心当たりないか？　丈太のやつ、どっか行きたいとか、言うてなかったか？」

「そんなの分かんないよ……」佐智は今にも泣き出しそうだった。

「とにかく、すぐそっちに戻るさかい」

佐智はしばらく鼻をすすっていたが、突然、「あ――」と言った。

「どないした？」

「うん。昨日の夜ね、またあのマングースの話になったの。でね、丈太くんが『マングース、どうしても見たい？』って訊《き》くから、『そりゃ見たいよ。いつか絶対見せてね』って言ったの。だから、もしかしたら……」

あの廃屋か――。毎日のように餌づけをしていた丈太が、マングースの様子を気にかけていなかったわけがない。確かに、廃屋に出かけていった可能性はある。

「分かった。とにかく、これからすぐ帰る」そう告げて電話を切った。

そして、何ごとかと顔を見つめてくるカリモトに、頭を下げた。

「すんまへん。ある子供の命が危ないかも知れないんです。大至急、本土に帰らなあきません。なんとかなりませんか？」

二人乗りの超小型ホバークラフトの上で、振り落とされないようにコの字形の取っ手を握りしめたまま、宇多組のセイジに電話をかける。

驚いたことに、このホバークラフトは手作りだった。運転してくれているサイド・シックスの青年が、部品を集めて一から組み立てたのだそうだ。まだぐっすり眠っていたこの青年をカリモトが揺り起こし、巽を芝浦埠頭《ふとう》まで届けてくれるよう拝み倒してくれたのだ。

「……あい」電話の向こうでセイジの寝ぼけた声がかろうじて聞こえた。

「俺や、巽や！」巽は精一杯の大声を張り上げる。「ちょっと今、ホバークラフトの上でな！　うるそうてお前の声は聞こえへんから、用件だけ言うぞ！　ベンツ転がして、芝浦埠頭の南の端っこまで来てくれ！　今すぐや！　芝浦埠頭やぞ！　五分で来い！」

巽はそう叫ぶと一方的に電話を切り、また両手で取っ手を握りしめた。

ホバークラフトはやや高めのプロペラ音を響かせて、まさに海面を滑るように走る。小さなゴムボートのようなスカートに木製の板が載せられているだけの構造で、風防などはない。正面から風をまともに受けて、巽のトレンチコートがバタバタとはためく。

みるみるうちに、芝浦埠頭が近づいてくる。

舵《かじ》を握っていた青年は、意外に早い段階でエンジンの出力を緩めた。そして、船体を見事に横滑りさせながら、埠頭の南岸にアプローチしてゆく。

スカートがゆっくりと岸壁に当たって、ホバークラフトは穏やかに停止した。

巽は岸壁のへりに不格好にしがみつくと、懸垂をするように腕だけで体を持ち上げ、必死の形相でなんとか上陸した。

ぜいぜいと肩で息をしながら深々と頭を下げて礼を言うと、青年は「んじゃ、僕はこれで」とだけ言い残し、ビーンとプロペラ音を轟《とどろ》かせるや否や、猛スピードで第六台場の方向に走り去っていった。

それを見送る巽の背後で、急ブレーキをかけたベンツのタイヤが軋《きし》んだ。

「五分じゃきついすよ」パワーウィンドウを下げながらセイジが情けない声を出す。

「どうしたんすか、こんな時間に。まだ七時半すよ？」

「まあ上出来や。すぐ出せ。五反田方面」

巽はベンツの助手席に乗りこみながら、急《せ》きこんで指示を出す。

車は第一京浜を経由し、高輪《たかなわ》を抜けて桜田通りを南に走る。まだラッシュ前なので、道は比較的空《す》いていた。

遠くに五反田駅が見えてきた辺りで、巽は車を路肩に止めさせた。マングースの廃屋がある空き地の真ん前だ。

「ちょっとここで待っててくれ」

そう言い残して車を飛び出すと、腕を大きく広げて強引に車の流れを止めながら、横断歩道でもないところを通りの反対側まで渡った。

小走りになって、空き地の脇の細い道に入る。金網の内側の様子をうかがいながら進んでいくが、空き地に丈太の姿は見えない。

一番奥の壁の崩れた廃屋の前までやってきた。とくに変わった様子はない。フェンス越しに耳をすましてみたが、物音ひとつしてこない。

「丈太！　おるか！　丈太！」

大声で叫んでみたが、返事はない。

巽はフェンスの下の方をあちこち押して、金網が枠からはずれている箇所を探した。丈太が中に入り込むのに使っていた隙間だ。すぐにそこを見つけると、巽は渾身《こんしん》の力をこめて、強引にその隙間を広げてゆく。太い針金が、バキンバキン、とはじけるような音を立てる。

地面を這《は》うようにしてその穴に頭から突っ込み、コートの繊維を針金の端が掻《か》き切るのも構わずに、大きな体を無理やりフェンスの内側にこじ入れた。

土の地面に手をついて立ち上がると、廃屋に走る。

崩れた外壁から中をのぞいてみるが、朽ち果てた家具が散乱した薄暗い室内には、誰の姿も見えない。ごく小さな家で、内部の仕切りも崩れているので、人が姿を隠せるような空間はない。

「おい！　誰かおるか！」

もう一度叫んでみたが、わずかに残響が響いただけだった。

あきらめて引き返してきた巽が、身をかがめて金網をめくり上げようとしたとき、フェンスのすぐ外側にある水のない浅い側溝に、何か白っぽいものが転がっているのが目に留まった。

片方だけの、子供の靴——。

再び苦労してフェンスをくぐり、道側に出ると、すぐにその白い靴を拾い上げた。右足用のスニーカー。外れかけたソールが、ガムテープで補強してある。

「丈太——！」

巽はつぶやくように叫ぶと、スニーカーを握りしめたまま、全速力で桜田通りに向かって駆け出した。

走りながら、猛スピードで考える。

あかん。これはいよいよ本格的に、まずい。

丈太をさらったのは、椚木の一隊か、荒神会——。

どっちや？　どっちに行くべきや——？

いや、どっちにしても、正面切って攻めたところで、あかん。

突破口になるとしたら……。

ベンツのドアを開けるや否や、くわえタバコのセイジにつかみかかるように言った。

「『東京フロンティア』ってどこにあるか、知ってるか？　すぐ調べてくれ！　お前、携帯とかでそんなん調べんの、得意やろ？」

「それ、会社すか？　カーナビでいけますよ。『東京……』なんすか？」セイジは二度聞き直すと、カーナビの液晶画面を音声検索モードに切り替えた。そして、顔を機械に近づけて、「東・京・フ・ロ・ン・ティ・ア」と一語一語はっきり区切りながら言う。

数秒後、カーナビの画面にカラフルな地図が表示された。あるビルの上にピンのようなマークが刺さっている。

「内幸町《うちさいわいちょう》っすね。日比谷《ひびや》公園のちょい南です」

「そこ向かってくれ！　急げ！」巽はセイジの口からタバコをもぎ取って、窓の外に投げ捨てた。

## 28

東京フロンティアは、日比谷通り沿いにある高層ビルに入っていた。

朝八時半という時間だったので、日比谷通りにはスーツ姿の無数の男女が、肩を触れ合わせながら急ぎ足で行き交っていた。

巽はそのうちの何人かと相前後してビルの敷地に入ってゆく。大理石の床が照明を反射する広々としたロビーに足を踏み入れると、正面奥に座っている案内係のもとに駆け寄って、東京フロンティアのフロアを訊《たず》ねた。

そして、三人の背広の男たちと一緒にエレベーターに乗り込むと、十七階のボタンを押した。

箱の中の案内板を見ると、このビルには公団や特殊法人が数多く入っていることが分かる。東京フロンティアは十七階から十九階までの三フロアを占有していた。

十七階でドアが開き、外に出る。

一緒に下りた男のあとに続いて進んでいくと、エレベーターホールの向こうは小さなロビーになっていて、正面に大きなガラス扉が見えた。扉の横には「東京フロンティア」と書かれたアルミ製のプレートが掛かっていて、その真下に受付カウンターがある。受付カウンターの反対側には濃紺の制服を着た警備員が立っている。背広姿の男は、胸に下げた身分証を警備員に向けてちょっと掲げると、扉を開いて中に入ってゆく。

巽は早足でロビーを渡り、カウンターの中から微笑みかけてくる受付嬢に言った。

「すんません。ここの社員さんの、俣野っちゅう人に会いたいんですけど。至急取り次いでもらえませんせん？」

「俣野ですね。少々お待ちください」

受付嬢は受話器を上げてしばらく耳に当てていたが、やがて申し訳なさそうな顔を作って言った。

「俣野はまだ出社していないようですが……」

腕時計を見る――八時四十分。「何時頃出てくるか、分かります？」

「一応始業は九時ですが、確かなことは……。あの、お約束は――」

そう言いかけた受付嬢に、図太い調子で続けた。

「ここで待たせてもらいます。俣野はんが来たら、声掛けてくれる？」

受付嬢は困り果てた様子で、チラッと警備員の方を見た。巽は警備員から顔をそむけ、受付カウンターから離れた。

ロビーをエレベーターホールの方に歩く。壁は全面ガラス張りで、北側の窓からは日比谷公園と皇居が眼下に望める。

今日も上空はもくもくとした立体的な雲に覆われている。雲はところどころで厚さを増し、濃灰色を呈している。いつ雨がパラつき始めてもおかしくない。

ロビーの隅に、一辺三メートルはありそうな大きなショーケースがあって、中には東京臨海地域の模型が飾られていた。再開発予定地を中心としたリアルなジオラマだ。個々の建物や構造物の模型はまだ置かれていないが、計画が進んでゆくとともに、ここに再現されていくのだろう。

巽は模型のお台場を眺めた。薄茶色に塗装されたその人工島には、「お台場」ではなく、「十三号埋立地」と書かれた小旗が立っている。

上から眺めたお台場は、縦三キロメートル、横一キロメートルの細長い長方形で、長辺が北西の方向を向いている。北側のやや膨らんだエリアが台場地区、南に延びるのが青海地区だ。初めに商業施設や住宅が建設されたのが台場地区で、「お台場カジノリゾート」が建設されたのは青海地区北部、つまりこの人工島のちょうど真ん中辺りだ。

この模型でも、お台場には一本の橋もかかっておらず、ご丁寧に島をぐるっと取り囲む防護柵《さく》までが再現されている。たとえそれが模型であっても、お台場をこうしてあらためて俯瞰《ふかん》してみると、それが完全に孤立した島であることがよく分かる。ショーケースから離れ、東側の窓の外を見た。遠くに東京湾が見える。

巽はイライラし始めていた。腕時計は八時五十二分を示している。

そのとき、エレベーターホールの方で、チン、と音がなって、数人の男たちがロビーに吐き出されてきた。

その中のひとりが、受付カウンターで呼び止められた。受付嬢はちらちら巽の方をうかがい見ながら、その男に何か耳打ちしている。

巽は男の背後に忍び足で駆け寄って、いきなり声をかけた。

「俣野はんでっか？」

ビクッとして振り返ったのは、五十がらみの丸顔の男だった。

俣野康太《こうた》――さりげなく社員証を確かめた。

俣野は色白の丸顔をやや引きつらせながら、一重まぶたの下で光る小さな目を巽に向けた。

「そうですが……」と不審そうに口ごもる俣野の背中を抱くようにして、どんどんエレベーターホールの方に押し戻してゆく。

「巽といいます。ちょっと訊《き》きたいことがありますねん」

「ちょ、ちょっとなんですか、いきなり——」保野は、肩をつかんで進む巽の歩みに精一杯逆らいながら、戸惑いの声を上げる。

「こっちは悠長なことしてられへんのや。それはおたくも同じやぞ。命がかかってる」

保野の耳もとですごんだ。

「い、命?」

「あんたの命や。岩佐都知事と帝土建設と荒神会。これで俺が何の話をしにきたか、分かるやろ?」


ビルの屋上は、風が強かった。

だがその風はやや生ぬるく、ごくごくたまに、一粒だけはぐれてきたような雨滴を運んできた。

おとなしくついてきた保野に、荒々しく問い質《ただ》す。

「丈太っちゅう男の子が、椚木か荒神会にさらわれた。丈太はおそらく、オオスギ・グループとかいうもんの関係者や。お前ら、丈太をどこへやった? お台場カジノの汚職事件とあの子は、どう関係してるんや?」

保野は巽の二番目の質問を聞いて、涙袋をピクリと震わせる。

「みなまで言わなあかんか——」

巽は高見記者の記事を思い出しながら、お台場カジノリゾートを舞台にした汚職事件の筋書きを話して聞かせた。元刑事の巽にとって、あたかも自分で調べてきたかのように、すべてを知っているかのように、そして、じわじわと脅しをかけるように話すのは、お手のものだ。

「——だいたい分かったか？　ほな、次いくぞ。臨海地域復興十カ年プロジェクトで、おたくら東京フロンティアが——」

「も、もういい」俣野は首を小刻みに振る。唾液《だえき》がうまく飲み込めないのか、どこか苦しそうだ。

「これを知ってるのは俺だけやない。もうじき何人かのジャーナリストにも知れる。警察にも知れる。これだけの数の人間が知った以上、ことが明るみに出るのは時間の問題や」ここで一気にたたみかける。「確かに岩佐は力がある。事実を嗅《か》ぎつけたところをひとつずつつぶしていくかもしれん。でもそれは、負けの決まったモグラたたきみたいなもんや。叩《たた》いても叩いても、モグラはあちこちから顔を出して、その数は増えていく。そのうち、ゲームオーバーや」

「なんで、なんで私に……私に、どうしろって言うんだ！」俣野は声を絞り出すようにして叫ぶ。

巽はそれを見てニヤリとした。

「気の毒になあ。東京フロンティアも解散やで。このご時世、再就職も大変やろ。なあ？　おたくの奥さんも」

「な、なんでうちの妻が……妻はここで働いてない。た、ただの主婦だ」

「一家の大黒柱を失うたら、働かなしゃあないやないの」巽は口をとがらせる。

「う、失う？　わ、私が刑務所にでも入るって、そう言いたいのか」俣野の狼狽《ろうばい》ぶりが激しくなってきた。

「ちゃうちゃう。あんた、もうじき殺されるから」巽は平然と言った。

「な、なんで私が？」もう膝《ひざ》がカクカク震えている。

「モグラたたきをあきらめたら、岩佐たちが次にやることはなんや？　口封じやろが。被害を最小にとどめるための。常識やないけ」

そう言って首をかしげると、子供に諭すような口ぶりで続けた。

「あのな、政治家の汚職事件で秘書が死ぬのは定番やろ？　贈賄側の実行部隊の社員が死ぬんもようある話や。今回も、榊木とあんたが死んだら、それであんじょういくやないか。どっかでひっそり殺されるんか、無理やり自殺させられるんか知らんけど、お前らが命を差し出したら、お大尽たちはみな安泰。岩佐紘一郎に、荒神会会長に、帝土の社長やぞ？　どいつもこいつも、お前らみたいなもんが何人死のうが、なーんとも思わん連中やないの」

「そ、そんなバカなこと……あり得ない」俣野の目が怒りと恐怖で潤んでいる。

「現に、すでにひとり殺されとる。雑誌記者でな。あれはむごかったでホンマ……。東京湾で釣りしてたおっさんのサビキにな、いっぺんにかかったんや。手首、目ん玉、はらわた、太もものかけら……」指を折りながらデタラメなことを挙げていく。

「もういい！」保野が大声で巽の言葉をさえぎった。「もう、やめてくれ……」

数秒の沈黙のあとで、巽が低い声ではっきりと言った。

「――ひとつだけ、助かる方法がある」

保野が顔を上げて、見つめ返してきた。

「俺にすべてを話すんや。そしたら、お前の命を助けたる」

「あ、あんたは、何ものなんだ？　記者か？」

「別に何ものでもない。丈太の近所の、ただのおせっかいなオヤジや」

「じゃあ何ができるって言うんだ。あんたに」

「ええか？　さっきも言うたように、遅かれ早かれ、ことは露見する。でもな、それが遅れれば遅れるほど、お前の命は危なくなる。それは分かるな？」

保野はうなずいた。

「お前が命を差し出さずに済む唯一の方法は、ここで一気に事件を片づけてまうことや。それができるのは、俺だけや」

保野は力なく首を振る。巽は保野の両肩を両手で力強くつかみ、顔と顔を近づけた。

「助けたる。信じろ」

保野は腰が抜けたように膝から崩れ落ちると、屋上のコンクリートの上で背中を丸め、だらしない形の正座をした。

そして、岩佐都知事は、呆然《ぼうぜん》とした顔で、空気の抜けたような声を出した。

「例の、脅迫を受けている――」

「裏金の件でやな？」

「そうだ。お台場カジノリゾート開発に関わる裏金の流れは、楢木秘書が仕切ってた。すべてを知っているのは楢木さんだけだ。今も残っている金銭授受の物証というのは、楢木さんが書きつけていた覚え書きしかない」

「それが、『楢木メモ』か――」

保野は一瞬驚いたような顔で巽を見ると、口もとにあきらめを浮かべて言った。

「岩佐知事はコンピュータ嫌いでね。文書を何でもかんでも電子化したりするから情報漏えいが起こる、と固く信じてるんだ。『楢木メモ』というのも、ただの革表紙の手帳だよ。そしてその手帳は、もう失われたと思われていた」

「失われた？　どういう意味や？」

「カジノの地下には、隠し部屋が二つ、作ってあった。岩佐知事が秘密の会合をもつときは、その隠し部屋を使った。以前から会合場所の選定には苦労していたから、カジノを設計するときに我々がその部屋を内密に作らせたのだ」

「秘密の会合っちゅうのは、いわゆる『金曜会』やな？」

保野はまた大きく目を見開いた。「――ああ。金曜会の集会所の隣は、楢木さんが裏の執務室として使っていた。大きな現金保管庫があって、いつでも実弾として使えるように、現金が保管してあった」

　保野はゴクリと無理に唾《つば》を飲み込んで、続ける。

「その現金保管庫には、金曜会の議事録や、表に出せない重要書類もしまわれていた。大量の札束と一緒に、書類用の小さな耐火保管庫、まあ手提げ金庫みたいなものだが、それが何個か入っているのを見たことがある。椚木メモも、その手提げ金庫のひとつに入れられていたらしい」

「カジノは地震で全壊したはずやろ？」

「そうだ。リゾートの敷地は、震源のまさに直上に位置していたんだ。三階建ての地上部と半地下のカジノフロア、そしてそのさらに地下に作られた隠し部屋からなるカジノ棟は、完全に崩壊した。とくにカジノフロアは悲惨な状況だった。ぺしゃんこにつぶれて、上に載っていた三階分のガレキに完全に埋もれた格好だ。無理に広いスペースを取ろうとして、柱が不足していたのかもしれない。当然、地下室へなどアクセスできる状態ではない。我々はあせった。このまま放置して誰かにガレキを漁《あさ》られてはかなわない。なんせ、カジノだからな」

「『カジノ埋蔵金伝説』か――。あれもあながちデタラメやなかったわけや。カジノの金やのうて、知事の裏金やったいうだけのことで」巽は嫌味を含んだ笑みを浮かべた。

「残念ながら、当時は埋蔵金と言えるほどのものはなかった。ちょうど地震の数日前に現金が大量に出払ったところだったので、保管庫に大した額は残っていなかったと聞いている」

「なんや、つまらん」

「金はどうでもいいが、メモは決定的に重要だ。岩佐知事はすぐにお台場への立ち入りを禁じた。行方不明者の捜索や遺体の回収などそっちのけで、カジノ棟のガレキを撤去する作業に取りかかった。だが、地下の隠し部屋など、影も形もなくなっていたんだ」

「部屋への入り口が、じゃなくてか？」

「違う。運悪く、ちょうどあの地下室の深さで液状化が最もひどかった。天井も壁面床も大きく崩れて、水分を大量に含んだ泥水が下から噴き上げてきたらしい。噴砂とか噴泥という現象だ。辺り一面、ガレキと砂泥がめちゃめちゃに混ざり合った大きな窪地《くぼち》になっていた。そこで、現金保管庫が泥から半分突き出ているのが見つかった。変形がひどく、扉が外れかけていた。そしてその中は——空っぽだった」

「ほな中身は、泥の中に沈んだか、ガレキの山に紛れ込んだか——」

「もちろん、ガレキの中身は慎重に調べたし、地面も掘り返した。しかし、ダメだった。椚木メモが入った手提げ金庫は見つからなかったんだ。なお悪いことに、別の資料が入っていた手提げ金庫が、お台場北部のショッピングセンターのトイレで、泥まみれの状態で見つかった。中の書類は全部床にぶちまけてあったよ。おそらく、地震の直後に偶然それを見つけた誰かが持ち出して、金目のものが入ってないかと開けてみたんだろう」

「椚木メモも、同じような目に遭《お》うてるかもしれんというわけか」

保野は深くうなずいた。「あのメモは、第三者が見てすぐに内容が分かるようなものじゃない。だから、お台場のどこかに投げ捨てられているか、土砂に埋まったままかの、どちらかだった。我々は慌てて橋を壊し、トンネルを埋めた。一刻も早く、お台場を完全に封鎖する必要があった。再開発の目途が立つまで、お台場を孤立させておくことにしたんだ。それで、帝土で開発したばかりの侵入防止システムを導入した」

「それがあの人間電子レンジか。それにしても、ちょっと大げさ過ぎるやろ」

初めて保野が引きつった笑顔を見せた。「地震の直後にはもう、岩佐知事の頭に、臨海地域復興十カ年プロジェクトの原型があったに違いない。カジノリゾートでやったのと同じことが、今度は桁《けた》違いに大きな金を動かしてできる。百兆だぞ。それが、あの手帳一冊でパーになるかもしれないんだ。神経質にもなる」

「災害に乗じて金儲《もう》けの算段か。ご立派な政治家やの」

「ところが——去年の十一月、ちょうど、五ヵ月前のことだ」

保野はそこで息をつぎ、胸に手を当てて声を落ち着ける。

「——オオスギと名乗る人物が、『椚木メモ』を手に入れたと知事側に通告してきた。メモの一部のコピーを送ってきたんだが、本物に間違いなかった。その話を聞いたときは、血の気が引いた」

「要求はなんや？　金か？」

「もっと、とてつもない要求だ」俣野は眉《まゆ》をひそめ、困惑したような表情を浮かべた。「つまり、「――日本政府として、お台場の領有権を放棄しろ、というんだ」

「ああん？」巽は思わず素っ頓狂《とんきょう》な声を上げた。それは確かにとてつもない。お台場を寄《よ》こせっちゅうことか？」

真顔でうなずく俣野に、重ねて尋ねる。

「お台場を手に入れて、何するつもりなんや？　気でも違《ちご》とるんか――？　で、おたくら、オオスギへの接触は？」

俣野は首を横に振る。「決定的なものを握られて、我々は奴に手出しできなかった。あんなメモ、いつでも、どんな方法でも公表できる。それでいて、破壊力は甚大だ」

「爆弾のスイッチ握られたみたいなもんか」

「しかも、ちょうど時期を同じくして、別ルートで『椚木メモ』の存在を嗅《か》ぎ付けたジャーナリストまで出てきたらしい」

「高見聡平。殺された雑誌記者っちゅうのが、それや」

巽の言葉に、俣野は小さな目を見開いてヒュッと息を呑《の》んだ。

「い、岩佐政権を脅かす危険因子が二つ同時に現れて、さすがの椚木さんも慌てた。オオスギについても必死に調べたようだが、その正体はよく分からなかったらしい。だが、『椚木メモ』を見つけ出したということは、オオスギはお台場に何か足がかりを持っているはずだ。そう考えた椚木さんは、密《ひそ》かにお台場に人を遣《や》って、島じゅうをくまなく探らせた。すると、果たしてそこに、驚くべきものがあった――」

　俣野は巽を見上げてためを作り、震える声で言った。

「こ、子供たちだけの国だよ。優に百人を超える外国人風の子供たちが、そこに住み着いていたんだ」

「それが、『オオスギ・グループ』か――」

「椚木さんに派遣されたその密偵が、島で幼い子供をひとり捕まえて、うまく言いくるめて聞き出したところによれば、子供たちを率いている王の名こそ、『オオスギ』だった。結局その姿を確認することはできなかったらしいが――。彼らのことを『オオスギ・グループ』と呼び始めたのは、たぶん椚木さんだ。椚木さんはどうか知らないが、私は子供たちの正体について何も知らない。だいたい、お台場に人間がいたなんてこと自体、未《いま》だに信じられない」

「『島の子供』たちや――」巽がつぶやく。「島」というのはやはり、お台場のことだったのだ。

「子供たちがいつからお台場で暮らしているのか、はっきりしたことは知らない。だが、一年や二年どころじゃないらしい。確かに、島に上陸さえできれば、決して不可能じゃないんだ。お台場には大型のスーパーやコンビニがたくさんあるし、何より青海には流通センターがあって、食料品や飲料の倉庫が並んでいる。そういったものは、地震後まったく手つかずで残されていたはずだから、生活物資という点では――」

「お台場にあるもんだけで、暮らしていけるわけか」

「ああ。しかも、相当長い間。分からないのは、彼らがどうやって封鎖後のお台場にもぐり込んだのか……」

「丈太の他にも、何人かのオオスギ・グループの子供たちが、東京の街なかに出没しとる。今でも島への出入りができるっちゅうことや」

保野は素早く二度うなずいた。「そう、椚木さんたちにはそれが幸いした。偶然にも、荒神会のシノギに関わった少年少女たちの中に、オオスギ・グループの連中がいたらしい」

「シノギ？　おい、なんで子供がヤクザのシノギに絡んでくるんや？　ああ？」巽は保野を睨《にら》みつける。

「き、聞いた話では——」保野は目を逸《そ》らして、恐る恐る言う。「ば、売春や、臓器売買——」

「なんやとお？」一瞬で顔を紅潮させた巽は、鬼の形相で保野の胸ぐらをつかんだ。空いた右手は固く握られ、斜め後方に振り上げられている。

保野は首をすくめて声を裏返す。「そ、そういう話を聞いただけだ！　実態は知らない！」

巽は低くうなって拳《こぶし》を下ろしたが、保野の上着はきつく絞り上げたままだ。

巽の怒りをそごうと、保野は早口で続ける。

「と、とにかく椚木さんは、その子供たちから情報を聞き出そうとした。『椚木メモ』についてては彼らはほとんど何も知らなかったが、ひとつ興味深い話が出てきた。グループには、オオスギの後継者とされる少年がいるというんだ」

「ダーウェイのことか？」

「名前までは知らない。オオスギがその国の王だとすれば、その少年は、言ってみればプリンスのような存在らしい。しかもその少年は、お台場を抜け出して、今この東京に出てきているというじゃないか。それを知った椚木さんは、その子を血眼になって探していた。まだ幼い、黒人の少年だ」

「こ、黒人？」巽は目を丸くして声を張り上げると、えりをつかんで俣野を引きずり起こした。「まさか、丈太のことか？　あの丈太が、そのプリンスやっちゅうんか？　ええっ？」

「名前までは知らないと言っている！」俣野は上体を激しく揺すられながら喚《わめ》く。「あ、あんた、その丈太とかいう少年を椚木さんたちがさらったと言ったじゃないか！　彼らが必死になって捕まえたのなら、きっとそうなんだろう」

「そんなアホな……。だいたいあいつ、ただのゴマメやぞ——」

巽は誰にともなくそうつぶやくと、俣野の顔を覗《のぞ》き込んで言った。

「丈太をさらってどうする？　人質にでもするつもりか？」

「な、なにせ、オオスギの寵愛《ちょうあい》を一身に受けている少年らしいからな。プリンスの命が握られては、キングは手も足も出ないだろう。椚木さんたちは、この機を逃さず、一気に片を付けにいくはずだ」

「じゃあ、丈太は今頃、お台場に――」

「おそらくそうだろう。その子の命を盾に、『椚木メモ』を奪還して、オオスギの身柄を確保するか――あるいは、その場で始末する。そしてその子も――」

俣野はそこで口をつぐんだ。巽はその先の言葉を察し、叫んだ。

「アホ言え！　相手はまだ子供やぞ！」

「子供とは言え、事情を知った人間をそのままにしておくはずがない！　王を討ち取ったのに王子を生かしておけば、将来に禍根を残す。あ、あんただって、彼らがそこまで甘くないってことぐらい、分かってるはずだ」

まずい――。時間がない。

巽は俣野の肩を強くつかんだ。

「おい！　お台場に入る方法、なんかないんか！」

「わ、私にできる方法はない」

「現にガキどもが出入りしとるやないか！　なんか方法があるんやろが！」

「分からないと言ってるだろう！」俣野はヒステリックに叫んで、巽の手を振りほどいた。

「じゃあ、あの防護柵《さく》のシステムを止めろ！　あの電子レンジや！」

「む、無理だ。ＡＤＳは国土復興協力隊が管理してる。知事の命令がないと、システムは止められない」

「ほな電源や！　ケーブル切ったる！　電気はどこからとってんねん？」保野のネクタイの結び目あたりをわしづかみにして、ねじり上げる。

「ダメだ——」保野が苦しそうに呻《うめ》く。「海底の共同溝を使って電力を供給してる。ケーブルは全部地下だ。一般人にアクセスできるような場所はない」

保野の額に浮かぶ脂汗を見つめながら、低くうなる。

「じゃあ、ＡＤＳは絶対に止まらへんいうことか？」

「独立した専用の発電システムで動いてるんだ。止まることはない。誤作動で強制終了でもしない限りは——」

「誤作動？　どういうことや？」

巽がネクタイを握る力を緩めると、保野はぜえぜえ息をつきながら言った。

「あ、あんたが言うように、ＡＤＳは高出力の電子レンジみたいなものだ。だから、かなり電気を食う。お台場で想定されてるみたいに、侵入が試みられている場所だけでビームを出す限りは何ら問題ない。だが、もしシステムが故障や誤作動を起こして、フェンスごとに取り付けられたマイクロ波照射装置が一斉にビームを出すようなことになれば、電源系統に異常な過熱が起きて、発電装置がいかれちまう。だから、電力がある限界値を超えると、システムは自動的に停止するようにプログラムされてる」

「そのあとは、ずっと止まったままなんか？」

「いや。発電システムの保護が目的だから、電源系統が冷却されれば、再び自動的に作動する。たぶん、三十分かそこらで復旧するはずだ」

「お台場は三千枚のフェンスで囲まれてるんやろ？　いっぺんにどれぐらいのフェンスでビームが出たら、強制終了するんや？　ええ？　十枚ぐらいか？　百枚か？」

勢い込んで問いかける巽を見て、俣野が弱々しくかぶりを振った。

「桁《けた》が違う。全体の三十パーセント程度と聞いている。つまり——千枚だ」

「千枚……」子供たちが全員で一斉にフェンスに近づいたとしても、到底足りない。

「だから、未だかつて、ＡＤＳが強制終了されたことはない」

巽はベンツの後部座席に俣野を押し込むと、自分もその横に座った。

まだ出社してきたばかりだというのに、俣野は深夜まで残業をこなしたサラリーマンのように憔悴《しょうすい》しきっている。

「誰すか？　その人」セイジが呑気《のんき》な調子で訊《たず》ねる。

巽はそれには答えずに、「品川署まで飛ばしてくれ」とだけ言った。

「品川署？　なんか嫌だなあ……。近くまででいいすか？」

「ええからはよ出せ！」

セイジはぶつぶつ言いながら、アクセルを踏み込む。

芝公園が見えてきたあたりで、あることを思いついた。

「なあ、セイジ。お前のお母ちゃん、三田に住んでるて言うてたな？　家の近く通るか？」

「はい。すぐそば通りますよ」

「今、いくつや？」

「来年、六十二す。早く孫の顔見たいだとかなんだとか、最近うるさいんすわ」

「六十二か、ちょうどええ。ちょっと、お前の母ちゃんとこ寄ってくれ。そんでな——」巽は運転席に身を乗り出すと、セイジにあることを耳打ちした。

それを聞いたセイジは大声でわめいた。「はあ？　何言ってんすか！　嫌ですよ！　ぶん殴られます。だいたい、どうするんすか、そんなもん！」

「人助けや思て、言うた通りにせえ」の一点張りで、強引にそこに向かわせる。

セイジは三田三丁目の小さなアパートの前で車を止めると、その外階段を駆け上がり、ある部屋に入っていった。

車内でセイジを待つ間、財布から一枚の名刺を抜き出し、記されている番号を小さく声に出しながら、携帯のテンキーを押した。

「はい、和達ですが」声が割れるほどの大音量に、巽は思わず携帯を耳から遠ざける。

「先生でっか。巽です」巽がかけたのは、和達教授の研究室だ。

「おや、巽さん。どうしました？」

「時間がないんで単刀直入にいきます。今からお台場に行かなあきません。どうしてもです。先生、お台場に潜入するルートがあるっちゅう噂、聞いたことあるんでしょ？　その噂について、詳しく教えてほしいんや」

「どうしたっていうんですか？　藪《やぶ》から棒に」

「丈太です。丈太がさらわれました。お台場で危ない目に遭《お》うてるかも知れんのです」

「ええ？」携帯のスピーカーがビーンと震えた。「丈太くんがですか？　ええ？　さらわれた？　お台場に？　誘拐？　どういうことかよく分かりませんが、そりゃあ大変——」

「先生！　詳しいことはあとや。頼んます！　そのルートっちゅうのは——」

「東京港トンネルです！　いいですか？　東・京・港・トンネル！」

「東京港トンネル——？」思わず俣野の横顔を見た。俣野も巽の方に顔を向けて、ふたりの目が合った。しかし俣野は無言のまま、首をふるふると横に振る。

電話の向こうでは、和達教授が興奮気味に説明している。「東京港トンネルは、大井埠頭とお台場を結ぶ海底トンネルです！　大井埠頭の北の端にトンネルの入り口があります。巽さん、今からそこへ？　ええ、じゃあとにかく、私もすぐ行きますから！」

和達教授は早口でそう言って、電話を切った。

俣野がうつむいたまま、疲れた声を出す。

「どういう噂か知りませんが、無理ですよ。東京港トンネルの大井側入り口は、コンクりを流して埋めてしまった。内部は浸水がひどい。水深はもう人の背丈以上あるでしょう。何より、あのトンネルの中ほどには天井が崩落したところがあって、崩れた壁と土砂でチューブが完全にふさがっている。つまりは、途中で行き止まりなんですよ」

巽はしばらく自分の額を撫《な》でて、呻くように言った。「――たとえそうやとしも、じっとしとるわけにはいかんやろがい」

セイジが車に戻ってきた。息を切らしてシートにつくと、呆《あき》れたように言う。

「取ってきましたよ。マジどうするんすか？　こんなもん」セイジは車を出しながら、ポケットをポンポンとたたいた。

品川署のそばまでくると、通りに停めた車でセイジを待たせ、保野の背中を押すようにして、急ぎ足で署内に入る。

「ええな？　言うた通りにせえよ。『やりました』とか『やってません』とか、のらくらりと言うこと変えるんや。間違ってもすぐ釈放されたりするなよ。分かったな？」

保野の耳もとでささやく。

「本当にこんなこと、必要なんですか……？」保野は情けない声で言う。

「ドアホ！　ちょっとぐらいは泥かぶらんかい！」巽は保野の頭を拳《こぶし》で殴る。

署内をずかずかと奥へ進み、階段を上がる。刑事課の前まで来ると、中をのぞいて大声で初老の男に声をかけた。

「オヤジ！　河野のオヤジ！　毎度！」

「おう！　巽の旦那《だんな》じゃねえか。どしたい？」河野は懐かしそうな声を上げると、ニヤニヤしながら軽口をたたく。「自首しにきたか？　そいつはいい心がけだ」

「自首するんやったら、よそ行くわい」

そう言い返してからいったん廊下に引っ込むと、「オラ、入らんかい！」と怒鳴りながら、俣野を刑事部屋に蹴《け》り入れた。

そして、俣野のスーツのえり首をつかんで前方に突き出し、しれっとした口調で言う。

「下着泥棒を、捕まえました」

河野はポカンと口を半開きにして、巽と俣野の顔を交互に見比べる。

俣野の後頭部をはたくと、俣野はポケットからベージュの布きれを取り出して、おずおずと河野の鼻先に差し出した。

「見てくれ、オヤジ」巽はその布きれを奪い取り、広げて見せる。プロレスラーがリングではくのかと思うような、驚くほど巨大なパンツだった。「こいつは、こういうオバハン専門のマニアや。絶対に常習者やぞ。こってりしぼったってくれ」

俣野はうつむいたまま鼻をすすっていたが、やがて、若い刑事に腕をとられ、引きずられるようにしてどこかに連れて行かれた。

巽は河野を手まねきして、廊下に連れ出した。

「オヤジ、実はな――」河野に顔を寄せ、声をひそめて鋭く言う。「あの男は鴻池係長が追ってるヤマの関係者や。しかも、命が危ない」

「命だあ？　どういうこった？」河野はギョロリと大きな目をむく。

「悪いけど説明してるヒマないんや。とにかく、俺か鴻池係長がええと言うまで、あいつを留置所から絶対に出すな。拘留期限とかそういう固いことは気にせんでええ。あいつは絶対に文句は言わん。ええな？　絶対やぞ。一歩でも外に出したら、あの男殺される」巽は河野の肩をポンポンとたたき、きびすを返す。

「おい！　おい巽！　ちゃんと説明しねえか！」河野は巽の背中に向かって大声で怒鳴る。

巽は振り返りもせずに「頼むで！」と言い残すと、コートの裾《すそ》をひるがえして猛然と走りだした。

## 29

海岸通りを左に折れるとすぐに、長い高架橋があった。高架橋は右へ左へと大きく蛇行しながら運河を渡り、大井埠頭へと下りてゆく。

高架橋の上り始めから数十メートルのところに、その先が危険区域であることを示す赤と黄色の金属柵《さく》が並んでいるのが見える。大井埠頭にコロニーはないが、港湾施設の被災がひどいために、立ち入りが禁止されているのだ。

しかし、柵に近づいてみると、埠頭へ向かう左車線のコの字形柵が三つほどアスファルトから引き抜かれていて、ちょうど車一台がすり抜けられるぐらいの隙間ができている。

セイジは慎重にハンドルを操って柵の間を通り抜け、高架橋を渡った。

大井埠頭に入ると、正面を横切る首都高速湾岸線が見える。ここでは湾岸線は地上を走っていて、遠目には道路が崩壊しているようには見えないが、もちろん通行は不可能だ。

湾岸線の側道として走る湾岸道路——国道三五七号線——に入り、北上する。路面はひどく損傷していた。アスファルトはあちこちで皺《しわ》のように波うち、無数の裂け目を作っている。

右にゆるやかにカーブした先で首都高速湾岸線に合流すると、トンネルの入り口が見えてきた。東京港トンネルだ。

道路は片側三車線になって、ゆるやかに坂を下ってゆく。この下り坂は、同じ斜度を保ったまま、トンネルの中まで続いているはずだ。

トンネルの開口部まで百メートルほどのところに縦型信号機が三つ並んでいて、その真下に一台の小型SUVが停まっていた。角ばった形の白い四輪駆動車で、車体側面に「帝都工大　地震研究所」と黒字でペイントされている。

ベンツが近づくと、和達教授が車からピョンと飛び降りた。教授の四駆のうしろでは、年季の入ったバリケードが行く手を阻んでいる。ひょっとしたら、地震直後に設置された障壁の残骸《ざんがい》かもしれない。

巽は、四駆の隣にベンツを停めさせると、セイジをそのまま車内に待たせて、ひび割れだらけのアスファルトに降り立った。

巽の顔を見るなり、「ね？」と教授が誇らしげに言った。「車でここまで入ってこれたでしょ？　埠頭に入る高架のたもとに港湾局の出張所がありましてね。私、そこのおじさんと馴染《なじ》みなんです。以前、よく大井埠頭に被災調査に通ってたもんですから、そのときにね。研究所出る前に一本電話かけて、柵を外しといてもらったんです」

和達教授の異様ないでたちに気づき、驚きをこめて訊《き》く。「先生、どないしはったんですか？　その格好」

今日の教授は、なぜかつなぎの迷彩服にゴム長靴を履きこみ、頭には黄色い工事現場用ヘルメットをかぶっている。ヘルメットの側面には、やはり「帝都工大」と大学名が入っている。どこで手に入れたのか知らないが、カーキ色の下地に黄色やピンクのまだら模様が入った迷彩服は常軌を逸した派手さで、こんなものを着て戦場に出ようものなら、敵の的になること請け合いだ。

「万全でしょ？」教授は衣装を見せびらかすように、両手を広げてくるりと回った。

「まさか、先生も行くおつもりで？　お台場――」恐る恐る確かめてみる。

「ん？　当たり前でしょ？」

教授は不思議そうな顔をすると、「さ、急ぎましょう！」と言いながら、短い脚を目いっぱい上げてバリケードを乗り越えた。「とにかく、トンネルに入る方法を！」

東行き車線の坂を小走りになって下っていく教授のあとを、慌てて追いかける。

「で、一体丈太くんに何が起こったんです？」教授が走りながら尋ねてくる。

巽はところどころで息継ぎをしながら、できるだけ簡潔に、できるだけ事態の深刻さが伝わるように、今までの経緯を説明した。教授はずっと無言だったが、ときどき下あごをぷるぷる震わせてうなずいた。

トンネル開口部が近づいてくるにつれ、走るふたりの両脇にそびえるコンクリートの垂直な壁がどんどん高さを増してゆく。

やがて、正面に立ちはだかる大きな壁に行き当たった。三方を高い壁に囲まれて、辺りは薄暗い。

その正面の壁に、高さ五メートル、横幅十メートルほどの長方形の窪《くぼ》みがある。塞《ふさ》がれたトンネル開口部だ。

ここからスタートしたトンネルは、どんどん地下へ潜って海底下で東京湾を横断し、お台場の北西端に向かって上がってきて、潮風公園内で地上に出てくる。トンネルの全長は一・九キロで、そのうち東京湾を横切る距離は約一キロ――。以前はそうなっていた。

巽の話はまだ終わっていなかったが、教授は開口部の窪みに両手をついて、低い呻《うめ》き声をもらした。一見しただけで、そこだけ明らかにコンクリートが粗く、あとから慌てて塗り固められたものだと分かる。

教授はへばりつくようにして三方の壁を順番に撫《な》でまわしていったが、壁面には隙間もドアもない。

「うう……やっぱりダメか……」

「完全に塞がれとる」

「ひょっとしたら避難通路や共同溝への出入り口が残されているかも、と思ってたんですが……」

少し引き返して隣の西行き車線を見てみたが、まったく同じような壁が左右対称に存在しているだけだった。

教授は「よし！」と言って体をくるりと反転させると、駆け足で坂を上り始める。

「戻りましょう！　今度は上にいくんです！」

五十メートルほど引き返すと、道路脇のコンクリート壁がなくなって、白いガードレールに変わる。ガードレールを乗り越えて道路の外に出ると、そこには細い側道があって、トンネルの方に向かってゆるやかな上り坂になっている。つまり、側道の方はトンネルの天井の上に広がる敷地につながっているのだ。

坂の上に巨大な建造物が見える。建物の正面の壁は、窓のブラインドのようなグレーの細長い板で覆われている。教授はあの建物を目指しているのかもしれない。

巽は坂を上りながら、事件の続きを説明した。ぜいぜいと息が切れるので、話も細切れになる。

話を聞き終えた教授は、たったひと言だけ、「それは、いよいよ、急がないと！」と苦しそうに言った。

トンネルの真上は、ちょっとした緑地公園になっていた。右手には野球場のようなものも見える。

巨大な建造物はその公園の先に建っていた。横幅三十メートル、高さは五十メートルほどで、建物の側面は斜辺が凹《へこ》んだ直角三角形のように見える。そして、その建物の向こうは、すぐ東京湾だ。

教授は建物を指差して言った。

「あれはトンネルの排気塔なんです」

「排気塔？」

「ええ。トンネルの中に充満する車の排ガスを吸いだして、外の新鮮な空気を中に送りこむ装置です。あの塔の中にはダクトが通ってまして、ずーっと下のトンネルまでつながってます。ダクトの内側に扇風機のお化けみたいなものがついてるんです」

「まさか、先生――」

「ええ。トンネルにつながっていそうなものと言えば、もうあの排気塔のダクトぐらいしかないんですよ」

再び走り出した教授を追いながら、巽が叫ぶ。

「ホンマに、トンネルまで、下りて行けるんでっか？」

「分かりません！　でも私が聞いた噂ってのは、これなんです！　『排気塔を使って、お台場に出入りしている人間がいるらしい』って」教授も負けじと声を張り上げる。

「私、前に言ったでしょう？　『おっかなくって、とてもじゃないけど試す勇気がない』って。このことです！」

教授は早くもあごが上がっている。巽の足ももつれそうだ。

「そらおっかないですよ！　正気の沙汰《さた》やない！　アクション映画顔負けや！」

二人で叫びあっているうちに、排気塔に着いた。

建物の正面で足を止めた巽と教授は、肩で息をしながら、言葉もなく立ちつくした。ドアというドア、窓という窓のすべてに、分厚い鉄板が打ちつけられていたのだ。

巽は急いで建物の周りを一周してみた。だが、どこの出入り口も同じように封鎖されている。

「うう……ここもダメですか……うう」教授がうなる。

巽はグレーの細長い金属板が並ぶ急斜面の外壁を茫然《ぼうぜん》と見上げた。

ここをよじ登ったら、ダクトの頂上まで行けるかもしれへん――そんなことをふと思ったが、成功する見込みなどほとんどないのは明らかだった。

「なあ先生、もしダクトに入れたとしたら、トンネルのどの辺りに出てくるんでっか？」

「正確な位置までは分かりませんが、要は排気塔の真下ですよ。たぶん、トンネルの天井に開いてる通風口かな」

「この真下っちゅうことは、トンネルの入り口のすぐそば、ですな？」開口部からせいぜい二百メートルといったところだ。

「そうなりますねえ」

「そらおかしいな……」

あごを撫ぜながらボソッと言うと、和達教授が眉《まゆ》を上げて巽の顔を見つめた。

巽は理由を述べる。「いや、そのゼネコンの社員が言うにはね、トンネルの中ほどに、天井が崩れ落ちたところがあるらしいんです。トンネルの穴はそこで完全にふさがってしもてるっちゅう話でしたで？」

「ふさがってる？　本当ですか？」教授は眉を上げたまま、驚きの声を上げる。「かなり水が入ってるとは聞いてましたが……。それじゃあ、たとえこの排気塔から侵入できたところで、途中で行き止まってしまう」

「そうなりまんな――」

そのとき、巽から見て左手、都心部の方からヘリコプターのローター音が聞こえてきた。国土復興協力隊の小型ヘリコプターだ。低空を真っすぐお台場の方に向かっている。

そわそわさせるような嫌な予感が、背すじを這《は》い上がってくる。ヘリに伴走するように駆け出して、排気塔施設の敷地を一番奥まで走った。

排気塔の土台は海に突き出すような形で建っている。

土台の先端に立つと、お台場の西からの横顔がよく見えた。

薄っぺらな人工島は、灰色の空と海に溶けこむようにして、その輪郭をにじませている。

ヘリは高度を下げながら、お台場上空に北側から進入してゆく。

左端に見える潮風公園の緑地の上を通過――。

公園の奥には、取り残された商業施設やオフィスビル――。

さらに、人工島の中央に見えるお台場カジノリゾートの廃墟《はいきょ》の上を通過――。

そしてその先にあるのは、青海埠頭に並ぶ無数の倉庫とコンテナ――。

ヘリはそこで数秒間ホバリングし、そのまま真っすぐ降下して、倉庫群の陰に消えた。

あのヘリに、丈太が乗せられている――巽はそう確信した。

それにしても、小型ヘリ一機で乗り込むとは――絶対的な勝算でもあるのか、あるいは、丈太がそれほど強力なカードだということか。

巽は、自分もここから海をひとっ飛びに跳び越えたいという衝動に駆られた。

そうや、こっちもヘリはどうや――？

――あかん。ハイジャックでもせん限り、民間のヘリがお台場に降りてくれるはずがない。あとは、スカイダイビングでもして、お台場に降りるぐらいか――。

くそっ、もう時間がない――。

巽は焦燥感に駆られて頭をかきむしった。

そのとき――吹きつける海風の音に混じって、プルルルという電子音が鳴った。巽は液晶画面も確かめずに、通話ボタンを押す。

「私よ――」みどりだった。急いでいるらしく、巽の反応も待たずに続ける。

「チーチェンが――公安に確保された」

「なんやとお？」目の奥で一瞬ストロボが焚《た》かれたような気がした。

「今、本庁公安部の能見警視のところへ向かってる」決意のこもったみどりの声が巽の頭に響く。「門前払いされるだけかもしれないけど――」

それに賭《か》けてみるしかない――。

「おい！　今から俺が言うことをよう聞いてくれ！」

巽は、自分の声が海風にかき消されないよう、なかば叫ぶようにして話し始めた。

## 30

二十畳ほどの小さな会議室は薄暗かったが、能見は電灯をつけなかった。

その代わり、窓のそばまで行って、ブラインドを一枚だけ上げた。だが、外にも日差しはまったくなく、厚い雲をどうにか透過してきた明度の低い光が、ぼんやりと長机の天板を照らしただけだった。

本庁の庁舎内はどこも、所轄のような喧騒《けんそう》とは無縁だが、公安部のフロアに漂う静寂はまた独特だ。会議室のドアを閉じると、物音ひとつ聞こえてこない。

能見はそのまま窓の外を眺めている。みどりと差し向かいに座るようなつもりはないらしい。

この会議室までやってくる途中も、みどりはたった今巽から聞いたばかりの事情を洗いざらい話し、必死に能見を説き続けたが、能見は何も答えようとしなかった。

みどりは小さくため息をつき、立ったまま言った。

「今日は珍しく、ジャケットが皺《しわ》になってますね」

「帰ってないんです。昨日から」

「残業？」

「ええ。でも残念ながら、捜査が大詰めだからじゃありません。ちょっと、上とやり合っちゃいまして」

「――そう」

「とうとうホイッスルが吹かれました。公安という組織としては」平然と言う能見の横顔からは、何の感情も読みとれなかった。

「――そう」

「チーチェンは、取調室にいます。頑固な子でしてね。ひと言も口をきいてくれません。鴻池さんは少年の専門家ですから、うまく話を聞き出せるかもしれない。事情聴取する必要があるのなら、どうぞ。故買についての取り調べ、でしたよね？」

「故買――？」みどりは思わず訊《き》き返す。

能見はフッと笑みを浮かべた。

「そういうことに、しておきましょう。必要なら、連れ出していただいても構いません」

何か言おうとして口を開きかけたみどりに、能見が続けて言った。

「私、以前鴻池さんに言いましたよね。『私たちがすべきことは、殉職した彼らに代わって、事件を解決することだ』って」

『仇討《あだう》ちじゃない』って、ね」

「今もその考えに、変わりはありません。ただ、今となっては、私たちよりあなたたちの方が、ゴールできる可能性が高い。だったら、そうすべきでしょう。それだけのことです」

能見はようやくみどりの顔を直視して、続けた。

「都知事の周辺はすでに、お台場に出入りするルートが存在することを知っています。あちらも、オオスギのもとにいた子供たちを何人か確保してるんです。お台場への立ち入り捜査は最後まで認められませんでした。それどころか、そのルートを即刻封鎖すると通告してきました。保安上の観点から、だそうです」

「即刻封鎖って、それ、いつ通告してきたの？」

「今朝です。ですから、行くなら急いだほうがいい」

能見が向けてきたのは、みどりが初めて目にする性質の眼差《まなざ》しだった。

彼女が自分を対等な仲間として認めてくれたのかどうかまでは、分からない。

ただみどりは、羞恥《しゅうち》も気後れも感じることなく、束の間能見と視線を交わらせた。

今のみどりには、それだけで十分だった。

## 31

排気塔の北西に隣接している火力発電所の跡地に入ると、だだっ広いコンクリートの地面に、直径四十メートルほどの円を描いて溝が切ってあった。地震の前は、ここに巨大な燃料タンクがあったのだ。

さらに百メートルばかり進み、大井埠頭の北端にたどりつく。

そこは発電所へ物資を運ぶ大型船が着くような立派な船着き場になっていて、コンクリート製の長い突堤が海に突き出していた。突堤は先の方で半分近くが崩れ落ちてしまっている。

巽と和達教授は、行ける限りのところまで、突堤の先端に向かって進んだ。

二十メートルも行くと、その先ではコンクリート塊が完全に横倒しになって、海中に沈んでいた。

巽はそこで立ち止まって、真北の方角を見た。入り江になって運河へとつながる海をはさんでわずか百メートル先に、品川埠頭がある。コンテナとテントが林立し、人々がその間をうごめいている。コンテナ・コロニーだ。

巽たちは、そのコンテナ・コロニーからやってくるはずのボートを待っている。さっき、車でこちらに急いでいるみどりから電話があって、チーチェンから二つの指示を受けたのだ。

まず、小さい船を用意しておくこと。お台場に入るために必要らしい。

それから、コンテナ・コロニーの例の青いコンテナの隣で雑貨屋を開いている男から、チーチェンが預けた小包を受け取ってくること。雑貨屋の男というのは、巽と丈太がそこで一泊したときに、寝袋を借りたカンボジア人のことだろう。

巽はすぐに久野に連絡をとり、この二つを依頼した。ボートの準備ができ次第、久野もこちらに向かってくれることになっている。

巽のすぐ後ろで、教授が背中に背負っていたザックをドサッと下ろした。かなり重量感のある音がする。

「先生それ、何をかついできはったんでっか?」

「調査道具ですよ。だって、やっと念願のお台場に行けるんですから! カメラ、筆記具、巻き尺……それから、携帯型の測量機器ですね。小型のレーザーレベルとか、光波測距儀とか。ホントは三脚も持ってきたかったんですけど、さすがに無理でしょう?

おっおっお」

教授は嬉《うれ》しそうにザックの口を開いて、中をごそごそかき回す。

「見ます? ほらこれ、レーザーレベル。レーザー光で水平がとれる装置なんですよ」

教授はそう言って手のひらサイズの黄色い機械を巽に見せると、ボタンを押してレーザーの光源を地面に向けた。小さな赤い点がコンクリートにうつる。

巽はそれをぼーっと目で追いながら、ずっと不思議に感じていたことを訊《たず》ねてみた。

「先生は、なんで、お台場まで行こうとしてくれてるんです？　はっきり言うて、命の保証はできませんで？」

「だから、さっき言ったじゃないですか？　ひとりじゃおっかないけど、巽さんが一緒に行ってくれるんなら、そんなチャンス見逃せないでしょ？」

巽が真顔で見つめると、教授は照れくさそうな顔をして、しゃべり始める。

「私ね、地震工学の前は、地震そのものの研究をしてたんです。地震で発生した波を調べるとね、地球の中のことがよく分かるんですよ。巽さん、病院でエコー検査って受けたことありません？　あれは超音波で体内の様子を調べるんですが、あれと原理は似てます。地震波が地球内部をどう伝わるか、どこでどう反射してくるか。そういうのを解析して、地球の構造や活動の様子を探るわけです」

「地球の構造？　地球はどこまで掘っても、岩でっしゃろ？　あれ？　そう言えばマグマとかいうのも聞いたことあるな……。ひょっとして空洞？　あれは映画か……」巽はぶつぶつ言いながら頭をかいた。

「地震波っていうのはね、ものによって伝わり方が違うんです。とくに、液体のところを通過すると、速度が遅くなったり、伝わらなくなったりします。いろんな経路で地震波の伝わり方を調べてやると、地球の内部にはどろどろに溶けている部分があることが分かりました」教授は両手でいったん大きな円を形づくったあと、その内側に一回り小さな丸を作った。「一番大きいのは『外核』です。深さ二千九百キロより下は、液体状の鉄でできてるんです。さらにその内側は『内核』といって、半径千三百キロの固体の鉄球です。まあ、地球の芯《しん》ですな。もっと地表に近いところには、さっき仰《おっしゃ》ったみたいに、岩石が溶けてマグマになった領域があちこちにあります。そういう領域がどこに分布してるかだって、詳しく分かるんですよ」

「まさに、地球の診断ですな」

「そう」教授は人差し指を立てる。「以前、コンテナ・コロニーで、プレートの話をしたでしょう？　プレートが地下でどんな具合になっているのかだって、おもに地震学の手法で調べてるんです。別に病気じゃないですが、地震を症状に例えれば、診断ということになりますかね。予防ができれば、もっといいんですが」

「なかなか面白そうな学問でんな。スケールがでかい。壮大っちゅうか」

『地球物理学』という学問分野です。確かに、地球を丸ごと相手にしようというんですから、話は大きくなりますよ」教授はそこでいたずらっぽく笑った。「地球とか星とか宇宙とか、そういうものを研究してやろうって人間には、大きく分けて二種類いる」

「二種類？」

「『ロマン派』と『数式派』です。昔、私が大学で教わった先生が、そう言ってました」

『ロマン派』はなんとなく分かりますけど、『数式派』っちゅうのは——？」

「なんていうかなあ、自然を理屈とか数式で説明したいという欲求だけが、研究の原動力になってる人、でしょうか。物理とか数学を駆使して、定式化したりモデル化したりすることに、たまらない快感を覚えるという——」

「そういう変態が、いてるんでっか？」巽は本気で驚いている。

「あっあっあ」教授は声を立てて笑うと、巽の顔を見た。「私は、どっちだと思います？」

巽は気の毒そうに言う。「まあ、こういうたらなんですけど——もろ『数式派』？」

「あっあっ、そう言うと思いました。確かにそういう面があることは否定しませんよ。ですが、心の奥底では、生粋の『ロマン派』です」

教授は誇らしげな顔でそう言うと、ひと際大きな声で高らかに宣言した。

「真のロマン派は、命を賭《か》けることも厭《いと》わんのです。研究のためにも、ひとりの少年のためにも！」

巽はしばらく呆気《あっけ》にとられていたが、やがて、ククッ、と笑って鼻を掻《か》き、敬意を込めて教授の横顔を見つめた。

今度は教授が訊《き》いた。「そういう巽さんこそ。丈太くんは、たまたま知り合っただけの少年なんでしょう？」

「——ホンマに、なんでこんなことになってしもたんでしょう」顔を思い切りしかめてそう言ったが、すぐに力を抜いた。「せやけど――子供を守るためには、ちょっとおせっかいぐらいでちょうどええと思うんですわ」

突堤の壁面をチャプチャプと打つ海面で、背中を丸めた自分の影が揺れている。

「ちょっと心配し過ぎるぐらいで――」

最後にボソリとつぶやいた巽の心は、決して抗《あらが》えない強い力で、あっと言う間にまたあの日に引き戻された。

心配し過ぎや――。

あの頃、巽は妻によくそう言っていた。理代子は俊に対して過保護だと思っていた。自分は警官としてタフな世界に生きている。息子にも、もっとたくましくあって欲しい――そう思っていなかったと言えば、嘘になる。

あの日、巽は俊を車に乗せて、家電量販店に買い物に出てきていた。クリスマスプレゼントに新しいゲームソフトを買ってやったのだ。

家路を急いでいると、巽の携帯が鳴った。班長からだった。当時、巽の捜査班は大掛かりな覚醒剤《かくせいざい》の密売組織の内偵に入っていた。その組織に潜入しておとり捜査をおこなっていた刑事が、定時連絡をしてこないという。同僚の命は深刻な危険にさらされている可能性が高く、班長はあせっていた。そして、巽はそのときたまたま、組織の中心メンバーがアジトにしているマンションのすぐ近くにいた。

マンションに急行して張り込みに入ることを申し出た巽は、近くのファストフード店の前で俊を車から降ろした。そして、店内から自宅に電話をかけて母親を呼び出すよう、息子に告げた。

「――お前も男や。それぐらいのことは、もうできるな？」

巽は右手の親指をビッと立てて、俊に言った。俊は大きくうなずくと、父親を真似て誇らしげに親指を立てた。

巽は顔をほころばせて、俊の頭に手をやった。俊は笑顔で手を振ると、ファストフード店の中に消えた。それが、巽が見た最後の息子の笑顔になった。

俊は携帯電話を持っていたし、喘息《ぜんそく》の発作が起きたときのための気管支拡張剤もいつも持ち歩いていた。それに当時、俊の病状はかなり改善されていて、一年以上大きな発作を起こしていなかった。

そこに油断があった。そのとき妻は携帯を持たずに買い物に出ていた。母親に連絡がつかないことが分かると、俊は店員に駅への道順を尋ね、店を出て歩き出した。俊は電車が大好きで、路線や乗り換えにも詳しかった。ひとりで自宅まで帰れるかどうか、試してみたいという気持ちもあったのだろう。

乾燥した寒い日だったことも災いした。冷たい外気の中、急に運動したのをきっかけに、大きな発作が起こったのだ。ここから先は想像だが、激しく咳《せ》き込んだ俊は、早く薬を吸入しようと慌てたのだろう。スプレーの容器を道に落とした。大発作が起こると、体の自由がきかなくなるし、声も出せなくなる。

俊のポケットからは薬の容器が見つからなかったので、落とした容器は転がって下水溝かどこかに落ちていったに違いない。ファストフード店の店員が俊に教えたのは細い裏通りを使う近道で、辺りには人通りがまったくなかった。

そこから先の俊の苦しみを思うと、全身から汗が噴き出してきて、震えが止まらなくなる。想像するのをなんとか止めようとして、自分の左ひじの内側を力いっぱいつねるので、その部分はいつの間にか紫色に変色してしまった。病院で対面した冷たくなった俊の顔も、ちょうどそんな色をしていた——。

何度後悔しても、どれだけ自分を責めても決して足りないことを、巽は自分の左腕を見る度に思い知る。

「——どうしました？　大丈夫ですか？」

心配そうな教授の声で、自分がまた息を荒くしながら左腕の肉を力まかせに握りしめていることに気づいた。無意識のうちに奥歯を食いしばり、額には脂汗が浮かんでいる。

「——ええ。なんでも、ありません——。大丈夫です」

小さく深呼吸して息を整えていると、背後の埠頭《ふとう》で車のクラクションが鳴った。タイヤを鳴らして停止したシルバーのセダンから、みどりが飛び出してくる。助手席から降り立ったのは、チーチェンだ。

走り出したみどりにうながされて、チーチェンもそのあとに続く。二人はそのまま、巽たちのいる突堤の先まで駆けてきた。

「久しぶりやのう」巽は少し前かがみになって、チーチェンの顔をのぞき込んだ。「話は係長に聞いたな？　俺たちは、丈太を助け出さなあかん。丈太はお前の弟みたいなもんやろ？」

チーチェンは、しばらくもったいぶったあとで、かすかにうなずいた。

「よっしゃ。お前にもいろいろ事情はあるやろうが、大事なのは、丈太と、島の子供たちの安全や。せやから、ここからは共闘やぞ。ええな？」

そう言って右手を差し出したが、チーチェンにはその意味が分からないようだった。

巽は強引にチーチェンの右手をつかみ、強く握りしめて上下に振った。

さっきからずっと顔を強張《こわば》らせたままのみどりが、もどかしそうに尋ねてくる。

「でも、一体どういうこと？　椚木たちは、丈太くんに何をさせようとしてるの？」

「せやから、丈太を人質にして、オオスギに――」

「違うの！」みどりがぶんぶん首を振りながら鋭く言葉をかぶせてくる。「違うのよ！　岩佐知事への脅迫があったのは、五カ月前のことなんでしょう？　カルロス・オオスギは、死んでるっていうのよ！　もう、一年も前に」

「なんやて？」巽は狼狽《ろうばい》して、みどりとチーチェンの顔を交互に見やる。「死んでる？　オオスギが？」

「ええ。かつてオオスギの同志だった重富という活動家が、そう言ってる」

「もう、わけが分からんぞ……。おい、ホンマなんか？」

巽の視線がチーチェンのところで止まる。みどりもじっとチーチェンを見つめている。「んなわけねえだろ！」チーチェンは不自然なほどの勢いで噛《か》みついた。「ミスター・オオスギは、ちゃんと生きてる」

巽は口を半開きにしたまま、肩をすくめるだけのみどりと顔を見合わせた。

しばらくあごを撫《な》でていた巽は、気を取り直したように言った。「まあええ。行ってみたら分かることや。とにもかくにも、まずはオオスギ親分のところや。『椚木メモ』は、オオスギの手元にあるんやろ？」

チーチェンは黙って首を横に振る。

「そら知らんか」

巽がボソッと言うと、チーチェンは苛立《いらだ》った声を上げた。

「ちげーよ！　丈太から聞いたんだ。あいつ、ミスター・オオスギから大事な書類を預かったって。だから、それがそのナントカメモだったら、それはミスター・オオスギのところには、ねーよ。島の――どこかだ」

「島のどこか……」巽はつぶやくように繰り返し、厳しく問い質《ただ》す。「ほな、メモの在り処《か》は、丈太だけが知ってるいうんか？　ええ？」

巽がチーチェンの両肩をつかんで強く揺らすと、チーチェンは「痛えよ！」と体をよじった。

だとしたら――。巽は放心したように両手を離す。

今や椚木たちも当然それを知っているだろう。丈太を懐柔するか脅迫するかして、まずメモを取り戻そうとするはずだ。丈太とメモを手中に収めてしまえば、オオスギなど怖くはない。

あとでゆっくり始末できるというわけや——。

そのとき、ずっと海を見ていた和達教授が、「あ！」と声を上げた。「あれじゃないですか？」

見れば、品川埠頭のそばに浮かんだ小舟がこっちに向かっていて、その上で誰かが手を振っている。まだ遠すぎて分からないが、おそらく久野だろう。

巽は大きく手を振り返すと、海の向こうのお台場に体を向けて、チーチェンと並び立った。

巽が意気高く訊《たず》ねる。「さあ、いよいよやぞ。どこからお台場に入るんや？　舟で行くっちゅうことは、島の防護柵《さく》に隙間でもあるんやろ？」

「あそこ」チーチェンは真っすぐにお台場の方を指差した。

「それは分かっとる。入り口や、入り口！」

「だから、あそこだよ！」

目線を下げてチーチェンの肩越しに見てみると、人差し指の先にあったのは、海上に突き出た一本の角柱だった。

何もない海にあるので大きさがよく分からないが、水面からわずかに顔を出した土台の上に、窓のない縦長の構造物が建っている。

お台場のずい分手前にあることは確かだが、距離感まではつかめない。少なくとも、ここから数百メートルはあるだろう。

「なんや？　あれ……」巽がつぶやく。

「あ！」と叫んで和達教授がパチンと手をたたいたので、全員が教授に注目した。

「あれは、ひょっとして――非常用の排気塔ですか！」

「排気塔って、さっきの……」と、巽が混乱したように右手で後方を指差し、次に左手で前方を指し示す。「あっちも？」

「そうだ、そうでした！　思い出しましたよ！」教授が自分の頭を整理するかのように話し始めた。「もう七、八年前になりますかね。東京港トンネルで火災事故があったの、覚えてません？　トンネルの真ん中あたりで十五台近くが玉突き衝突して、そのうち二、三台から火が出て」

「あったわね。犠牲者が五人も出たはずよ」みどりが言う。

「亡くなった人たちは、火が出た車に乗ってたわけじゃなかったんです。追突で車体がつぶれて、車に閉じ込められた人たちだったんです。トンネルに充満した一酸化炭素によるガス中毒でした。その事故のあと、一部のマスコミや識者から、トンネルの換気能力が不足していたんじゃないか、という指摘がなされました。火事でも起きない限り、排気塔の機能は十分だったんですが……とにかく対策が必要だということになったんです」

「それであの排気塔が追加された――。ちょうどあの真下に、トンネルが通っとるわけか」巽はじっと海上の突起物を見つめている。

「そうです。一酸化炭素などの有毒ガスを感知するセンサーがついてまして、ガス濃度が閾値《いきち》を超えると、自動的にファンが回って排気を始めるという仕掛けです」

教授がそう言い終えるのとほぼ同時に、海の方から「巽さん！」と呼ぶ久野の声が聞こえた。手漕《てこ》ぎの舟が堤防のすぐそばまで来ていた。櫓《ろ》を握っているのはあのベトナム人の船頭だ。

「とにかくあそこに行けばええねんな？」チーチェンに確かめた。

「そうだよ。トンネルまで下りられる」

巽はみどりに向かって静かに言った。

「子供たちを島の外へ出せたら、そのあとのことは頼んまっせ」

「分かってる」

「頼りにしてるで、係長――」

口調はいつもの軽口のようだったが、巽は試すような目でみどりを見つめた。

みどりの心を奮い立たせる、このセリフ――。

品川署時代の巽が、みどりとともに本気で困難に立ち向かおうとするときの、二人にしか通じない合図――。

巽の顔つきに刑事時代の面影がかすかに甦《よみがえ》っているのを見たみどりは、厳しい表情のまま、瞳《ひとみ》だけで微笑んだ。

巽も目を細めて、満足げにうなずいた。

舟が堤防に横づけされ、久野が陸に上がってきた。

久野は「キミが、チーチェン？」と言って、小さな紙の包みを手渡す。

チーチェンは「どうも」とニコリともせずにそれを受け取って、軽やかに舟に飛び降りた。続いて、ザックを背負った教授が、船頭の手を借りながら、へっぴり腰で片足ずつ舟に踏み入れる。

巽は舟に乗り移る間際、久野の肩をポンとたたいた。

「久野くん、さっき電話で話した件な、ネムリさんにもよろしゅう言うといてや」

「任せてください」

久野が言う間に、ベトナム人の船頭は力強く櫓を軋《きし》らせ始める。

## 32

能見千景は、みどりが去ったあともひとり会議室に残って、窓の外をぼんやり眺めていた。

十五分ほどそうしたあとで部屋を出て、ドリンクベンダーが置かれた休憩スペースでコーヒーを飲んだ。

そして、課の庶務をしてくれている女性警察官を廊下でつかまえて、彼女を相手に他愛のない世間話をした。女性警察官は「ご機嫌ですね、能見さん」と笑っていた。

そのまま自分の執務室に戻り、今日中に処理しなければならない事務仕事を、昼食もとらずに手早く片づけた。

午後一時を待ってエレベーターで最上階まで行き、階段で庁舎の屋上に上がる。

空はもくもくと下方に盛り上がった厚い雲に覆われていた。風は強いが生暖かい。もうすぐ雨が降り出しそうだ。

能見はフェンスに手をかけて、しばらくの間、東京湾の方を眺めた。

そして、ポケットから携帯を取り出すと、メモリから学生時代の友人の番号を呼び出して、発信ボタンを押す。

相手が出ると、能見はおどけた調子で言った。

「こちら、最近売り出し中の、肩で風切る特捜検事の携帯かしら？」

「どうしたんだ、能見。珍しいじゃないか、こんな時間に」

スピーカーから含み笑いの混じった張りのある声が聞こえてきた。

「悪いが、今夜はダメだ。お前の憂さばらしにつき合ってる暇はない。飲みたいのなら、他をあたれ」

「悪いわね、仕事中に——」能見は気負いやてらいを一切見せず、素直に疲れのにじんだ声を出す。「でも今日は飲みに付き合えって話じゃないの。だから、許して」

「仕事の話か？　それにしてもお前、大丈夫か？　声が疲れてるぞ」

軽い調子で訊《き》いてくる相手に、能見はからむように言う。

「ねえ、谷津君《やつ》。あなた、検事の仕事、好き？」

「なんだよ、藪《やぶ》から棒に。なんか変だぞ、お前。何があった？」

谷津検事は急に心配そうな口調になった。だが能見は構わずに質問を続ける。

「あなた、仕事中はいつも、スーツにワイシャツ？」

「当たり前だろうが。役所だぞ。能見、お前さっきから何言ってんだ？」谷津検事の声が大きくなる。

ここで能見は急に表情を引き締めた。

「ねえ、谷津君。あなた、地べた這《は》う気、ある？　私と一緒に」

「なんだって？」

「だから、糊《のり》のきいてないワイシャツ着る気はあるかって訊いてるのよ」

## 33

小舟は海面を滑るように進み、みるみるうちに非常用排気塔に近づいてゆく。

間近で見ると、意外に大きい。土台部分は直径十五メートルほどの円板で、海面から一メートルほどの高さにテラスをつくっている。塔は四階建てビルぐらいの高さで、断面が角のとれた正方形の、白い直方体だ。

「それにしても、海のど真ん中に作りよったな」

巽がボソッと言うと、教授が東京湾の外側を指差して大きく左右に振った。

「東京湾アクアラインってあるでしょ？　川崎と木更津《きさらづ》を結ぶ。川崎側の十キロは海底トンネルです。川崎の五キロ沖、つまりトンネルの中間地点に、『風の塔』っていう人工島がありましてね。アクアラインのメインの排気塔施設なんですよ。あの道はこの東京港トンネルの何倍も長いですから、排気塔も巨大です。人工島の直径は二百メートル、塔の高さは百メートルもあるんですねえ」

「この非常用排気塔も、確かにトンネルの真ん中ぐらいにあるな」巽はそう言って、大井埠頭とお台場の潮風公園を順に眺める。その両方にまったく同じ形の排気塔施設が建っていて、それを結んだ直線上に巽たちは浮かんでいる。

土台の壁面には金属の梯子《はしご》が溶接されていて、船頭は器用にそこに舟を着けた。チーチェン、教授、巽の順に土台に上がる。

排気塔の建物には潜水艦のハッチに似た気密性の高そうなドアがあり、チーチェンが慣れた手つきでそれを開けた。中に入る前に教授が言った。

「二人とも、これかぶって」ザックから取り出したヘルメットを二人に手渡す。「帝都工大」と書かれた黄色いヘルメットだ。ご丁寧に、額のところにはあらかじめヘッドランプが取り付けてある。

中に入ると、黄色くペイントされた円筒状の太いダクトが鉛直方向に伸びていた。もちろんファンは動いていないので、物音はしない。

立ち止まったチーチェンの足もとを見ると、床材として敷きつめられた網目鉄板がそこだけ外されていて、ダクトとコンクリート壁の間に入り込めるようになっている。その隙間には縄梯子が取り付けられていた。ワイヤー入りの頑丈そうなロープにアルミ製のステップがついた立派なものだ。

チーチェンは躊躇《ちゅうちょ》することなく、それを下り始めた。

顔を強張《こわば》らせた和達教授が、「よっし！」と気合いを入れてすぐあとに続こうとするので、巽は慌てて確認した。

「これ、いっぺんに何人までいけるねん？」

「あんたたち重そうだから――まあ二人までだね」

のぞき込んで見ると、下は完全な暗闇だった。チーチェンのヘッドランプはみるみるうちに小さくなり、教授のライトは左右に揺れながらゆっくりと下降していく。

「あとどれくらいですかあ！」教授が声を震わせて言う。

「もうちょっとだよ！」チーチェンはもう下に着いたようだ。ひと際大きな声が下から響いてくる。「そろそろいいぞ！　巽丑寅！」

巽は「フルネームで呼ぶな！」と怒鳴ると、額のライトを灯《とも》して、下半身を隙間に入れた。思ったより揺れは少ない。

頭が完全に網目鉄板の下に入ったとき、遠くの方からモーターボートのエンジン音が近づいてくるのが聞こえた。

何メートルぐらい下りたのかよく分からなかったが、五、六分で下に到着した。東京湾の水深はだいたい十数メートルらしいので、二十メートルは下りていないはずだ。足もとはコンクリートだった。

「ここは、トンネルの屋根の上だよ」チーチェンがそう言って、ダクトの反対側に回る。床の隅にはめ込んである細長い鉄格子が一枚だけ外れていて、そこから梯子の頭が見えている。今度は縄梯子ではなく、長く伸ばしたアルミ製の脚立だった。

脚立を下りると、バシャンと水が跳ねた。そこはもうアスファルトの地面だったが、三、四センチの深さまで水がたまっている。

「ここはもうトンネルの中か？」巽は辺りを見回してみる。ライトで地面を照らすと、水たまりの底に車線を区切る白と黄色のラインが見えた。その向こうにはわずかな幅の管理用通路も確認できる。

教授がフラフラと進みながらヘッドランプでトンネルの奥を照らそうとしている。

「そっちじゃねえよ」チーチェンが面倒そうに言う。

「ええ、分かってます。分かってますが……こりゃひどい」

巽もそちらにライトを当ててみた。五十メートルほど先に、黒っぽいかたまりが空間の下半分を埋めるように横たわっている。トンネルの床面が大きくせり上がって、高さ二メートルほどの崖《がけ》をつくっているのだ。

「埋設構造物の『浮き上がり』です。トンネルみたいに大きな穴の開いた軽い構造物を地下浅いところに埋めた場合、液状化が起きた途端に、ぐぐっと浮き上がっちゃうんです。きっとあそこで輪切りにされたみたいに割れて、その向こう側が浮き上がりを起こしたんでしょうなあ」

「あそこはまだマシだよ。もうちょっと先に行くと天井が崩れてて、トンネルはペッチャンコ。完全にふさがってる」チーチェンはそう言いながら、お台場側出口に向かって急ぎ足で歩き始める。

「そこで崩れてくれてよかったわ。ここよりお台場側でふさがってたら、アウトやったわけやからな」巽もチーチェンと肩を並べて進む。

二人のあとを追いながら、教授が解説を続ける。

「東京港トンネルは『沈埋《ちんまい》トンネル』です。函体《かんたい》といいまして、穴が開いた鉄筋コンクリートの箱、早い話がトンネルをぶつ切りにしたものですが、それを海底に沈めて造るんです。初めに海底に溝を掘りまして、溝の中に函体を端から順に沈めていって、函体どうしの継ぎ目を接合して、最後にトンネルの上に土をかぶせて埋め戻す。こういう手順ですわ。どうしても継ぎ目の部分が弱くなりますから、そこで割れちゃって一部の函体だけが浮き上がる。一番ひどく浮き上がったところで、天井が崩れたんでしょうなあ」

「で、その向こう側だけが浸水しとるわけか。こっちは大したことないもんな」

「おかしい――」チーチェンが言う。「こっち側も変だ。この前通ったときは、こんなに水もたまってなかったし、こんな段差もなかった」チーチェンが指差した場所から先では、地面が二十センチほど高くなっている。

「もしかしたら――」教授が心配そうに言う。「もともとあちこちで浮き上がりが起きて、構造物全体にひずみがたまっていたところに……最近たて続けに大きめの地震があったでしょう？　あれで一気にトンネルの変形が進んだのかもしれない。新たに段差ができてるというのは、危険な兆候です」

三人はさらに歩みを速めた。前方には明るい光が見えている。お台場側のトンネル出口だ。

出口まであと百メートルあまりというところに差しかかった瞬間――。

凄《すさ》まじい爆発音とともに、後方から瞬間的な風圧による衝撃を受けた。トンネルの内壁に何かが打ちつけられたのか、コンクリートが粉々になるような音も鳴り響く。

三人は声も上げずに光の方向へ全速力で駆け出す。

地響きのような轟音《ごうおん》がトンネル内で反響している。地面が明らかに揺れている。天井が崩れてくるかもしれないという恐怖が巽を襲い続ける。

ヘッドランプの光線を大量の砂ぼこりが反射している。天井から落ちてくる土砂なのか、自分たちが跳ねあげている水しぶきなのか分からないが、顔や頭に飛沫《ひまつ》がかかる。

出口に向かって続く緩やかな上り坂を、三人は必死で駆け上がり、トンネルの外に出てさらに五十メートル走ったところで、ようやく足を止めた。

しゃがみ込んだままぜえぜえ息を切らして振り返ると、トンネルの暗い穴からはもうもうと砂ぼこりが噴き出していて、まだ時おり硬質な破裂音が響いてくる。その度に、巽が膝《ひざ》をついているアスファルトも小刻みに振動する。

教授は苦しそうな表情で、地面に仰向《あおむ》けに転がっている。そのそばに立っているチーチェンも、さすがに肩で息をしている。

さっきから携帯が鳴っていることに気づいた。久野からだ。

「巽さん！　大丈夫ですか！　巽さん！」久野が必死で呼びかけてくる。

巽は呼吸を整えて、やっと言った。「——ああ、なんとかな」

「ああ！　よかった——。みんな無事ですか？」

「——ああ。何があったんや？　何か爆発したぞ」

「巽さんたちが入ったすぐあとに、海上保安庁のボートが排気塔に向かって、それに乗ってた国土復興協力隊がそこで何か作業を始めたんです」

あのときエンジン音を聞いたボートか——。

久野は続ける。「しばらくして隊員たちが撤収したと思ったら、突然、爆発が——。排気塔が、爆破されました」

「へへ、やりおったな」

巽はよろよろと立ち上がって、トンネルの真上を見た。すぐそこにメイン排気塔施設のグレーの巨大な壁が立ちはだかっていて、非常用排気塔は見えない。しかし、その上空には、うっすらと白い煙が上がっていた。

「ここからも煙が見えるわ。間一髪やで」

電話を切ると、チーチェンと教授に向かって言った。

「聞いたやろ？　これでお台場は、晴れて完全な孤島になったっちゅうわけです」

チーチェンは無表情のまま腰に手をあてた。教授は低く呻《うめ》きながら起き上がる。

巽は視線をわずかに下げ、島と海とを隔てる鋼《はがね》色の防護柵《さく》に細めた目を向けた。

「金網デスマッチの始まりや」

# V　コアジサシの章

## 34

トンネルの出口は潮風公園の敷地内にある。潮風公園は、お台場北西端の一角を占める大きな公園だ。首都高速湾岸線はそのまま公園を南北に分断する形で東へ延びている。三人は高速道路の南側に出て、荒れ果てた公園を横切り、島の中央に向かって当てもなく歩き始めた。

歩きながら、チーチェンが小さな紙包を開く。

古新聞で何重にもくるまれていたのは、二丁の拳銃《けんじゅう》だった。一つはよく覚えている。コンテナ・コロニーで戯れに試し撃ちした、エアガンのグロックだ。

もう一丁の方をじっくり見るのは初めてだが、あのとき、グロックを奪われそうになったチーチェンが上着から取り出した、二つ目の拳銃だろう。型式までは分からないが、シグ・ザウエルに見える。

「お前、オモチャ持ってこさせたんか？　わざわざここまで」

チーチェンが新聞紙を地面に捨て、二丁の銃を黒いミリタリージャケットのポケットにしまおうとしたそのとき、馴染《なじ》みのある匂いが巽の鼻をふっとくすぐった。

本物のガンオイルの匂いだ。

「おい、ちょっとそれ、見してみい」シグ・ザウエルに手を伸ばす。

チーチェンはその手を払って銃口を巽に向けた。銃身の内側にライフリングがはっきりと見て取れる。

チーチェンはもったいぶった口調で言った。

「シグ・ザウエル、P230――」

最近、警視庁で一部の私服警官に貸与されていると言われている型式だ。

いかにも公安の連中が持ちそうな拳銃や――巽は思った。

「ダーウェイから預かったんか？」

チーチェンは黙って銃を構えたまま、気障《きざ》に口の端をゆがめて笑う。

「この切羽つまってるときに、ハードボイルドごっこは止めとけ。それからな、お前それ勝手にぶっ放すなよ。ホンマに刑務所にぶちこんだるぞ」チーチェンの鼻先に人差し指を突きつけて、ギロリとにらみつける。

そのとき、島の北の方で不気味な破砕音が轟《とどろ》き、足もとがびりびり震えた。爆音の反響に、金属が軋《きし》むような音が重なる。

三人は一斉にその方角を見た。教授はいかにも様子を見に行きたいという素振りを見せながら、言った。

「ショッピングセンターの辺りだ。やはり、建造物の崩壊が加速してるみたいですね。東京港トンネルと同じように、この間からの地震で、全半壊の廃墟《はいきょ》がバランスを崩してるんですよ」

また地鳴りのような音が低く響いて、地面が小刻みに揺れる。

「ここホンマに大丈夫でっか？　まさかさっきのトンネル爆破のせいで……」

「いえ、爆破自体のエネルギーは大したことないです。ですが、あれをきっかけに沈埋トンネルの浮き上がりが一気にドカンと起こったのだとしたら、ここも相当揺れた可能性はありますね。我々、必死で走ってましたから、よく分かりませんでしたけど」

大地が揺れるという現象は、本能的なところで人間を不安に陥れる。それが埋立地となればなおさらだ。このまま島全体が砂の城のように崩れ落ち、海中に沈んでしまうのではないかという気さえしてくる。

公園を抜けると、幅広の道路に出た。アスファルトは無惨にめくれ上がり、ところどころで大きなクレバスが口を開けている。もっと異様なのは、道路の真ん中で数十メートルおきに、T字形の橋脚が同じ向きに倒れていることだ。以前はこの橋脚の上に、ゆりかもめのレールが載っていたはずだ。

道路を隔てた反対側には、うち捨てられた建造物がいくつも見える。右手奥には、色調とデザインが統一された背の低い建物群が集まっている。お台場カジノリゾートの残《ざん》骸《がい》だ。

巽は立ち止まって、チーチェンに訊《たず》ねた。

「丈太がどこに連れて行かれたか、心当たりないか？」

首をかしげるだけのチーチェンに、怒気を含んだ声で問い重ねる。

「メモをどこにしまったとか、ほれ、どこに隠したとか――丈太からなんか聞いてないんかい！」

「今どこにあるかは知らねえ」

「今？　どういうことや？」

「でも、誰が持ってるかは知ってる」

「誰や？　丈太か？」

「ちげーよ」チーチェンがえらそうに言う。「持ってるのは、犬だよ」

「犬？」

「お台場にずっと住みついてる野犬。たぶん地震の前はどっかで飼われてたんだろうけど。丈太がマークって名前をつけた。メモは袋か何かに入れて、マークの首輪にくくりつけてあるんだってよ。お台場には同じような野犬が五匹いて、群れをつくってる。マークは群れのボスだよ。グレートデーンっていう種類だって言ってた。でけえよ」チーチェンは両手を目いっぱい広げた。「でかくて、チョー凶暴」

「そんな凶暴な犬の首輪に、どうやってメモなんかくくりつけたんや」巽は不思議そうな顔をした。

「マークは丈太になついてる。ていうか、言うことをきく。マークが言うこときくのは、丈太とミスター・オオスギだけ」

確かに丈太やったら、グリズリーでも手なずけよる──巽は思った。

探すなら、犬のいそうな場所か──。

「犬たちは普段、どこにおるんや？」

「島中ウロウロしてるに決まってんじゃん。何日も姿を見ないことも普通。近くにいるときは丈太が呼べばすぐ来るけど、知らない人間が近くにいたら、難しいかもな」

他人事《ひとごと》のように言い放つチーチェンにいらだちを覚えながら、質問を変えた。

「ほな、オオスギや。お前さっき、オオスギは生きてると言うたな。じゃあオオスギはどこにおる？　兵隊どもがここへ入ってきたことを知ったら、奴《やっこ》さん、どう動く？」

「……動けない」チーチェンは急に神妙な顔つきになった。

「なんでや？」

「ミスター・オオスギは、病気で動けない」

「何の病気や？　悪いんか？」

「分かんね。でも、もうずっと寝たきりだ。一年ぐらい」

なるほどな──。

カルロス・オオスギ死亡説には、それなりの根拠があるのだ。

ストリートチルドレンを集めて、このお台場に王国をつくった男──。

そして、その王国のために、お台場を明け渡せと知事に迫った男──。

その男は今や、生命力を失いつつある。

巽はこの謎の人物の姿をなんとか想像しようと試みた。しかし、思い浮かべた描像は、ことごとく不気味な暗闇に吸い込まれて消えてしまう。その暗闇に戦慄《せんりつ》を感じる一方で、抗《あらが》いがたい興味がわいてくるのも事実だった。

巽は訊《き》いた。

「誰か他に大人はおらんのか？　お前らの仲間に」

「大人ってどういう意味か分かんねーけど、一番年上は、ダーウェイ。俺と同じぐらいの奴は何人もいるんだけど、頼りになりそうなのはほとんど島の外に出てる。今島に残ってるのは、ちっちゃいガキばっか」

巽は小さく舌打ちした。

椚木はおそらくその事情も把握している。だからこそ小規模な兵力だけで島に乗り込んだのだ。

「ちゅうことは──一年前にオオスギが倒れたあと、奴に代わって指示を出してたのは、ダーウェイか？」

チーチェンは素早く首を振る。「俺たちは、ミスター・オオスギの部屋に近づいちゃいけないって言われてる。たとえダーウェイでもだ。体によくないからってよ。今、ミスター・オオスギに会えるのは、身の回りの世話をしてるカオリって子と、丈太だけ」

「また丈太か。だいたい、あいつが島のプリンスて、どういうことなんや？　オオスギの息子でもあるまいし」

「プリンスかどうかなんて知らねーよ。でも、丈太は特別――うまく言えないけど、特別だ。昔から、いつもミスター・オオスギのそばにいた。そばで、ずっと何か勉強してた」

「ゆくゆくは自分のあとを継げ、いうことか――」

あの丈太が――。稚気にあふれた丈太の顔を思い浮かべて、巽は信じがたい思いを新たにする。

チーチェンが続けた。「ミスター・オオスギが倒れてからは、丈太がミスター・オオスギの目と耳と口になった。俺たちにとっては、当たり前のこと。声が出せないミスター・オオスギの言葉を、丈太が伝える」

「伝言、いうことか？」

「ちげーよ、全然」チーチェンは小馬鹿にしたように言った。「丈太には、ミスター・オオスギが何を言いたいか、何を考えてるのか、分かんだよ。そんなときの丈太は、ミスター・オオスギのそばにいるときのあいつは――丈太だけど……丈太じゃない」

「ああん？」巽は眉《まゆ》をひそめる。「丈太やけど丈太やないって……なんや？　どういう意味――」

「ああっ！　これは！」数メートル先を歩いていた教授の喚声が、巽の言葉をかき消した。

教授は興奮して目の前の廃墟に駆け寄る。

それは七階建てほどのビルで、おそらく全面にはめ込まれていたであろうガラス窓はすべてなくなっており、鉄筋コンクリートの枠組みだけが残っている。

見ているだけで不安になるのは、このビルが明らかに斜めに立っているからだ。教授はビルが傾いている方に走っていき、建物の隅で地面に這《は》いつくばった。そこでは一階部分が一メートル近く地中にめりこんでいる。

「ご覧なさい！　すごい『不等沈下』ですよ！」折れ尺を取り出して、沈下量を測っている。教授はハッと後ろを振り向くと、また大声を上げた。

「これは『揺すり込み沈下』だ！　この一帯はきっとそうです！」今度はカメラを取り出して、バシャバシャ撮り始めた。

確かにそのビルのさらに奥は、かなり広範囲にわたって地盤沈下が起こったらしく、周囲に高さ一メートルほどの崖《がけ》をつくって窪《くぼ》んでいる。

「あれ？」教授はカメラを顔から離し、背伸びをして窪地の向こう側を見た。

「今度はなんですの？」巽が訊く。

「なんでしょう？　向こうの崖の上。イタチかしらん？」

「イタチ？」

「います、いますよ！　イタチみたいな動物が」

まさか──？

崖の下に飛び降りると、ほとんど四つん這いになってその小動物に近づいていく。

鼻の周りが黒くない。やっぱりマングース、丈太のマングースや──。

あいつの赤い巾着《きんちゃく》に潜りこんできたに違いない──。

マングースは時おり首をかしげながら、巽を見つめている。

マングースまで二メートルの距離に近づくと、崖の上に向かって猫なで声を出した。

「なあ、マングースくん。おっちゃんのこと、覚えてる？」

マングースはまた首をかしげる。

「丈太と一緒にここへ来たんやろ？　ちょっとおっちゃんを丈太のところまで連れて行ってくれへんやろか？」

マングースは左右をキョロキョロっと見て、首をちょっと動かすと、体を反転させて一目散に逃げ出した。

「追いかけろ！」

崖をよじのぼり、マングースのあとを全力で追う。

「なんなんだよ！」後ろをチーチェンが走ってくる。教授もついてきているのだろうが、気配はない。

「見たやろ！　マングース、うなずいたで！　うん、って！」

「あんた、バカか！」走りながらチーチェンが叫ぶ。

優に二百メートルは走らされた。マングースにはかなり距離を開けられたが、まだその姿は遠くに目で追える。

灰色と茶色が混ざったような毛皮を見失わないように注意していると、マングースはあるグレーの廃墟《はいきょ》に駆け込んだ。


その建物は、四階建ての平べったいビルだった。例によってガラス窓がすべて割れ落ちたと思《おぼ》しき壁のコンクリート梁《はり》が、水平方向に緩やかな曲線を描いている。おそらくビルを真上から見ると楕円《だえん》形をしているのだろう。内部が小さく区切られているようには見えないので、会議場の類《たぐい》だったのかもしれない。

建物の形がいびつに見えるのは、楕円の一端だけが見事に崩壊し、そこだけ跡形もなくなってしまっているからだ。おそらく正面玄関だったと思われるその部分は、天井も壁面も四階まですっぽりと丸く切り欠かれたように無くなっていて、大きく口を開けている。

その中から、犬が激しく吠《ほ》える声が聞こえてきた。合間には誰かを威嚇するような唸《うな》り声も立てている。大型犬の太い声だ。

チーチェンに目だけで問いかけると、黙ってコクリとうなずき返してきた。

ビルの側面にはりついて、壁にそって静かにその崩壊部分へと近づいてゆく。後ろにはチーチェン、そして和達教授と続く。

「マーク！　おいで！　マーク！」丈太が大声で犬を呼んでいる。

マークは相変わらず盛んに吠えたてている。かすかに他の男の話し声も聞こえるが、内容までは聞き取れない。

三人は壁の切れ目までやってきた。そこにはコンクリートの太い角柱が立っていて、その先では四階分すべての水平方向の梁がぶつりと途切れている。その代わり、赤茶色に錆《さ》びついた鉄筋が何本も、グニャリと数十センチばかり飛び出ていた。

巽はビクッとした。建物に大きく開いた口のもう一端、再び壁が始まる三十メートルほど先の柱の陰に人影を見たからだ。

子供――？

それは確かに子供だった。男の子ばかり三人もいる。先頭のTシャツ姿の男の子は地べたにひざをついて、うしろの二人は中腰になって、柱から顔だけ出して、廃墟の中の様子をうかがっている。

あれが、オオスギ・グループの子供たち――。

中腰の子のひとりが巽たちに気づいた。目がくりっとした東南アジア系の少年だ。こっちを指差して今にも口を開こうとしている。それを見たチーチェンが、慌てて巽を押しのけて、シーッとやる。その子は声を無理やり飲み込んだ。

「おいで！　マーク！　怖くないよ！」丈太が優しく呼びかける声が、玄関ホールに反

柱の陰からゆっくりと顔を半分だけ出し、ビルの中をのぞく。

響している。

　そこはもともと四階までぶち抜きの吹き抜けだったように見えた。アルミ製の洒落《しゃれ》た柵《さく》がついた各フロアの床は、内側に凹《へこ》んだ曲線でカットされている。天井も外壁も消えているので今はもう半分外のようなものだが、きっとここは円柱状の高い吹き抜け空間がつくる玄関ホールになっていたのだろう。

　玄関ホールの奥に、六人の人間がこちらに背を向けて立っていた。

　丈太は中央にいて、建物の奥の暗闇に向かってマークを呼び続けている。犬の姿らしきものは見えないが、喉《のど》を震わせて唸る声はここまで響いてくる。

　濃紺のスーツを着た男が、丈太と腕を組むようにして、その小さな体をがっちりつかまえている。顔を動かして丈太に何かささやくたびに、サングラスの丸いレンズの端がちらちら見える。椚木に間違いない。

　丈太と椚木の両脇には四名の国土復興協力隊員が控えている。二人ずつに分かれて左右からはさみこむような格好だ。後ろ姿からも全員がサブマシンガンを抱えているのが分かる。教育隊の兵士たちだろう。

　あの小型ヘリが警視庁のパトロール機とほぼ同型だとすると、パイロットを除いた定員は五名。数は合う。一個分隊を引き連れてきたというところか。

　囚《とら》われの身になっているにもかかわらず、丈太の様子にさほど緊迫感がないのが、巽には不思議だった。

もしかすると、丈太もまたオオスギから何も知らされていないのかも知れない。岩佐を脅迫した目論《もくろ》みも、自らに託された「椚木メモ」が持つ意味についても――。

巽は声をひそめて後ろの二人に言った。

「みんなで出ていくと、向こうが驚いて過剰に反応するかも分からん。いきなり撃たれたりしたら、目も当てられへん。まずは俺が声をかけて、相手の出方を見る。合図するまでここでじっとしといてくれ。ええな？」

一歩踏み出して玄関ホールの中に入ろうとしたとき、チーチェンが肩をつかんで引き戻した。

振り向いて「なんや？」と口の形だけで言う巽の右手をとり、エアガンのグロックを握らせてくる。

眉間《みけん》に皺《しわ》を寄せてにらみつけると、チーチェンが小声で言った。

「あんたさ、あのコンテナのところで俺と初めて会った夜、この銃がエアガンだと分かった途端、もう一丁の方もそうだと勝手に思い込んだよね？　だったら、逆のことも起こるかもしんないじゃん」

チーチェンはそう言うと、突入前の特殊部隊のようにサッとシグ・ザウエルを構えた。形だけはさまになっている。教授はザックの中を漁《あさ》って、何か武器になるものを探している。折れ尺を取り出してみたが、うう、と唸ってすぐ中に戻した。

巽は砂利音を鳴らして中に足を踏み入れた。

「おい」乾いた声で男たちに呼びかける。

六人が同時に振り返った。協力隊の隊員たちはすでに機関銃を胸の前で構えている。

「丑寅？」丈太が目を丸くして叫ぶ。

椚木はサングラスを目の下にずり下げ、上目づかいで巽の全身を舐《な》めるように見回しながら言う。

「――誰だ？」

「そこにおる丈太のツレや。ええ大人が四人も五人も寄ってたかって、いたいけな子供脅して、何させとんねん？」

巽は右手に握った拳銃《けんじゅう》を振りまわしながら言った。エアガンだと分かっているので、構えるポーズをとることすら忘れている。

巽の手に銃があるのを見て、椚木が驚きを込めた声で鋭く言う。

「どうして拳銃なんか持ってるんだ？　あんた何者だ？」

「ああ、これか……」巽は思い出したように右手のグロックをちらっと見た。「そんなことより椚木はん。今さらメモをとり返したところで、もう手遅れやで？」

「なんだと？」椚木はサングラスに手をかけて、唇をなめた。「――どういうことだ？」

「どういうことも、こういうことも――」

巽が言いかけたそのとき――。

椚木のそばに、二階から黒い物体が降ってきた。それは黒装束に身を包んだ男で、柔らかく膝《ひざ》を折って着地すると、その反動を利用するようにして、左端にいた協力隊員に向かって伸び上がる。

フックのような軌道を描いてしなやかに伸びた黒い男の右手でナイフが一閃《いっせん》したかと思うと、次の瞬間、兵士はくぐもった呻《うめ》き声を上げ、頸《くび》の右側を手で押さえながら片膝をついた。

隣の隊員が慌てて機関銃を男に向けたが、男の右腕は返す刀でさっきと逆方向にしなり、刃渡り二十センチほどのナイフが兵士の頸を右から左にかき切る。

美しいほどに無駄のない黒服の動きに目を奪われて、巽は一歩も動けない。

奇妙な呼吸音を発しながら崩れ落ちる二人の兵士の頸から鮮血が噴き出し、男の体が彼らから離れた刹那《せつな》、反対側にいた二人の隊員が広がるように展開しつつ、機関銃の引き金を引いた。

リズミカルな破裂音が響く中、黒装束の男は横っ跳びに跳んで地面を転がる。フルオートで発射された弾丸のうち、数発が肉に食い込んだのか、跳弾の乾いた音に混じって湿った鈍い音がした。

「ダーウェイ！」

チーチェンが叫んで駆け寄ろうとするのと同時に、床にうずくまったダーウェイの右手からナイフが放たれた。空気を切り裂くような音を立てて飛んだナイフが、ひとりの隊員の腿《もも》の付け根に深々と突き刺さる。兵士は地面に倒れ込み、腿を抱えてのたうちまわる。

　ダーウェイに覆いかぶさらんばかりの勢いで飛び込んできた少年の登場に、もう一方の隊員も思わず一瞬引き金を放した。次の瞬間、その隊員は「おわっ」と叫んで左目を押さえる。目を押さえた手の甲に、赤い光がうつっている。

　さっきまで隠れていた柱の方を見ると、膝立ちになった教授が壁に半分隠れるようにして、携帯型のレーザーレベルで兵士の顔を狙っていた。

　それを見た巽は、猛然とダッシュして椚木の腰部にタックルし、強引にうつ伏せにして馬乗りになる。左手で腕をきめながら膝で首の根もとを押さえつけ、後頭部にエアガンを突きつけた。

　隊員は痛めた左目をきつくつぶったまま、ようやくマシンガンの短い銃口を巽に向けてくる。

「銃を下ろせ！」隊員はヒステリックに怒鳴った。

「おいチーチェン。銃構え」巽は自分を狙っている兵士の方にあごをしゃくる。チーチェンはすぐに立ち上がると、シグ・ザウエルを両手で構え、兵士の頭に狙いをつけた。

　片目の隊員は驚いたようにのけぞると、銃口を巽とチーチェンに交互に向けながら、二歩ほど後ずさった。

　チーチェンの足もとに体を横たえたダーウェイは、声こそ出さないものの、きつく歯を食いしばって左脇腹を押さえている。

壁づたいに忍び足で入ってきた教授が、巽のうしろを回って、丈太に手を伸ばす。

「丈太くん！　こっち！」

すっかり固まってしまっていた丈太は、おずおずと教授の手に触れる。教授は丈太の手を力強く握ると、外に向かって一目散に走り出した。

教授のヘルメットが脱げて首の後ろまでずり落ち、あごひもが首に食い込む。教授はそれをまったく気にかけることなく、丈太の手を引いて表に飛び出していく。

それを見届けた巽は、椚木の髪をわしづかみにして顔を上げさせ、兵士の方に向けた。グロックの銃口は椚木の後頭部に強く押しつけたままだ。

「これで二対一や。おい兵隊、機関銃を床に置け」

椚木が、うわずった声を上げる。

「お、おい！　この銃、プ、プラスチックみたいだぞ。ど、どうせ、モデルガンなんだろ？」

「分かってへんなあ。最近は半分プラッチックでできた銃もあんねんで。知らんのか？」そして今度は兵士に向かって言う。「兵隊さんなら分かるよなあ？　グロックのボディはプラッチックやて」

隊員はなんとも言えない苦い表情で椚木を見ながら、小さく首を振り、次にかすかにうなずいた。肯定したのか否定なのか、判然としない。

巽はチーチェンに目くばせした。

チーチェンはシグ・ザウエルの銃口をすっと上に向けると、躊躇《ちゅうちょ》なく引き金を引いた。乾いた銃声がホールに響きわたる。

椚木は「ひっ」と息をのんで体を強張《こわば》らせ、兵士ははじけるように動いてマシンガンをチーチェンに向けた。

「椚木。このグロック17はな、口径九ミリや。今あのガキがぶっ放したシグ・ザウエルよりごつい。九ミリパラベラム弾をこの距離で撃ち込まれてみい。お前の頭、跡形もなくなるで」

椚木は何度も唇を舐めた。額が汗で光っている。十秒ほどして、ようやく隊員に指示を出した。

「こ、この男の、言う通りにしろ――」

最後に残った隊員は、チーチェンから目を離さずに片膝をつき、サブマシンガンを静かに床に置いた。

「ほれ、ホルスターの拳銃もや」巽がせっかちに付け足す。

隊員が拳銃を置いたのを確認すると、その数メートル横で鼠径《そけい》部にナイフを突き立てたまま倒れ込んでいる兵士に目をやった。血の気を失った顔に苦悶《くもん》の表情を浮かべ、絶えず呻き声を漏らしている。

「そこの男をヘリに連れて行くんやったら、そいつのも置いていくんやぞ。大きい血管いってもうとるんやろ。はよした方がええ」

隊員は目を泳がせるようにして、椚木の顔と倒れている仲間を交互に見た。

「心配すんな。椚木とはちょっと話がしたいだけや」

巽の言葉に、椚木もかすかにうなずいた。それを見た隊員は、負傷した兵士の肩からそそくさと機関銃のベルトを外し、ホルスターから拳銃も抜いた。そして、痛みに顔をゆがめる仲間の上体を肩にかつぐと、ほとんど引きずるようにして外に連れ出した。

「ダーウェイ！　ダーウェイ！　どこ撃たれたんだよ！」チーチェンがひざまずいて喚《わめ》く。

「――かすっただけだ……」ダーウェイは苦しそうに声を絞り出す。

「出血はどれぐらいや！　ひどいか？」

巽はそう訊《たず》ねながら椚木から離れると、その場に残された銃器から素早く弾倉を抜いてまわる。隊員の拳銃《けんじゅう》は最新式のベレッタだった。弾をそのままにしたベレッタを一丁だけ、コートのポケットに入れた。

ダーウェイに首を切られた二人の隊員からも武器をはぎ取ったが、どちらもすでに息をしていなかった。

和達教授と丈太がいつの間にか戻ってきていて、ダーウェイを囲んでいる。

「かなりひどいです。これは、弾がかすったなんてもんじゃない。でも、止血が難しい場所だ……」教授が厳しい表情で言う。「とりあえず、清潔なタオルか何か――」

教授はザックを逆さにして、中のものをばらまいている。

巽は椚木のそばに戻り、向き合うようにしゃがむ。椚木は両手をついて上体を支え、崩れた正座のような格好で地べたにへたり込んでいる。

椚木が荒い息のまま訊《き》いた。

「――あんた、ヤクザか？」

「ヤクザはヤクザでも、今日から『ロマン派』のヤクザを名乗ることにした」

「狙いはなんだ？　金か？　お前たちも我々を強請《ゆす》ろうとしてるのか？」

「話聞いとんけ？　どこのロマン派が強請りなんかやるんじゃい」そう言って、椚木のあごを下からピシャピシャとたたく。

「おい椚木。これでもう終《しま》いや。お前らのやろうとしてることは全部分かってるし、島の外には俺らの仲間もおる」椚木のあごをつかんで続ける。「怪我人が出てるんや。はよあの防護柵《さく》の電子レンジを停めえ」

「ダメだ。ADSを停める権限は、私にはない。岩佐先生の指示がない限り、誰にもあれは停められない。おい、離せ！」椚木は顔を振って巽の手を払いのけた。

「それに、生き残った隊員たちが本部に連絡をとった時点で、作戦は第二フェーズに入るはずだ」

「第二フェーズ？　なんやそれは？」

「あの丈太という少年からメモを取り戻す際、万が一、オオスギ・グループから激しい抵抗を受けるようなことがあれば――」

　椚木は唾《つば》を飲み込むと、巽を正面から見据えて言う。

「ここを封鎖したまま、抵抗勢力を殲滅《せんめつ》する」

「殲滅――」巽は顔をパッと紅潮させ、椚木の胸ぐらをつかんで怒鳴る。

「皆殺しっちゅうことか？　おい！　子供たちに抵抗なんかできるはずないやろが！」

「ふんっ」椚木は頬を引きつらせて、チーチェンの方にあごをしゃくる。「現にこういう物騒なガキがいるじゃないか。ここには十分戦力になる十代の少年少女が大勢いる。歯向かう連中が他に出てこないとも限らん。始末すべきものはすべて始末する。当然実施すべきプロセスだ」

　巽は椚木の頬を力いっぱい張った。

「子供たちは抵抗せん！　そんなこと俺がさせん！　アホな真似はやめえ！」

「協力隊員を二人も殺してるんだぞ。それにお前らは、今や銃器も多数所持している。破防法の適用を議論するまでもない。お前らはただの国籍不明のテロリストだと見なされる」

「うらあっ！」巽は椚木の襟元を締め上げる。「ここでドンパチなんかやらかしてみいっ！　事情も分からん幼い子供たちまで、巻き添え食うねんぞ！」

「ふは、ふははっ」椚木が芝居がかった笑い声を上げると、巽はさらに力を込めた。

椚木は喉《のど》を詰まらせながら、苦しそうに続ける。

「し、心配するな。第二フェーズと同時並行で、第三フェーズが実施される手はずになっている。このフェーズでは、無抵抗の子供たちは、すべて回収する。傷つけないように注意してな」

「回収？　保護するっちゅうことか？」

巽がわずかに力を緩めると、椚木は品のない薄ら笑いを浮かべた。

「どのみちあんたもここで終わりだ。冥途《めいど》の土産に教えてやろう。協力隊が回収したこの島の子供たちは、全員、荒神会に引き渡す――それが岩佐先生からの指示だ」

巽の血の気が引いた。帝土建設の俣野が言っていた、荒神会のシノギ――。

売春に、臓器売買――。

「まさか――人身売買を――」

「荒神会からのたっての希望だそうだ。荒神会には借りがある。偶然とは言え、この島を抜け出してきた子供たちを奴らが確保したからこそ、オオスギ・グループの情報が得られたんだからな。子供たちを海外に売り飛ばして一体いくらになるのか知らんが、まあヤクザどもの好きにさせてやるさ」

「お前ら正気か！　おい！」今度は手の甲で椚木の頬を張る。

だが椚木は口を閉じない。「ここでの出来事を見聞きしたガキどもが、みんな日本を離れてどこかに片付くんだ。我々が直接手を汚すことなく、情報漏えいのリスクが回避できる。ふはっ。まったく好都合だよ」

「目え覚まさんかい！　おら！　止めさせるんや！」巽は、二発、三発と張りながら、大声で喚《わめ》く。そして、いくら殴られようとも無言でにらみ返してくる椚木を、やけを起こしたように床に引きずり倒した。

口の中を切った椚木は、唇の端から血をにじませたが、それを拭《ぬぐ》おうともせずに尋ねてきた。

「あんた、日本人じゃないのか？」

巽は短く深呼吸する。「――日本人や」

「じゃあどうして奴らの肩をもつ？」

「お前らみたいな薄汚いもんの肩が持たれへんだけじゃ」

「岩佐先生のやり方は、理にかなっている。この国がよみがえるためには、この方法しかない」

「その『先生』いうの止めえ。胸くそ悪い」

「戦後の日本のように、みんなで頑張ろう、一緒に豊かになろうってわけにはいかないんだ。あの頃みたいに勤勉で前向きな国民などもういない。政治家でも企業家でも、強いものがより強くなって、国を引っ張っていくよりほかないのだ！」

徐々に呼吸も口調も荒々しくなっていく。

「あんたは、いいのか？　日本がよその国の下請け工場のようになっても。ええ？　そんなことになって、あんたそれでいいのか！」

巽は椚木の頭を強くはたいた。「そんなことお前らで勝手に決めんなボケ。お前に岩佐が止められへんのはよう分かった。悪いけど、ご託まで聞いてるヒマないんや」

そして、ダーウェイのそばについている和達教授を大声で呼んだ。

「先生！　ザックにロープありまっか？」

束ねたロープを持って小走りでやってきた教授を、巽は申し訳なさそうな顔で迎える。

「悪いな、先生。こんなことに巻き込んでしもて。地震の被害調査もできへんし」

「いえ、いいんですよ」ロープをほどきながら教授が言う。

「ダーウェイはどうです？」と、そちらに目をやれば、チーチェンがダーウェイの腹部をタオルで必死に押さえつけている。

「よくないです。意識がなくなりました。脈もどんどん弱くなってます。なにせ、出血が止まらない」

巽は「くそっ」と小さくつぶやくと、椚木のえり首をつかんで近くの柱まで引きずっていき、座らせた状態でそこに縛りつけ始める。

椚木はおとなしくロープを体に巻かれながら、再びしゃべり出す。

「岩佐先生は、あの東京湾北部大震災を、国家改造のきっかけにしようとおっしゃった。日本を根っこから立て直すチャンスと考えようとおっしゃったのだ。感銘を受けたよ。私は岩佐先生のために、身を粉にして奔走した」

「偉そうなこと言うな」ロープの端を固く結びながら、また頭をはたく。「どこをどう改造したんや？　危険区域を決めたことか？　不法滞在者を一斉摘発したことか？　国土復興協力隊とかいう軍隊のできそこないをつくったことか？　ああ？」

「改造はこれからが本番なのだ！」　椚木の表情はもう恍惚《こうこつ》としている。「まず外国人たちにこの国を出て行ってもらうというのは、当然だよ。奴らは日本の労働市場だけでなく、日本文化も乱す。日本の再建は、日本人の手によってなされなければならない！」

「まさかお前ら、あのデマ流すのに一役買ったんとちゃうやろな？　震災後に外国人が暴動起こすっちゅう」噂の火元ではなくても、なんらかの形で流布を後押ししたに違いない。

「ふははっ」椚木は声だけで奇妙な笑い声を上げた。「人権だ、平等だ、などと言ってる余裕はない。豊かな人々にはもっと豊かになってもらわねばならない。幸い、地震のおかげで、生活困窮者や反社会的な連中は危険区域に集まった。治安を維持する最良の方法は、街の構造をこのまま固定してしまうことだ」

「なるほどな。コロニーを本気でつぶしにかからんかったんは、そういうわけか」縛り終えた巽は、立ち上がって椚木を見下ろした。

「アメリカでは、郊外の高級住宅地へは絶対に公共交通機関を通さないらしいぞ。治安を維持するには、人の移動を制限することも重要なのだ。そういう意味では、地下鉄を止めたのは実に効果的だったよ。ふははっ、ふははっ」

椚木の虚《うつ》ろな笑い声をかき消すように、南の方でヘリコプターのローターが始動するのが聞こえた。空気を裂く破裂音が徐々に大きく、速くなり、やがてその音源が上空へと移動してゆく。

上が開けたところまで移動して、空を見上げる。濃紺の機体が低空を北西方向に飛び去ってゆく。生き残った二名の隊員を乗せて、新宿の駐屯地へ帰るのだろう。

ヘリを目で追いつつ、大声で訊《たず》ねる。

「おい、第二フェーズかヒューズか知らんが、次は何が起こるんや？」

「決まっている。兵の増員だ。子供たちを輸送する段取りもつけなきゃならん」

椚木の顔に浮かぶ嘲笑《ちょうしょう》を見つめたまま、巽は素早く考えを巡らせる。

協力隊の第二陣はどうやって上陸してくる――？

大型輸送ヘリか――？

それとも、船か――？

船の場合、兵員を上陸させるために、ＡＤＳをしばらく停止させる必要がある――。

「おい丈太！」

巽が呼ぶと、丈太が緊張した面持ちで駆けてきた。

丈太の両肩を抱き、噛《か》んで含めるように言う。「もうしばらくしたら、もっとたくさんの兵隊がやってくる。島の子供たちが危ない目に遭うかもしれん」

「僕らを撃つ？」

「それは分からん。奴らは仲間を殺されとるから、今度は容赦なく攻撃してくる可能性はある。とくに、大きい子は危ない。小さい子供にまで手を出すことはないと思うが、どこかに連れていかれるっちゅうのはあり得る」

「どうするの？　戦うの？」声が震えている。

巽は丈太のキャップのひさしをちょっと持ち上げると、表情を和らげて頭を振った。

「とにかく、みんなが島中にばらけておるのが一番まずい。子供たちをひとり残らず一カ所に集めておきたいんや。お前にそれを頼みたい。できるか？」

丈太は答えずにダーウェイの方を振り返った。その心配そうな横顔に、巽が言う。

「助かるかどうか分からんが、ダーウェイのことは俺らが精一杯やってみる。でも、他の子供たちも守らなあかん。これはお前にしかできんことや」

丈太は決意のこもった目で巽を見返すと、はっきりと大きくうなずいて、軽やかに表に飛び出した。

丈太は島の南部に向かって跳ねるように走ってゆく。

背中で揺れる赤い巾着《きんちゃく》を見送っていると、玄関ホールからチーチェンの叫び声が聞こえてきた。

「ダーウェイ！　ダーウェイ！」

教授がダーウェイの頬をパンパンと叩《たた》き、顔を口もとに寄せる。

「いかん！　呼吸が止まりました！　心臓も」そう言って、すぐに人工呼吸を始めた。

そばに駆け寄った巽は、ダーウェイの腹の上にまたがり、胸に両手をついてリズミカルに圧迫する。

人工呼吸と心臓マッサージを交互に続け、時おり呼吸と脈を確認するが、循環再開のサインはない。

巽、教授、チーチェンの三人で、役割を交代しながらひたすら同じことを繰り返す。心臓を圧迫しているせいか、ダーウェイの脇腹からは血が流れ続け、巽のスラックスをどす黒く染めてゆく。

「あかん……呼吸が戻らん。もう脳がやられてまう」

「嫌だ！」チーチェンが悲鳴を上げる。もうあきらめるのだと思ったに違いない。

「ダーウェイが死ぬはずない！　ダーウェイは強いんだ！」

どこかで聞いたようなセリフ——確か、丈太も同じことを言っていた。

鼻を真っ赤にして涙声を震わせるチーチェンの言葉は、どんどん幼いものになっていく。

「ダーウェイは、いつもみんなを守ってくれる。みんなダーウェイが大好きだ。僕らみんな、ダーウェイがいないと、ダメなんだ」一人称も「俺」から「僕」になった。

「でもな——こいつは東京で四人も人を殺してる」巽が胸を押しながら言う。

「みんなを守るためにやったんだ！　ダーウェイは悪くない！」

「警官を二人も殺したのは、この島の秘密を守るためか？」

「最初に来た刑事は、ミスター・オオスギのことを調べにきた。ダーウェイがそう言ってた。島のことも勘づいてたみたいだから、殺すしかなかったって」

「もうひとりは？」手を止めないで、チーチェンの方に顔だけ向ける。「その刑事はな、お前のやってた窃盗のことで、話をしにいっただけやったんやぞ？」

「二人目のことは、よく知らない。また刑事が来たから、もうこのコンビニにはいられないって。そう言われて、すぐ二階の部屋から追い出されたから」

「ほな、リリコとかいう女を殺したんは、なんでや？　それから、もうひとりの東南アジア人の男も――」

地面に膝《ひざ》立ちになったチーチェンは、ダーウェイの顔に目を落としたまま、ポツリポツリと話し始める。

「――一年ぐらい前から、島の生活がいろいろ変わり始めた。ミスター・オオスギは一日中ベッドにいるようになって、僕らは会えなくなった。そしたらメイまで――メイまで病気になって、本土の病院に入院した。できるだけいい病院で診てもらえるようにって、ダーウェイが頑張ったんだ」

「島で大人の女は、メイさんだけやったんか？」

チーチェンはうなずいて、「みんなのお母さんみたいな感じ――」と言った。

巽はわずかに逡巡《しゅんじゅん》して、結局、メイが死んだことを伝えるのは止めた。

チーチェンは続ける。「僕らはだんだん心配になってきた。このまま島で生活していけるのか、不安になってきた。僕らっていうのは、年上の子供たちのこと。十五歳とかそれぐらいの。小っちゃい子らは何も分かってないから。僕らは、毎晩どこかで集まって、いろんな相談をした」

「これからは自分らでなんとかしていこうと思ったわけか」

「島で見つけた現金はもうあんまり残ってなかったし、食べ物にしても底をつきそうなのがいっぱいあった。計画っていうほどのものはなかったけど、とにかくお金が要るだろうって話になって……だからそれぞれで、島の外に出てお金を稼ぐ方法を考えたんだ」

「それでお前は、コソ泥になることを決めた。手口はどういうのや？」

「スポーツクラブとか街の温泉施設に忍び込んで、ロッカーから盗んだ。それをコンテナ・コロニーで現金に換えた」

和達教授はひと言も口をはさまなかったが、規則正しくダーウェイの口に息を吹き込みながら、時おり驚いたように目を見開いて巽とチーチェンを見た。

「他の連中はなにをやった？」巽は片手で胸を押しつつ、片手で素早く額の汗をぬぐう。

何も答えようとしないチーチェンに、続けて訊《き》く。

「オオスギには相談せえへんかったんか？　丈太を通じて、指示もあったんやろう？」

チーチェンはゆっくり顔を上げた。「ミスター・オオスギは、いちいちそんなこと指示しない。丈太の口から出るミスター・オオスギの言葉も、昔からずっと僕らに言い続けてたことと同じで、もうみんなよく分かってた。『自分のことは自分でやれ。その代わり、自分勝手に、わがままにやっていい。何でも自分の頭で考えて、よく分からないときには、まずやってみればいい。自分を実験台にして、試してみればいい。そうしたら、失敗してもあきらめがつく。それでうまくいかなかったり、嫌な思いをしたら、また考えればいい。とにかくまず、行動することだ』」

「それで？」チーチェンの瞳《ひとみ》をのぞき込む。

「それで——女の子の中には、売春をやろうとした子たちがいた。昔、ミスター・オオスギが言ってたことがあるんだ。『自分の体を自分でどうしようが、それは完全に自由だ。売春でもなんでも』って。その子たちもきっと、そう信じてたんだと思う」

「アホな」

巽がそう吐き捨てると、チーチェンも小さくうなずいた。

「ダーウェイの考えは、ミスター・オオスギとは違った。ダーウェイは、僕が何か盗んできても何も言わなかったけど、女の子たちの売春は許さなかった。『そんなことはしちゃいけない。いけないものはいけないんだ』って、いつも言ってた。それでも、何人かの女の子たちは、たぶんそのリリコっていう女にうまく騙《だま》されて、どこかに連れて行かれそうになった。それで——」

「殺したわけや」

「ダーウェイは、『みんな暴走してる』って言ってた。そんなみんなのことを本当に心配してた。ダーウェイは、暴走してる奴らを止めるために、そういう子らを守るために、島を出てきたんだ」

　胸を一定のリズムで圧迫しながら、目の前のダーウェイの顔をあらためて見つめた。目を閉じていると、その細面はむしろ優しげで、どこか女性的にも見える。二十歳を越えたか越えないかのこの若者は、行き場を失った多くの子供たちのよき長兄であろうとし、父親にすらなろうとしたのだ。

　言葉につまって小さく首を横に振る巽の横顔に、チーチェンが続ける。

「他にも、自分の腎臓《じんぞう》を売っちゃった奴らがいる」

「ああ、くそっ！」巽は目を見開いて忌々《いまいま》しげに吠《ほ》えた。「もうそこまでやってもうた子がおるんか――」

「もう何人も外国に連れて行かれた。連れて行かれた子たちは、たぶんまだ誰も戻ってきてない。ダーウェイはそれを知って、すごく怒った。本当に、今まで見たことないぐらい、めちゃめちゃに怒ったんだ」

「腎臓を買うから言うて子供たちをどっかに連れて行ったのが、その東南アジア人やったんやな？」

「うん――」

　そのとき、教授がダーウェイの首筋や腕をさすりながら、「うう……」と呻《うめ》き声を上げた。「だんだん体が冷たくなってきました。これはもう……」

「ダメだよ！」チーチェンが巽を押しのけて、たたくように胸を押し始める。

ゆるゆると立ち上がってダーウェイの白い顔を見下ろしていると、携帯が鳴った。

「あたしよ」みどりからだった。「一体そっちで何が起こってるの？　ヘリが一機、都庁裏の協力隊駐屯地に戻ってきたわ。部下をひとり駐屯地の近くにやって、様子を探らせてるんだけど、今、大きな輸送ヘリが二機、出発準備してるそうよ。たぶんもうすぐ隊員を大勢乗せて、そっちに向かうわ」

「輸送ヘリが二機——。二個小隊で総勢四十人ちゅうとこか。ご大層なことやの。そのヘリやけどな、島に兵隊降ろしたあとは、きっと子供たちを運ぶぞ」

「保護するつもりなの？」

「逆や、逆。荒神会に引き渡されて、外国に売り飛ばされる」

電話の向こうで絶句しているみどりに構わず、巽は話を打ち切る。

「とにかく、何がなんでも子供たちをここから出さなあかん。係長、聞いてんでええから、ちょっとこのまま電話つないでてくれ。用があるときは大声で呼ぶさかい」携帯をスピーカーフォンに切り替えて、コートのポケットにしまう。

巽はあごに手をやって、こちらの戦力を数え上げてみる。

サブマシンガンが四丁。拳銃《けんじゅう》五丁。大人は二人。ガンマニアの少年がひとり。そして、子供が百人以上——。

コートの右ポケットに手を突っ込んで、隊員から奪ったベレッタの硬質な手触りを確かめる。そして最後に、左ポケットに上から触れて、思い出したようにつぶやいた。

「忘れとった──。エアガン一丁」

下手に反撃に出たら、それこそ皆殺しにされる──。

途方に暮れる思いでダーウェイの枕もとにしゃがみ込むと、正面の教授が辛《つら》そうに首を横に振った。体ひとつでできる救命措置が有効な時間は、とうに経過している。ダーウェイの頬に手を当ててみるが、もう驚くほど冷たい。

巽は静かに言った。

「チーチェン。ダーウェイは──もう死ぬ」

顔も上げずに首を振るチーチェンに、言い聞かせるように続ける。

「──俺らと一緒に、子供たちを守ってやってくれへんか。お前の兄貴がしたみたいに、今度はお前が、その役目を受け継いでやってくれへんか」

チーチェンは、無言で兄の胸を押し続けながら、涙をぬぐう。声はもらさなかったが、ボロボロとあふれ出る涙を、何度もぬぐった。

しゃくりあげる度に首筋でひくつく手裏剣のタトゥーを見つめて、巽が言う。「もしその気になったら、ここに残ってる銃器を集めてきてくれ。俺が抜いたマガジンは先生のザックの中や──」

そして、チーチェンの頭に大きな手のひらをそっと置いて立ち上がった。

「さっき、お前が拳銃ぶっ放したときから思てたんやけどな。お前、わりかし、ハードボイルドやないか」

兄弟をホールに残し、巽と教授は表に出た。

道路をはさんだ南側のブロックにはほとんど基礎部分しか残っていない廃墟《はいきょ》があり、その向こうから子供たちのざわめく声が聞こえてくる。

廃墟を壁づたいにぐるっと回っていくと、コの字形になった建物の広い中庭に、たくさんの子供たちが集まっていた。

百人近くいるだろう。背丈はばらばらだが、十歳から十二歳ぐらいまでの子供が多い。中学生ぐらいの年頃の子供たちも二十人ばかり含まれているが、少女が多く、チーチェンほどの年格好の少年は数人しか見当たらない。

まだ五、六歳ではないかと思われる幼児の姿もあって、年長の少女の周りにまとわりつくようにして立っている。

半数近くが東洋系で、見た目は日本人と変わらない。次に多いのが、浅黒い肌の東南アジア系の子供たちだ。さらには、南米系と思《おぼ》しき彫りの深い顔立ちの子供たちや、アラブ系の少年の姿も見える。人種によってグループができている様子はなく、完全に混ざり合っている。

中には垢《あか》にまみれたような顔の子供もいるが、着ている洋服はボロではなく、むしろまだ新しい。ショッピングセンター跡にゆけば、子供服の新品がいくらでも手に入るからだろう。上下お揃いのジャージやスウェット、トレーナーにジーンズや短パン、足もとは編み上げブーツからビーチサンダルまで、みな思い思いの格好をしている。

共通点と言えば、みな一様に痩《や》せていることと、髪を互いにはさみで切り合っているからか、おかっぱ頭に近い髪型の子供が多いということぐらいだ。

整然と並んでいるわけではないが、そこらを走り回っているような子供はいない。時おり頭数を確認する年長の少年少女の指示に従って、いくつかのかたまりに分かれ、その場にじっとしている。

右手の方から新たに三人のグループが合流してくる。率いているのは栗色の髪を伸ばした南米系の美少女だ。さらに、中庭の向こう正面からも二人組がこちらに歩いてきているのが見える。

背後から丈太が全速力で駆け戻ってきた。

暑そうにオレンジのキャップを脱ぐと、額の汗をぬぐいながら言う。

「ねえ、丑寅。ミスター・オオスギのところへ行っちゃった子たちがいるみたいなんだけど……どうしよう？」

「大勢か？」

「たぶん、二十人ぐらい。きっと、怖くなったんだよ。それから……」丈太が一瞬口ごもる。

「なんや？」

「ミスター・オオスギの部屋に、赤ちゃんたちがいるんだ。カオリと一緒に」

「赤ん坊？」巽は目を丸くした。

「カオリっちゅうのは確か、オオスギの世話をしてる子やな？　赤ん坊は、誰の子や？」巽はハッとして声を上ずらせた。「お、おい、まさか、オオスギの……」

忌まわしい想像をして絶句する巽に、丈太が首をブンブン振って否定する。

巽は腕時計にちらっと視線を落とし、数秒間だけ考えた。今は病に臥《ふ》せているとはいえ、これだけ大それたことをしでかした男だ。子供たちを救う起死回生の奇策を持っていないとも限らない。

何より、島の王に挨拶《あいさつ》なしでは済まされんやろ――。

「よっしゃ」巽は決意を込めて言った。

そしておもむろに北西の方角を指差す。「ここからちょっと北に行ったところに、海に面した公園があるやろ？」

「うん。潮風公園」

「ここに集まった子らにな、みんなでそこへ移動するように言うてくれるか」

「分かった。僕らは？」

「決まってる。オオスギの宮殿や。案内してくれ。拝謁を賜ろうやないか」

## 35

南東に五分ほど歩き、お台場カジノリゾートの敷地に入った。そこからは丈太が先に歩いた。

ここはちょうど島のど真ん中に位置している。その向こうはもう、コンテナと倉庫がところせましと並ぶ青海埠頭《ふとう》だ。

辺りは砂ぼこりがひどく、どこか焦げ臭い。ついさっき大きな地響きが聞こえてきたが、リゾート内の構造物かガレキの山がバランスを崩して瓦解《がかい》したのかもしれない。どこで鳴っているのかは定かでないものの、コンクリートの中で鉄骨が軋《きし》るような嫌な音も絶えず響いてくる。

敷地の中ほどに重厚なたたずまいで横たわっているのは、高層ホテルの土台をなしていた三階建ての低層部だ。上に載っていた客室部はすでに撤去されている。真上から見ると、この建物は二棟が百二十度ほどの角度でくの字形に接合されており、両翼の接合部にエントランスがある。

エントランスに向かって左翼側はかなり広範囲にわたって焼け落ちていて、さらにその手前にはブルーシートで覆われた大きな窪地《くぼち》がある。ここが、豪華絢爛《けんらん》を誇ったカジノ棟の跡地だ。もはや建物の正確な位置すらよく分からない。

丈太は右翼側を大きく迂回《うかい》して、ホテルの裏手へと進む。今は雑草が生い茂っていて見る影もないが、くの字の内側は広大な庭園になっていたらしい。

右翼に寄り添うように、二棟つづきの建物があった。どちらも二階建てで、洋風のゲストハウスのように見える。

手前の一棟はほぼ完全に倒壊していて、一階部分の壁が二面残っているだけだ。内部を埋めているコンクリート塊の隙間から、茶色く変色した床の絨毯《じゅうたん》が見えた。パーティや披露宴に使う会場だったのかもしれない。

奥のもう一棟の前に、二十人ばかりの子供たちが群れていた。皆、騒ぎ声ひとつ立てず、南側に広がる庭園から建物を見上げている。

こちらの棟は一見深刻な損傷を受けていないようだが、眺めているとどうも落ち着かない気分になる。よく見れば、建物の角がつくる鉛直線が背後のホテル土台部の柱と平行でないことが分かる。ハウス全体がわずかに歪《ゆが》んでいるのだ。視線を落とせば、外壁と地面の間には長い亀裂《きれつ》が入っていて、コンクリートが欠け落ちたところからは鉄筋が顔をのぞかせている。

近づいてみると、子供たちが不安げに見つめているのは、二階から張り出したバルコニーであることが分かった。凝ったデザインの白い柵《さく》がついた立派なバルコニーで、庭園が一望できるようになっているが、そこに人の姿はない。

ひとりの少年が、丈太と巽に気づいて、小さく声を上げた。すると、子供たちは一斉にこちらに顔を向けて、しばしざわめいた。

しかし、巽に不審そうな視線を投げかけてくるのはほんの数人で、他は皆、丈太に注目している。丈太の一挙手一投足を見逃すまいというような、真剣な眼差《まなざ》しだ。

丈太は、そんな子供たちの前を素通りして、ゲストハウスに近づいた。そして、従業員用のドアのようなところから、建物の中に入っていく。

絨毯が敷かれた廊下の両側に木製ドアが並んでいる。開いたドアからいくつか室内をのぞいてみたが、それらはゲストの待合室や更衣室のように見えた。

ドンドン、ギシギシと誰かが二階で暴れ回っているような音が響いてくる。初めは人の足音かと思ったが、すぐにそれが凄《すさ》まじい家鳴りであると思い至った。大きな家鳴りがする度に床がびりびりと震え、埃《ほこり》が立つ。建物中に焦げたような臭いも漂っている。

しばらく進むと広いロビーに出た。木製の手すりがついた階段を上り、二階へ向かう。上りきると、左手は大きな一室になっているようで、金メッキの取っ手がついた重厚な両開きのドアがあった。

丈太はそのドアの前でぴたりと立ち止まる。

「ここか？」

巽の問いに、丈太は無言でうなずく。そして、スッと巽の背後に下がると、巽のコートの裾《すそ》をグッと摑《つか》んだ。

「いつもは立ち入り禁止らしいが、今は緊急事態や。入らせてもらうで」

巽は有無を言わさぬ語気で言い放ち、両手に力を込めてドアを手前に開く。

その瞬間、中から流れ出てきた異様な臭気に、巽はむせた。

部屋には、目を刺すような強い匂いが充満していて、非常にうっすらとではあるが、空気が煙ってさえいる。

おそらく、香かなにかを大量に焚《た》いているのだ。嫌な匂いというわけではないが、呼吸が苦しくなるほど濃密な香りだった。

コートの裾がフッと軽くなる。丈太が手を離したようだ。

煙にしみる目を細め、室内を見回す。

ただの居室にしては天井が高く、壁は真っ白だ。部屋にはかなり奥行きがあるようだが、アンティーク調の飾り棚や巨大な書棚がつい立てのように置かれていて、奥までは見渡せない。行く手を遮るように鎮座する分厚い一枚板のテーブルの上には、大量の本が散乱している。

テーブルをよけて奥に歩を進め、つい立ての向こうに一歩踏み出した瞬間、巽はようやく理解した。

この部屋は、チャペルだったのだ。二十メートルほど先の、正面にあたる壁の高い位置に、瀟洒《しょうしゃ》な窓枠の採光窓がある。だが、そこにあったはずの十字架は、すでに取り去られてしまっている。

採光窓の真下は、床から五十センチほど高くなった祭壇になっている。祭壇の中央に、天蓋《てんがい》つきの大きなベッドがあって、そばに十代半ばの少女が立っていた。ひどくやせた、目の細い、真っ白な肌の東洋人だ。

その胸には、まだ二歳にも満たないような赤ん坊を抱き、なんと背中にもうひとり背負っている。少女は怯《おび》えきった表情でこっちを見ているが、赤ん坊たちはナイロン製の抱っこひもの中ですやすや眠っているようだ。

ベッドの周りは、とくに煙が濃いようだった。見れば、ベッドを取り囲むようにして、大小様々な香炉がいくつも置かれている。

ベッドの天蓋から垂れる白いカーテンは隙間なく閉められていて、中の様子は窺《うかが》えない。

あのベッドに、オオスギが――。

巽は腹に力を入れて、大股《おおまた》でそこに近づいていった。

ベッドに至るまでの壁際には、ぎっしりと本が並べられていた。書棚ではなく、参拝者のための木製の長椅子が天井まで積み上げられていて、そこに書籍が詰め込まれている。大理石の床の上にも、乱暴に平積みされた本の塔があちこちにできていて、どうにかバランスを保って立っている。

「おい、オオスギはん」巽は声をかけながら進む。

「もうじき、兵隊が大挙してやってくる。子供たちは、俺が連れて行くぞ」

ベッドからは、呻《うめ》き声ひとつ聞こえてこない。

巽が近づいてゆくと、二人の赤ん坊を抱いた少女が、慌てて祭壇から降りた。そして、右手の壁際に身を寄せて、長椅子に置かれた籐《とう》のかごを背中で隠そうとする。

首を伸ばして見ると、それは小さなゆりかごで、中でピンクの産着にくるまれた乳児が寝ていた。まだ生後数ヵ月だろう。

巽は驚きをもってそれを眺めつつ、祭壇に足をかける。

「おい、オオスギ。時間がないんや。アアとかウウぐらい言うたらどうや」

祭壇に上がり、香炉から立ち上る煙を手で払いながら、ベッドの前に立つ。

天蓋のカーテンの向こうからは、息づかいすら伝わってこない。

そのとき、巽の嗅覚《きゅうかく》が、香の香りに混じるかすかな腐臭を感じとった。

まさか――。

白いカーテンをわしづかみにして、勢いよく右に引く。

巽は思わず口に手をやった。

そこに横たわっていたのは、一体のミイラだった。

首から下はシーツにくるまれており、黒く干涸《ひから》びた頭部だけが見えている。

深く窪《くぼ》んだ眼窩《がんか》に眼球はなく、瞳《ひとみ》の色は分からない。だが、高く直線的な鼻筋は、確かに異国の血を感じさせる。

顔面の肉は削《そ》げ落ちてどす黒く変色しているものの、左の頰だけがまだ生々しく赤みを帯びているのを見て、思わず目をそむけたくなる。薄い唇はひきつれて、不気味に黄色い歯をむいている。

茶褐色にただれた頭皮には、銀色に近い長髪がまだかなり残っていて、後ろで束ねられたままだ。密度は低いものの、あごひげもはっきり見て取れる。

ミイラ化したオオスギの遺体を前に、巽は声も出ない。

そのとき――。

「――離れろ」

背後で聞き慣れない声が響いた。

「そこから、離れてくれ――」

振り返った巽は、チャペルにこだまするその声の主を見て、慄然《りつぜん》とした。

それは、丈太だった。

つい立ての飾り棚を背に、真っすぐこちらを見据えて立っている。

だが、その顔つきは、まるで別人のものだった。

「丈太――お前――」

目は落ちくぼみ、驚いたことに、薄茶色だった虹彩《こうさい》が緑色に変わっている。

「言ってることが、分からないのか？」

つくりもののように生気のないその瞳を見開いたまま、丈太は無機的な口ぶりで続ける。

「ここは、あんたのような人間が足を踏み入れるべき場所ではないんだ」

「――お前……どうした？　その声――」

いつもの丈太とはまるで違う。音が高低に割れたような、不思議な声だった。

まるで、二人の人間が数オクターブ異なるユニゾンで語っているように聞こえる。

丈太は、落ち着き払った歩みで巽との距離を縮めながら、右手を前に突き出す。その手には、小さな拳銃《けんじゅう》が握られていた。クラシックな護身用ポケット・ピストル——おそらく、ベビー・ブローニングの類《たぐい》だ。

オオスギがここに隠し持ってた銃か——。

「お、おい、やめとけ丈太。危ないいやないか——」

巽が言い終わらないうちに、丈太は右腕をすっと上げ、銃口を天井に向けて躊躇《ちゅうちょ》なく引き金を引いた。

高い破裂音がチャペルで反響し、少女が耳をふさぐ。丈太は射撃の反動で右前方に大きくよろけたが、顔色ひとつ変えずに再び銃を構える。

赤ん坊たちが火がついたように泣き出した。少女は震える腕に籐のゆりかごを抱えると、壁を背にしたまま出入り口の方に後ずさっていく。

「カオリ。そこにいていい」

丈太がそちらに視線を向けることなく言うと、カオリはビクッとして足を止めた。

建物の外から子供たちの騒ぎ声が聞こえてくる。銃声に驚いたのだろう。

丈太は跳ねるように身を翻すと、祭壇から見て右手の壁にあるガラスのドアを肩で押し開けて、バルコニーに飛び出した。

開け放たれたドアから子供たちの声がはっきりと届く。庭園の子供たちは、このバルコニーを見上げていたのだ。

巽も慌ててあとに続く。

丈太は白い柵《さく》に足をかけると、床から五十センチほどの位置で器用にバランスをとり、庭園に向かって目一杯背筋を伸ばした。

そして、おもむろに左手を虚空に伸ばし、人差し指をピンと立てる。そのままその指を、大きな動作でゆっくりと自分の唇に当てた。

すると、下に集まった二十人ばかりの子供たちが、水を打ったように静まり返った。皆一様に口を一文字に結び、じっと丈太の顔を見上げている。

丈太は、深く息を吸って、例の奇妙な声を放つ。

「何をそんなに怯えている？　うろたえる前に、考えてみろ」

語勢の穏やかさに反して、不思議なほどよく通る声だった。高音が言葉の韻を際立たせ、低音がそれを力強く支えている。

「島を出る必要など、どこにある？　自分たちが生きるべき場所はどこなのか、自分たちの頭で、もう一度よく考えてみるんだ」

丈太の落ち着いた語り口に、虚勢や恫喝《どうかつ》めいた響きは微塵《みじん》もない。それでも子供たちは、すくんだように動かなくなる。

異様な光景を目の当たりにして、巽はチーチェンの言葉を思い出していた。

ミスター・オオスギのそばにいるときのあいつは、丈太だけど、丈太じゃない――。

確かにこいつは丈太やない――。カルロス・オオスギや――。

子供たちは今、オオスギの言葉を聞いとる――。

二重人格——巽の頭をそんな言葉がよぎった。

幼いときからオオスギの薫陶を一身に受けているうちに、丈太の中にもう一つの人格が育ったということか——。

自分が何者であるか意識することもないうちに、丈太の柔らかな自我がオオスギの手でまっ二つに裂かれてしまったのか——。

この、もうひとりの丈太は、言わばオオスギのコピーだ。オオスギの知識と思想をそっくり受け継いでいるに違いない。

チーチェンは、「丈太は特別だ」と言った。丈太がオオスギの言葉を伝えることを「当たり前だ」と言った。ここにいる子供たちにとって、この人格の丈太とオオスギとの間に、明瞭《めいりょう》な境界はおそらくない。大事なのはオオスギの言葉であって、それが誰の口からもたらされるかは問題ではない。つまり、オオスギが病に倒れてからは、丈太がオオスギになったのだ——。

巽は諭すように語りかける。

「丈太、落ち着け。分かるな？　俺や、丑寅や」

人格が入れ替わったきっかけは何や——？

このチャペルに足を踏み入れたときか——？

あるいは、例えば、この香の香りを嗅《か》ぐと、もうひとりの丈太が現れるようにプログラムされている可能性もある——。

「あんたの名などに興味はない」丈太は淡白に言い捨てて柵から飛び降りると、再び銃口を巽に向けた。

巽が両手を上げると、丈太は素早い動きで再びドアをくぐり、室内に戻った。

「戻ってこい、丈太」あとに続いた巽は、両手を上げたまま、なだめるように言う。「思い出せ。俺たちには、やらなあかんことがあるやろう？　一刻も早く、子供らを救い出さなあかんやろう？」

丈太は祭壇にヒラリと飛び乗った。巽はチャペルの中央あたりまで進み出て、壇上の丈太と対峙《たいじ》する。

丈太は緑色に光る目で、品定めするように巽をねめ回す。

「――チルドレンを島から連れ出して、その後はどうする？」高低に割れた耳触りの悪い声が響く。

「また鎖で縛るのか？　今度は何色の鎖を使う？　日本人と同じ色か？　それとも、ひと目で外国人と分かる色の鎖か？」挑発的な口調の老成ぶりは、とても九歳の児童のものではない。

「あんまり小難しいこと言わんといてくれや。賢い子やとは思てたが、とてつもない天才児やったんやのう」無理に緩めた頬を、すぐに引き締めた。

「――縛るんやない。子供らは、保護する」

「保護ときたか――」丈太の口もとに冷笑が浮かぶ。「日本人というのはつくづく鎖づくりの好きな国民だと思っていたが、最近は少し違うようだな。今この国にわんさといるあの脆弱《ぜいじゃく》で怠惰な若者たちはどうだ？　汗を流して働くでもなく、何かを成し遂げた経験もなく、努力もせず、そのくせ自意識だけは過剰で、自分は特別な存在だと思い込み、何の才覚もないことに目をつぶって、正当に評価されていないと歪《ゆが》んだ憎悪を抱く」

「それには同感やがな、ほな、お前があいつらのケツたたいたったらどうや？」

真顔で言ったが、丈太の耳には入っていない。

「昔のアナーキストたちにしても、ある意味では彼らによく似たようなものだったが——だが彼らは少なくとも、ときに鬱屈《うっくつ》したエネルギーを暴発させた。日本という国は昔から大きな鎖工場だったが、今のひ弱な若者たちは、工員として鎖を再生産することすら止めたのか？　まさに、衣食足りた豊かな日本が生んだ落とし子だ。日本社会と文化が生んだ存在だ。自分を縛る鎖を作り続けることほど愚かなことはないとずっと思ってきたが、もっとひどいことがあることに気づかされたよ。それは彼らのように、鎖に縛られ、ただ餌を与えられる牢人《ろうにん》として生きていくことだ」

「さっきから鎖、鎖て、なんのことや？」

「あんたのように、鎖の存在を自覚していない手合いが多いから、この国は鎖の拡大再生産を止めないのだね」丈太はどこか哀れむように言う。「あんたたちの大事な『世間』というやつを形づくっているすべての要素が、鎖さ。モラルも、教育も、制度も、慣習も、すべて——」

「それと、あの子供たちと、どういう関係がある」

「『どういう関係がある』？」丈太は呆《あき》れ顔でオウム返しに言う。「分からないのか？国籍というものは、鎖だよ。実に太い鎖だ。よその国へやってきたからといって、それが切れることはない。この国では、よその国からきた人間にも自前の鎖を巻きつけようとするが、それは日本人と同じ色の鎖ではない。そのくせ、鎖の先はこの国の中枢にしっかりとつながれている。そんな風に鎖を巻かれた人間は、どうなってしまうと思う？」

丈太はわずかに目を伏せると、両手を広げ、ひび割れた声を沈ませた。

「母国へ続く長い鎖と、この国で巻かれた鎖。その両方でがんじがらめにされ、両方から引っ張られ、ついに身動きが取れなくなるのさ。鎖をはずそうともがきにもがいて、死んでしまう人間もいる。もがいているうちに鎖がバチンとはずれ、はずれた拍子に鎖の先が近くの人間に当たる。軽く当たっただけなのに、その人間から因縁をつけられて、集団リンチにあって無惨に殺される。そんな不憫《ふびん》な少年さえ生み出してしまう——」

丈太は昂《たか》ぶりを抑えるようにして言い切ると、ようやく息を継いだ。そして、いたわるようにオオスギのミイラにそっと手を触れる。

巽は動じることなく問い質《ただ》す。「よう分からんけど、お前、無国籍児の話をしとんのか？　そこで干物になっとるオオスギの狙いはなんやったんや？　子供たちを集めて、どうする気やった？」

丈太の暗い顔つきが一転し、不気味なほどに輝いた。

「このアイデアを思いついたとき、私は興奮した——」

私——？　私やと——？　巽の肌が粟立《あわだ》った。

違う——。島の子供たちにとって丈太とオオスギの区別がないのではない。丈太のこの人格自体が、すでにオオスギと一体化してしまっているのだ。

丈太は今や完全にオオスギに乗っ取られている。丈太は幼い頃からオオスギの経験を繰り返し繰り返し聞かされたはずだ。丈太は今、それを自らの経験として語っている——。

「——震災後に日本に取り残されたストリートチルドレンを集めて、その子たちに共同体をつくらせるというアイデアだ。彼らのほとんどは無国籍児だった。無国籍児の楽園——。国籍と、それに付随する社会や文化という鎖が存在しない世界——。それがどんなものになるか、想像しただけでぞくぞくしたよ」

丈太は遠くを見るようにわずかに顔を上げ、当時を懐かしむように続ける。

「——この島に入ったのは、地震が起きて半年が経った頃のことだ。あの日のことは忘れられない。私と百七十二人の子供たちは、あの秋晴れの素晴らしい午後、海底トンネルを抜けてここに上陸したのだ。そこで私は、驚くべき光景に遭遇した——」

丈太はいかにも素晴らしいと言わんばかりに大きく首を振った。

「なんとこの島に、先住者がいたのだ」

「先住者？」

「そうだ。それが、メイと丈太という母子だった」

「なんやと——」

丈太はこの島で生を受け、ずっとこの島で育ったちゅうことか——。

「メイは中国福建省《ふっけんしょう》の出身、丈太の父親のジョーはケニア人だった。どちらも日本に出稼ぎにやってきて、東京で出会った。二人はこの島の青海埠頭《ふとう》にあった粗末なアパートで暮らし始め、やがて丈太が生まれた。ジョーは港湾労働者として、メイはビルの清掃員として働き、生計を立てていたそうだ。両親とも在留資格がなかったので、丈太は無国籍状態のまま、隠されるようにして育った。あの大地震でアパートが崩れ、ジョーは梁《はり》の下敷きになって死んでしまった。ところが、お台場からすべての人間が追い出されたあとも、この母子だけはここに残っていた」

「そんなことが、可能やったんか？」

「強制国外退去を極度に恐れていたメイは、丈太と二人でどこかのコンテナに潜んでいたらしい。夜が更けてから外に出て、無人の街で食料を手に入れる。そんな生活を数カ月も続けた。やがて、島の周囲に防護柵《さく》が張り巡らされると、海底トンネルの脱出口の存在など知る由もない母子は、この孤島に閉じ込められてしまった。そこへ、ある日突然、私たちが現れたのだ。メイは気を失わんばかりに驚いていたが、もっと驚いたのはこの私さ」

「無人島やと思て、ガキどもを引き連れてきたわけやからな」

「違う！」丈太はいきなり嚙《か》みつくように否定した。「そんなくだらないことではない。神も運命も信じない私でも、そのときだけは神仏に感謝を捧《ささ》げたくなったよ。この計画を祝福するかのような僥倖《ぎょうこう》に――」

丈太は、おどけた素振りで十字を切り、続けた。

「当時まだ五歳だった丈太を初めて目の前にして、私は彼の足もとに思わずひざまずいた。丈太はこの島で生まれ育った、無国籍の先住民だった。この子こそ、この楽園の象徴になると悟ったのだ。私たちはこの島に名前をつけず、単に『島』と呼んでいた。国籍のない子供たちが暮らす、名前のない島だ。だから私は、子供たちをアイランド・チルドレンと呼んだ。しかし、丈太にだけは、敬意を込めて、アイランド・ベイビーと名付けた」

アイランド・ベイビー――。

高見記者の最期の文書ファイルにあったこの言葉は、丈太のことを指していたのだ――。

丈太はとりつかれたようにしゃべり続ける。

「この計画ではもっと崇高な試みがおこなわれている。チルドレンの一部が成熟し、彼らの子供がここで生まれているのだ。そのアイランド・ベイビーたちこそが、まさにこの島にしかルーツをもたない、完全に鎖から解き放たれた真に自由な子供たちなのだ。出産経験のあるメイは、この試みを成功させるために必要不可欠な存在になった。赤ん坊はすべて彼女がとり上げたのだ。ゆりかごの中のあの美しい赤ん坊を見たか？　彼は一番最近に誕生したアイランド・ベイビー四号だ。両親は今ともに島を離れているが――父親は十六歳のコロンビア人、母親は十七歳のマレーシア人だ。他にも一昨年に二人生まれている。だがもちろん、アイランド・ベイビー一号の称号は、丈太がもっている」

巽は両の拳《こぶし》を握りしめ、一歩前に出る。祭壇上の丈太との距離は十メートルほどだ。巽も錯覚していた。今向き合っている人間は、丈太などではない。もはやそれは、カルロス・オオスギにしか見えなかった。オオスギに向けた言葉が、あふれ出る。

「結局ここは、お前の実験場か――」

そう吐き捨てながら、さらに数歩にじり寄った。

丈太は、胸の前に立てた人差し指を左右に揺らし、平然と言い返す。

「私と子供たちの、だ」

嫌悪感と憎悪で、嫌な汗が背中ににじんでくる。足もとを見ずに進むので、床に積み上げられた本の山を蹴《け》とばした。怒りが爆発しそうになるのを必死で抑えながら、低い声で唸《うな》る。

「楽園かなんか知らんが、もうズタボロやないか。お前もメイさんも倒れて、子供たちは島を捨て始めた。偉そうに演説たれとったけど、お前の計画も、行きづまった挙げ句の果ては、都知事の恐喝やろが。ええ？」

「都知事！」丈太は可笑《おか》しそうに体を揺らした。「『権力は腐敗する。絶対権力は絶対的に腐敗する』。岩佐というくだらん男は、この有名な言葉を知らんらしいからな。一度思い知らせてやるのもいい。あれは去年の春のことだ。我らがアイランド・ベイビーが、例のメモを偶然手に入れた。正確には、丈太がかわいがっていたマークという犬が、どこからか小さな手提げ金庫をくわえてきたのだ。中に入っていた手帳と他の書類とを突き合わせてみて、これはただごとではないと感じたよ。結局、メモが意味するところを完全に把握するのに半年も費やしたがね」

「半年やと？　なるほど。岩佐のもとに脅迫があったのは、五カ月前のことらしいからな。それにしてもお前、死んだ自覚のない幽霊か？　オオスギはん、あんた、一年前に死んどるんやぞ。恐喝なんてできたはずがない」

「ふん」丈太は蔑《さげす》むように唇をゆがめ、そばのミイラを指差した。

「確かに、メモを手に入れたあと間もなくして、この肉体は滅んだ。だが、それがどうした？　私はまだここにいる！」宣言するように叫んで、今度は自分の胸を親指で突く。

「この若い肉体と頭脳が、計画を遂行したまでのことだ！」

「そういうことかい――。まさか、恐喝の実行犯が丈太やったとはな」

丈太は恍惚《こうこつ》とした表情で続ける。

「この島のシンボルである丈太が見つけたメモだ。この楽園を救うものとしてふさわしい。いや、あれを使ってこの島を守らなければならない。運命論者でなくとも、そう考えるべきだ！」

「守るやと？」辺りに散らばった本を踏みつけるのも構わず歩み寄り、怒鳴りつけた。「お前のせいで、子供たちが危ない目に遭《お》うとんじゃ！」

「動くな！」

丈太は銃を構えたが、巽は歩みを止めない。

「おいオオスギ。お前、なんやかんや言うて、結局王様になりたかっただけやないか！『絶対権力は絶対的に腐敗する』やと？　それはお前のための言葉じゃ！　何が鎖のない世界や！　お前は子供たちに鎖を巻かんかったいうんか？　ああっ？」

丈太の緑色の瞳《ひとみ》が、初めて揺れた。

「それ以上近づくな！」引き金にかかった指に、わずかに力がこもる。

巽は構わずにじり寄る。「俺はお前みたいに学はない。せやけどなあ、お前の言うてることがうす気味悪いっちゅうことは、よう分かるぞ。お前はただの狂人じゃ！　ダーウェイは子供たちを守ろうとして死んだんやぞ？　ダーウェイの方が、よっぽどまともじゃ！『自分をどう扱おうと自由』やと？　子供たちに売春や臓器売買そそのかしといて、何が自由じゃ！　ダーウェイが死んだのは、お前のせいじゃ！」

ダーウェイという名を聞いて、銃を構える丈太の両腕が震え出した。

「そ、そそのかしてなどいない！　お仕着せの考えなど捨て去って、ぎりぎりのところまで自分の頭で考え抜くことを、説いたのだ！　他人を侵さない限り許される自由を、与えたのだ！」

「それはお前の考えじゃ！　そんなもんで、子供を縛りつけんな！」

「黙れ！」高低に割れた声が、裏返る。

「それにな、オオスギ――」巽は逆に声を押し殺す。「お前のやっとることは、破綻《はたん》してるぞ。丈太自身が何よりの証拠じゃ。丈太にとって、確かにお前は父やったかもしれん。神みたいなもんやったかもしれん。せやけど丈太はな、完全にはお前を受け入れてない。かわいそうに、心のどっかでは、お前にがんじがらめにされるのが嫌で嫌で、とうとう二人に分かれてしもうた。お前の存在自体が、鎖やったからや。自分を殺そうとする鎖をほどこうと、もがいたからじゃ！」

「黙れ！　黙れ！」丈太の顔が苦悶《くもん》にゆがんだ。「わ、私は鎖などではない！　鎖の解放者だ！」

「人間いうのはなあ、みんな鎖引きずって歩いとんじゃ！　断ち切られへん鎖も、断ち切りたい鎖も、断ち切ったらあかん鎖も、ようけ引きずって歩いとんじゃ！　俺なんかなあ、鎖の先に、ごっつい鉄球までついとるわ！」

丈太は銃を下ろし、苦しそうに歔じみた唸り声を上げた。

そして、両手でこめかみの辺りを強く押さえると、充血した眼球を異常なまでにむき出しにして、喉《のど》を震わせて呻吟《しんぎん》する。

　さっきから、巽の声もどうしようもなく震えている。

「悪趣味な実験しやがって！　そんなことにネチネチこだわるっちゅうことは、お前自身がぶっとい鎖でがんじがらめにされとる何よりの証拠じゃあ！」

　怒鳴る巽のコートの中から、携帯を通じてみどりの金切り声が聞こえてきた。

「もうすぐヘリが出るわよ！　機関銃抱えた隊員がすし詰めになってるのが見えるって！」

　巽は、ゆっくりと首を左右に振りながら、丈太に詰め寄っていく。

「聞いたか？　ええ？　このままやと、お前のせいで大勢の子供たちが死ぬ」

「──死──」丈太がかすかに声を漏らす。

「そうや。お前の友だちが──」

「──死ぬ──」

「大勢、死ぬんや」

「──大勢……死ぬ──」丈太は苦しそうに肩で息をしながら、一歩後退する。

「でも丈太、お前は、お前やったら、そんなこと許さへんはずや」

「──丈──」丈太は、まるで激痛に耐えるかのように眉間《みけん》に皺《しわ》を寄せ、きつく目を閉じた。腰は力なく引けて、膝《ひざ》も激しく震えている。

「ああ、お前は丈太や」

「——丈太——」

「そうや、丈太。目え覚ませ！」

丈太はますます呼吸を荒くして、また後ずさる。

「目え覚ませえっ！　丈太あっ！」巽が吠《ほ》えた。

「うああーっ！」

突然、丈太が絶叫し、両手で頭を抱えて膝から崩れ落ちた。

今にも倒れようとする少年の姿に、頭より先に体が反応した。

猛然と駆け寄った巽は、丈太を抱きとめる。

今度は、離したらあかん——両腕に力を込めて、小さな体を引き寄せる。

丈太はとっさにそれを振りほどこうともがき、次の瞬間——。

丈太の右手で、ブローニングが弾《はじ》けた。

銃声の残響がこだまする中、巽は左腕をだらりと下げて、ガクンと片膝をつく。銃弾は巽の左上腕部の肉を浅く削《そ》いでいた。

だが、巽の右腕は、きつく丈太の体に巻かれたままだ。

コートを赤く染めつつ袖口《そでぐち》からタラタラと流れ落ちる鮮血を目にした丈太は、突然歯を食いしばって全身を激しく痙攣《けいれん》させた。

呼吸が一瞬止まり、緑色の瞳が裏返って白目をむく。

そしてガクンと脱力すると、そのまま気を失ってしまった。

「丈太！　おい丈太！」巽は丈太の頰をはたくが、意識が戻る気配はない。薄い胸に耳を当て、鼓動を確かめた。丈太の体はカッと熱い体温を巽の頰に伝えてくる。

巽はそのまま丈太の体を抱えて立ち上がり、足もとに転がるブローニングを蹴《け》飛ばした。そして、丈太を抱いたまま、チャペルの出入り口に走る。

左腕からの出血はまだ止まりそうもないが、傷は浅く、力も入る。

カオリと三人の赤ん坊は、いつの間にか、つい立ての飾り棚の陰に隠れていた。巽はゆりかごの中の乳児に目をやって、怯《おび》えるカオリに言った。

「お嬢ちゃん、どっかに長い布ないか？」

カオリは無言のまま慌てて棚の引き出しを漁《あさ》り、包帯を取り出した。

巽は一瞬怪訝《けげん》な顔をして、すぐに顔をほころばせた。

「ああ――おおきに。これもあとで使わせてもらうわ。でもな、わしのためやないんや。包帯より、シーツみたいなもんがええな。あるかい？」

カオリは黙ってうなずくと、また急いで棚に戻る。

この娘は口がきけないのかも知れない――巽は思った。

カオリが白いシーツを手渡すと、巽はそれを縦に半分に裂いた。そして、ゆりかごから乳児をそっと抱き上げると、その体にシーツを巻き始める。

乳児がむずかり出した。カオリもボロボロ泣いている。

「よしよし、堪忍やで。怖いな、もう首すわってる？　ああもう、こんなことになるんやったら、ちゃんとヨメはんの言うことをきいて、パパママ教室に通っとくんやった……」巽は泣きそうな顔で言うと、乳児を胸に抱き、今度は自分の体にシーツの端をたすきがけに巻いて固定した。その上で、気絶したままの丈太をしっかりと背負う。

「さあ、行くで！」巽は「来るんや！」カオリに声をかけると、カオリは泣き叫びながら巽の胸の乳児に手を伸ばす。巽は「来るんや！」と強く言い捨てて、両開きのドアを飛び出した。カオリは祭壇の上のベッドに目をやったが、やがて悲鳴のような泣き声を上げて、二人の赤ん坊を抱いたまま巽のあとを追った。

洋館を出た巽は、庭でざわめく子供たちの前を駆け抜けながら、叫ぶ。

「みんな、ついてこい！　潮風公園に集合や！　丈太も行くぞ！」

子供たちは唖然《あぜん》としていたが、カオリが巽に追いすがるように走ってゆくのを見ると、互いに顔を見合わせて、やがてそのあとについて駆け出した。

# 36

潮風公園の南端で、子供たちの縦列の最後尾が見えた。

ちょうどこの辺りは海が内陸に少し入りこんだ港のようになっており、かつては現役を引退した南極観測船や青函《せいかん》連絡船が展示されていた。公園の南には船の形をした博物館やプールがあったのだが、震災以前から再開発に向けた更地になっている。

潮風公園にも公園の趣はもうない。以前に比べてずい分見晴らしがよくなっているのは、植生が変わったせいだ。液状化によって樹木が倒れ、庭園も荒れ果てた。生き残った背の低い植木の間を砂利と雑草が覆っている。公園と知らなければ、ただの荒れ地にしか見えないだろう。

この公園は島の北西端で海に面しており、ここからでも公園の西側を縁どる鋼《はがね》色をした高さ五メートルの防護柵《さく》がずっと見渡せる。柵の外はすぐ東京湾で、海をはさんで一キロ向こうには本土の大井埠頭《ふとう》と品川埠頭がある。

列のしんがりを務めていたのは和達教授だった。教授は、巽が率いてきた一団に気づくと、大きく手を振った。

駆け寄ってきた巽の姿を見て、教授はうろたえた。

「巽さん、怪我してるじゃないですか！　丈太くんも……どうしたんです？　それに、その赤ん坊は――」

「俺は大丈夫。丈太も気を失《うしの》うてるだけです」

カオリのもとに、列の中から三人の少女が進み出て、カオリの背中の赤ん坊を引き受けた。巽は自分が抱いてきた乳児を少女らに預けると、教授に尋ねた。

「それより先生、子供は何人になりました？」

「この列にいるのは、百二名です」

「そしたら、今連れてきた二十三人と、丈太とチーチェンで――全部で百二十七人か。

赤ん坊が三人含まれてます」

「で、これからどうします？　公園に集合したあとは？」

「とにかく海のそばへ、近づけるぎりぎりまで防護柵のそばへ集めたい。本土からこっちを見てる人間がおるかも分からんし、東京湾にはボートや漁船も出てる。一般市民の目に触れる可能性がある場所では、さすがに機関銃の一斉掃射はできんでしょう」

でもそれは、ただの時間稼ぎに過ぎん——解決にならないことはよく分かっていた。

後ろから誰かが走ってきた。

教授のザックを背負ったチーチェンだ。サブマシンガンを肩から掛けている。背中のザックの口から残り三丁の銃口が突き出ていた。

「マシンガンとベレッタを集めてきた。マガジンもセットした」

すべすべした頬に涙のあとはあったが、チーチェンの顔つきはこころなしか精悍《せいかん》になっている。

巽はニンマリ笑ってチーチェンの肩をポンとたたくと、「来い！」と言って列の前方に駆け出した。

子供たちを追い抜きながら、その様子を確かめる。
三、四人ずつのかたまりをつくって、言葉少なにきびきび歩いている。危険な状況にあることだけは理解しているのだろう。ふざけ合っているような子供はいない。幼い子の手は年長の子供が引いている。

すでに先頭集団は海に面した公園の端に到着していた。

そこは直径五十メートルほどの円形の広場になっていて、広場の縁《へり》は島を取り囲む防護柵に接している。

広場の中央には水の張られていない丸いプールがあるが、昔ここは噴水だったのだろう。プールの真ん中に、ピラミッドの頂上を切り取ったような形をした、高さ一メートルほどの噴水台が残っている。

巽は背中から丈太を下ろし、プールの縁にそっと寝かせた。丈太は安らかな顔つきで、眠ったように静かに呼吸をしている。

巽が合図を送ると、チーチェンが列に向かって声を張り上げる。

「みんな、噴水広場で止まれ！」

やがて、最後尾の教授も到着し、広場は子供たちであふれた。溜《た》まった子供たちは、不安そうな表情でざわついている。その声で目が覚めてしまったのか、赤ん坊たちもぐずり始めた。

巽は岸壁に近づいた。海をはさんで一キロ先に品川埠頭が見える。

しかしその岸壁に立ちはだかっているのは、不気味に鈍く光る防護柵だ。

防護柵は、幅三メートル、高さ五メートルのフェンスが連なってできている。フェンス自体はよくある形状の金網だが、つくりは頑丈だ。一辺五センチほどのひし形の網目は、金属のワイヤーで編まれているのではなく、千鳥状に切れ目を入れた鉄板を引き延ばしてつくられている。このタイプのフェンスはそう簡単に破れない。

それぞれのフェンスの上端には部品が二つ並んでいる。ひとつは直径十センチほどのパイロットランプで、今も赤い光が点灯している。ADSが作動中であることを示しているのだろう。

もうひとつは、三十センチほどの長さの円筒形の装置だ。シンプルな形状で、表面は黒く光沢がある。おそらくあれが赤外線センサーだろう。

フェンスの一番下には、パラボラアンテナを細長く楕円《だえん》形にしたようなものが取り付けられている。フェンスの面に直交するように配置されたアンテナの長径は一メートル近くあるだろうか。初めて見るが、あれがADSのマイクロ波照射装置なのだ。

巽はそばにきたチーチェンに訊《たず》ねた。

「どの辺まで近づける？　あのフェンス」

「あと五メートルぐらいかな。俺の経験上」

巽は一歩ずつ恐る恐るフェンスに近づいていく。五歩進んだところで右手を前に伸ばした。そしてさらに、一歩、二歩──。

「あっつっ！」手のひらに激痛が走り、すぐに手を引っ込める。

表現するのが難しい鋭い痛みだ。火にかけた鍋《なべ》の底に手のひらを押し付けると、こんな感じになるのではないだろうか。一秒と我慢できる痛みではない。

「なるほどな。こらあ、背中に羽でも生えてへん限り、越えるのは不可能や」

フェンス越しに海面を見渡してみるが、プレジャーボートも水上バイクも漁船も、近くに船舶の類《たぐい》は何もいない。

ひょっとしたら、民間人がお台場に近づかんように、急遽《きゅうきょ》周辺を航行禁止にしたか——？

とにかくこれは、ええ兆候やない——。

「巽さん！」遠くから教授が呼んだ。「丈太くん、気がつきましたよ！」

急いでプールまで駆け戻ると、上体だけを起こした丈太が、巽に顔を向けた。

「丈太、俺や。分かるか？」

しかし、丈太の焦点の定まらない瞳《ひとみ》の色は、まだ奇怪な緑色だった。

巽の顔が曇る。「——お前まだ……」

「——丑寅……？」丈太はぼんやりとした表情で言った。その声は、いつもの子供らしいものに戻っている。

「——戻ったんか……？」巽は丈太の頬を両手で挟み、顔を上げさせた。

「——痛いよ、丑寅……」

「戻っとる！」

丈太はまだ意識がはっきりしないのか、今の状況を尋ねもせず、ただうわ言のように言った。

「——丑寅、そこ、踏んじゃダメだよ……」

丈太は巽の足もとを指差した。見れば、そこはもともと植え込みだったらしく、土と小石が残っている。さらに、左足のすぐそばには、大きめの石や木片がこんもりと積み上げられていた。

「それ、たぶんコアジサシの巣。石の下に、卵があるかもしれない」

「とうとう来たんか？　コアジサシ」巽は努めて優しく応じた。

「うん。少しは、来たんだろうね——あっ、ほら、あそこ！」丈太が声を高くして右上方を指差す。

見れば、先端がややグレーがかった細長い羽を広げた白い華奢《きゃしゃ》な鳥が、数十メートル上空を島の中央に向かって飛んでゆく。黄色いくちばしをわずかに動かして、キョロキョロキョロ、と高い声で鳴いた。

そのとき、コートの中からみどりの緊迫した声が聞こえてきた。

「もしもし！　もしもし！　聞こえる？」

「ああ、どないした？」携帯を取り出し、マイクに向かって言う。

「ヘリが二機、飛び立ったわ！」

巽と教授とチーチェンが、同時に新宿方面の上空を見上げる。機影はまだ見えない。

突然、巽たちの後方、二百メートルほど島の内側に入っただだっ広い更地の真ん中で、犬が吠《ほ》えた。

振り返って見ると、五頭の大きな犬がひとところに集まって、激しく吠えたてている。

「マーク――」丈太が心配そうにつぶやく。

ひと際立派な体軀《たいく》の黒い犬が、グレートデーンのマークだろう。尖《とが》った耳をピンと立てて、やや上方を見つめている。

他の犬は前脚を突っ張って上体を低くかがめ、またある犬は首を前に突き出して、途切れることなく一心不乱に吠えている。

五頭はみな同じ方向に鼻先を向けているのだが、そちらには何も見えない。方角的にはちょうど南東方向、東京湾の外側だ。

突然、マークがぴょんぴょん跳ねて、頭を上に向け、遠吠えのようにひと際長く吠えた。

まさか、ヘリが南から来たんか――？

巽は南東の上空を見上げる。

ヘリコプターらしきものは見えないが――。

遠い空の一部がやけに暗い――。

一面厚い雲に覆われてはいるが、そこだけ異様に黒いのだ。雨雲のような立体感はなく、むしろ濃い灰色の霞《かすみ》か何かに見える。

その暗灰色のかたまりは、見る間にどんどん大きくなる。

そのとき――。

キョロキョロキョロキョロ、と足もとで鳥が鳴いた。いつの間にか丈太のすぐそばを、一羽のコアジサシがひょこひょこと歩いている。

「――来る」

丈太が神妙な声で低くつぶやいた。

「来るよ――。すごい大群が来る！」

「お、おい、なんや？　何が来るんや？」

濃い灰色のかたまりは、印刷物かモニタ画面を顕微鏡でズームアップしていったときのように、無数の微小なドットに分離し始める。

ついに丈太がすっくと立ち上がった。

「コアジサシ！　コアジサシの大群が来る！」

それは確かに鳥の群れだった。ただの群れではない。今まで見たことがないようなスケールの大群だ。

膨大な数のドットのカラーが、白と薄いグレーに変わってゆく。それぞれの点はどんどん大きくなり、奥行きを持ち始めて粒になり、やがて、はばたいているのが分かるようになる。

「なんや……この数――」巽が呆然《ぼうぜん》とつぶやく。

「すげーよ！　何百羽いるんだ？」チーチェンが喚声を上げる。

「何百羽どころじゃありませんよ、あれは。何万、いや、何十万いてもおかしくない！」和達教授が感嘆の声をもらす。

四人が見上げている空と正反対の方角から、聞き覚えのない低いローター音が響いてきた。

北西の空に、とうとう二機のヘリコプターが姿を現した。二つの濃紺の機体は互いに前後にずれ、わずかな高度差を保ったまま、真っすぐこちらに向かってくる。

一方、コアジサシの群れも猛スピードでお台場に近づいていた。もう黄色のくちばしや頭の黒い部分さえ確認できる。キョロキョロ、キイキイ、と思い思いに発せられるかん高い鳴き声が、ヘリの爆音よりも高い周波数帯でここまで届いてくる。

このままでは、二機のヘリコプターとコアジサシの大群が、お台場の真上で正面衝突することになる。

すでにお台場の南上空は白い羽で覆われているが、接近してくるヘリのローター音が次第にその音量を増し、ついに鳥たちの鳴き声をかき消してしまった。さっきまでここにいた小型ヘリよりふた回り大きく、縦に長い。

ヘリのレーダーには巨大な鳥の群れがはっきり捉《とら》えられているはずだ。いくら相手が小さな鳥でも、あれだけの大群に突っ込むのは自殺行為に等しい。

案の定、ヘリは東京湾内に進入した辺りから、極端に速度を落とし始めた。

ほぼ同時に、コアジサシたちも徐々に高度を下げ、先頭の一団がついにお台場の南端にさしかかる。この島よりも遥《はる》かに大きな広がりをもった白い煙幕が、北西方向に侵食しながら空を覆い隠してゆく。

大群は地上数十メートルの高度を保って襲来してくるが、着地点を決めた個体から順に次々と降下を開始し、お台場の南半分を占める青海埠頭《ふとう》のコンクリートや倉庫の屋根をみるみるうちに白く塗りつぶしてしまう。

ヘリはお台場まであと二百メートルといったところで完全に前進を止め、ホバリングを続けている。

とうとう巽たちのいる潮風公園の真上にも群れが到達した。空が今までに増して暗くなり、キョロキョロ、キイキイ、とけたたましい鳴き声に包まれる。上空の鳥の層はどんどん分厚くなり、密度も濃くなってゆく。

大量に浮遊する抜けた羽毛や埃《ほこり》に混じって、液体状のものが上からボタボタ落ちてくる。肩にかかったものを確かめてみると、鳥のフンだった。漂う臭気も凄《すさ》まじい。

噴水広場にもコアジサシがひっきりなしに着陸して、無数の白い柔らかな体が薄茶色の石畳を埋めつくしてゆくのだが、それでもまだ大半の個体は上空に留《とど》まってホバリングを続けている。

一方、ヘリコプターの方はホバリングを止め、潮風公園に向かって少しずつ前進を始めた。鳥の群れの反応を試しているようにも見える。

それに気づいたひとりの少年が大声で喚《わめ》くと、ただでさえ興奮状態の子供たちの間に瞬時に恐慌が伝播《でんぱ》し、至る所で騒ぎ声や泣き声が上がった。

直後、二機のヘリが大きく右に旋回を始める。その機体の横っ腹が巽たちに向いたとき、開放されたドアから機関銃を抱えた兵士たちの姿が見えた。

それを見た子供たちの一部が悲鳴を上げて、広場を南に駆け出した。バサバサと羽音をたてて低空を飛びまわる鳥と、叫びながら逃げまどう百二十人もの子供たちで、広場は先ほどにも増して騒然となった。

「大丈夫や！　おい！　逃げんでもええ！」

巽は目いっぱい声を張り上げるが、鳥や子供たちの喚声とローター音にかき消され、彼らの耳には届かない。

ヘリはそのまま機体を反転させると、針路を北西にとって本土に向かう。

そして、芝浦埠頭上空でぐるぐると旋回し始めた。おそらく本部から、そこで待機するよう指示されたのだろう。

コアジサシの群れも、ヘリのあとを追うようにして本土側に向かって広がってゆく。徐々にではあるが、お台場上空の鳥の層も薄くなってきていた。このまま群れが分散すれば、いずれは待機しているヘリも着陸を強行するだろう。

時間の問題や――。巽は奥歯を噛《か》みしめた。

そのとき、マークが吠え散らしてコアジサシたちを追い払いながら、丈太のもとに走ってきた。いきなり飛来した鳥の大群に囲まれて、不安になったのかもしれない。

すると、いつの間にそこに戻ってきていたのか、丈太の赤い巾着《きんちゃく》からマングースがぴょんと地面に飛び下りて、海に向かって逃げ出した。大柄な犬の登場にびっくりしたのだろう。

「ああっ！　待って！」丈太が叫ぶ。

マングースは防護柵《さく》に向かって一目散に駆けていったが、フェンスに数メートルまで近づくと、キキッ、と悲鳴を上げて五十センチほど飛び上がった。ビームを感じたのだろう。そして、すぐに進路を九十度変えて、フェンスに沿って南に逃げてゆく。

それを見ていた巽の脳内に、ピリッと微弱な電流が流れた。

「あ――」

いくつかの記憶が瞬時につながって、脳裏にひとつの可能性が浮かぶ。

「こいつは、ハブや――」

ひょっとしたら、いけるかもしれん――。

「こいつは、このADSっちゅう装置は、ハブと一緒や！」

「ハブ？」丈太が聞き返す。

「おう！　あれ、なんていうた？　ピット……ピットなんとかや！　ハブがマングースを感知する！　ほれ！」

「ピットバイパーのこと？」

「それや！　ADSはピットバイパーや！　熱をもったもんにはなんでも嚙みつきよる。それが敵かどうか、人間かどうかまでは、区別できへん！」

巽は勢い込んでたたみかける。

「丈太、鳥の体は温かいんか？　体温は何度ぐらいや？　爬虫類《はちゅうるい》みたいに冷たないか？」

丈太は即座に巽のアイデアを理解して、はじけるように答えた。

「大丈夫！　人間より高いぐらいだよ！」

「よっしゃ！」

巽は防護柵の上方を見上げた。柵に向かって降下してくるコアジサシたちは、ある程度までフェンスに近づくと、慌てて方向転換をしたり、再び急上昇したりするように見える。鳥の大合唱の中なので、彼らが悲鳴を上げているかどうかまでは聞き分けられない。だが、柵の上端をずっと先まで見渡してみても、これだけの数がいるにもかかわらず、フェンスの上にとまっている個体は一羽もいない。

やっぱりや――。

ＡＤＳは、コアジサシにも反応しとる――。

「もっと降りてこい！　もっといっぺんにや！」

空に向かって大きく手を振りまわしながら喚く。

「もっと来い！　もっと！」

教授とチーチェンもピョンピョン飛び跳ねて手を振る。

それを見てマークがやかましく吠《ほ》える。

低空にうごめく綿雲から大粒のぼた雪が降り落ちてくるように、翼を広げたコアジサシが次から次へと島に降り立つ。開けた地面は、すでに数万にのぼる鳥たちで埋められているはずだ。

足りんのか――。

防護柵のそばにも常に無数の個体が降下を試みているように見えるのだが、千枚以上のフェンスに同時に鳥たちが近づくという状況がなかなか起こらないのか、フェンスの上の赤いパイロットランプは点灯したままだ。

「やったらあ！」

業を煮やした巽は、チーチェンから機関銃を奪い取ると、島の中央に向かって猛然と走りだした。

更地を二百メートルばかり駆けると、錆《さ》びたショベルカーが打ち捨てられた浅い窪地《くぼち》があった。その縁で、人の背丈まで積み上げられた大量の土嚢《どのう》が、幅十メートルほどの土手をなしている。

そこで止まった巽は、コートの右ポケットに手を突っ込んでベレッタに触れ、ふと思い直して左のポケットからチーチェンのグロックを取り出す。

土嚢に向けてエアガンの引き金を引くと、バシュバシュバシュと小気味よい音とともに樹脂製の小球が連射され、土手にいた数十羽のコアジサシが、みなそこから飛び退いた。

それを確かめた巽は、グロックを投げ捨て、土嚢の壁に向けてマシンガンを構えた。

そして、「うおーっ！」と雄叫《おたけ》びを上げながら、フルオートで連射する。

マガジンの弾が切れるまでの十秒間、凄まじい破裂音が鳴り響き、道路を隔てた廃墟《はいきょ》群の間で複雑に反響する。

轟音《ごうおん》の中を、周辺のコアジサシたちが数百という単位で同時に飛び上がり、更地一面を土煙が舞う。

その羽音に呼応するように、さらに周囲の鳥たちが間髪を容《い》れずに飛び立って、危険回避の連鎖反応が同心円状に島全体に広がってゆく。

島を埋めつくしていた数万の白い鳥が一斉に島の外側に向かって低くはばたいてゆき、そのうちの何割かの個体がフェンスの上にとまろうとした、その刹那《せつな》——。

キキイーッ——！

コアジサシたちが、島中で声を合わせて苦痛の鳴き声を響かせ、その次の瞬間——。

数十個の巨大なブレーカーが同時に落ちたような轟音が地下で響いた。

すぐさま土嚢によじのぼり、海の方を見やる。視線を防護柵の上で右から左へと素早く動かす。

フェンスの上の赤いランプがすべて消えている。

強制終了——。

巽は土手から飛び降りるやいなや、潮風公園に向かって駆け出した。

息もつかずに走りながら、携帯を握りしめて怒鳴る。

「係長！　船出せ！」

電話の向こうも騒然としていたが、巽は構わず何度も同じ言葉を繰り返した。

声も届かないようなところから、噴水広場に向かって叫ぶ。

「みんな！　今や！」

和達教授とチーチェンがフェンスのそばまで近づいて、マイクロ波が出ていないことを確かめている。

チーチェンがこっちを見て、頭の上で両手で大きなマルをつくった。

「フェンスをよじのぼれ！　島から脱出するんや！」走りながら喚《わめ》き続ける。

子供たちは、噴水広場から南に連なるデッキへバーッと広がりながら、防護柵に走り寄る。ある子供はためらうことなくフェンスに飛びつき、ある子供は恐る恐る半身になってフェンスに手をかける。

五メートルのフェンスは決して低くない。それでも、すばしっこそうな少年たちがまず初めに頂上にたどり着き、柵をまたいで海側の面を下りはじめた。幼い子供たちはフェンスの下から不安そうに彼らの様子を見上げている。

品川埠《ふ》頭《とう》の方から、五艘《そう》の白い船が横並びになって、真っすぐこちらに向かってくるのが見えた。エンジン音をうならせながら、全速力でやってくる。

一番乗りでフェンスを越えた十二、三歳の少年が、柵の向こうに降り立った。降り立つといってもそこはもう岸壁の端っこで、奥行きは一メートル弱しかない。直角をなす岸壁の向こうは深い海だ。

五艘の船がどんどん近づいてくる。すべて漁船に見える。

それぞれの船首に人が立っている。その男たちが誰だか分かって、巽は痛快に笑った。

「ヒーローたちの登場や！　テーマ曲でもかけてやらなあかんで」

先頭を走る真ん中の船にいるのは、ネムリだ。少し長めの髪をなびかせ、白い麻のシャツを風にふくらませながら、腕を組んで舳先《へさき》にスッと立っている。その姿はまさにヒーローで、非の打ちどころがないほど絵になっている。

その隣の船には、久野が乗っていた。両ひざをついて、両手をこちらに大きく振っている。

残り三艘の舳先には、それぞれ、ファン一家の男たちが立っていた。リーダー格の革ジャケットの男。ヒゲ面で唇に三つのピアスをした男。そして、こめかみに梵字《ぼんじ》の刺青《いれずみ》をしたスキンヘッドの男だ。

「先生！　チーチェン！　子供たちを船に！」

巽の指示を受け、チーチェンがフェンスをよじ登る。教授もあとに続こうとするが、つま先が太すぎてフェンスの網目に入らない。つま先に鉄板が入った安全長靴を履いてきたからだ。

「あ、あれえ？　お、おかしいな……入んないですよ。まずいです」教授はあせって何度もフェンスを蹴《け》りつける。

教授の横にいた七、八歳ぐらいの女の子が、よいしょ、よいしょ、とつぶやきながらフェンスにへばりつく。綿がはみ出たボロボロのクマのぬいぐるみを大事そうに抱えているので、両手が使えず苦心しているようだった。

女の子は、やっと一メートルほど登ったところでピタリと止まり、教授を見下ろした。

「――ねえ、おじちゃん」

「んん？　あ、ちょっと待ってね。すぐに手伝ってあげるからね。そこで待っててよお」教授はひきつった笑顔を少女に向ける。「ええと、ああ、やっぱ入んない。参ったな」

「違うよ、おじちゃん」

「んん？」

「あたしみたいに、裸足《はだし》になればいいの」

「ああ……」教授は口をあんぐりと開けた。「あっあっあっ、そうですね！　ホントおっしゃるとおりです！」

先にフェンスを越えた子供たちは、まだ内側にいる子供たちにアドバイスしたり、励ましたりしている。とうとう泣き出す子もいたりして、辺りは大騒ぎだ。

船が岸壁に到着した。

縦に並んで接岸した五艘の船に、子供たちが次々に飛び降りる。

久野は岸壁によじ登り、教授やチーチェンとともに、飛び降りられない子供を抱き上げて船頭に手渡す。

ネムリとファン一家の三人は、フェンスを越えて島の内側に入り、赤ん坊を背負って再びフェンスをのぼる。それが終わるとまた中に戻り、今度は泣きべそをかいている幼い子供たちを背負う。

いっぱいになった三艘の船が、先に島を離れた。

子供たちを満載し、喫水を目いっぱい深くした漁船が、ボンボンボンとエンジンの回転数を上げながら、品川埠頭を目指して動き出す。

それを見送る巽の背後で、犬が遠慮がちに短く吠《ほ》えた。

行儀よく座っているマークの前に、丈太がしゃがみこんでいる。

「椚木メモは、その犬の首輪か？」

丈太はコクリとうなずいて、マークの頭を優しく撫《な》でると、首から赤い首輪を外した。首輪には小物入れのような革製の袋がくくりつけてある。

丈太は黙ってその袋を巽の右手に預けた。袋の口を開けてのぞいて見れば、確かに小ぶりの手帳が入っている。

残った二艘のうちの一艘が、ちょうど島を離れようとしていたので、それに乗ろうとしていた久野を呼びとめた。

「久野くん、これ、鴻池係長に渡しといてくれるか？」フェンスの網目を通して、革袋を久野に握らせる。

久野は力強くうなずいて、ゆっくりと動き出した船に飛び乗った。

防護柵《さく》の内側に残されているのは、あと二十人ばかりの子供たちだ。

その頃、品川埠頭のコンテナ・コロニーでは、みどりが岸壁のへりに立って腕を組み、対岸の様子をじっと見つめていた。

三艘の漁船が船首をこちらに向けたことを確認した。

「戻ってくるわ」隣の河野に聞こえるように言う。

「いよいよだな」河野はどこか嬉《うれ》しそうだ。

岸壁には私服、制服取り混ぜて、総勢五十名弱の警察官が集結していた。急遽《きゅうきょ》コロニーの封鎖を解き、パトカーも十台以上入ってきている。

多くは品川署員で、みどりが独断で必死に説き伏せ、引っぱり出すようにして連れてきた。しかし今では、みな事情をよく理解し、一刻を争う重大な事案だという風に認識を改めている。

ここでも河野がその力を発揮して、品川署の刑事課員のみならず、近隣署の署員やパトカーをも動員してくれた。

五艘の漁船が到着する予定の岸壁は、距離五十メートルほどにわたってバリケードテープを張り、完全に封鎖した。その外側にはコロニー中の住人が集まってきていて、一体何ごとかといろんな言語で噂をしながら、ことのなりゆきを見つめている。やじ馬たちの前には制服警官が配置されている。

やじ馬たちが突然ざわめいた。見れば、カメラを担いだテレビクルーが、群衆を押しのけるようにして封鎖線のところまで進み出てくる。パトカーの群れの奥に、さらにもう一台の中継車が到着した。カメラマンは巨大な望遠レンズをカメラにセットして、お台場を狙っている。

もちろん警察からはマスコミに対して何の発表もしていない。彼らが事件の詳細をどこまで把握しているのかは分からないが、おそらくはファン老人がリークしたのだろう。みどりには思い及ばなかったことだが、マスコミに取材させておくのは確かに有効だ。

少年係の部下が慌てた様子でやってきて、耳もとで言った。

「国土復興協力隊が来てます。中に入れろと――」

見れば、バリケードテープの端の方で、濃紺の制服を着た十名ほどの隊員たちが、刑事二人となにか言い争っている。

「あれは学生じゃありません。自衛官ですよ」部下が深刻な顔で言う。

三艘の船はもう二百メートルほど先まで来ている。

みどりは海を背にして、警官たちの方に向き直った。そして、胸を張って深く息を吸い込む。

「いいかっ!」あらん限りの声量で叫んだ。その鬼気迫る雰囲気に、辺りはシーンと静まり返る。

「子供たちがここへ上陸したら、ひとりも漏らさず、すぐに全員を保護しなさい！」

やじ馬も含め、周囲のすべての人間が、息をつめてみどりに注目している。

「子供たちは、絶対に、誰にも引き渡すな！　協力隊だろうが、都知事だろうが、首相だろうが、誰にもよ！　すべての責任は、私がとる！」

集まった五十人の警官が、一斉に力強くうなずく。

目頭から滲《にじ》み出ようとしているのは、涙ではなく、アドレナリンなのではないかと感じながら、さらに声を高くする。

「警察の、日本警察の誇りにかけて、あの子たちを守るのよ！」

厳しい表情で見つめ返してくる男たちをゆっくり見まわして、再び東京湾に体を向けた。

封鎖線の端では、中に入ろうとする協力隊員と、入れまいとする刑事たちの小競り合いが始まっていて、怒声が飛び交っている。

「守るのよ――今度こそ――」

つぶやくように言ったみどりの最後の言葉を気にとめたものは、誰もいなかった。

## 37

ＡＤＳが停止して、すでに二十分が経過していた。

子供たちが脱出を始めたのを察知した二機のヘリコプターは、潮風公園への接近をかわるがわる試みたが、いっこうに空から消える気配のないコアジサシの大群に阻まれて、再び北へ引き返していった。

ヒゲ面にピアスの男が、最後に残った五歳ぐらいの少女を太い腕で軽々と抱え上げ、フェンスに手をかけた。女の子は男のひげを引っ張っては、ケラケラ笑っている。

気がつけば、噴水広場に残っているのは巽だけになっていた。

さっきまでそばにいたはずの丈太とマークの姿がない。

「おい、丈太は？　もう船に乗ったんかい？」

防護柵の向こうでチーチェンが答える。「まだ乗ってない。さっき、他の四匹の犬も連れてくるって、マークとあっちに――」

チーチェンはそう言って東に広がる更地の方を指差すと、フェンスをのぼり始めた。

「あのアホ、勝手なことを……」巽は舌打ちした。「おいチーチェン、お前は戻ってこんでええ。俺が捜してくる」

「俺は、ダーウェィを連れてくるんだ」チーチェンはよじのぼるのを止めない。

「無理ですよ！　君にはとても運べない」柵の外でやり取りを聞いていた教授が、険しい顔で言う。

巽は教授と目を合わせてうなずいた。

「チーチェン。丈太を見つけたら、ダーウェィを担いできたる。だからお前は、先生と一緒に船に乗っとれ」

恐い顔でピシャリとそう言うと、腕時計に目をやった。

「先生、もうあんまり時間がない。ADSは三十分ぐらいで復活するらしいんや。船を岸壁から離しといてくれ！」

巽はそう言い残すと、島の中心部に向かって駆け出した。

「丈太！　どこや！　丈太あー！」

大声で呼びかけながら更地を東に進むが、その姿はない。

とうとう潮風公園を突っ切って、幹線道路まで出てきてしまった。

異変を感じたのはそのときだった。

右手の方で、どす黒い煙が立ち上っている。カジノリゾートの方角だ。

どこか燃えとる——。

かすかに犬の吠えたてる声が聞こえた。

マーク——。

巽は煙を目印に走った。

濃い煙がもうもうと上がっているのは、ホテル土台部の裏手だった。

オオスギのいた建物か——。

「くそっ！」巽は自分の甘さに毒づいた。

目覚めた丈太の緑色の瞳《ひとみ》を見たときに、気づくべきだった。丈太はまだ、二つの人格の間で揺れていたのだ——。

息を切らしてホテルの右翼を迂回《うかい》する。ゲストハウスが目に入った瞬間、巽は思わず立ちすくんだ。

ゲストハウス二階の窓という窓から、炎と真っ黒な煙が噴き出していた。化学物質が焼けるような刺激臭に混ざって、ガソリンの臭いもする。ガラスが割れ散る音とともに、コンクリートが割れる低い破裂音が響く。

マークが建物の周りを跳ねるように行きつ戻りつしながら、気も狂わんばかりに激しく吠《ほ》え続けている。

丈太は中か――。

「ダボがあっ！」

巽は喚《わめ》きながら従業員用ドアを蹴《け》り開けた。一瞬にして体が濃い煙に包まれる。四つん這《ば》いになって廊下を進む。

屋内の空気は熱く、ガソリンの臭いが充満していた。

ガソリン撒《ま》いて火つけよったんか――。

これは、オオスギの仕業や――。

オオスギの亡霊の、最期のあがきや――。

不気味な音がいっときも鳴りやまない。低い雷鳴のような音だ。床も小刻みに振動している。そのひどさは、さっきここを訪れたときの比ではない。

巽はハッとした。火災の熱で鉄骨が膨張しているのだ。ただでさえ微妙なバランスでどうにか建っていたような建物だ。膨張した鉄骨がこれ以上梁《はり》を破砕すると、ここは一気に崩壊する——。

巽は立ち上がって駆け出した。二階で大きな爆発音がした。黒煙が猛然と押し寄せてくる。突然床が大きく揺れた。ほとんど地震のような横揺れだ。壁に手をつかないと、うまく走ることさえできない。

どうにかロビーまで出て、階段を上がる。煙で足もとが見えず、何度もつまずきながら這うようにして進む。

心中につき合わされた丈太は、この部屋に——。

チャペルのドアに肩でタックルし、中に飛び込む。そこは灼熱《しやくねつ》地獄だった。部屋の両脇に並ぶ書架が激しく炎を噴き上げている。割れた大きな窓から黒煙が外に逃げているせいか、視界はあった。

両腕で顔をかばいながら、奥へと進む。床が強く揺れて、思わずよろける。

祭壇上のベッドのすぐ横に、小さな体が横たわっているのが見えた。

「丈太っ！」

巽は無心で祭壇に突進した。

丈太は両手足を投げ出して、うつ伏せに倒れていた。

「おい！」強く揺すっても反応はない。だが、すすまみれの顔に手を当てると、かすかに呼吸があった。

強引に腕を引っ張り上げて、そのまま背負う。書棚が倒れ、炎がチャペル全体に広がる。

巽は無我夢中で書棚を跳び越え、部屋を飛び出した。階段を下り、途中の踊り場に足を乗せた瞬間、二階で再び爆発音がして、踊り場から上の階段がスローモーションのように崩れ落ちていく。

巽は丈太を背負ってほぼ視界ゼロの階段を三段跳びに駆け下りた。段を踏み外さないのが不思議なほどだ。

一階に着いて廊下をドアの方に走り出したとき、雷が直撃したような轟音《ごうおん》とともに、床が激しく波打った。壁やらドアやら柱やら、砂塵《さじん》と破片とともにありとあらゆるものが次々と覆いかぶさってくる。ほとんど無意識のうちに、それらを肩で受け、また跳び越えて、ドアに体当たりしようとした瞬間——。

後ろからの凄《すさ》まじい爆風に、ドアもろとも外に吹き飛ばされた。二階部分が崩落したのだ。

背中の丈太が肩を跳び越えて前方に転び出ようとするのを、前につんのめるようにしてつかまえる。そのまま丈太の頭を胸にかき抱き、地面に倒れ込んだとき、右脇腹に強烈な衝撃を受けた。

体中にバラバラバラと大小いろんなものが降ってくる。巽は丈太を背中から抱くような格好で、膝《ひざ》を折り曲げ、横向きに倒れていた。右腕は丈太の頭をかばっている。

巽の右脇腹を直撃したのは、太いコンクリートの梁だった。体の上でバウンドした梁の端が、腰から腿《もも》のあたりに乗っている。

それが数秒だったのか数分なのか分からないが、しばらくして、ようやく辺りが静かになった。

砂ぼこりは舞っているが、視界も開けた。おそらくここは、従業員用ドアを出て二、三メートル先の砂利道の上だ。倒壊したときの爆風で火勢が衰えたのか、黒煙はもう漂ってこない。

腹の中が燃えるように熱く、猛烈に痛む。

巽の腕の中で、丈太が小さく声をもらし、もぞもぞと動いた。

浅くしか呼吸ができないので、喉《のど》だけを絞るようにして、訊《き》いた。

「――気いついたか？」

「――丑寅――？」丈太がかすれた声で言った。

「ああ。大丈夫か――？」

「――僕ね――」丈太は寝言のように言う。「――僕、お父さんの夢、見てた。そんなの、初めてなんだよ？　丑寅、さっき、僕をおんぶした？」

「――ああ。そんなことより――」

「――だからかあ。僕ね、夢の中で、お父さんに、おんぶされてた」

「――お前、どっか痛いとこ、ないか？」巽のあごの下辺りに、丈太の後頭部がある。

オレンジ色のキャップは脱げてしまったのだろう。縮れた髪が喉ぼとけをくすぐる。

「うん。左足が何かにはさまれてて、動けない。でも、そんなに痛くはないよ。丑寅は？　声がすごく苦しそうだよ？」丈太は後ろから巽に抱きしめられたまま、首を精一杯回して、なんとか巽の表情を確かめようとする。

「──ああ。俺もちょっと、動けそうにないわ。しゃあない。ここで助けを待とうや。子供たちはみんな避難したし、もう、安心や──」

声が張れない。下半身は麻痺《まひ》したように感覚がない。だが、もっと深刻なのは内臓の損傷だろうという自覚はあった。おそらく肋骨《ろっこつ》が何本か折れている。腹の中が膨張したような感覚があって、吐き気がひどい。

「ねえ、ここ、火事になったの？　ミスター・オオスギは？」

「──なあ、丈太。ちょっとだけ、こっち向けるか？　顔、見せてくれや」

巽が腕をほどくと、丈太は上半身をひねって、顔を巽に向けた。

透明感のある丈太の瞳が、心配そうに揺れている。その虹彩《こうさい》は、美しい薄茶色だった。

「──へっへへ」巽は嬉《うれ》しそうに笑った。「──死んだ。オオスギは、もう死んだで──

──」

不思議そうな顔で見返してくる丈太を、もう一度後ろから抱く。

「──間に合《お》うた。へへ、間に合うたで、今度は──」

しばらく黙っていた丈太が、小声で言った。

「――ごめんね、丑寅。僕に関わったせいで、こんな目に遭っちゃって」

「――それもう、お終《しま》いや。最後は、しまらんかったけどな。へへへ」

咳《せ》きこみそうになるのを必死で抑え、弱々しく呼吸を整える。

「――でも、あそこは、よかったんちゃう？　ほれ、機関銃、ぶっ放したところ。スタローンみたいやったやろ？　へへ」ほとんど呻《うめ》くようにして言う。

「スタローン？」

「――シルベスタ・スタローンや。知らんか？」

喉の奥から口腔《こうくう》内に血がどんどん逆流してくる。もうこれ以上は、うまくしゃべれそうにない。

「ねえ、丑寅。もうちょっとだけ、後ろに下がれる？　僕のお腹のところにさ、コアジサシの巣があるみたいなんだ。踏んじゃいそう。ほんのちょっとでいいんだ」

「――ああ……それは……いかんな――」力を振り絞って、どうにか二十センチほど後ろにずれる。激しい痛みに気が遠くなる。丈太も体をよじって巽の腹部に背中を寄せる。

「うん、もういいよ。大丈夫」

丈太は安心したように言ったが、巽の意識は急激に薄れてきていた。

「ねえ、丑寅。コアジサシは、渡り鳥でしょ。でも、ここで卵を産んで、ヒナが生まれる。ここで生まれたコアジサシは、ここをふるさとだと思うのかな？　いつかこの島に帰ってきたいって、そんな風に思うのかなあ？」

少し間をおいて、巽がかすれた声を出す。

「──ああ……どうやろな──」

朦朧《もうろう》とする意識の中で、巽は丈太の頭の匂いを嗅《か》いだ。

ああ──懐かしい──。

汗の匂いに混じって、子供の頭のいい匂いがする。

俊と同じ匂い──。

「マングースも、探さなきゃね。生まれた場所に帰してやるんだ。勝手に連れてこられて、勝手にやっぱもう要らないって言われて。こんなところで死んじゃったら、かわいそうだもんね」

「ああ──」

あれは、俊が小学校に上がったばかりの頃のことだ。動物を飼いたいと言い出した。喘息《ぜんそく》のせいで、犬や猫は無理だった。あまりにしつこくねだるので、小鳥を買ってやることにした。鳥かごに入れてベランダで飼う分には、問題なさそうだったからだ。

ペットショップに行き、つがいのジュウシマツと鳥かごを買って帰った。俊は大喜びして、毎日熱心に世話をした。羽毛を吸い込むとよくないと母親に言われていたので、いつも窓越しに、飽きずに小鳥を眺めていた──。

「ああっ！　丑寅！」丈太が歓声を上げる。

「卵がある！　小石の下に、卵があるよ！」

数ヵ月後には、メスが卵を産んだ。毎日ひとつずつ、確か全部で四個も産んだはずだ。

俊は興奮して、うまく孵化《ふか》させるために大事なことを図書館で調べてきた――。

「ああ――俊――」

――俊が、ジュウシマツがまた卵を産んだ、と報告にきた。鳥かごに卵がある、と騒いでいる。

「俊じゃないよ、丈太だよ」

「卵は……何個や――俊――」

「二個は見えるけど……ねえ、俊って誰？」

――巽は俊の肩越しに鳥かごをのぞいた。驚かすとよくないそうなので、そっとのぞく。

――あるある。かごの中に置いたわら製の巣の中に、卵が二個見える。

「俊――卵……孵《かえ》るとええな――」

――うまくいけば、二、三週間でヒナが孵るそうだ。

「なあ――俊――」

――俊は、うん、と言って嬉しそうに微笑んだ。

――巽も笑った。

――おかしい。

――俊の横顔が、なぜだかだんだんぼやけていく。

「俊——」

——呼びかけているのだが、駄目だ。

「俊——今度は——間に合うたやろ——」

——もう自分の声すら聞こえない。

「なあ——俊——」

——俊の笑顔は、出来の悪いピンホール写真のように、色を失ってゆく。

「俊——」

——そして、縁からどんどん暗くなって、とうとう、暗闇にかき消されてしまった。

## 38

「暑ーい」

店を出るなり、うんざりしたように佐智が言う。

外はまだ真夏の暑さだ。よく晴れて風もなく、湿度が高い。

それでも、照りつける太陽の高度はずい分控え目になったし、日差しもどことなく遠慮がちだ。明日からもう九月なのだから、そうなってくれないと困る。

昨日で塾の夏期講習が終わった佐智が、頑張ったご褒美に何か美味《おい》しいものを食べに連れて行け、とうるさく言うのに根負けして、新宿まで寿司《すし》を食べにきた。回るお寿司はイヤだ、と贅沢《ぜいたく》なことを言うので、そこそこの寿司屋でまあまあのランチセットを食べた。

佐智が満足げな顔で言う。

「久々だったけど、やっぱちゃんとしたお店でお寿司食べるとさ、ああ、日本人に生まれてよかったーって、思うよね」

「生意気ねえ。回転寿司食べたって、同じこと言うくせに」みどりは呆《あき》れ顔で言う。

「ねえ、せっかくだし、デパートでも寄っていく？」

「うん。そだね――」

佐智はみどりの二、三歩先を歩き出す。そして、子供にしては複雑な思いのこもった微笑を浮かべて、振り返った。

「さっきの、寅ちゃんのお墓さあ――ちっちゃかったね」

「そうね――」

昼食の前に巽の墓参りがしたい、と言い出したのは、佐智だった。佐智はそれまで一度も巽の墓を訪れていなかった。

巽の遺骨は、三鷹《みたか》にあるロッカー式の墓地に納められている。震災後、深刻な墓地不足に見舞われた東京には、あの手の墓地が数多くつくられた。

同じロッカー式でも、上段に位牌《いはい》が置けて焼香もできるような縦長の立派なものもあったが、巽の納骨スペースは、本当にコインロッカーのようなところだった。共同の参拝所で花をたむけ、タバコをひと箱供えて、線香をあげた。

新宿の雑踏の中を器用に泳ぎながら、佐智は正面を向いて言う。

「ときどき、行ってあげなきゃね。寅ちゃんのところ。タバコも要るだろうしさ――」

「そうね――」

「だいたい、寂しいオヤジじゃん？　寅ちゃんて。お母さん以外には、警察にも友だちいないみたいだしさ」

みどりは黙ったまま寂しそうに微笑んで、佐智の髪を撫《な》でた。

「そう言えばお母さん、最近、警察辞めるって言わなくなったね」

みどりはちょっと顔を上げて、穏やかに言う。

「辞めるの、止めたの――」

丈太が救出されたのは、あの「震災ストリートチルドレンの帰還」の翌日のことだった。

あの日、夜のトップニュースで子供たちの帰還劇が大々的に報じられ、まだ少年がひとり島に取り残されていることが世間に知れ渡ると、警察上層部も丈太の捜索を命じざるを得なくなった。

ＡＤＳが解除されたお台場に本庁警備部の機動隊が入り、ガレキの下敷きになっていた丈太と、すでに冷たく固まっていた巽の遺体を収容した。

その日の午後には、縛られていた栩木秘書に加え、ダーウェイと国土復興協力隊員二名の遺体も回収された。焼け跡からはカルロス・オオスギのものと思われるミイラの焼け残りが発見されたが、損傷が激しく、身元の特定にまでは至らなかった。

それからひと月の間、新聞やニュース、ワイドショーは連日センセーショナルにこの話題を取り上げた。「消えた震災ストリートチルドレンの謎」についても今さらのように蒸し返されたが、無国籍児や偽装認知にまつわる問題が真剣に取り沙汰《ざた》されることは、残念ながらほとんどなかった。

当初、カルロス・オオスギは、まるでカルト教団の教祖であったかのように報道された。また、お台場で誕生した赤ん坊の存在が明るみに出た際には、オオスギをおぞましい小児性愛者として断罪するような記事が週刊誌を賑《にぎ》わしたりもした。しかし今では、ほとんどの国民が、それらがまったくの誤報であることを知っている。

だからと言って、事件の本質をあぶり出すような真相が詳《つまび》らかにされたわけではない。オオスギのもとにいた子供たちの口は重く、事件の鍵《かぎ》を握る唯一の外部の人間である巽はもうこの世の人でない。結局、オオスギという謎に満ちた男からあふれ出た暗い情念に光が当てられることはなく、人々はあっと言う間にオオスギへの興味を失った。

カルロス・オオスギは、被疑者死亡のまま、児童略取誘拐の罪で書類送検された。独断で子供たちの救出に動いたみどりも、厳しい処分を受けた。

だが、処分などは大した問題ではない。兼岡だけでなく、巽をも死なせてしまったという罪の意識と後悔の念は、みどりの心をほとんど再起不能になるまで押し潰《つぶ》し、警察官として生きていく自信を完全に奪い去った。

職を辞することばかり考えていたみどりを叱り飛ばし、励まし続けたのは、エリートコースを外れた能見警視だった。

椚木メモは能見を通じて東京地検特捜部の谷津検事の手に渡った。能見は周囲が呆れ返るほど公然と谷津検事をサポートし、そのせいで即座に閑職に左遷された。能見はこれ幸いとばかりに、今も勝手に捜査を続けている。

二週間ほど前、久しぶりに会った能見は、「燃えてますよ」と勇ましい声で言っていた。ひっつめにした髪と、化粧っけのない顔が、かえってすがすがしく見えた。

お台場カジノリゾートをめぐる汚職事件は、まだ報道されていない。しかし、岩佐の逮捕もそう遠くないだろう──よく日に焼けた能見の顔を見て、みどりはそう確信した。

そうだ──。

能見さんが辞めないのに、私がひとりで辞めるわけにはいかない──。

二人はしばらく黙って歩いていたが、また急に佐智が振り返った。今度は明るい笑顔を浮かべている。

「北海道はさ、きっともう涼しいよね？」

「たぶんね。だってあと一カ月もしたら、ストーブ出さなくちゃいけないらしいわよ？」

「行きたいなあ、北海道。丈太くん、元気かなあ」

救出された丈太は放心状態で、一週間は口もきけないほどだった。左足を骨折していたが、ひと月ほどで完治した。簡単なリハビリを終えると、北海道に渡った。帯広《おびひろ》にある児童養護施設に入所したのだ。

北海道に渡る直前、丈太はみどりのもとを訪れて、巽の遺骨を分けて欲しいと言ってきた。どこで手に入れたのか、虎の絵が描かれた小さな白い壺《つぼ》を持ってきて、そこに丁寧にわずかばかりの遺骨を入れた。丈太は、「いつまでも、ちゃんと思い出さなきゃいけない人が増えたから」と言っていた。

丈太が入った帯広の施設は広大な牧場をもっていて、子供たちはその仕事を手伝いながら、近くの公立学校に通うそうだ。丈太を含め、オオスギのもとにいた三人の子供たちが、その施設で生活を始めている。

他の子供たちも、数人ずつに分かれて、日本各地の養護施設に散らばっていった。チーチェンは、かなり長い間警察の取り調べを受けていたが、今は山梨の施設にいるらしい。

佐智は歩道の縁石にぴょんと飛び乗って、両手でバランスを取りながら歩く。

「この前来た手紙に書いてあったんだけど、あのマークっていう犬も、他の四匹も、もうちゃんと施設の人の言うこと聞くようになったんだって。そうそう！　丈太くん、馬にも乗れるようになったって書いてあったよ。牧場、牛だけじゃなくて、馬もいるんだって。すごくない？　チョーうらやましい」

「じゃあ今頃、馬にまたがって牧場を駆けまわってるわよ」みどりは手綱を引く真似をする。

「だといいね」

「決まってるわ。だって丈太くん、マサイの戦士の息子だもん」

「マサイ族、馬乗らない」佐智がしれっと言う。

「そうなの？」

真顔で驚くみどりを見て、佐智はプッとふき出した。

そして、急に大人びた顔になって、言った。

「でもさ、さっきの話じゃないけど――丈太くんは、日本に生まれてよかったーって、思うこと、あるのかなあ？」

「――どうだろうね。佐智は、どう思う？」

「うーん……。正直、分かんない。丈太くんたちみたいに、国籍がもらえなくて大変な目に遭っちゃう子とか、貧しい国に生まれた子とか、戦争してる国に生まれた子とか――そういう子供たちが、その国に生まれてよかったって思うのは、やっぱ難しいかもしんない」

「――そうね」

「そういう不公平なことが、世の中からなかなかなくならないっていうのは、分かるよ。あたしにも。でも――」

佐智はそこでみどりから目をそらした。

「世界中の子供たちがみんな、ああ私、お母さんの子供でよかったーって、思えたらいいのにって。そう思うよ」

そして、小さな声でつけ足した。

「あたしみたいに――」

それを聞いたみどりは、いたずらっぽく笑って、ひじで佐智をこづく。

佐智は照れ隠しにちょっと唇をとがらせて、言った。

「それぐらいは、公平な方がいいじゃん」

みどりは、娘と腕を組んで、新宿の高層ビルの間にのぞく青空を見上げる。

頼りにしてるで、係長――。

さっきも、巽にそう言われた気がした。

私はまだ、それにきちんと応《こた》えられていない。

生きている子供たちのために、私がなすべきことは、まだまだある――。

秋を迎えようとしている青空は、もうかなり高い。

そしてこの空は、北海道の空とつながっている――。

そう思うと、なぜだか少し、ほっとした。

## 【お台場（おだいば）】

〈前略〉

## オオスギ事件とお台場カジノリゾート事件

東京湾北部大震災後、お台場を舞台に「オオスギ事件」が起こる。無政府主義者の日系ブラジル人四世、カルロス・オオスギ（本名不詳）が、百七十三名もの震災ストリートチルドレンを率いて封鎖下のお台場に侵入し、約三年六ヵ月にわたって潜伏を続けたというこの事件は、社会に大きな衝撃を与えた。

潜伏発覚のきっかけとなったのは、震災の四年後、パトロールのためにお台場に上陸した国土復興協力隊員二名がストリートチルドレンのひとりに刺殺された事件である。犯人の中国人青年がその場で射殺された直後、何者かがオオスギの住居だったという建造物に放火し、子供たちの救出にあたっていたと見られる民間人一名が火災に巻き込まれて死亡した。

焼け跡からはオオスギのものと思われるミイラ化した遺体が発見されたため、少なくとも発見に至るまでの数ヵ月間は、ストリートチルドレンだけでの生活を余儀なくされていたと考えられる。

お台場で誕生した三名の乳児を含む百二十七名の子供たちが警察に保護された。発見に至らなかった残り四十八名はすべて十代半ばから十代後半の少年少女（当時）で、すでに自力で本土に脱出していたものと見られているが、彼らの消息はほとんど明らかになっていない。

オオスギはその狂信的なアナーキズムに基づく独自の共同体をお台場に実現しようとしていたとする見方が現在では一般的であるが、事件の真相は未《いま》だ謎に包まれている。

さらにその一年後、「お台場カジノリゾート事件」が起こる。リゾート建設工事の受注に当たって、岩佐紘一郎東京都知事（当時）が帝土建設に便宜を図り、その見返りに多額の賄賂《わいろ》を受け取っていたとして、岩佐都知事をはじめ、帝土建設社長、広域指定暴力団荒神会会長ら十五名が、東京地検特捜部によって逮捕された。

その後、臨海地域復興十ヵ年プロジェクトにおいても同様の構図で不明朗な事業計画が進められていたことが判明し、さらに六名の逮捕者、再逮捕者が出るなど（東京フロンティア事件）、事件は戦後最大級の巨大疑獄へと発展した。

これら一連の汚職事件の捜査は、検察官独立の原則を盾に特捜部の一部の青年検事らが独断で開始したとも言われているが、岩佐都知事の秘書が金銭授受の流れを詳細に記録した覚え書き、いわゆる「椚木メモ」が存在したことが、検察首脳部を比較的早い段階で組織を挙げての強制捜査に踏み切らせたものと考えられている。首都庁の天皇とまで呼ばれた岩佐都知事の逮捕は、臨海地域復興十ヵ年プロジェクトの白紙撤回や国土復興協力隊の解散など、のちの都政に多大な影響を及ぼした。

椚木メモを発見したのは実はカルロス・オオスギであり、オオスギはそれを使って岩佐都知事を恐喝しようとしたために密《ひそ》かに殺されたのだ、という説も根強く存在している（それに付随して、ミイラはオオスギとは別人のものであるという説、証拠隠滅のためにミイラとともに住居が焼かれたとする説などがある）。しかしこれは、この二つの事件の同時性、協力隊員刺殺事件、オオスギの住居がカジノリゾート跡地にあったことなど、いくつかの符合に着目して創作されたフィクションに過ぎないとする見方が現在では有力である。

**現在のお台場**

臨海地域復興十ヵ年プロジェクトが廃止されたあと、お台場の十三号埋立地、有明の十号埋立地、および中央防波堤内側埋立地は、新たに策定された臨海地域の再整備計画において完全に構想外となり、事実上、無期限で放棄されることとなった。

お台場には有明側から仮設橋が架けられ、残されていた建築物と構造物がすべて撤去されて、完全な更地に戻された。

以後数年のうちに埋立地全域が広大な砂礫《されき》地と化し、希少種としてレッドデータブックに記載のある渡り鳥、コアジサシの営巣地として自然保護区に指定された。現在のお台場には、毎年四月になると数万羽におよぶコアジサシが渡来し、世界でも有数の集団繁殖地となっている。

インターネット事典「Encycloweb」より

〈了〉

# 参考文献

『マングースとハルジオン——移入生物とのたたかい』　服部正策、伊藤一幸　岩波書店

『お台場』『東京臨海副都心』『アクティブ・ディナイアル・システム』『甘粕事件』　フリー百科事典ウィキペディア日本語版　http://ja.wikipedia.org/

『「お台場」と江戸湾防備』　柘植信行、西川武臣、保谷徹　有鄰　第四五八号　http://www.yurindo.co.jp/static/yurin/back/yurin_458/yurin.html

『首都直下地震対策専門調査会報告』　中央防災会議「首都直下地震対策専門調査会」　二〇〇五年

"*Earthquake Source Fault Beneath Tokyo*" Sato, H. et al., Science, Vol.309, 2005

『砂地盤の液状化』　吉見吉昭　技報堂出版

『東京都臨海域における埋立地造成の歴史』　遠藤毅　地学雑誌　一一三（六）号　二〇〇四年

『日本の無国籍児と子どもの福祉』　月田みづえ　明石書店

『無国籍』　陳天璽　新潮社

『無国籍状態にある子どもの不就学の実態とその背景に関する研究——国際人権法の視点から』　李節子ほか　社会医学研究　第二十三号　二〇〇五年

『国際理解教育と日系ブラジル人児童の教育（上）』　寺島隆吉、河田素子　岐阜大学教育学部研究報告　教育実践研究　第五巻　二〇〇三年

『エルクラノはなぜ殺されたのか――日系ブラジル人少年・集団リンチ殺人事件』西野瑠美子 明石書店

『我ら、マサイ族』 S・S・オレ・サンカン（佐藤俊訳） どうぶつ社

『マサイ族の少年と遊んだ日々』 デーヴィッド・リード（寺田鴻訳） どうぶつ社

『絶滅危惧の野鳥事典』川上洋一 東京堂出版

『日本の野鳥図鑑』 松田道生（監修・著） ナツメ社

『ゾウがすすり泣くとき――動物たちの豊かな感情世界』 ジェフリー・M・マッソン、スーザン・マッカーシー（小梨直訳） 河出書房新社

『アナーキズム――名著でたどる日本思想入門』 浅羽通明 ちくま新書

『断影 大杉栄』 竹中労 ちくま文庫

『自由はどこまで可能か――リバタリアニズム入門』 森村進 講談社現代新書

『ビジネスとしての臓器売買――世界の臓器売買の7割を占めるインドの実情をみる』 粟屋剛 メディカル朝日 十一月号 一九九五年

『ハーメルンの笛吹き男――伝説とその世界』 阿部謹也 ちくま文庫

『臨海副都心開発――ドキュメント ゼネコン癒着10兆円プロジェクト』 岡部裕三 あけび書房

『破綻！ 臨海副都心開発――ドキュメント 東京を食い荒らす巨大利権プロジェクト』 岡部裕三 あけび書房

『米軍が開発進める「指向性エネルギー兵器」（上・下）』 WIRED.JP
http://wired.jp/2005/07/14 米軍が開発進める「指向性エネルギー兵器」上／
http://wired.jp/2005/07/15 米軍が開発進める「指向性エネルギー兵器」下／

# 解説

杉江松恋

初めに書いてしまうと、この小説の主人公は溝鼠《どぶねずみ》色をした中年男です。その中年男が、家族でもない他人のために体を張り、命を賭《と》してまで力になろうとする話だ。泥臭いし、お世辞にもかっこよくはない。でもその冴《さ》えない男に、いつの間にか読者は共感してしまうだろう。彼の思いが、痛いほどよく判るからですね。
『お台場アイランドベイビー』というのは、そういう必死の思いを描いた小説である。

主人公・巽丑寅《たつみうしとら》は元警察官という経歴を持つ中年男だ。その警官人生の大半を警視庁組織犯罪対策部の刑事として過ごしたが、あることがきっかけになって退職を余儀なくされた。路頭に迷いかけた巽を救ったのは、腐れ縁の暴力団幹部・村崎《むらさき》だった。彼が若頭を務める宇多《うだ》組のシノギに協力することで露命をつなぐようになって約一年が経ったある日、巽は路上で気になる少年に出会う。黒い肌をしたその少年は、「暑がってたから」という理由で他人の飼っている愛玩《あいがん》犬の服を脱がそうとし、トラブルになっていたのだった。

警官のふりをして少年を引き取った巽は、彼の名が丈太《じょうた》で、東京都品川区東五反田にあるコンビニエンスストアの二階に、本人曰《いわ》く「親戚《しんせき》みたいな人」と住んでいることを知る。元刑事の観察眼は、丈太の係累らしき中学生ぐらいの年齢の人物が、盗品と思《おぼ》しきロレックスを手にはめていたことを見逃さなかった。巽は元上司の刑事・鴻池《こうのいけ》みどり警部と接触し、その少年について探りを入れる。彼女は、巽が隠し撮りをした写真の少年の風貌《ふうぼう》に見覚えがあった。それは、〈震災ストリートチルドレン〉（後述）のチーチェンかもしれなかった。

少年係に属するみどりが件《くだん》のコンビニエンスストアを調べようとしたことが事件を引き起こしてしまう。彼女の部下の刑事が、店内に踏み込んだ際に何者かに頸《くび》を切られ、殺されてしまったのだ。自身の判断の甘さが招いた事態だと悔やみ、部下の弔い合戦に臨もうとするみどりは、品川署にやってきた公安畑の刑事から意外な事実を聞かされる。同様の手口で、他にも刑事が殺されていたのだ。

本作の舞台となっているのは近未来の日本だ。第二次世界恐慌の波に押し流され、それまでの国民生活が一気に破壊された日本である。産業構造が崩壊した結果失業率は急上昇し、治安は一挙に悪化した。都市の一部は一般市民が足を踏み入れることができない犯罪多発地域となり、街の景観も極端に変わっていった。

そんな中、東京湾北部、お台場を含む臨海副都心直下を震源域とする巨大地震が起きてしまうのである。多くの死者や行方不明者を出し、湾岸エリアを中心に建造物の多くが倒壊した東京湾北部大震災によって、東京という都市は壊滅的な打撃を受ける。

その苦境の中で、政治的な発言力を強化した者もいた。東京都という巨大な自治体の長として内閣総理大臣にも匹敵する権力者になった岩佐《いわさ》紘一郎《こういちろう》知事は、戒厳令下にも似た治安維持体制をとることによって首都復興の道筋を作ろうとする。その施策の一つが、液状化によって都市機能が停止した、お台場周辺の埋立地封鎖だった。

作品内の時計は、震災から四年が経過した時点に合わされている。鴻池みどりが追っている〈震災ストリートチルドレン〉とは、大震災後の数ヵ月後に判明した案件だった。東京の街のあちこちに、身元がわからない、外国人と見られる孤児が出現していることがわかったのだ。しかし不思議なことに、被災による混乱が続く中で彼らは街頭から一斉に姿を消してしまったのである。そしてそのまま、三年以上の間まったく姿を現さなかった。少年係の刑事であるみどりには自身が一件をなおざりにしたことを悔やむ気持ちがあった。そのために、部下を喪《うしな》う事件に巻きこまれてしまったのだ。

小説は、二つの視点から語られていく。一方のそれは殺人事件を追う鴻池みどりのものだ。もう一つは巽丑寅、幼い丈太の安否を気にかける彼は、自ら混沌《こんとん》とした事態の中に身を投じていく。実は彼には、ひとり息子の俊《しゅん》がわずか九歳で命を落としてしまったという過去があった。そのことが引金となって妻とは離婚し、職も失うことになったのである。丈太は病のため入院していた母親の行方を探し続けていた。それを手助けしようとして、巽は丈太本人が後ろ暗い連中につけ狙われていることを知るのである。

年端もいかない少年がなぜ――その謎が、物語を牽引《けんいん》するもう一つの原動力になる。

伊与原新《いよはらしん》は二〇一〇年に本作で横溝正史ミステリ大賞を獲得し、作家デビューを果たした（同年九月単行本化）。同賞は第三十回の節目にあたり、二百二十三編の応募があった。このときは優秀賞として蓮見恭子《はすみきょうこ》『薔薇という名の馬』（単行本刊行時に『女騎手』と改題）、テレビ東京賞として佐倉淳一《さくらじゅんいち》『ボクら星屑のダンス』の二作も受賞を果たしている。

綾辻行人《あやつじゆきと》、北村薫、馳星周《はせせいしゅう》、坂東眞砂子《ばんどうまさこ》の四氏が選考委員を務めた。特に波乱はなく、本作が一頭抜きん出た形で受賞作に決まったという。選評を見ると細部について苦言も呈されているが、書き手の将来性への期待がそれを上回った。綾辻氏の選評が委員の意見を代弁しているように思う。

――現代の日本社会が抱えている幾多の問題を踏まえたうえでの、近未来ニッポンの社会状況（しかも首都圏直下地震発生後）のシミュレーションがまず、小気味よいリアリティをもって構築されていて、めっぽう面白く読める。この点だけでも、この作者がたいへん怜悧《れいり》な頭脳の持ち主であることが窺《うかが》われるし、それは物語全体の書きっぷり――描写力や説明力、構成力などにもよく表れている。

言うまでもなく、本書が受賞を決めた二〇一〇年の時点では、その一年後に未曾有《みぞう》の大震災が日本で発生するという事態を予想した者などまったくいなかった。作品執筆時の伊与原は東京大学大学院理学研究科に在籍する研究者だった。地震学そのものは自身の専攻ではなく隣接する領域に過ぎなかったが、自らの知見を中心にして推論を組み上げ、震災後の東京という架空の物語世界を作り上げたのである。小説を読むと、埋立地の液状化といった物理的な事象から、社会不安の中でポピュリストが選挙民の支持を集めていくといった政治上の現象まで、多くの要素が現実と一致していることにまず驚かされる。もっとも伊与原の見識をもってしても、福島第一原子力発電所の事故や、国政の運営者たちが迷走して事態を悪化させていくという「人災」までは予見しきれなかったのだが。

さらに、震災という突発的な危機だけではなく、慢性的に進行していく経済的危機も並行して描かれている。都市の中に「コロニー」と呼ばれる集住地区が発生し、そこに住む者が排他的な共同体を形成しているという設定などは、震災の影響とは別のところから出てきたものだろう（幕末に建造された「第六台場」のコロニーが「サイド・シックス」と呼ばれている、というネタは一部のアニメファンをクスリと笑わせるはずだ）。都市学的な見地からも、本書の構想は得られているのである。

伊与原は本書のあと、連作短編『プチ・プロフェスール』(二〇一一年　角川書店)『ルカの方舟』(二〇一三年　講談社)の二作を発表している。これまでの作品を概観して思うのは、作品のどこかに必ず「きちんと考える」ことの悦びが書かれていることだ。伊与原作品を読むときは、ただ筋を追うだけではなく、自身がその場にいたらどうであったか、に思いを馳《は》せながらページをめくると、それだけ楽しみが増すはずである。

また、大震災の影響とその後の復興が描かれた小説、という見地で本書を捉《とら》え直すと、伊与原が重要な観点を呈示していたことがわかる。大きな社会変動があったとき、最も衝撃を受け、そして回復不能な傷を負ってしまうのは強者ではなく弱者だということだ。端的に言ってしまえば、最大の犠牲者は子供である。伊与原が〈震災ストリートチルドレン〉という存在を描き、丈太というキャラクターを物語の中心に据えたのは、そのことが念頭にあったためだろう。最愛の我が子に先立たれ、丈太という赤の他人のために奮闘しようとする巽、少年係の刑事として二度と目の前で起きている事態から目を逸《そ》らさないようにしようと決意するみどりの二人は、作者の視点を代行する監視者である。特に巽丑寅という冴えない中年男は、読者の心に忘れがたい印象を残すはずだ。暴力団の手先になるほどに落魄《らくはく》した巽は、そうすることによって自身を処罰しようとしている男だ。彼が丈太のために体を張ろうとするのは、目の前の幼い命を見殺しにできないということと同時に、そうしなければ自身の贖罪《しょくざい》が叶《かな》わないからなのである。

くり返し書くようにこれは東日本大震災を予期して書かれた作品ではないが、あの天変地異を経験した後に読むと、本書の中に忘れてはいけない気持ちが宿っていることを痛感させられる。あのとき、誰もが自分の大事な人の無事を祈り、犠牲になった命の多さに心を痛めた。子供を持つ親は、なんとしても我が子だけは助けたいと死に物狂いの努力を払ったのである。その必死な気持ちを、巽丑寅という男は体現している。

自分はどうなってもいい、この子だけは助けてほしい。そういう一言が心から出てきた瞬間があった。子供を持つ親の一人として、その記憶を甦《よみがえ》らせずに本書を読むことは、私には難しいことである。小説を自身の記憶装置のように使ってしまうのは本来の用法ではない。そのことを十分承知しながらも、私はそうした作品としてこれからも『お台場アイランドベイビー』を読むことだろうと思う。自分の中には巽丑寅はいるだろうか。そんな問いかけをくり返しながら。

本書は第30回横溝正史ミステリ大賞を受賞し
二〇一〇年九月、小社より単行本として刊行されました。

お台場《だいば》アイランドベイビー

伊与原《いよはら》 新《しん》

平成25年 9月25日　初版発行
令和7年 1月25日　10版発行

発行者●山下直久

発行●株式会社KADOKAWA
〒102-8177　東京都千代田区富士見2-13-3
電話　0570-002-301（ナビダイヤル）

角川文庫 18144

印刷所●株式会社KADOKAWA
製本所●株式会社KADOKAWA

表紙画●和田三造





●お問い合わせ
https://www.kadokawa.co.jp/（「お問い合わせ」へお進みください）
※内容によっては、お答えできない場合があります。
※サポートは日本国内のみとさせていただきます。
※Japanese text only




ISBN978-4-04-101003-7　C0193


◆◇◇

# 角川文庫発刊に際して

角川源義

第二次世界大戦の敗北は、軍事力の敗北であった以上に、私たちの若い文化力の敗退であった。私たちの文化が戦争に対して如何に無力であり、単なるあだ花に過ぎなかったかを、私たちは身を以て体験し痛感した。西洋近代文化の摂取にとって、明治以後八十年の歳月は決して短かすぎたとは言えない。にもかかわらず、近代文化の伝統を確立し、自由な批判と柔軟な良識に富む文化層として自らを形成することに私たちは失敗して来た。そしてこれは、各層への文化の普及滲透を任務とする出版人の責任でもあった。

一九四五年以来、私たちは再び振出しに戻り、第一歩から踏み出すことを余儀なくされた。これは大きな不幸ではあるが、反面、これまでの混沌・未熟・歪曲の中にあった我が国の文化に秩序と確たる基礎を齎らすためには絶好の機会でもある。角川書店は、このような祖国の文化的危機にあたり、微力をも顧みず再建の礎石たるべき抱負と決意とをもって出発したが、ここに創立以来の念願を果すべく角川文庫を発刊する。これまで刊行されたあらゆる全集叢書文庫類の長所と短所とを検討し、古今東西の不朽の典籍を、良心的編集のもとに、廉価に、そして書架にふさわしい美本として、多くのひとびとに提供しようとする。しかし私たちは徒らに百科全書的な知識のジレッタントを作ることを目的とせず、あくまで祖国の文化に秩序と再建への道を示し、この文庫を角川書店の栄ある事業として、今後永久に継続発展せしめ、学芸と教養との殿堂として大成せんことを期したい。多くの読書子の愛情ある忠言と支持とによって、この希望と抱負とを完遂せしめられんことを願う。

一九四九年五月三日

# 角川文庫ベストセラー

## 三毛猫ホームズの推理
赤川次郎

時々物思いにふける癖のあるユニークな猫、ホームズ。血、アルコール、女性と三拍子そろってニガテな独身刑事、片山。二人のまわりには事件がいっぱい。三毛猫シリーズの記念すべき第一弾。

赤川次郎ベストセレクション①
## セーラー服と機関銃
赤川次郎

父を殺されたばかりの可愛い女子高生星泉は、組員四人のおんぼろやくざ目高組の組長を襲名するはめになった。襲名早々、組の事務所に機関銃が撃ちこまれ、早くも波乱万丈の幕開けが――。

赤川次郎ベストセレクション⑥
## 探偵物語
赤川次郎

辻山、四十三歳。探偵事務所勤務。だが……クビが危うくなってきた彼に入った仕事は。物語はたった六日間。中年探偵とフレッシュな女子大生のコンビで贈る、ユーモアミステリ。

## 金田一耕助に捧ぐ九つの狂想曲
赤川次郎・有栖川有栖・小川勝己・北森鴻・京極夏彦・栗本薫・柴田よしき・菅浩江・服部まゆみ

もじゃもじゃ頭に風采のあがらない格好。しかし誰よりも鋭く、心優しく犯人の心に潜む哀しみを解き明かす――。横溝正史が生んだ名探偵が9人の現代作家の手で蘇る！　豪華パスティーシュ・アンソロジー！

## ダリの繭《まゆ》
有栖川有栖

サルバドール・ダリの心酔者の宝石チェーン社長が殺された。現代の繭とも言うべきフロートカプセルに隠された難解なダイイング・メッセージに挑むは推理作家・有栖川有栖と臨床犯罪学者・火村英生！

# 角川文庫ベストセラー

Another (上)(下)　綾辻行人

1998年春、夜見山北中学に転校してきた榊原恒一は、何かに怯えているようなクラスの空気に違和感を覚える。そして起こり始める、恐るべき死の連鎖！名手・綾辻行人の新たな代表作となった本格ホラー。

ミステリ・オールスターズ　編／本格ミステリ作家クラブ

本格ミステリ作家クラブ設立10周年記念の書き下ろしアンソロジーがついに文庫化!! 辻真先、北村薫、芦辺拓、綾辻行人、有栖川有栖などベテラン執筆陣と注目の新鋭全28名が一堂に会した本格ミステリ最先端！

裸者と裸者 (上)(下)　打海文三
上：孤児部隊の世界永久戦争
下：邪悪な許しがたい異端の

応化二年二月十一日、国軍は政府軍と反乱軍に二分し内乱が勃発した。両親を亡くした七歳と十一ヶ月の佐々木海人は、妹の恵と、まだ二歳になったばかりの弟の隆を守るため手段を選ばず生きていくことを選択した。

愚者と愚者 (上)(下)　打海文三
上：野蛮な飢えた神々の叛乱
下：ジェンダー・ファッカー・シスターズ

応化十六年。内戦下の日本。佐々木海人大佐は孤児部隊の二十歳の司令官。いつのまにか押し出されて、ふと背後を振り返ると、自分に忠誠を誓う三千五百人の孤児兵が隊列を組んでいた。少年少女の一大叙事詩！

覇者と覇者　打海文三
歓喜、慙愧、紙吹雪

戦争孤児が見る夢を佐々木海人も見る。小さな家を建て、家族4人で慎ましく暮らすという夢を。著者の代表作となるはずだった〈応化クロニクル三部作〉の、未完の完結編。急逝した著者が遺した希望と勇気の物語。

# 角川文庫ベストセラー

北村薫のミステリびっくり箱　北村薫

落語、将棋、嘘発見器……かの江戸川乱歩がハマった数々のアイテムを「お題」とし、北村薫が各界の第一人者&宮部みゆき・綾辻行人ら人気ミステリ作家を迎えておくる豪華対談集。

僕と『彼女』の首なし死体　白石かおる

僕・白石かおるは商社勤めのサラリーマンだ。自宅で切り落とした女性の首を渋谷ハチ公前に置き、ある知らせを待っている。はたして僕の真意は?……鮮烈な哀しみに満ちた青春ミステリ!!

死国　坂東眞砂子

四国八十八ヶ所の霊場を死者の歳の数だけ逆に巡ると、死者が甦るという……わが子の死を悲しがる母が、その禁断の〝逆打ち〟を行ったことにより生じる恐るべき結果とは?　傑作伝奇ロマン。

桃色浄土　坂東眞砂子

大正中期、とある漁村。異国船の乗組員エンゾは、採れないはずの桃色珊瑚を発見する。彼に惹かれていく海女のりん。珊瑚発見の噂を聞き、欲望にとり憑かれた若者たちは暴走を始め……傑作伝奇小説!

ブギウギ　敗戦前　坂東眞砂子

敗戦間近の箱根で、ドイツ軍人の変死事件が発生した。通訳の法城恭輔が調べを進める中、遺体の発見者で旅館で働く安西リツは、若いドイツ人軍人のパウルと急接近していき、やがてある陰謀に巻き込まれてゆく。

# 角川文庫ベストセラー

ブギウギ　敗戦後　坂東眞砂子

敗戦後、箱根のドイツ軍人変死事件の陰謀に再び巻き込まれた法城。重要な手がかりを持っているという安西リツは、東京でジャズシンガーになっているという。リツを捜す法城は、国際スパイの暗躍を感じていた。

不夜城　馳星周

アジア屈指の歓楽街・新宿歌舞伎町の中国人黒社会を器用に生き抜く劉健一。だが、上海マフィアのボスの片腕を殺し逃亡していたかつての相棒・呉富春が町に戻り、事態は変わった——。衝撃のデビュー作!!

鎮魂歌《レクイエム》　不夜城Ⅱ　馳星周

新宿の街を震撼させたチャイナマフィア同士の抗争から2年、北京の大物が狙撃され、再び新宿中国系裏社会は不穏な空気に包まれた！『不夜城』の2年後を描いた、傑作ロマン・ノワール！

長恨歌　不夜城完結編　馳星周

残留孤児二世として歌舞伎町に生きる武基裕。麻薬取締官に脅され引き合わされた情報屋、劉健一が、武の精神を蝕み暴走させていく——。大ヒットシリーズ、衝撃の終幕！

水の時計　初野晴

脳死と判定されながら、月明かりの夜に限り話すことのできる少女・葉月。彼女が最期に望んだのは自らの臓器を、移植を必要とする人々に分け与えることだった。第22回横溝正史ミステリ大賞受賞作。

# 角川文庫ベストセラー

退出ゲーム　初野晴

廃部寸前の弱小吹奏楽部で、吹奏楽の甲子園「普門館」を目指す、幼なじみ同士のチカとハルタ。だが、さまざまな謎が持ち上がり……各界の絶賛を浴びた青春ミステリの決定版、〝ハルチカ〟シリーズ第1弾！

初恋ソムリエ　初野晴

ワインにソムリエがいるように、初恋にもソムリエがいる?! 初恋の定義、そして恋のメカニズムとは……お馴染みハルタとチカの迷推理が冴える、大人気青春ミステリ第2弾！

空想オルガン　初野晴

吹奏楽の〝甲子園〟――普門館を目指す穂村チカと上条ハルタ。弱小吹奏楽部で奮闘する彼らに、勝負の夏が訪れた!! 謎解きも盛りだくさんの、青春ミステリ決定版。ハルチカシリーズ第3弾！

女騎手　蓮見恭子

一頭の馬が暴れ、レース中に起きた落馬事故。勝利した女性騎手・夏海は、重傷した幼馴染みのため、事故を調べ始める。馬の所属する厩舎は経済的に困窮、馬主と調教師が対立していた。そして、再び事件が。

金田一耕助ファイル1
八つ墓村　横溝正史

鳥取と岡山の県境の村、かつて戦国の頃、三千両を携えた八人の武士がこの村に落ちのびた。欲に目が眩んだ村人たちは八人を惨殺。以来この村は八つ墓村と呼ばれ、怪異があいついだ……。